윈디시티

WINDY ◆ CITY

윈디시티

초판 1쇄 찍은 날 ┃ 2016년 5월 3일
초판 1쇄 펴낸 날 ┃ 2016년 5월 12일

지은이 ┃ 조아라
펴낸이 ┃ 서경석

편 집 책 임 ┃ 조윤희
편   집 ┃ 이은주
              주은영
디 자 인 ┃ 신현아

펴 낸 곳 ┃ 도서출판 청어람
등록번호 ┃ 제387-1999-000006호
등록일자 ┃ 1999. 5. 31
어람번호 ┃ 제5-443호

주소 ┃ 경기도 부천시 원미구 부일로 483번길 40 서경B/D 3F
         (우) 14640
전화 ┃ 032-656-4452 팩스 ┃ 032-656-4453
http://www.chungeoram.com
E-mail ┃ chungeorambook@daum.net

ISBN 979-11-04-90780-7   03810

Chungeoram
romance
novel

윈디시티

WINDY ◆ CITY　　조아라 장편소설

도서출판

청어람

C O N T E N T S

1.

"어느 날 눈을 떠보니 봄이 찾아왔습니다."

담조는 구연동화를 하듯 나른하게 중얼거렸다. 창틀에 기대어 있는 그의 호흡을 따라 유리에 따뜻한 입김이 서렸다.

"……딱 그 꼴이야, 그 꼴."

그는 졸린 눈을 반쯤 뜨고 정오의 햇볕이 내리쬐는 도시를 내다보고 있었다. 며칠 동안 스튜디오에서 밤을 지새우다 어제 저녁, 간신히 집에 돌아와 기절하듯 잠이 들었었다. 그 뒤로는 새까만 암전. 간신히 완성한 작업들만이 기억의 전부였고 다음 날 일어나 커튼을 젖혀보니 신기하게도 계절이 바뀌어 있었다. 봄이 온 것도 깨닫지 못하는 피곤한 삶이여……. 젠장. 우중충한 건물들이 산뜻해 보이는 건 수면 부족으로 인한 착시현상일 거라 믿고 싶다.

오랜만에 샤워를 하고 새 옷으로 갈아입은 그는 곧장 집을 나섰다. 몸이 개운한 것이 마치 짐승의 삶에서 인간의 삶으로 탈피한 기분이었다.

며칠 전까지만 해도 분명 추웠던 것 같은데, 피부에 와 닿는 바깥 공기가 무척 따스했다. 밀레니엄 파크의 넓은 잔디밭은 눈이 시리도록 푸르렀고 그 주변을 둘러싼 나무들의 가지에선 새 잎사귀들이 싱그럽게 돋아 있었다. 그런 풍경을 간직한 미시간 에비뉴를 거닐다가, 문득 코끝을 스치는 튤립 향기에 걸음을 멈췄다.

생각해 보니 벌써 4월.

그것만이 아니다. 벌써 중순을 넘어가고 있으니 5월이 다가오고 있다는 소리였다. 무심하단 소린 귀에 박히도록 많이 들었지만 시간마저 망각하는 놈이었을 줄이야. 새삼 자신이 한심스러워 담조는 피식 웃어버렸다.

오랜만에 나온 미시간 에비뉴는 봄을 만끽하려는 관광객들로 북적였다. 이 길을 따라 북쪽으로 쭉 걷는 것만으로도 시카고 미술관, 밀레니엄 파크, 존 핸콕 타워 등등 시카고의 유명 관광지들을 대부분 볼 수 있기 때문이었다.

학교로 가는 길이었던 담조는 봄기운도 만끽할 겸 밀레니엄 파크를 가로질러 가기로 했다. 머리 위를 내리쬐는 다사로운 햇빛에 가뜩이나 찌뿌듯한 몸이 더 나른해졌다. 오랜만에 맞은 여유로운 주말. 오후 두 시에 잡힌 약속만 아니었다면 지금쯤 책 한 권과 카메라를 들고 학교가 아닌 저 푸른 잔디를 향해 가고 있었을 것이다.

예상대로 공원에는 튤립들이 한창이었다. 빨강, 노랑, 하양,

햇살 안에서 환하게 빛나는 강렬한 원색의 물결들. 매년 4월 말부터 5월 초 즈음마다 벌어지는 봄맞이 도시 행사였다. 봉오리 진 채 꼿꼿이 서 있는 모습이 앙증맞기도 하고 절정에 치달은 봄기운과 눈부시게 어울렸지만, 담조는 그 꽃물결들을 볼 때마다 괜히 미안하고 안타까웠다. 지금은 보기 좋은 관상용일지 모르나, 낯선 곳에 인위적으로 심어진 그 꽃들은 항상 이맘때쯤 찾아오는 꽃샘추위를 얼마 견디지 못하고 픽 쓰러지고 말았고, 여름이 오기 전 인부들의 손에 의해 소리 소문 없이 치워졌다. 아름다운 시작과 달리 쓸쓸한 말로였다, 그건.

"어, 형. 지금 가고 있어."

산뜻한 바람이 머리를 어루만지듯 부드럽게 스쳐 지나갔다. 언제 도착하느냐는 석진의 전화에 담조는 5분이면 도착한다고 가볍게 답하다가 눈썹을 슬쩍 치켜들었다.

"뭐, 3층으로 오라고?"

[수아가 보여줄 게 있대. 센터랑 약속한 시간까지 아직 남았으니까 일단 이리로 와.]

알겠다고 대답한 담조는 휴대폰을 뒷주머니에 넣으며 걸음을 조금 서둘렀다.

순수미술학과들이 있는 콜럼버스 빌딩의 3층은 그의 기억이 맞는다면 분명 페인팅 부서가 있는 곳이었다. 사진과 소속인 그가 이곳에 올 일은 그다지 많지 않아서 자연스레 걸음이 느려지고 눈이 바빠졌다.

사진과가 하얗고 멀끔한 느낌이라면, 이곳은 곳곳에 묻은 페인트 자국들과 유화 냄새 때문에 칙칙하고 정돈이 덜 된 느낌이었다.

실기실 문 하나가 열려 있는 걸 발견한 담조는 걸음을 멈추고 슬쩍 안을 살폈다. 수업 중인지 학생들이 각자 자리를 펴고 그림을 그리고 있었다. 이젤에 놓고 그리는 사람, 바닥에 놓고 그리는 사람, 벽에 걸어놓고 그리는 사람. 그리고 아크릴을 쓰는 사람, 유화를 쓰는 사람, 잉크를 쓰는 사람. 작업 방식과 매체가 모두 자유로우면서 달랐다. 가장 놀란 건 복도에 즐비하게 늘어선 사물함 위에 자리 잡은 캔버스들이었다. 어림잡아도 수백 개는 족히 될 것 같은 캔버스들이 빼곡히 차 있는 장관은 다른 과에서도 여간해선 보기 힘들었다.

"오빠, 여기야, 여기."

복도 맨 끝에 있는 실기실에서 남색 앞치마를 입은 수아가 문밖으로 몸을 반쯤 내밀고 손을 흔들고 있었다.

"뭘 보여주려고 여기까지 오라고 해?"

빈 교실에서 홀로 작업 중이었는지 넓은 공간에 학생이라곤 달랑 수아 한 명뿐이었다. 담조처럼 그녀의 등쌀에 못 이겨 이곳까지 행차한 석진은 '내 말이 그 말이다'라는 얼굴로 한숨을 푹 내쉬었다.

"내일 크리틱 있다고, 그림 좀 봐달란다."

"……우리는 영상이랑 사진 전공이잖아."

바지주머니에 손을 꽂은 채로 담조는 고개만 돌려 수아를 쳐다봤다.

"차라리 네 친구들한테 물어보지그래."

“전공 다르다고 그림을 못 봐? 둘 다 아무 전시회나 잘만 쏘다니면서 내가 부탁만 하면 그렇게 생색내더라.”

눈을 가늘게 뜨고 비죽거리던 수아는 어서 보라는 듯 벽에 늘어놓은 그림 네 점을 가리켰다. 가슴 앞으로 팔짱을 낀 담조는 몸 방향만 슬쩍 비틀어 그림들을 주시했다.

“뭐…… 잘했네.”

“그게 다야?”

“그럼 여기서 더 얘기할 게 있어?”

“크리틱 하는 것처럼 말해 달라고, 크리틱!”

“정말 진심으로 할까?”

슬쩍 그녀를 내려다보는 눈빛이 짓궂어졌다. 장난스러워 보여도 그 안에 감춰진 진지함을 알고 있는 수아는 뭐라 반박하려다가 포기한 듯 한숨을 길게 내쉬었다.

“……됐어. 보나마나 감동이 없네, 취향이 아니네, 독설만 늘어놓을 거면서.”

“잘 아네.”

씩 웃은 담조는 수아의 앞머리를 장난스럽게 흩뜨렸다. 그런 그를 쳐다보는 수아의 눈빛이 은밀하게 흔들리는 걸, 석진은 묵묵히 지켜보았다. 꾹꾹 숨기려 해도 못다 한 순정을 전부 감추기엔 그의 사촌동생은 아직 어렸다.

“그럼 우리 간다.”

“잘 가라! 하여간 둘 다 쌍으로 못됐어.”

일하러 가기 전에 잠시 들른 거라 그들은 수아가 뒷정리하는 걸 기다려 줄 수 없었다. 반쯤 빨다 만 붓을 손에 쥐고서 소리치는 그녀를 뒤로하고 석진은 킬킬거리며 교실 문을 닫았다.

"어휴, 저 녀석 갈수록 피곤해지네."

"봐줘야지. 한국에서 힘들게 붙은 대학들 다 놔두고 형 따라 여기까지 온 거잖아."

"나를 따라? 너 그거 진심으로 하는 말 아니지?"

담조는 별다른 대답 없이 희미하게 웃기만 했다. 그것이 더 이상 이 주제로 입을 열지 않겠다는 것임을, 그리고 그걸 꺾기엔 그가 소고집임을 잘 알기에 석진은 그저 속으로 '불쌍한 내 동생' 하며 찌뿌듯한 목을 문질렀다.

계단이 있는 곳으로 가던 중, 담조의 눈에 유리 진열장에 걸려 있는 그림 하나가 들어왔다. 걸음이 저절로 느려지다가 이내 그 앞에 멈춰 섰다. 꽤 널찍한 진열장 안을 가득 채운 캔버스 한 점. 두 팔 벌려야 간신히 잡힐 것 같은 너비와 그의 상체만 한 높이의 유화 작품이었다.

젯소를 칠하지 않은 날것의 캔버스 위에 여러 개의 사람 손들이 금방이라도 튀어나올 듯 검은 물감 사이로 유영하고 있었다. 때로는 거칠게, 때로는 부드럽게. 비율에도 맞지 않고 시점도 맞지 않았지만 역동적이고 난폭했다. 보는 이에게 한 차례씩 폭격을 퍼붓는 것 같았다. 발바닥 밑에서부터 피어오른 전율이 등줄기를 타고 올라왔다.

"뭐 해? 어서 가자."

"아, 응."

학생들 작품을 보여주려고 만든 진열대 같은데, 아쉽게도 이름이 없었다. 문을 열고서 기다리는 석진 때문에 담조는 결국 뭉

그적거리며 억지로 발걸음을 뗴었다.

"왜 그래?"

"아니, 좀…… 오랜만에 맘에 드는 그림을 봐서."

"호오, 구담조의 극찬인데. 옆에 수아가 있었다면 난리가 났을 거야."

석진이 키득거리며 응수하는 사이, 그들은 계단을 타고 지하 1층으로 내려와 복도 맨 끝에 있는 퍼포먼스과 전용 대강당으로 향했다.

「조명 다시 한 번 켜봐.」

「프로젝터 점검 끝났어?」

「누가 샌드백 좀 더 가져와 봐! 삼각대 흔들리잖아.」

크림색 불빛이 은은하게 깔린 대강당은 분주했다. 내일 저녁에 있을 퍼포먼스 쇼의 오프닝 리셉션과 그 전에 있을 리허설에 맞추려면 오늘 반드시 모든 설치 작업을 마쳐야 했기 때문에 모두들 정신이 없었다.

총괄 지휘자인 데이빗은 대강당 한복판에 서 있었다. 카메라 배치에 대해 의논하는 건지 퍼포먼스과의 학장과 도면을 보며 정신없이 이야기를 나누다가 그들을 발견하고 반갑게 손을 흔들었다.

「왔어?」

담조보다 두 살 많은 석진은 작년에 석사를 마친 뒤 학교 행사 전담 스태프가 되었다. 그런 그가 아직 학생인 담조를 이곳에 데려온 이유는, 내일 있을 MFA[1] 퍼포먼스 쇼를 준비하던 중 촬영

1) Master of Fine Arts 미술학 석사

어시스턴트가 부족했기 때문이었다. 물론, 귀찮은 건 죽어도 하지 않는 도도한 구담조를 설득하느라 조금 애먹었지만 꽤 높은 일당은 그의 콧대를 부러뜨리기엔 충분했다.

「우리가 혹시 늦은 거예요?」

데이빗이 고개를 가로저었다.

「아니, 딱 맞춰서 왔어. 아 참, 미디어 센터에서 연락 왔는데 우리가 맥클린까지 갈 필요 없대. 여기 콜럼버스까지 사람 보내 준다고 했거든.」

「그거 다행이네요.」

맥클린 빌딩은 학교 건물들 중 하나로, 그곳에 위치한 미디어 센터가 영상학과들이 쓰는 전문 카메라들을 많이 보유하고 있었다. 지금 그들이 있는 콜럼버스 빌딩은 다른 건물들과 제법 떨어져 있어서 직접 장비들을 보내준다는 건 고마운 일이었다.

「어라, 쟤는⋯⋯.」

촬영 계획에 대해 의견을 나누는 도중, 문득 고개를 든 석진이 놀란 표정을 지었다. 담조도 자연스럽게 그의 시선을 따라 강당 입구로 고개를 돌렸다.

스무 살 갓 넘었을까. 강당 문을 열고 들어온 이는 아담하고 앳된 동양 여자였다. 미디어 센터에서 왔는지 그녀는 카메라 가방을 잔뜩 실은 검은 카트를 끌고서 주변을 두리번거리고 있었다. 푸른 스키니 진에 하얀 티셔츠. 그 위에 걸친, 자작나무를 떠올리게 하는 빈티지 풍의 조끼. 오목조목한 인상과 옷 스타일을 보자마자 한국 유학생일 거란 직감이 들었다. 담조는 다시 석진을 쳐다봤다.

「왜?」

「아니, 그게…….」

데이빗은 다른 쪽을 점검하느라 잠시 자리를 떠나고 없었다. 망설이듯 머리를 긁적인 석진은 주위를 살피다가 이내 목소리를 낮추며 한국말로 입을 열었다.

"수아가 한국에서 예고 나온 거 알지? 저번에 집에 데려다주다가 우연히 저 애랑 길에서 마주쳤거든. 짧게 인사를 나누기에 아는 사이냐고 물었더니, 예고 일학년 때 같은 반이었다고…… 자살 기도한 애로 유명했다더라."

무심하기만 하던 담조의 눈이 그제야 석진을 향했다.

"자살 기도?"

"응, 여름방학 후에 갑자기 학교를 안 나와서 무슨 일인가 했더니 애들 사이에 그런 소문이 있었대. 그 후엔 시골로 전학 갔다는 얘기만 들리고 아무도 소식을 몰랐는데 여기서 마주칠 줄은 꿈에도 몰랐다 하더라고."

아무 말 없이 미간을 찌푸린 담조는 손에 든 카메라 배치도를 보다가, 다시 여학생을 흘긋 쳐다보았다. 카메라 담당자를 찾고 있는지 여학생은 여전히 두리번거리고 있었다. 자살. 그 위화감 섞인 단어에 기분이 나쁘거나 측은함이 드는 건 아니었다. 호기심도 들지 않았다. 그저, 본의 아니게 뒷담을 하게 된 것 같아 기분이 찜찜했다.

여자와 눈이 마주친 건 그때였다. 옆에 있는 남자의 도움으로 카메라 담당자를 찾은 게 분명했다. 순간 뜨끔하는데 여학생이 카트를 밀며 그들에게 다가왔다.

「실례합니다. 두 분 중 누가 석진이죠?」

여자의 영어발음은 부드러웠다. 과장스럽지 않고 소극적이지도 않은, 굳이 따지자면 명랑함이 드는 능숙한 말씨. 석진이 자신이라고 밝히자 여자는 살짝 미소 지으며 종이 하나를 내밀었다. 짙은 보조개가 하얀 뺨에 살며시 패여 들었다.

「여기에 사인 해주시고요. 카메라들은 거기에 적힌 시간까지 돌려주시면 돼요.」

「알겠습니다.」

석진이라는 이름을 봤으면 그가 한국인이란 걸 알 텐데도 여자는 굳이 한국어를 쓰지 않았다. 석진도 영어로 대답하며 대수롭지 않게 넘겼다. 정식으로 인사를 나누지 않는 이상 잘 모르거나 처음 본 사람에게 영어를 쓰는 건 유학생들 사이에서 자연스러운 일이었다.

「자, 다 됐습니다.」

사인한 종이의 점선을 따라 둘로 찢은 여자는 그중 한쪽을 석진에게 건넨 뒤 카트를 남기고 자리를 떠났다. 할 일을 모두 마쳐 개운하다는 듯 작게 흥얼거리며 콩콩 뛰는 발걸음이 가벼웠다. 뒷짐 진 손 안에선 얇은 종이가 꼬리처럼 팔랑거렸다. 담조는 그 여유롭고 발랄한 몸짓을 말없이 바라보았다. 도저히…….

"도저히 자살 기도한 사람으로 보이지 않는데 말이야."

마치 그의 생각을 읽은 듯 옆에서 석진이 중얼거렸다. 긴 머리를 하나로 묶은 여자의 뒷모습이 점점 멀어졌다.

알아선 안 될 사실을 알아버린 느낌. 검은 파도처럼 물결치는 머리카락을 보며, 담조는 자신의 가슴 한구석이 쓸리는 기분이 들었다. 하지만 곧 시선을 거두며 석진을 따라 카메라 가방들을 하나둘씩 열어 세팅을 시작했다. 강당 문이 쿵 닫히는 소리가 여명처럼 흐릿하게 들려왔다.

어느덧 날이 저물어 시카고의 야경이 남색 밤하늘에 수를 놓기 시작했다. 오렌지 크림색의 옅은 조명이 내리쬐는 강당 안은 긴 줄을 기다려 들어온 사람들로 북적였다. 무사히 모든 작업을 마친 담조도 관객들 사이에서 여유롭게 다음 공연을 기다리고 있었다. 고개를 들자 방송실의 조그만 창문으로 바쁘게 움직이고 있는 석진이 보였다. 도와주고 싶지만 안타깝게도 비디오 촬영은 그의 영역이 아니었다.

석진과 눈이 마주친 담조는 가볍게 손을 흔들었다. 석진이 엄지를 들며 눈을 찡긋했다.

공연은 개인 퍼포먼스가 끝나면 십 분씩 휴식 시간을 주는 식으로 진행되고 있었다. 역시 석사 학생들이어서 그런가. 별 기대없이 관람을 시작했던 담조는 생각보다 질 좋고 심오한 공연에 내심 놀랐다. 내년엔 자신도 졸업인데 졸업 작품으로 뭘 준비해야 할까. 그런 생각을 하며 팸플릿을 펼쳐 다음 공연의 제목을 살폈다. 줄리엔 가이치먼트라는 학생의 〈Dreamlike〉. 앞선 공연들과 달리 이번엔 서서 관람하는 건지 주변에 의자가 없었다.

조명이 서서히 꺼지면서 어느덧 한 치 앞도 보이지도 않을 정도로 사위가 어두워졌다. 잠잠해진 관중 속에 있으니 주변 사람들의 숨소리와 재채기 소리가 유난히 크게 들렸다.

위이잉.

프로젝터가 돌아가는 소리와 함께 정면에 놓인 벽 전체에 영상 하나가 떠올랐다. 구름 한 점 없이 투명하고 새파란 가을 하늘 아래 갈대밭이 끝없이 펼쳐졌다.

순간 몸이 굳었다.

쏴아아, 강당 안을 가득 메우는 바람 소리에 맞춰 갈대들이 물결처럼 흔들렸다. 일순 가슴을 내리치는 아련함에 담조는 천천히 눈을 감았다 떴다. 바람 소리에 맞춰 알싸하게 떨리는 심장이 가슴 깊이 묻어둔 향수(鄕愁)를 불러 일으켰다. 눈앞에 펼쳐진 지독한 데자뷰. 귀신에 홀린 듯 영상을 보고 있는 그때, 강한 스포트라이트가 팟, 강당의 한구석을 밝혔다.

분명 방금 전만 해도 아무도 없던 자리에 여자가 있었다. 치렁치렁한 검은 머리카락을 뒤로 길게 늘어뜨리고 의자에 기대 앉아 있는 그녀는 새하얀 조명에 창백한 이마와 두 뺨이 도자기처럼 반짝반짝 빛이 났다. 곱게 감긴 속눈썹과 살짝 벌린 입술은 탐스러운 과실을 떠올리게 했다. 그 모습을 사람들은 숨을 죽이고 지켜보았다. 여자를 설명할 수 있는 단어는 딱 하나밖에 없었다.

동양 인형.

천상에서 내려온 미모도, 숨 막힐 듯 아름다운 몸매도 아니었지만 조명 밑에 드러난 가냘픈 팔다리와 가는 선이 관중의 시선을 끌었다.

시야를 가득 채우는 영상과 갈대밭이 물결치는 생생한 바람 소리. 그리고 그 속에서 잠이 든 여자. 죽은 듯 편히 잠든 얼굴이 어린아이처럼 순수한데도, 강당에 있는 모든 사람들은 아이러니하게도 그녀에게서 말초적인 유혹을 받고 있었다.

말 그대로 Dreamlike.

몽환적인.

모두들 숨을 죽이고 있는 그때 갈대밭을 등진 현실 속으로 한 남자가 나타났다. 훤칠한 키에 근육이 균형 있게 잘 잡힌 남자는 맨발에 새하얀 셔츠와 검은 바지를 입고 있었다. 담조는 숨이 멎은 사람처럼 미동도 없이 그 남자가 걸어가는 걸 지켜보았다. 분명 서양인인데, 남자는 그가 알고 있는 사람과 닮아 있었다.

"형……."

무의식적으로 흘러나온 미약한 중얼거림은 넓은 강당을 떠도는 프로젝터 소리에 묻혀 버렸다. 새벽녘 미시간 호를 에워싸는 물안개 같은 은은한 연기가 무대 위로 퍼져 나갔다. 그 사이로 남자는 차박차박 물에 젖은 발소리를 내며 여자에게 다가갔다. 반주 없는 그의 노래가 시작되었다.

인형은 항상 춤을 추고 있었지.

남은 허상 속에서

의지 없이 짜인 틈새에서

춤을 추다가 영원히 눈을 감아버렸어.

여자의 주위를 맴돌며 노래를 부르던 남자는 잠시 모든 것을 멈추고 여자의 풍성한 머리카락을 한 움큼 쥐어 올려 느릿하게 키스했다. 고통스럽게 얼굴을 일그러뜨리는 그의 감정은 복잡했다. 사랑, 연민, 애틋함. 말로 형용할 수 없는 무언가가 가슴을 가로질렀다. 남자가 노래를 멈춘 그 짧은 순간 관객들은 여자의 몽환적인 분위기와 아우러진 남자의 손짓, 표정에서 헤어나질 못했다. 그 고요한 사위 속으로 남자가 다시 입을 열었다.

꿈에서 깨어나길 항상 기다렸어.
기다리고 기다리다 지쳐 버려서
이 현실에서, 이 허상에서 눈을 뜨면
다시 그 눈동자를 볼 수 있을까,
그 눈빛으로 다시 숨 쉴 수 있을까.

깨어나지 않는 그대는 잔인해.
이토록 내가 바라는데
깨어나기를 바라는데

제발, 다시 날 바라봐 줘.

오페라의 아리아처럼 자신의 감정을 노래로 승화시키는 남자의 목소리는 처절했다. 하늘을 향해 치켜든 손이 간절하게 허공을 움켜잡더니 남자의 심장으로 다가갔다. 비틀거리던 두 다리가 무릎을 꿇으며 허물어졌다.

그 두 눈이 날 향했으면 해.
차라리 내 몸을 찢고 불태워 버려.
그럼 다시 태어날 수 있잖아.
연기가 되어 네게 흘러갈게.

그러니까…….

「제발…….」

남자가 힘겹게 내뱉은 마지막 말은, 노래가 아닌 중얼거림이었다. 남자는 두 팔과 어깨를 축 늘어뜨리며 고개를 푹 숙였다. 남자의 죽음. 그리고…….

인형은 숨을 토해내며 자리에서 스륵 일어났다. 여전히 잠에 취한 듯 새까맣게 물든 몽환적인 눈동자가 관객들을 향했다. 여자와 눈이 마주치자 담조는 저도 모르게 숨을 들이켰다. 그 순간 스포트라이트와 영상이 훅 꺼지면서 시야가 어둠에 물들었다.

쏴아아…….

들리는 건, 귓가를 가득 울리는 아련한 바람 소리뿐.

그리고 그 소리마저도 희미해지며 완전히 사라졌을 때, 꿈에서 현실로 돌아온 사람들은 하나둘씩 박수를 치기 시작했다.

「브라보!」

우레 같은 함성이 강당 안을 가득 메웠다. 감동이 물결치는 그 안에서 담조는 이상하게 박수를 따라 칠 수가 없었다. 불이 다시 밝혀진 후에도 남자와 손을 잡고 인사를 하는 여자에게서 시선을 떼지 못했다.

자살 기도, 그녀에게서.

위이잉.

프로젝터가 돌아가는 소리가 들렸다. 갈대밭에 맨발로 서 있는 두 다리를 내려다본 순간, 담조는 자신이 꿈을 꾸고 있다는 걸 깨달았다. 쏴아아, 파도를 닮은 바람 소리가 귀를 파고 들어와 가슴을 가득 메웠다. 심장을 내려치는 아련함에 저도 모르게 숨을 크게 들이켰다.

며칠째, 그는 같은 꿈을 꾸고 있었다.

그는 이곳이 어딘지 잘 알고 있었다. 철이 없었던, 그래서 가장 행복했던 유년시절을 보낸 곳, 자신의 미련이 깃든 이곳은 그날 공연에서 본 영상 속 장면과도 흡사했다. 너무 닮아서 지금 서 있는 이곳이 영상 속의 허구인지, 아니면 거의 잊다시피 한 기억의 잔상인지 혼란스러웠다. 그러다가 후자 쪽이라 확신이 든 건, 어느 순간 갈대 사이로 나타난 형 때문이었다.

형은 여느 때처럼 와이셔츠에 검은 바지를 입고 있었다. 등을 지고 있어서 얼굴을 볼 순 없었지만, 널찍한 마른 어깨와 단정하게 친 뒷머리에 구준수란 걸 금방 알아챘다.

쏴아아. 다시 한 번 부는 바람에 형의 셔츠 자락이 나부꼈다. 천성이 상냥하고 따뜻했던 형은 항상 와이셔츠를 즐겨 입었다. 집안어른이 아시면 혼난다는 도우미 아주머니의 만류에도 매일 아침 깨끗하게 빤 셔츠를 직접 다리미로 다렸더랬다. 그래서 그의 곁으로 다가갈 때면 항상 햇볕에 갓 말린 정갈한 섬유 냄새가 났다. 산뜻하고 따뜻해서, 항상 미소를 불러일으키던 체취.

형. 준수 형.

그를 향해 걸어가며 담조는 그때 그 시절로 돌아간 것처럼 형을 불렀다. 그러나 준수는 돌아보지 않았다. 목소리가 닿지 않는 걸까. 불현듯 드는 불안함에 담조는 걸음을 멈췄다.

혹시, 아직도 화가 나 있는 걸까.

그 순간 시야의 끄트머리를 건드리는 다른 인영에 무의식적으로 고개가 돌아갔다. 담조는 단번에 누구인지 알아보았다. 그 여자였다. 공연에서 본 동양 인형.

형이 서 있는 곳의 반대편에 서 있는 여자는 그때처럼 무릎까지 오는 흰 원피스를 입고 있었다. 여자의 검은 머리카락이 푸른 하늘을 배경으로 느리게 나부꼈다. 그 사이로 보이는 몽환적인 검푸른 눈동자는 구담조, 그를 보고 있었다. 흰 원피스가 가냘픈 몸 위에서 눈물이 날 듯 아스라이 바람에 휘날렸다. 여자는 천천히 입술 끝을 당겼다.

슬픈 웃음.

"헉."

담조는 눈을 떴다. 코앞에 있는 탁상시계가 아침 일곱 시를 가리키고 있었다. 이불자락을 젖히며 천천히 몸을 일으킨 뒤 땀에 젖은 얼굴을 무겁게 쓸어내렸다. 생생하진 않지만 분명히 기억하는 꿈자리에 머릿속이 복잡해졌다. 형 꿈을, 그것도 그 장소에 대한 꿈을 꾸다니. 거의 잊다시피 한 기억인데…….

"단단히 홀렸네."

자조 섞인 중얼거림이 바짝 마른 입술 사이로 흘러나왔다.

그 공연을 보고 난 후, 그는 며칠째 같은 꿈을 꾸고 있었다. 갈대밭 너머 나무 밑에 서 있는 형과 갈대 사이로 자신을 바라보고 있는 여자. 하지만 형은 아무리 불러도 끝끝내 돌아보지 않고,

꿈은 여자에게로 시선을 돌리는 순간 허무하게 끝나 버렸다. 이건 도대체 무슨 의미일까.

그는 꿈에 그다지 의미를 두지 않는 편이었다. 꿈이 앞으로의 일을 예견한다는 근거 없는 말보다, 과거에 본 인상 깊은 장면이나 상황으로 꿈을 꾼다는 가설을 더 믿었다. 그러니 며칠째 이어지는 이 꿈도 공연에서 느낀 환상의 연속 같은 것이었다. 그럴 것이다.

두 손으로 머리를 부여잡고 가만히 앉아 있던 담조는 이윽고 침대에서 내려왔다. 찬물로 샤워를 한 뒤 곧장 부엌으로 향했다. 뱃속이 차 있지 않으면 일다운 일을 할 수 없는 성격이어서 무슨 일이 있어도 삼시세끼는 꼬박꼬박 챙겨 먹는 그였다. 살찌지 않은 체질에 운동을 꾸준히 하고 있으니 망정이지, 그 반대였다면 많이 움직이지 않는 그의 일 특성상 벌써 배가 나왔을지도 모른다.

담조는 달군 팬에 참기름을 두르고 먹기 좋게 썬 김치를 넣고 볶기 시작했다. 다행히 그는 요리하는 걸 좋아했다. 스스로 끼니를 챙겨야 하는 환경에서 자란 탓도 있지만 그것 때문에 요리에 부담을 가진 적은 없었다. 고소하고 매콤한 냄새에 이유 없이 날카롭던 뒤끝의 기운이 찬찬히 가라앉음을 느꼈다. 환풍기를 틀고 부엌에 달려 있는 라디오도 켰다. 경쾌한 팝송에 맞춰 주걱을 돌리는 그의 손짓이 박자를 타기 시작할 즈음, 주머니에서 휴대폰이 울렸다. 뽀얗게 변해가는 김치들을 보느라 번호를 확인할 새도 없이 전화를 받았다.

「여보세요.」

[담조야.]

주걱을 잡은 손이 일순 멈췄다. 역시 헛된 바람이었던 걸까. 절대 잊을 수 없는 목소리에 담조는 굳은 표정으로 가스레인지의 불을 껐다. 이어 라디오도 끄자 부엌은 단번에 차가운 적막에 빠져들었다.

"네."

[……잘 지냈니?]

한참 후에야 들린 남자의 물음에 담조는 실소를 지었다. 잘 지냈냐니, 이 무슨 감상적인 질문일까.

"무슨 일이세요?"

[딱히 일이 있는 건 아니고…….]

남자는 괜히 어물쩍거리며 말을 끌었다. 수화기 너머의 숨소리를 들으며 담조는 잠자코 그의 다음 말을 기다렸다.

[널 못 본 지도 오래됐구나. 벌써 삼 년인가?]

오 년이다. 하지만 그는 굳이 정정하지 않았다. 소리 없이 입술을 비틀 뿐이었다.

[정말 한국에 돌아올 생각 없니? 네 어머니가 널 많이 보고 싶어 한다.]

"전에 말했듯이 전 여기서 조용히 살고 싶어요, 아버지."

아무래도 그 꿈은 이걸 알리려 했나 보다. 담조의 눈빛이 일순 냉담해졌다.

"제 이름이 괜히 담조인 건 아니잖아요."

대답은 들리지 않았다. 아무렇지 않은 척 건넨 말이 그에게 상처가 됐다는 걸 수화기 너머 침묵으로 고스란히 느껴졌다. 그러나 담조는 그걸 무시했다. '그럼 끊을게요'라고 건조한 목소리로 답한 뒤 전화를 끊었다. 현실로 돌아오니 그제야 볶다 만 김치의 시큼한 향기가 코를 찔렀다. 낮게 한숨을 쉬며 가스레인지를 다시 켜고는, 옆을 돌아보았다. 유리창 너머로 보이는 풍경, 봄을 맞이한 시카고는 여전히 싱그러웠다.

스무 살.

그 시절의 그는 항상 도망치고 싶었다. 아니, 어디론가 떠나고 싶었다. 남들이 방랑벽이다, 생각 없다 비난해도 별 상관없었다. 이름과 태생을 핑계 삼아 유유자적 돌아다니면 그뿐이었다. 어차피 발길 닿는 대로 가는 곳에 자신을 아는 사람은 없으니까. 그래서 거지꼴이나 다름없는 행색으로 집에 돌아오면 다시 새 짐을 꾸릴 준비를 했다.

어른들이 그를 제지할 수 있는 건 딱 고등학교 때까지였다. 그들이 원하는 대로 알아주는 미국 명문대에 붙었지만 학점은 뒷전이었다. 성인이 되고 나니 법적으로 그를 막을 수 있는 건 아무것도 없었다. 그것이 좋았다. 막을 사람이 아무도 없다는 것, 그것은 목을 옥죄던 올가미가 풀리는 순간이자 달콤한 돌파구였다.

반대로 형은 누구에게나 사랑받는 사람이었다. 어떤 철없는 반항아와는 달리 얌전하고 예의바르고, 집안 어른들 말씀에 순종하는 집안의 귀한 자제. 담조를 보고 혀를 차던 집안 어른들도 형이 하는 말엔 귀를 기울이고 그의 결정을 존중했다. 하지만 그것 때문에 질투한 적은 없었다. 당연한 일이었으니까.

유랑자처럼 생활하는 그에게 형은 유일하게 박수를 쳐주는 사람이었다. 매 여름 만나는 그 장소에서, 하고 싶은 걸 할 수 있는 건 축복이라며 웃어주었다. 그럼 그는 우쭐대며 그간 찍은 사진들을 자랑스럽게 형에게 보여주곤 했다.

"다음엔 동유럽 쪽으로 배낭여행 가려고. 러시아도 가보고 싶은데 개인 여행이라서 그런지 비자 받기가 힘드네."
"참 쉴 틈이 없구나."

유화 냄새가 희미하게 깃든 거실에 앉아 그들은 대화를 나누었다. 형은 사진들을 넘기며 쿡 웃었다. 막 서유럽 여행을 마치고 돌아왔을 때였다. 아스팔트에서 올라온 열기에 숨이 틱틱 막히는 서울과 달리 성산리는 썩 시원했다. 탈탈 돌아가는 선풍기 앞에서 두 다리 쭉 뻗고 앉아 주위를 둘러보았다. 몇 개월 사이에 캔버스 몇 장이 더 늘어나 있었다. 그중 유난히 눈에 띄는 밤하늘 그림을 올려다보는데 형이 지나가듯이 말했다.

"가기 전에 어머니께 꼭 말씀드리고 가. 너 이번에 말도 없이 가는 바람에 얼마나 걱정하셨는데."

저건 언제 그린 그림이냐고 물으려다가 입을 다물었다. 모든 집안사람들이 그의 친모를 첩이라 부를 때, 형은 어머니라고 불렀다. 오래전에 돌아가신 큰어머니, 그러니까 형의 어머니, 그분을 돌봐준 간호사가 지금의 어머니였다. 한 사람이 죽어가는 동안 남자와 여자는 둘만의 로맨스를 즐기고 있던 거다. 받아들이기 힘든 일이었을 텐데 왜 그런 여자를 어머니라 부르는지 그는 형에게 끝내 묻지 못했다.

담조에게 있어 어머니란 한없이 약한 생물이었다. 자신을 지키기 급급해 어린 아들을 거친 풍토에 고스란히 내보낸 사람. 미안하다, 그 한마디도 못하고 슬프게 바라만 보던 사람.

"형이 가장 가고 싶은 곳은 어디야?"

은근슬쩍 말을 돌리는 그를 준수는 물끄러미 바라보았다. 그리고 사진을 옆 테이블에 올려놓으며 미소 지었다.

"난 윈디 시티."

그는 눈썹을 치켜 올렸다. 세계지리에는 웬만큼 자신 있다고 여겼는데 한 번도 들어본 적 없는 이름에 당황했다.

"거긴 어디야?"
"있어. 모던한 빌딩들이 우뚝 솟아 있고 그 사이로 세찬 바람이 부는 곳. 뜨거운 화염에 남김없이 불타올랐다가 세계적인 명성을 가지고 다시 태어난 도시."

다시 태어나다. 그건 형이 좋아하는 말이었다. 그 말을 할 때면 병약한 얼굴에 생기가 돌고 버석거리던 눈은 꿈을 품은 아이처럼 반짝거렸다. 그래서 더 대비되는, 전보다 더 수척해진 얼굴이 가슴 아팠다.

윈디 시티.

그곳이 시카고라는 걸 알아낸 건, 뉴욕에서 부전공으로 사진을 공부하고 있을 때였다. 과제를 위해 도서관에서 책들을 뒤지다가 윈디 시티라는 이름을 발견했다. 시카고의 별명이자 제2의 이름인 그것은 시카고 옆에 붙어 있는 미시간 호에서 불어오는 세찬 바람 때문에 지어진 것이라 했다.

그 길로 무작정 시카고로 여행을 떠났다. 왜 시카고가 정열적인 도시라고 생각하고 있었던 걸까. 뉴욕의 브로드웨이를 지날 때마다 보았던 뮤지컬 '시카고'의 포스터 속 강렬한 빨강색 때문이었을지도 모른다. 혹은 윈디 시티를 꿈꿀 때마다 환하게 빛나던 형의 얼굴 때문이었는지도 모른다.

그렇게 철저히 왜곡되고 환상으로 도배된 기억을 안고 시카고에 도착했을 땐 약간 허무했던 게 기억난다. 정신없고 화려한 네온사인이 가득한 뉴욕과 달리 반듯하고 정적인 도시였던 시카고. 비록 형이 생각했던 것처럼 가슴을 뜨겁게 하는 곳은 아니었지만, 그런 형을 생각나게 하는 아늑함과 안정감이 그곳에 있었다.

담조는 창밖에서 시선을 떼고 다시 주걱을 움직이기 시작했다. 시큼한 김치 냄새가 더 이상 식욕을 자극하지 않았다. 찬장에서 반찬통을 꺼내 볶음 김치를 담고 대신 커피를 끓였다. 머그잔을 들고 베란다로 걸어가 다른 빌딩들보다 조금 더 우뚝 솟아 있는 한 건물을 바라보았다.

시카고에 처음 도착했던 날, 한때 세계에서 가장 높은 빌딩이었다는 저곳 윌리스 타워에 올라 형에게 엽서 한 장을 썼다. 받지 못할 거란 걸 알면서도 모르는 척, 성산리에 있는 형의 별장으로 보냈다. 그 엽서를 우체통에 넣으면서부터 이미 마음으로는 준비하고 있었는지 모른다. 이곳, 윈디 시티에 올 준비를.

씁쓸한 커피를 음미하며 담조는 한참 동안 시카고의 전경만 바라보았다.

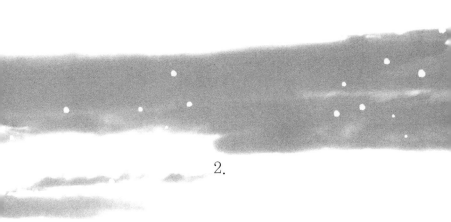

2.

뚜르르. 뚜르르.

하다는 가만히 책상에 앉아 컴퓨터의 새까만 화면을 응시하며 수신음을 들었다. 자다 일어난 상태라 긴 머리카락을 아무렇게나 풀어헤친 상태였다. 공포영화에 나올 법한 처녀 귀신 꼴에 이어폰을 낀 모습이 자못 우스꽝스러웠지만 방 안에서 세상모르게 자고 있는 샤바나가 이 꼴을 볼 일은 없었다.

찰칵. 통화가 연결된 소리에 바짝 힘이 들어간 어깨가 움찔했다.

[여보세요?]

가정부의 목소리였다.

"아. 안녕하세요……."

[누구시죠?]

"저 하다예요."

이름이 가물거리는지 가정부는 몇 초 후에야 '아' 하고 작은 탄성을 질렀다. 하다는 급히 말을 이었다.

"저기, 하일이랑 통화 좀 할 수 있을까요?"

[네? 누구요?]

"하일이요, 반하일."

[……아아, 찬세 도련님이요?]

대답은 또다시 한참 후에야 들려왔다. 가정부는 동생을 다른 이름으로 부르고 있었다. 몇 년이 지났건만, 그 이름이 아직도 어색한 하다는 애꿎은 입술만 잘근거렸다.

[어쩌죠? 지금 나가고 안 계신데.]

"……오늘도요?"

[네. 요즘 바쁘신지 늦게 들어오시네요.]

학교에서 돌아오는 시간에 맞추려고 일부러 아침 일찍 일어나 전화한 건데. 이번에도 가정부는 하일이 집에 없다고 했다. 전화를 끊은 하다는 쓸쓸히 머리카락을 귀 뒤로 넘기며 의자에 웅크려 앉았다.

사실 알고 있었다. 이렇게 해봤자 동생과 통화할 수 없을 거라는 걸. 무슨 일이 있어도 그 남자가 허락하지 않을 거라는 걸. 피를 뚝뚝 흘리는 열일곱 살짜리 고등학생을 앞에 두고서도 눈 하나 깜짝하지 않은 사람이었다. 동생 또한 핏줄이 아닌 현실을 택한 누나가 보기 싫겠지.

그걸 조금이라도 부정하고 싶어서 하다는 눈을 감으며 무릎에 이마를 기댔다. 그러나 돌아오는 건 갈수록 희미해져 가는 동생의 목소리뿐이었다. 갓 변성기에 돌입해, 허스키하지만 여전히 성인 남자에 비하면 앳되기만 한 음성. 지금은 어떻게 변했을까.

하다는 무릎에 얹은 턱을 비틀어 거실을 둘러보았다. 햇빛이 잘 들지 않는 아파트라 불을 켜지 않은 거실은 새벽녘의 푸르스름함을 그대로 간직하고 있었다. 시선을 내리자 어제 샤바나가 작업하다 만 캔버스 조각들이 지금 느끼는 심란한 감정처럼 카펫 바닥 위에 엉망진창으로 널브러져 있었다. 옛날엔 꼬챙이로 찌르듯이 고통스럽던 이 공허함은, 이젠 익숙하게 넘길 수 있을 정도로 무덤덤해졌다. 텅 빈 가슴이 서늘해질 뿐, 혼자서 혼탁한 감정을 걸러내는 것에도 익숙했다.

유화 페인팅들로 가득 찬 거실을 낯선 눈길로 훑고 있는데 다리 밑에서 인기척이 느껴졌다. 언제 깨어난 건지 스노이가 꼬리를 흔들며 하다를 올려다보고 있었다. 하다는 웃으며 하얀 슈나우져를 안아 올렸다.

「그래, 스노이 네가 있었지.」

일반 슈나우져와 달리 눈처럼 하얀 털을 지닌 스노이는 무려 열한 살. 연로한 나이에도 어릴 때부터 주인의 사랑을 듬뿍 받아서인지 아주 건강하고 튼튼했다.

「네 엄마도 있고.」

하다는 잠에 푹 빠져 있는 샤바나를 방문 틈으로 보며 쿡쿡 웃었다.

샤바나와 처음 만난 건 이삼 년 전, 시카고에 첫발을 내디딘 일학년 때였다. 학교 기숙사의 같은 방을 배정받으면서 인연을 맺게 되었고, 마음이 잘 맞아 그 다음 해 기숙사를 나와 같이 살게 되었다. 샤바나가 스노이를 본가에서 데려오면서 지금은 셋이었지만. 어쨌든 샤바나는 미국이라는 이 머나먼 땅에서 처음 사귄 친구이자, 룸메이트, 그리고 단짝이었다.

「자, 난 이제 알바 가야 하니까 엄마 곁으로 가.」

그 말을 알아들었는지 스노이는 바닥에 내려주자마자 샤바나 곁으로 쪼르르 걸어가 자리를 잡고 누웠다. 학교 수업은 알바보다 한 시간 뒤에 시작하기 때문에 샤바나가 일어나기엔 아직 이른 시간이었다. 빤히, 검은 눈동자로 쳐다보는 스노이에게 슬그머니 웃어준 하다는 긴 머리를 하나로 묶으며 곧장 나갈 채비를 하기 시작했다.

「좋은 아침.」

「와, 벌써 온 거야?」

장비 연체자의 목록을 정리하고 있을 때 레이첼이 문을 열며 센터 안으로 들어왔다. 싱긋 웃은 하다는 곧바로 연체자들에게 하루 빨리 장비를 돌려달라는 공지 메일을 보내기 시작했다.

하다가 일주일에 세 번씩 일하고 있는 이곳은 미디어 센터. 학생들과 교직원들에게 수업이나 특별 이벤트 때 필요한 장비들을 빌려주는 곳으로 교내에 총 세 군데가 있었다. 샵 빌딩, 맥클린 빌딩, 콜럼버스 빌딩. 한차례 씩 돌아가면서 일하는데, 그중에서 수요일인 오늘은 사진, 페인팅, 조각 등등 순수예술 학과들이 밀집된 콜럼버스 빌딩이었다.

「하다, 요즘 크리틱 때문에 바쁘지 않아? 도대체 어떻게 일찍 오는 거야?」

「집이 학교랑 가깝잖아. 일찍 오는 게 당연하지.」

레이첼은 하다가 있는 카운터의 옆자리에 앉으며 부럽다는 표정을 지었다. 하다가 걸어서 통학하는 것과 달리, 레이첼은 매일같이 북쪽 로겐 스퀘어에서 다운타운에 있는 학교까지 지하철로 30분가량 통학해야 했다.

「아, 나도 루프로 이사 오고 싶다. 룸메이트랑 같이 월세 내는 거면 그렇게 나쁘진 않은 가격이라며?」

「응, 교외에 있는 집보다는 비싸지만 학교 기숙사보다는 훨씬 싸니까.」

「으음. 나도 룸메이트나 구해볼까. 넌 운도 좋아. 잘 맞는 룸메이트 만나기 정말 힘든데.」

그렇게 말하면서 오늘 아침 예약자 목록을 살피던 레이첼은 놀란 표정을 지었다.

「어? 하다. '수요일 남자'가 없어.」

「수요일 남자?」

레이첼은 정말 모르겠냐는 듯 하다에게 짓궂은 표정을 지었다.

「그래, 수요일마다 5D Mark II 빌려가는 애-아시안 보이.」

'아시안', 즉 동양인이라는 단어를 강조하는 레이첼의 말투에 하다는 풋 웃고 말았다. 그리고 밉지 않게 친구를 노려봐 주었다. 누굴 말하는지 알 것 같다. 수요일마다 장비를 빌리러 오는 남자, 구담조.

제대로 된 연애를 한 번도 안 해봤다는 하다의 고백을 들은 후부터 레이첼은 은근슬쩍 하다와 그의 사이를 부추기고 있었다.

말 한 번 제대로 섞지 않은 사이에 주기적으로 찾아오는 동양인 남자라는 이유만으로. 두 여자 사이에서 자신의 이름이 오르락내리락한다는 것조차 모르고 있을 그가 하다는 조금 불쌍해졌다.

「그만해, 레이첼. 같은 동양인이라고 그런 식으로 밀어주지 마.」

「으응? 그런 거 아냐! 하지만 왜? 솔직히 그만하면 금상첨화지. 전체 학생 중에 겨우 삼십 프로가 남자인 이 학교에서, 그나마 있는 남학생 중에서도 구십 프로가 게이인 이 학교에서 그만한 애시안 보이가 있다는 것만으로도 우리는 엎드려 절을 해야 할 정도라고.」

쿡쿡, 하다는 결국 소리 내서 웃고 말았다. 레이첼의 열변에는 제대로 된 남자를 찾기 힘든 열악한 미대의 환경에 대한 고뇌가 고스란히 녹아 있었다. 그나저나 아시안 보이라니. 도저히 보이라고 불릴만 한 나이가 아닐 텐데. 그녀의 계산이 맞는다면 그는 분명 삼십대에 가까운 이십대 후반. 하지만 레이첼에겐 그 남자가 마냥 앳되어 보이나 보다. 하다는 모르는 척 말을 이었다.

「그 남자가 게이면 어떡하려고?」

「걱정 마. 내가 페이스북 체크해 봤거든. 분명한 스트레잇(이성애자)이야.」

그럴 줄 알았다는 듯 레이첼은 한쪽 눈을 찡긋했다. 하다는 말을 잃었다. 오지랖은 한국만의 소유물인 줄 알았는데 머나먼 미국 땅에서도 분명 존재했다. 누가 그랬다지. 사람 사는 곳은 다 똑같다고. 하다가 고개를 절레절레 흔들며 다시 모니터로 시선을 돌리자 레이첼은 이해가 안 된다는 듯 물었다.

「싫어?」

「응.」

그녀의 일언지하로 거부하는 말에 레이첼은 조금 놀랐다.

「왜?」

「……그냥, 별로야. 그런 타입.」

하다가 뜸을 들이며 대답할 때였다.

"안녕하세요."

갑자기 들려오는 한국말에 하다의 머리가 퍼뜩 올라왔다. 수요일 남자가 눈앞에 서 있었다. 하다가 속된 말로 '벙찌고' 있는 사이, 레이첼도 눈을 동그랗게 뜨며 그를 보다가 조가비처럼 입술을 다물었다. 남자는 자신의 학교 아이디를 내밀며 말했다.

"5D Mark II랑 삼각대 중간 사이즈요."

「아, 네.」

못 들었겠지? 못 들었을 거야.

"지난번에 바빠서 예약을 깜박했는데 아직 남아 있을까요?"

「괜찮을 거예요.」

그러고 보니 이 사람, 아까부터 한국말을 쓰고 있다. 덕분에 상대방은 한국말을 하고 자신은 영어로 답하는 우스꽝스러운 상황이 연출됐다. 옆에선 레이첼이 자기 할일 하는 척 곁눈질로 그들을 살피고 있었다. 카메라와 삼각대를 빌리는 건 알겠지만 다른 대화를 알아들 수가 없어서 답답한 눈치였다. 하다는 뒤에 있는 작업대에서 삼각대와 카메라 가방 안에 든 장비들을 살핀 뒤 그의 앞으로 가져왔다. 이제 의무적인 지시사항을 알려줄 차례였다. 저도 모르게 한국말을 하려던 하다는 작게 헛기침을 하고 다시 영어로 입을 열었다.

「기간은 이번 주 토요일 오후 두 시까지고요. 이 종이 위에다가 사인 해주세요.」

"왜 영어로 말해요?"

시키는 대로 종이 위에 사인을 하며 수요일 남자는 물었다. 여전히 고집스럽게 한국말이다. 그동안 장비 빌릴 때 한국말 쓴 적 없었으면서. 가벼운 의문을 담고 물끄러미 쳐다보는 눈길이 어쩐지 그녀를 관찰하는 느낌이었다. 하다는 두 눈을 똑바로 마주했다.

"……그럼 구담조 씨는 왜 갑자기 한국말을 써요?"

그가 원하는 대로 한국말로 답해주었다. 그의 이름을 부르는 순간 기묘한 전율이 목덜미를 흐르고 지나갔다. 이름, 부를 일 없을 거라고 생각했는데.

"그냥요. 갑자기 쓰고 싶어서."

그렇게 말한 남자는 웃었다. 눈 끝이 휘어지고 적당히 도톰한 입술이 말려 올라갔다. 그 모습에서 지난 추억의 잔상을 발견한 하다는 가슴 한쪽이 '욱신' 하는 걸 느꼈다. 재빨리 시선을 내려 남자가 사인한 종이에 자신도 사인을 한 뒤 점선을 따라 찢었다. 그중 한쪽을 그에게 내밀며 그의 눈이 아닌 미간에 시선을 두었다.

「끝났습니다. 이제 가셔도 돼요.」

다시 흘러나온 영어는 그녀의 눈빛만큼이나 버석거렸다.

옆구리엔 삼각대, 한쪽 어깨엔 카메라 가방을 메고서 담조는 손에 쥔 종이를 내려다보았다. 종이의 맨 밑, 이 사람이 장비를 빌리도록 허락한다는 빈칸에 여자의 사인인 듯 필기체로 쓴 이름이 있었다.

"하…… 다…… 반."

천천히 이름을 읽던 담조는 눈을 깜박였다.

"반하다?"

흔하지 않은 이름이었다. 지난번 무대에서 마주쳤던 그녀의 몽환적인 눈동자가 떠올랐다. 그때 그녀의 얼굴은 인형처럼 차가웠지만, 명치를 건드리는 무언가가 있었다. 하나의 단어로 설명할 수 없는 애매모호한 느낌. 그것은 마치 구름 낀 하늘 아래 등대 없는 해안선을 보는 것 같았고, 새소리 없는 숲에 있는 것 같았으며, 아무도 없는 마른 사막 위에 서 있는 것 같았다. 그래, 무언가를 잃어버린 것처럼. 카트를 건네주고 총총 떠나던 경쾌한 걸음이 실은 환영이 아니었을까 하는 착각이 들 정도였는데…… 오늘 본 여자는 언제 그랬냐는 듯 다시 환하게 웃고 있었다.

여느 때처럼 그는 미디어 센터로 가는 길이었다. 유리벽 너머 카운터에 앉아 있는 그녀를 발견한 그는 놀라서 굳어버렸다. 그제야 동양 인형이 미디어 센터에서 일하는 학생이었단 걸 떠올렸다. 매주 수요일마다 카메라 가방과 삼각대를 그에게 건네주던 사람이었다는 사실도. 그래서 낯이 익은 거였나.

옆에 있는 외국 학생과 담소를 나누는 여자를 못 박혀 서서 한참 동안 지켜보았다. 주위를 녹일 듯 환한 미소. 짓궂은 표정. 이번엔 공연에서 보았던 여자의 모습이 거짓말처럼 느껴졌다. 막

피어나는 꽃처럼 생기발랄한 저 얼굴이, 무대 위에선 그토록 건조할 수 있었다는 게 믿기지 않았다.

담조는 헷갈렸다. 무엇이 여자의 진짜 모습일까.

어느새 미디어 센터의 주변을 벗어난 두 다리는 사진과 복도에 서 있었다. 무의식적으로 걸음을 멈추고 뒤를 돌아보았다. 벽을 따라 즐비하게 세워진 사물함 사이에서 푸른 잎사귀로 가득한 창밖의 풍경을 보고 문득 깨달았다.

이제 곧 여름이구나.

시간은 늘 바람 같다. 한없이 느리다가도 어느덧 뒤를 돌아보면 이미 닿을 수 없는 곳까지 흘러가 있다. 과거를 되돌릴 수 없듯 한 번 지나간 바람도 다시는 돌아오지 않는다. 담조는 이 순간을 평소처럼 바람같이 흘려보낼지 아니면 좀 더 그 흐름을 따라가며 곁에 두어볼지 생각해 보았다. 그동안의 경험상 인연이라는 건 찰나의 결정 같은 것이었다. 지금 이 순간을 놓친다면, 다시는 잡지 못할지도 모른다.

돌아가서 이번 여름엔 뭘 할 건지 물어볼까. 아니면 이대로 가 버릴까. 그는 저 여자에 대해 아무것도 모른다. 그러나 지금 느끼는 이 감정이 뭔지 모를 정도로 바보는 아니었다. 어떻게 할까. 지금까지의 경험상, 이런 비슷한 호기심이 몇 번 찾아온 적 있었지만 이 호기심을 외면했다고 해서 큰 일이 난 적도, 후회가 든 적도 없었다.

결정을 내린 담조는 다시 앞을 돌아보며 원래 가던 길을 가기 시작했다. 여름이 시작되면 아파트 계약을 연장해야겠구나. 집 주인한테 에어컨 고쳐 달라고 말해야지.

아쉬움 하나 없는 얼굴로 카메라 가방을 고쳐 잡고서, 여름이 다가오는 창밖 풍경에서 시선을 거둬냈다. 머릿속엔 이미 여자에 대한 생각은 존재하지 않았다.

여름은 빠르게 다가왔다. 정신없는 크리틱 위크(Critic Week)가 지나자 봄학기가 끝이 나고 3개월의 긴 여름방학이 시작됐다.

아침 일곱 시. 커튼자락 사이로 들어오는 여명에 눈을 뜬 하다는 부스스한 몰골로 자리에서 일어나 매트리스 옆에 놓았던 랩톱의 전원을 켰다. 하얀 커서가 부드럽게 움직이며 인터넷 창을 띄웠다. 가장 먼저 은행 사이트에 들어가 자신의 계좌를 살폈다.

이만 달러.

새로 들어온 돈을 살피는 하다의 표정이 천천히 굳어지다가 씁쓸하게 변했다. 지난 몇 년간 날짜 하루 밀리는 법 없이 그 사람은 철저히 자신이 한 말을 지키고 있었다. 이 돈이 마치 동생의 몸값인 것만 같아 숨이 막혔다. 하다는 이마를 짚고 고개를 숙였다. 컴퓨터의 말간 빛이 어둑어둑한 방 안에 잠긴 이마 위를 밝혔다.

「하다?」

흠칫, 잠에서 깨어나듯 하다의 고개가 올라왔다. 방 안 다른 한쪽에 놓인 침대에서 샤바나가 상체를 일으켰다. 반쯤 잠긴 푸른 눈동자에 걱정이 스몄다.

「괜찮아? 무슨 일 있어?」

「아냐, 아무것도.」

「……동생 일 때문에?」

하다는 아무 말 하지 않았다. 샤바나가 자리에서 일어나자 옆에서 자고 있던 스노이가 아침밥을 주는 줄 알고 고개를 파딱 들며 꼬리를 흔들었다. '좀 이따 줄게' 하고 스노이의 머리를 쓰다듬은 샤바나는 하다의 옆에 앉았다.

「괜찮아. 내가 있잖아.」

품으로 끌어당기는 샤바나의 손길에 하다는 잠자코 그녀의 어깨에 머리를 기댔다. 이곳, 시카고라는 낯선 땅에서 유일하게 하다의 사정을 알고 이해해 주는 사람. 고향도 아닌 타향에서 마음을 붙이고 살 수 있었던 건, 아무도 이해해 주지 못할 줄 알았던 이 마음을 고향 사람도 아닌 타향 사람이 받아주었기 때문이다. 상대방의 체온에 파르르 입술의 떨림이 점차 잦아들었다. 하다는 고개를 비틀어 하늘색의 얇은 커튼이 달린 창문을 보았다.

「언제 돌아와?」

오늘은 샤바나가 고향으로 내려가는 날이었다. 조심스러운 그 물음에 샤바나는 조용히 웃었다.

「오래 있진 않을 거야. 알잖아. 우리 아빠, 여자친구네 집으로 이사한 거.」

「맞다, 그랬지.」

「응, 한 5주 뒤에 돌아올 것 같아.」

샤바나가 일곱 살 적, 어머니가 집을 나가면서 샤바나의 부모님은 이혼을 했다. 다른 두 형제와 함께 아버지 곁에 남게 된 샤바나는 그래서인지 남은 가족 간의 유대가 강했다. 아버지 베일이 작년부터 사귀어 온 여자친구가 좋은 사람이란 건 알지만, 가족으로 받아들이기엔 아직 심적으로 힘들다며 울면서 하다에게 털어놓았었다. 집을 잃은 기분. 더 이상 돌아갈 자리가 없다고 울며 호소하는 샤바나를, 당시의 하다도 지금 샤바나가 해주는 것처럼 말없이 안아주었었다.

「나 없어도 외로워하지 않을 거지?」

연인끼리 할 법한 장난스러운 질문이었지만 샤바나는 스스럼 없었다. 서로 알게 된 삼 년 남짓한 짧은 세월이 무색하게, 그들은 서로를 많이 아꼈다. 룸메이트로서, 친구로서, 같은 길을 걸어가는 젊은 아티스트로서. 외로울 거야, 당연히. 그러나 하다는 그 말을 삼키고 짐짓 밝게 말했다.

「괜찮아. 성은이도 시카고에 남거든.」

「성은? 아아, 제시카의 한국 이름이 성은이었던가. 다행이네. 일학년 때 같은 수업 들었었는데 좋은 애인 것 같더라.」

「응. 좋은 애야. 덕분에 여름이 아주 외롭진 않을 것 같아. 며칠 뒤엔 쇼핑도 같이 가기로 했어.」

샤바나의 팔을 붙잡은 하다는 짐짓 장난스럽게 어깨에 머리를 비볐다. 그 고양이 같은 행동을 건너편 침대에 드러누워 있는 스노이가 빤히 바라보았다.

「빨리 와. 기다리고 있을게.」

「빛처럼 빨리 돌아올게.」

간지러운 듯 샤바나가 킥킥 웃음을 흘리더니, '너도 일로와!'라고 외치며 스노이를 덥석 데려와 하다와 함께 침대 위로 발랑 드러누웠다. 그렇게 셋이서 한창 키득거리다가 하다는 다시 창문을 보았다. 커튼 사이로 들어온 여름의 햇빛이 발끝에 닿아 있었다. 다리를 움츠려 그림자 안으로 몸을 숨겼다.

　가장 싫어하는 계절이 시작됐다.

　사바나를 미드웨이 공항에 바래다주고 온 하다는 곧장 콜럼버스 빌딩을 향해 달렸다. 오늘부터 6주간 계절학기 사진입문 수업을 들을 예정이었는데, 빠듯한 시간을 보니 잘못하면 첫날부터 지각할 것 같았다.

　학교는 개미 소리 하나 없이 조용했다. 평소 로비에 앉아 오고 가는 학생들을 관찰하던 흑인 경비원마저도 조용히 책을 읽고 있었다. 계단을 달리는 하다의 발소리가 좁은 층계참을 쿵쾅 울려 댔다. 방학이 되면 학생 대부분이 고향으로 돌아가기 때문에 학교엔 계절학기를 위해 남아 있는 극소수의 학생들과 몇 명의 교수들밖에 없었다. 특히 콜럼버스 빌딩은 미시간 호를 맞대고 있는 다운타운의 외곽에 위치해 있어서 수업이나 특별한 용무가 없으면 학생들이 방학 중에 찾아오는 일이 드물었다.

　「늦어서 죄송합니다.」

　하다는 밭은 숨을 내쉬며 교실 문을 조심스레 열었다. 다행히 도착한 학생들이 몇 없었다. 설마 수강 신청한 학생들이 이렇게 없는 건가 하는 걱정이 들었지만 교수의 손에 들린 두툼한 프린트물에 그건 아니라는 결론을 내렸다. 방학이라 다들 늦장을 부리는 것 같았다.

　그녀를 보고 반가운 미소를 지은 교수는 바지 뒷주머니에서 길게 접은 학생 명단과 펜 하나를 꺼내 들었다.

「늦기는, 정확히 도착했는걸. 이름이?」

「하다예요.」

「하다 반? 어디서 왔어요? 일본?」

「아뇨. 한국이요.」

「이름이 특이하네. 보통 한국 이름은 엄청 복잡하던데.」

옆에서 풋, 웃음소리가 들렸다. 주먹으로 입을 가린 한 남자가 건너편 책상에 앉아 있었다. 웃음기를 머금고 올라온 시선이 하다와 마주쳤다. 그를 알아본 하다는 몸이 굳어버렸다.

「웃지 마, 조. 네 이름도 만만치 않게 특이하니까.」

「알고 있습니다.」

말투는 공손했지만 어깨를 으쓱이는 태가 장난스러웠다. 흘긋, 다시 자신을 향해오는 검은 눈동자에 하다는 황급히 시선을 거뒀다. 예상치 못한 재회에 당황스러웠다.

「음, 내가 한국인 이름을 잘 못 외우는 편인데 하다랑 조는 쉬워서 잊을 일이 없겠어.」

이번 사진 입문의 교수, 조지 프랭크가 싱긋 웃으며 하다에게 프린트 묶음 하나를 건넸다. 친구 같은 교수라. 왠지 감이 좋다. 이곳의 모든 전공 교수들은 실제 활동을 하고 있는 아티스트들이라 개인의 창작 자유를 누구보다 존중해 주고 털털하게 구는 편이었지만 종종 목을 빳빳하게 세우는 교수들도 있었다.

「조지. 다시 말하지만, 제 이름은 담조(Dam Joe)예요. 이건 마치 조지를 그냥 '조'라고 부르는 것과 똑같다고요.」

「하지만 이게 편한걸.」

가볍게 토닥거리는 둘을 보니 서로 잘 아는 사이 같았다. 미국

내 대학에서 교수를 이름으로 부르는 경우가 드물지 않아도 웬만한 사이가 아니면 일정 선은 분명 지키기 때문이다.

「그럼 '댐'[2]은 어때?」

풋, 이번엔 하다가 조용히 웃음을 삼켰다. 남자의 시선이 느껴졌다.

「'댐'이라니깐요.」

「탐?」

「댐. 자, 따라해 봐요. 다─암.」

어느새 수요일 남자의 한국어 발음 개인 교습이 이어지고 있었다. 처음 보는, 남자의 의외로 서글서글한 면에 하다는 내심 놀랐다. 기억 속의 그는 항상 화가 나 있었다. 모든 걸 포기한 듯 무표정하지만 눈빛만은 또렷했던, 그래서 그 뒤에 숨어 있는 뜨거움의 정체가 무섭게 느껴지던 사람.

이만 자리로 돌아가야 하나.

탁구공 튀기듯 대화를 주고받는 그들을 보며 하다는 잠시 고민했다. 이곳의 풍토상 이런 상황에 가볍게 대화에 끼어들어도 무례가 되진 않았다. 평소의 자신이라면 교수와 조금이라도 더 말을 섞기 위해 그랬겠지만 이 남자가 있으니 꺼려졌다. 그래, 가서 자리에 앉자. 슬그머니 발을 비틀 때였다.

「자네는 사진 수업은 처음인가?」

「아, 네. 처음이에요.」

조지가 갑자기 질문을 던지는 바람에 하다는 주춤거리며 어색하게 웃었다. 이런, 실패다.

2) Dam은 '빌어먹을'이라는 뜻의 Damn과 발음이 똑같다.

「원래 뭘 하는데?」

「페인팅이요.」

「아하, 페인팅.」

말없이 대화를 듣고 있던 수요일 남자가 조금 의외라는 눈으로 그녀를 빤히 쳐다보았다. 그 눈길이 부담스러워서 하다는 모르는 척 조지에게만 열중했다.

「그럼 카메라 다뤄본 적은 있어?」

「페인팅 자료나 작품 기록 남길 때 쓴 DSLR 카메라가 전부예요.」

「어느 기종?」

「소니 알파 350이요.」

「엄청 오래된 기종이네. 질이 그렇게 좋지도 않은 건데.」

조지는 이번 입문 수업은 상관없지만 나중에 좀 더 레벨 있는 수업을 듣게 되면 다른 카메라를 사용하게 될지 모르니 미디어 센터에서 빌려서 쓸 준비를 하라고 했다. 이미 그럴 거라 예상했던 하다는 알겠다고 답했다.

자리로 돌아가기 전 하다는 힐긋 수요일 남자를 살펴보았다. 그는 어느새 옆에 앉은 다른 학생과 대화를 나누고 있었다.

까다롭기로 소문난 사진과의 첫 입문 수업은 의외로 다른 과와 별 다름 없었다. 학생들에게 강의 개요들을 나눠주고 교과서는 뭘 준비해야 하는지 알려준 다음, 자연스럽게 자기소개 시간이 이어졌다. 마지막으로 소개한 학생을 끝으로 간단히 자신을 소개한 조지는 담조를 가리켰다.

「그리고 여기는 앞으로 6주간 날 도와줄 TA. 댐-조[3].」

「……담조라고 합니다. 만나서 반가워요. 그냥 편하게 '조'라고 불러주세요.」

학생들 사이에서 작은 웃음이 번져 나갔다. 느긋하게 도로 자리에 앉는 수요일 남자를 하다는 조용히 지켜보았다. TA(수업조교)였구나. 하긴, 사진과 석사 과정에 있는 학생이 학사 수업을 들으러 올 리가 없지. 그것도 기초반에.

교수와 조교의 농담으로 시작된 수업은 화기애애했다. 그러나 조지가 첫 과제에 대해 설명을 시작한 순간 학생들의 입이 떡 벌어졌다.

「첫 프로젝트는 '고정된 한 자리에서 사진 오백 장 찍기'예요. 일주일에 한 번 수업이 있는 정규 학기였다면 3주짜리 과제이겠지만 아쉽게도 우린 계절학기 6주 코스이기 때문에 일주일밖에 줄 수 없어요. 여름방학이라 다들 시간도 넉넉하니 충분히 할 수 있겠죠?」

말 끝나기 무섭게 손 하나가 번쩍 올라왔다.

「그래, 거기.」

「고정된 한 자리가 정확히 무슨 뜻이죠?」

「말 그대로예요. 여러분이 찍고 싶은 한 자리를 정하고, 그곳에 서서 오백 장을 찍는 거죠. 360도로 몸은 돌려도 되지만 다리는 땅에 꼭 붙어 있어야 합니다. 지루할 거라 생각할지도 모르지만, 막상 찍기 시작하면 찍을 게 많다는 걸 분명 느낄 거예요. 시간, 방향, 각도에 따라 사물은 천차만별로 달라질 테니까. 이

---

3) Dam Joe. 띄어서 말하면 '빌어먹을 조'와 발음이 똑같다.

과제의 목적은 그걸 몸소 체험하면서 감각을 키우는 거예요. 물론, 그걸 위해선 좋은 장소를 선택해야겠죠? 좋은 장소를 발견하고 선정하는 것도 사진가의 능력이란 걸 명심하세요.」

경악하는 학생들을 향해 조지는 끝까지 천진한 미소를 잃지 않았다.

「우리 수업이 월, 수, 금에 있으니까, 정확히 다음 주 월요일에 짧은 크리틱이 있을 거예요. 그때까지 찍은 오백 장의 사진 파일과 그중에서 가장 맘에 드는 사진 대여섯 장을 프린트 해와요.」

계절학기 수업을 가볍게 여기다가 어퍼컷이라도 받은 듯, 여기저기서 신음이 터져 나왔다. 그런 학생들에게 조지는 덧붙여 일주일마다 50페이지 가량의 리딩 숙제가 있을 것이며 매주 금요일에는 그것에 대한 토론과 현대 사진작가들에 대한 강의가 있을 거라 친절히 알려주었다.

역시 입을 반쯤 벌리고 있던 하다는 생각을 정정했다. 조지는 친구 같은 교수의 가면을 쓴 잔인한 스파르타였다.

「카메라는 브랜드 상관없이 DSLR이면 상관없어요. 추천하는 기종은 캐논의 50D, 60D, 7D가 있고, 7D Mark II랑 5D Mark II도 있지만 그건 가격이 만만치 않고 초보한텐 너무 거하니까. 아참, 그리고…….」

깜박했다는 듯 조지는 손가락을 가볍게 튕겼다.

「2차 과제는 인물을 주제로 찍을 거예요. 두 명씩 조를 짜서 서로의 모델이 되어줄 건데…….」

말끝을 흐리며 그가 왼쪽에서 오른쪽 방향으로 차례대로 두 사람씩 짝을 지었다. 덕분에 책상 끄트머리에 앉아 있던 하다는 혼자 남아버렸다.

「홀수네. 어쩔 수 없지. 하다는 조랑 파트너 해.」

하다는 눈을 동그랗게 떴다. 팔짱을 끼고 창틀에 기대 있던 담조는 조지가 '괜찮지?' 하는 눈으로 쳐다보자 알겠다는 듯 고개를 끄덕였다.

「이건 장기 과제여서 앞으로 3주 뒤에 중간 점검, 발표는 학기 말에 있을 거예요. 지금 짝을 정해주는 이유는 미리미리 친해져서 상대방의 아름다움을 최대치로 끌어내 보라는 취지예요.」

그때 학생 하나가 손을 들며 장난스럽게 말했다.

「그럼 TA도 사진 찍어서 보여줘야 하는 거 아닌가요?」

「아, 그런가?」

생글생글 웃으며 조지가 담조를 쳐다봤다. 중후한 외모와 달리 장난기가 그득한 교수님이 아무래도 TA 놀리기에 맛을 들인 모양이다. 피식 웃은 담조는 당신 장난엔 이골이 나 있다는 듯 호기롭게 답했다.

「좋아요.」

낭패라는 표정이 역력한 하다를 힐긋 본 그는 느긋하게 시선을 거뒀다. 웃음을 참느라 그의 입술에 지그시 힘이 들어갔다.

「사진을 비롯한 미디어 수업을 듣는 학생들은 학교에 있는 미디어 센터에 대해 제대로 알 필요가 있어요. 장비가 비싸서 구하지 못하거나 다급하게 필요할 때, 예를 들면 이번 입문 수업에 필요한 DSLR 카메라 같은 것도 미디어 센터에서 빌릴 수 있거든요. 센터를 이용한 적 있는 사람?」

하다를 비롯해 반 정도 되는 학생들이 손을 들었다.

「좋아요. 그럼 손 안 든 사람들은 날 따라와요. 미디어 센터에서 어떻게 장비를 빌리는지 설명해 줄게요. 남아 있는 사람들은 지금부터 미리미리 리딩 숙제 하고 있어요. 그 사이에 조가 한 명씩 돌아가면서 짧은 인터뷰를 할 거니까. 수업이나 과제에 대한 질문은 그때 물어보고.」

그 말을 남기고 조지는 열 명가량의 학생들과 교실을 떠났다. 짧은 정적이 흐른 후, 교실에는 네 이름이 뭐냐는 가벼운 시작으로 간간한 대화 소리가 이어졌다. 방학 중에 만난 과제의 양은 쇼크고, 리딩 숙제를 지금 하긴 싫고, 그렇다보니 2차 과제로 맺어진 파트너와 대화가 이어질 수밖에 없었다.

덩그러니 남겨진 하다는 긴 호흡과 함께 조지가 나눠준 두툼한 유인물을 펼쳤다. 첫 장을 읽어보니 기초 카메라 사용 매뉴얼 같은 내용이었다.

"페인팅이라……."

한창 책 내용에 빠져 있을 때, 익숙한 중얼거림이 들려왔다. 유인물에서 고개를 들자 담조가 맞은편 자리에 의자를 가져와 앉고 있었다.

「난 퍼포먼스를 하는 줄 알았는데.」

그의 손에는 간편한 필기구가 들려 있었다. 하다는 그 여유로운 얼굴을 물끄러미 보다가 입을 열었다.

「왜요?」

「지난번에 퍼포먼스 MFA 쇼를 봤거든요. BFA 학생인 줄은 몰랐네요.」

굳이 더 설명하지 않아도 그가 왜 그런 착각을 했는지 알 만했다. 공연이 끝난 뒤 상당히 많은 사람들에게서 똑같은 소리를 들었기 때문이다.

「퍼포먼스 수업은 신입생 때 딱 두 번 들어본 게 전부예요. 이번엔 친구가 마땅한 상대역이 없다고 해서 도와준 것뿐이고.」

「그 줄리엔 가이치먼트라는?」

고개를 끄덕였다. 마치 대기업의 깐깐한 면접관인 양 그는 공책을 펼쳐 그 사이에 꽂아두었던 볼펜을 들고 달칵였다. 사무적으로 빛나는 눈동자는 여전히 공책을 향해 있었다.

「남자친구?」

「남자인 친구요.」

「흐음, 막연한 사인가 보네.」

「뭐, 잘 어울리는 패거리 중 한 명이긴 하죠.」

재미있다는 듯 그의 입가에 작은 미소가 드리웠다. 그제야 이게 조지가 말한 인터뷰가 아닐지 모른다고, 어렴풋 생각이 들었다. 하다는 망설이다가 물었다.

「이거, 인터뷰 맞죠?」

「왜요?」

「뭔가 취조 심문 받는 느낌이어서요.」

그가 쿡쿡거리며 웃었다. 남자답게 벌어진 곧은 어깨가 잘게 흔들리는 걸 보면서, 하다는 명치 부근에 긴장이 서리는 걸 느꼈다. 눈가에 살며시 패인 주름. 똑같다. 그 사람과.

「인터뷰잖아요.」

남자가 능청스럽게 어깨를 으쓱였다. 인터뷰보단 대화가 되어가는 느낌이었지만 하다는 그 점을 굳이 지적하지 않았다. 대답 없는 하다를 향해 그가 슥 눈을 들었다.

「기분 나빠요?」

「……아뇨.」

「인터뷰래 봤자 조지가 학생들과 친해지라고 나한테 준 숙제나 다름없어요. 너무 부담 갖지 마요.」

부담이라. 부담 가진 적은 없다. 단지 이 남자의 존재가 갑작스러울 뿐이다. 길을 지나가다 뜬금없이 머리통에 조약돌을 콩 맞은 느낌. 그래서 뒤를 돌아봤더니 전혀 예상치 못한 인물이 장난스럽게 씩 웃으며 서 있는 상황.

그는 기억하지 못한 눈치지만 일학년 때부터 미디어 센터에서 일해 온 하다는 일주일에 한두 번씩은 그와 대면했고, 사진과 부서와 회화과 부서가 같은 빌딩에 있다 보니 점심시간마다 교내 카페테리아에서 그를 보는 건 어려운 일이 아니었다. 그러나 이런 잦은 마주침에도 불구하고 그들은 단 한 번도 사적으로 말을 섞어본 적이 없었다. 매주 수요일마다 카메라를 빌려줬던 사람이 그녀라는 사실을 그는 기억도 하지 못할 것이다. 그런데 이제 와서 이렇게 아는 척을 해오니 당황스러울 수밖에. 아, 단순히 수업에 충실한 것뿐인가. 그런 거라면 이해할 수 있다.

「사진 수업은 왜 듣게 됐어요?」

「그냥, 작업하는 데 도움이 될까 해서요.」

「페인팅 하고 있다면서.」

「요즘 시대엔 작품 만드는 데 전공 구별 같은 거 하지 않잖아요. 우리 학교 같은 경우만 해도 과의 구분 없이 모든 수업을 들어도 되고. 많이 아는 만큼, 할 줄 아는 게 많은 만큼 좋은 작품이 나온다고 전 믿어요.」

말을 마치고 나서야 아차 싶었다. 가볍게 물은 질문에 득달같이 달려든 자신이 우스워 보일지도 모른다는 생각이 들었다. 교수님도 아니고 단순히 TA일 뿐인데. 그러나 그는 아무렇지 않은 듯 오히려 흥미와 재미 그 경계선에 머문 눈빛으로 그녀를 들여다보며 펜으로 공책을 가볍게 두드렸다.

「사진이랑 페인팅 말고 뭐 들어봤는데요?」

「음, 아까 말한 퍼포먼스도 있고, 조각, 직물, 아, 도자기도 구워봤어요.」

"욕심 많네, 반하다."

지나가듯 그가 장난스럽게 한국말로 중얼거렸다. 하다는 멈칫했다. 잠시 그가 TA로서 지켜야 할 선을 넘은 느낌이 들었다. 훈계나 비난하는 어조가 아닌, 뭐랄까, 친근한 사람에게 사적인 말을 한 듯한. 정작 남자는 아무렇지 않은 듯 다시 공책으로 시선을 내려 무언가를 휘갈기고 있었다.

「다음엔 프린팅(Printing 판화) 수업도 들어봐요. 사진을 응용해서 하는 게 많거든요. 특히 스크린 프린팅은 페인팅이나 사진 기법으로도 많이 쓰이니까.」

「……네.」

다음 인터뷰를 위해 자리에서 일어나던 담조는 깜빡했다는 듯 하다를 돌아보았다.

"점심 어디서 먹을 거예요?"

"그냥 집에서 먹으려고 했는데요."

샤바나와 사는 아파트는 콜럼버스 빌딩에서 걸어서 15분 거리에 있었다.

"조금 이따 점심이나 같이 먹죠."

대화가 물 흘러가듯이 이어지다 보니 한국말을 하고 있단 걸 그제야 눈치챘다. 하다는 주위를 휙 둘러보았다. 다행히 그들을 제외한 다른 한국인은 없었다. 그 행동이 재밌는지 다시 돌아본 그의 얼굴에는 미소가 서려 있었다.

"인터뷰 끝났잖아요. 이젠 2차 과제 준비해야죠."

"벌써요?"

하다가 이해 안 된다는 얼굴로 쳐다보자 그는 답답한 듯 혀를 찼다.

"다른 사람들 벌써 친해진 거 안 보여요? 나, 모델. 당신, 사진작가. 나 모델을 찍는 데엔 익숙해도 찍히는 데엔 익숙하지 않아요. 그런 내가 마음을 터놓을 수 있게 노력 많이 해야 할 겁니다."

그의 의도가 좀처럼 읽히지 않았다. 그래서 황망히 얼굴만 빤히 쳐다보는데 사무적으로 굳어 있던 그의 입술이 느른히 풀어졌다.

"곤란하단 표정이네."

푹 찔러오는 정곡에 하다는 또 한 번 말을 잃었다.

"농담을 잘 못 받아치는 성격인가 봐요. 미안. 그냥 묻고 싶은 말이 있어서 그랬어요. 2차 과제 준비하려면 의논할 것도 있고."

뭐라 받아치고 싶은데 둔한 머리는 느리기만 했다. 다시 날아온 조약돌이 이번엔 마음 속 수면에 파문을 일으켰다. 가만히. 조용조용히.

"점심, 먹을래요?"

까맣고 단단한 눈. 남자의 눈빛은 가만히 바라보다간 그대로 설득당할 것 같은 고요한 힘이 있었다. 오랫동안 알아온 사람을 만난 것처럼 편해지는 자신의 기분을 깨닫고 하다는 심장이 덜컥 내려앉았다.

"죄송하지만, 친구랑 먹기로 해서."

"아깐 집에서 먹는다며."

"약속이 있는 걸 깜박했어요."

도망치는 버릇이 여기서도 나올 줄이야. 하다는 물끄러미 쳐다보는 그의 눈을 피하며 최대한 자연스러운 표정을 지었다.

"어쩔 수 없죠."

알겠다며 고개를 끄덕이는 그는 다행히 전혀 섭섭하지 않은 얼굴이었다. 공책을 어깨에 가볍게 걸치고, 수요일 남자는 눈치 주는 것 없이 다음 학생으로 넘어갔다.

"그래서, 이곳으로 도망 온 거예요?"

하다의 얼굴이 발갛게 달아올랐다. 당황해서 어쩔 줄 몰라 하는 그녀의 모습이 귀여워서 담조는 웃음이 나는 걸 꾹 참았다.

"아니, 그게……."

그들이 있는 곳은 미시간 거리에 있는 한 카페. 빵, 샐러드, 샌드위치, 스프 등등 가벼운 식사를 할 수 있는 곳이어서 직장인들뿐만 아니라 학생들도 즐겨 찾는 곳이었다.

교내 식당이 공사로 문을 닫은 바람에 이곳까지 왔던 담조는 우연하게도 런치타임이라 길게 늘어선 줄의 중간쯤에 서 있는 하다를 발견했다. 빈티지한 청바지와 티셔츠. 순서를 기다리는 얌전한 고양이 같은 모습까지. 도저히 알아보지 않으려야 않을 수 없었다.

"친구를 여기서 만나기로 했나 봐요?"

그는 명백히 웃음을 참고 있었다. 하다는 창피함에 고개를 숙이고서 이곳에 온 자신을 속으로 책망하고 또 책망했다. 집으로 가던 중 집에 먹을 게 떨어졌다는 걸 떠올린 게 화근이었다. 이곳 샐러드가 오늘따라 당긴 건 욕심이었고, 설마 그가 교내식당을 놔두고 여기까지 올까 하고 생각한 건 잘못이었다.

"약속이…… 취소됐어요."

하다는 기어가는 목소리로 답했다. 그가 흐음 하며 그녀를 쳐다봤다. 어쩐지 재미있다는 눈초리다.

"저런. 그럼 나랑 같이 먹는 거 어때요?"

"네에."

표정이 꼭 겁먹은 다람쥐 같았다. 발갛게 달아오른 저 뺨을 건드리면 무슨 느낌이 날까. 혹시 새디스트 취향이 있었나. 위축된 표정이 왜 좋은 거지.

"부담되면 말해도 돼요. 억지로 권유할 생각은 없어요."

"부담되지 않아요!"

놀란 듯 눈을 동그랗게 뜬 하다는 양손을 흔들며 고개를 가로저었다. 그러나 곧 민망함에 시선을 떨어뜨렸다. 어찌됐든 망신살이었다.

"흐음. 강한 부정은 긍정이라던데."

"아니에요. 그냥, 어색해서."

전혀 생각지 못한 사람이 다가와서. 하다는 그 말을 목구멍으로 삼켰다.

싱긋 웃은 그는 테이블들이 있는 쪽을 향해 고갯짓을 했다.

"미안하면 내 음식 좀 대신 주문해 줄래요? 줄이 너무 기네. 난 자리 잡고 있을게요."

그가 자리 잡은 곳은 창가에 위치한 2인용 테이블이었다. 점원에게 받은 번호표를 테이블 위에 놓으며 하다는 그의 맞은편 자리에 앉았다.

"얼마예요?"

"그냥 제가 살게요. 미안하기도 하고."

망설이듯 마지막 말을 덧붙이는 그녀에게 담조는 싱긋 웃으며 턱을 괴었다.

"몰아붙인 건 나니까 미안할 거 없어요. 하지만 고맙게 받을게요."

어설픈 거짓말까지 해가며 그를 피한 게 무안할 정도로 그는 그녀를 산뜻하게 대했다. 그런 행동 때문에 더 미안해진다고요. 그 말을 속으로 삼키며 하다는 그가 미리 떠놓은 물을 빨대로 쪼록 마셨다.

"전부터 궁금했는데 그 퍼포먼스에 나온 갈대밭 영상, 어디서 찍은 거예요?"

웨이터가 가져다 준 접시 위의 호밀빵 샌드위치를 들며 담조가 물었다. 다행히 그와의 대화는 편안했다. 물 흘러가듯 주제가 시시각각 바뀌어서 도중에 말없이 서로만 쳐다보는 어색한 침묵에 빠질 일도 없었다. 하다는 물 잔에 꽂은 빨대를 빙글 돌리며 기억을 더듬었다.

"캔자스요. 줄리엔이 캔자스시티 출신이라 친구들이랑 작년에 중부 쪽으로 여행 갔어요. 거기서 아이디어를 땄죠."

"그 잘 어울려 다닌다는 패거리랑?"

"네, 그 패거리랑."

씩 입꼬리를 올리며 웃는 그녀의 얼굴이 해사했다. 처음엔 경계를 하더니 조금은 마음을 터놓는 것 같아 담조는 속으로 안도했다. 거짓말을 못하는 사람한테 거짓말을 듣는 것만큼 곤혹스러운 것도 없다. 이 여자가 한 건 귀여웠지만.

"그런데 그건 왜요?"

"무척 낯익은 느낌이 들어서요. 그렇게 넓은 갈대밭을 보는 건 스무 살적 이후 처음이라."

갈대밭에 서 있는 당신이 계속 형과 함께 꿈에 나타나. 사실 담조는 그렇게 말하고 싶었다. 영상에서 본 갈대밭은 마치 준비 없이 맞닥뜨린 지난 기억들의 파도와도 같았다. 지금까지 잊고 지냈던 형과의 추억들이 밑 터진 독처럼 쏴아아 쏟아져 내려 가슴이 쓸리는 기분이었다.

담조는 씁쓸히 웃다가 하다와 눈이 마주쳤다. 어쩐지 그녀의 검은 눈동자는 방금 전의 밝은 기운이 조금 사그라진 채 잔잔한 개울처럼 고요했다. 이 여자에게 호기심이 든 계기는 바로 이 눈이었다. 몽환적이면서도, 흑백 대비가 뚜렷한 맑은 눈.

"오백 장 찍기 과제. 어디서 찍을지 생각해 봤어요? 장소 잘 선택해야 할 텐데."

분위기를 전환하기 위해 담조는 화제를 바꿨다. 그들 사이로 가로지르던 여운은 그 순간 끝이 났다.

"생각나는 곳이 몇 군데 있긴 해요. 링컨 파크도 괜찮고, 스테이트 거리 한복판에 서서 찍기, 혹은 아파트 옥상……."

이 여자에 대해, 알고 싶다.

"기차 타고 조금 멀리 나가볼까 생각도 해봤는데 시간도 없고 풍경만 찍으면 나무랑 하늘만 나와서 재미없을 것 같기도 해요."

즐겁게 이야기하는 하다를 담조는 사색하는 눈으로 쳐다보며 물었다.

"이번 여름 동안 뭐 해요?"

잘그락, 유리잔 속 얼음이 부딪쳤다. 여자가 그의 생각을 읽으려는 듯 물끄러미 쳐다보았다. 담조는 잔잔한 미소를 띤 채 그 눈길을 마주했다.

후회하고 있었는지 모른다. 이 짧은 물음을 지난번에 건네지 않았던 걸. 만약 그 후 영영 이 여자를 못 보게 되었다면 어떻게 되었을까. 그 뜬금없는 생각에 스스로 놀라면서도 놀라지 않은 자신을 발견했다. 이 여자를 의식하기 시작한 건 우연히 본 4월의 MFA 쇼. 이름을 알게 된 건 그로부터 며칠 후. 그때와 지금 별반 달라진 건 없다. 그는 여전히 반하다에 대해 몰랐다. 어디에서 왔는지, 몇 살인지, 시카고엔 왜 왔는지. 그런데도 후회할 일 없을 거라 호기심을 외면했던 그때와 달리 지금은 그 호기심을 쉽게 외면할 수가 없었다.

"혹시 한국에 가요?"

"아뇨. 여기에 계속 있을 거예요."

"나돈데."

담조는 웃었다.

이 여자에 대해 좀 더 알고 싶다, 머릿속에 가볍게 떠오른 그 감정은 가슴으로 흘러들어와 한참 동안 그곳에 머물렀다. 그건 여자의 속으로 파고들고 싶은 욕정이 아닌, 사람에 대한 순수한 호기심이었다. 여자라는 성별을 넘어서 사람이 이토록 궁금해진 건 처음이라 이런 경우엔 어떻게 해야 하나, 그런 엉뚱한 질문을 스스로에게 던져 보았다.

태어날 때부터 이 순간까지 무언가를 궁금해하거나 욕심을 내 본 적 없었다. 아니, 단 한 번 있었다. 반토막짜리 핏줄과 호적으로 이어진 이 세상에 하나뿐인 형, 그를 향해. 하지만 형도 자신이 욕심을 내면 안 되는 사람이었기에, 그나마 그를 형이라고 부를 수 있는 이 위치와 형을 유일하게 만날 수 있었던 여름이라는 시간에 만족했다. 거기서 더 욕심내지 않았다. 욕심내는 건 그에게 허용된 것이 아니었다.

"담조 씨는……."

그렇게 말문을 열던 여자는 일순 골똘히 생각에 빠졌다. 그녀가 다시 입을 열었을 땐 전혀 예상치 못한 질문이 튀어나왔다.

"그런데, 담조 씨라고 불러도 되는 거죠?"

설마 호칭 때문에 이리 심각한 표정을 짓는 건가. 한국이라면 선배라고 불렀겠지만 선배란 위치가 딱히 없는 외국에선 이름만 부르는 경우가 허다했다. 그냥 그렇게 부르면 될 것을. 그 모습이 퍽 귀여워서 슬그머니 삐져나오려는 웃음을 간신히 참았다.

"저번에도 그렇게 불렀잖아요. 편한 대로 불러요."

'오빠'라는 단어가 언뜻 머릿속을 스쳐 지나갔지만 입 밖으로 꺼내진 않았다. 더 이상 약을 올렸다간 남자의 로망을 이루기도 전에 그녀에게 한 대 맞을 것 같아서.

"수요일 남자⋯⋯."

"네?"

"그럼 담조 씨라고 부를게요."

방금 들은 말은 그게 아닌 것 같은데.

그때 공연에서 보았던 몽환적이고 초현실적이었던 모습은 어디로 갔을까. 지금 반하다는 바로 눈앞에서 싱그럽게 웃고 있었다.

"오빠!"

갑자기 던져지는 한국말에 반사적으로 담조와 하다의 시선이 뒤로 향했다. 테이크아웃을 기다리던 세 명의 동양 여자들 중 웨이브 진 머리를 한 여자가 무척 반가운 얼굴로 손을 흔들며 그들에게, 아니 정확히는 담조에게 다가오고 있었다.

"수아야."

"우연이네, 오빠. 여기서 점심 먹는 거야? 누구랑⋯⋯."

환하게 웃으며 시선을 내린 수아는 하다의 얼굴을 알아보고 표정이 굳었다.

"반하다."

고개를 들어 수아를 마주 본 하다는 희미하게 웃었다.

"여기서 또 보네."

수아는 대답하지 않았다. 굳어 있는 수아도, 가만히 웃어 보이는 하다도 이 예상치 못한 만남을 꺼려하진 않았지만 그렇다고 반기는 기색이 아니었다.

그 불편한 기운을 감지한 담조의 머릿속에 기억 한 줌이 떠올랐다. 자살 기도. 공연에서 다른 사람보다 반하다를 더 강렬하게 기억할 수 있었던 계기. 그걸 얘기해 준 것이 석진이었고, 그 얘기를 처음 석진에게 전해준 것이 수아였다. 석진의 사촌 동생이자 한때 반하다와 같은 학교를 다녔던, 반하다의 과거를 알고 있는 사람.

그 사실을 떠올리자마자 반사적으로 반하다의 손목으로 시선이 갔다. 가는 왼손 팔목에 차고 있는, 여자가 차기엔 조금 두꺼운 남자용 메탈 시계가 눈에 띄었다. 그가 아는 어떤 사람도 저런 시계를 가지고 있었지.

"두 사람은 어떻게 아는 사이야?"

수아가 그를 보며 물었다. 담조는 가만히 그녀를 응시하다가 자연스럽게 물 잔을 들어 입가에 가져갔다.

"내가 수업 조교로 있는 사진 수업을 듣거든."

"아아."

납득한 듯 수아는 가만히 토마토 바질 수프를 떠먹고 있는 하다를 슬쩍 내려다보았다.

"그나저나 오빠, 저번에 같이 보기로 했던……."

"수아야."

물 잔을 내려놓으며 담조는 수아를 쳐다보았다. 그녀를 부르는 나지막한 음성은 끼어들거나 반박할 수 없는 단호함이 있었다.

"나 하다 씨랑 이야기 나누고 있었는데."

그만 가봐. 뒤에 생략된 그 말을 알아듣지 않으려야 않을 수 없었다. 몇 초간 무안한 침묵이 세 사람 사이에 내려앉았다.

"뒤에서 친구들이 기다리잖아."

그의 말대로 그들 뒤에는 수아와 동행했던 여학생들이 포장된 음식을 들고서 무슨 일인가 호기심에 찬 눈빛으로 기웃거리고 있었다.

"……그러네."

수아가 딱딱하게 답했다. 친구들이 기다린다는 사실을 잊고 있었다는 목소리가 아니라, 그가 원하는 대로 넘어가 주겠다는 것에 가까운 말투였다. 이런 담조의 반응을 예상하지 못했다는 듯 무안함으로 굳어진 눈에는 그를 향한 서운함이 서려 있었다. 그러나 이 이상 보채면 공과 사가 뚜렷한 그가 더 정색하고 나올 걸 알기에 그녀는 순순히 뒤로 물러났다.

"무슨 일 있어?"

"아무것도 아냐."

친구들의 물음에 간단히 대답한 수아는 담조와 하다가 앉아 있는 곳을 마지막으로 돌아본 뒤 친구들과 함께 가게를 떠났다.

"그렇게까지 보낼 필욘 없었는데……."

원망 서린 눈빛으로 쳐다보던 수아가 떠올라 하다는 마음이 못내 불편했다. 그러나 담조는 괜찮다는 표정으로 먹다 만 샌드위치를 다시 들었다.

"이런 일로 삐칠 애 아니에요."

"잘 아는 사이인가 봐요."

"아는 형의 사촌동생이거든요."

빙글, 얼음이 든 물 잔을 돌리면서 담조는 화제 전환을 하듯 하다에게 물었다.

"그럼, 저도 하다 씨라고 불러도 되는 거죠?"

집에 도착하자마자 담조는 외투를 카우치 위에 아무렇게 던져 놓고 주머니에서 휴대폰을 꺼냈다. 마음 같아선 수업이 끝나자마자 바로 전화하고 싶었지만 주위에 아무도 없다는 걸 확인할 필요가 있어서 집에 도착할 때까지 간신히 참고 있었다. 왜 이걸 생각하지 못한 걸까. 가장 먼저 했어야 하는 일이었는데.

[여보세요?]

"형, 전에 반하다에 대해 이야기한 거 기억나?"

석진이 전화를 받자마자 담조는 속사포처럼 말을 쏟아냈다. 그 기세에 석진은 잠시 당황했다.

[반하다? 누구야? 사람 이름이야, 그거?]

예상대로 석진은 하다의 이름조차 모르고 있었다. 얼굴만 알고 그런 민감한 얘기를 그에게 전해준 것이다. 석진은 담조가 뉴욕에서 경제학을 공부하고 있을 무렵 전공을 옮길 수 있도록 도와준 사람이었다. 지금 다니는 학교로 석사 준비할 때도 먼저 온 선배로서 많은 조언을 준 사람이기도 했다. 몇 안 되는 친한 지인들 중에서도 인생 선배로 존경할 만하다고 말할 수 있는 사람. 그런데 그런 그에게 처음으로 화가 났다.

"전에 MFA 쇼 준비할 때 카메라 전해준 한국 여학생 있잖아."

[아, 걔.]

"그 얘기, 나 말고 다른 사람한테 한 적 있어?"

평소보다 거칠고 조급한 담조의 말투에 석진은 얼떨떨한 듯했다.

[어…… 글쎄. 아마 없을―.]

"됐고, 그 얘기 앞으로 입에 담지 마."

[이 녀석이 다짜고짜 뭐라는 거야? 앞뒤 생략하지 말고 제대로 좀 말해.]

"앞뒤 생략할 게 뭐 있어. 한인 사회 좁은 거 몰라? 외국에서, 특히 대학교 내에서 그런 소문 순식간에 퍼지는 것쯤 일도 아니란 거 알잖아. 그럼 입조심해야 할 거 아냐."

[넌 내가 그런 소문내고 다닐 종자로 보여? 너 뉘앙스가 좀 이상하다?]

이제 석진도 조금 화가 난 것 같았다. 제대로 된 설명 없이 쏘아붙이기만 했으니 그럴 만했다. 잠시 말을 멈춘 담조는 흥분을 가라앉히기 위해 숨을 고르며 관자놀이를 문질렀다.

"……아니, 알지. 형이 그런 사람이 아니란 거."

하지만 소문이란 건 자기가 원한다고 해서 퍼져 나가는 걸 막을 수도, 없었던 일로 돌릴 수도 없는 거였다. 한 다리만 건너면 다 알고 있는 외국의 좁은 한인 사회에선 특히나. 오랜 외국 생활로 소문 하나 잘못 돌아 사람 하나가 쉽게 망가지는 걸 담조는 수도 없이 목격해 왔다. 어떻게 보면 다행이었다. 석진이 가장 먼저 그 얘기를 전해준 사람이 자신이어서.

[너답지 않게 왜 흥분하고 그래. 무슨 일 있어?]

석진도 마음이 조금 풀린 듯 한결 누그러진 목소리로 물었다.

"……아니."

그제야 자신이 무엇에 이토록 화가 나 있었을까 생각해 본다. 갑자기 찾아온 혼란. 반하다의 과거를 처음 들었을 땐 무심하게 넘어갔으면서 왜 이제야. 왜.

"이번에 조교를 맡은 수업에 그 애가 있더라고. 안면도 익혔는데 나중에 그런 소문 돌게 되면 마음이 불편할 것 같아서."

[그건 그렇지. 난 또 뭐라고. 네가 막 안 하던 흥분을 하기에 내가 무슨 큰 실수라도 한 줄 알았다. 그래, 앞으로 입조심할게.]

"고마워, 형. 수아한테도 형이 잘 얘기해서 조심하라고 당부해줘."

[알았다.]

전화가 끊긴 휴대폰을 들고서 담조는 한참 동안 제자리에 서 있었다. 남 일을 가지고 제 일처럼 흥분해 본 것은 준수 형 외에 처음 있는 일이었다. 그런 자신에게 놀라서 석고상처럼 눈만 뜨고 굳어 있는 것 말곤 할 수 있는 게 없었다.

귓가에 문득 바람 소리가 들려왔다. 이곳엔 프로젝터가 없는데, 그녀가 있는 것도 아니고 준수 형이 있는 것도 아닌데, 꿈에서 본 갈대밭이 눈앞에 환영처럼 나타났다.

쏴아아― 쏴아아―

바람 소리는, 한참 동안이나 그의 귓가에 머물렀다.

샤바나와 스노이가 없는 아파트는 조용했다. 한참 인터넷으로 과제를 위해 마땅한 장소를 검색하고 있던 하다는 눈두덩을 꾹꾹 누르며 자리에서 일어났다. 거실에 딸린 부엌으로 가 쟈스민 차를 끓였다. 향긋하고 부드러운 향기에 무거웠던 몸이 느른히 펴졌다. 뜨거운 머그잔을 들고서 책꽂이에 나열된 DVD들을 차근차근 살펴보았다. 샤바나도 없으니 오랜만에 한국영화나 볼까. 화면 밑의 자막을 읽는 것에 서툰 샤바나는 학교 과제가 아닌 이상 영어 외에 다른 언어로 된 영화를 잘 보지 않았다. 그런 친구를 놀리며 자막을 더빙으로 바꾸던 게 생각나 피식 웃음을 지었다.

재생 버튼을 누른 하다는 불을 끄고 카우치에 앉아 차를 마시며 영화가 시작하기를 기다렸다. 밤에 혼자 있는 게 무서운 그녀는 이렇게 샤바나가 집을 비울 때면 졸려서 지칠 때까지 영화를 보곤 했다. 스노이라도 옆에 있으면 좋으련만. 작은 생명도 삶의 응원이 될 수 있다는 걸 스노이를 키우면서 알게 됐다. 샤바나가 없을 때마다 곁으로 와서 코를 비비는 녀석 때문에 혼자 있는 밤에도 무섭지 않았다. 아니, 혼자가 아니었다.

일련의 광고가 지나가고 영화가 시작하기 직전, 하다는 문득 자신의 손목을 내려다보았다. 스크린에서 나오는 투명한 빛에 메탈 재질로 만들어진 시계가 은은하게 빛이 났다.

열일곱 살 무렵, 엄마의 강요로 억지로 입시를 치러 예고에 들어갔다. 그러나 딸이 그토록 들어가길 원하던 학교의 입학식 날, 정작 엄마는 그곳에 없었다. 학교 어느 곳에 있어도 마지막으로 본 엄마의 얼굴이 떠올라 학교생활에 좀처럼 정을 붙일 수가 없었다.

그런 마음이니 아이들과 친해질 수 없는 건 당연했다. 마주치면 간간이 인사하는 정도. 비단 수아뿐 아니라 모든 아이들에게 선을 그었던 것 같다. 심적으로도 정신적으로도 모든 게 **빽빽이**

가득 차 있어서 주위 사람들에게 마음을 쏟을 겨를이 없었다. 그러니 이곳 먼 땅에서 우연히 부닥친 수아가 그런 얼떨떨한 얼굴을 하는 것도 이해할 수 있었다. 무시할 수 있었는데도 먼저 인사를 건네 온 수아가 오히려 대인이었다.

"그럼, 전 하다 씨라고 불러도 되죠?"

그렇게 수아가 가고 난 뒤, 그는 자연스럽게 화제를 돌렸다. 그의 얼굴이 어쩐지 다정했다. 수아가 말했을까, 그에게. 시계 밑에 감춰진 흉터를 알고 있기 때문에 그가 이런 다정한 얼굴을 하고 있는 걸까.

"이미 이름으로 부르고 있으면서."

마른 입술을 축이는 척 고개를 숙여 물 잔 뒤로 붉어진 얼굴을 숨기고 말았다. 피식, 그가 웃었다. 한때 오만하다고 여겼던 입술에 새겨진 미소가 한순간 너무 따스했다. 머릿속에서 붉은색 경계경보가 울린 건 그때였다. 그 누구와 있어도 사라지지 않았던 가슴 한편의 외로움이 탄산수의 기포처럼 증발하는 걸 느끼면서 하다는 당황스러웠다. 이 감정은 분명 예정에 없었던 일이었다. 위험했다.

그 후로는 그와 무슨 얘기를 하고 음식을 먹었는지 제대로 기억나질 않았다. 화방에 들려야 한다는 말로 먼저 일어나고, 되돌아간 오후 수업에선 그를 제대로 마주 볼 수가 없었다. 수업이 끝나자마자 부리나케 짐을 챙기고 교실을 벗어난 걸로 기억되었다.

　문득 정신을 차리고 보니 영화가 시작한 지 시간이 꽤 흘러 있었다. 그녀의 한쪽 손은 무의식적으로 시곗줄 아래에 검지를 넣고 있었다. 다른 살갗보다 볼록 튀어나온 오래된 흉터. 버릇처럼 그곳을 매만지며 하다는 어둠 속 하얀 빛을 내뿜는 스크린을 오랫동안 쳐다보았다.

　영화가 끝났을 때 머릿속에 남아 있는 건 없었다. 하얀 잔상만 가득했다. 켜켜이 쌓인 회고록처럼.

3.

"이 옷 어떤 것 같아?"

영어 이름으로는 제시카, 한국 이름으로는 성은이라 불리는
친구는 진열대에 걸려 있는 새빨간 칵테일 드레스를 덥석 집어
올리며 하다를 돌아보았다. 반짝반짝 빛나는 눈이 이 옷은 내 거
라는 야심찬 포부를 드러내고 있었다.

하다가 가늠을 하려 눈을 가늘게 모으자 성은은 보라는 듯 곧
은 자세로 가슴을 쭉 펴고 드레스를 자기 몸에 대었다. 서양인
못지않게 육감적인 그녀의 몸매는 굳이 입어보지 않아도 어울릴
게 분명했다.

"좋은데? 입고 와봐."

탈의실 밖으로 나온 성은은 역시 예상과 다르지 않았다. 시원
한 이목구비 밑으로 여실히 드러나는 목선. 그 밑으로 부드러운

여인의 곡선을 타고 흘러내리는 붉은 실크 드레스. 하이힐을 신지 않아도 성은의 비율은 완벽했다.

"성은아. 너 내 사진 모델 하지 않을래?"

입을 반쯤 벌린 채 감탄하던 하다가 저도 모르게 물었다. 성은은 배시시 웃으며 콩콩 걸어와 거울 앞에 섰다.

"너무 예쁘다, 그치?"

"응, 최고로 예뻐."

성은은 드레스를 보며 하는 말이었지만, 하다는 이런 화려한 드레스를 자연스레 소화하는 친구를 보며 하는 말이었다.

"아무래도 최근에 한 식이요법이 통한 것 같아."

허리에 손을 얹고서 성은은 거울 속 제 모습을 이리저리 진지하게 살펴보았다.

"최근에 1킬로가 빠졌거든."

"그게 정말 효과가 있어?"

그 1킬로가 빠졌을 때나 안 빠졌을 때나 하다의 눈에 그녀의 몸매는 언제나 완벽했다. 성은은 단호하게 고개를 끄덕였다.

"그럼. 1킬로의 군살은 몸의 라인을 바로잡는 히든카드니까."

더없이 진지한 그 얼굴이 자못 웃겨서, 하다는 피식 바람 빠진 웃음소리를 냈다. 풍족한 환경에서 태어나 별다른 인생의 굴곡 없이 곱게 자란 성은은 성격이 모난 데 없이 쾌활한 친구였다.

"이거 입고 남자친구 학회 파티에 가면 되겠네."

"너무 어려 보이진 않아?"

"아니, 전혀."

그녀가 하는 사랑은 항상 순수하고 정열적이었다. 관계가 오래

가진 않았지만 연인으로 있는 그 순간만큼은 분명 그녀는 사랑을 하고 있었다. 남들은 그녀를 보며 남성 편력이 심하다고 아직 철이 없어서라고 말하지만 하다는 그것이 성은만이 가진 순수함이라 생각했다. 자기 주관이 뚜렷하고, 호불호가 분명하며, 상대방을 특정한 편견 없이 볼 수 있다는 것. 그것도 하나의 능력이었고, 의식한다고 해서 따라할 수 있는 개성이 절대 아니었다.

"왜, 이런 옷 싫대?"

"아니, 그런 건 아닌데……. 그 사람이 나이가 좀 많거든."

"얼마나 많은데."

망설이듯 눈동자를 굴리다가 성은은 배시시 웃었다.

"열 살."

하다의 눈이 커다래졌다.

"두 살만 더 많으면 완전 띠동……."

"어우 야, 그렇게 말하지 마. 정말 나이 많은 것 같잖아."

성은이 밉지 않게 투덜거리며 하다의 옆구리를 찔러댔다. 하다는 어색한 얼굴로 메마른 웃음을 흘렸다. 그래, 성은이는 자기 주관이 뚜렷하고 상대방을 특정한 편견 없이 보는 착한…….

"살 거야?"

"가격이 괜찮으면. 어디 보자……."

옷자락에 달린 태그를 확인한 성은의 눈이 대야만큼 커졌다.

"천 쪼가리가 뭐 이리 비싸! 우리가 명품관에 왔니, 백화점에 왔니? 여기 중저가 브랜드 아니었어?"

"옷이 예쁘잖아. 딱 봐도 디자이너 작품이네. 한정 아니야?"

"하긴. 백화점에서 이 정도 드레스면 몇 백 불은 들겠지. 아아, 사야 하나?"

한참을 고민하던 성은은 매장 안의 다른 옷들을 구경하며 생각해 보기로 했다. 딱히 쇼핑할 마음이 없었던 하다는 성은을 따라다니며 옷들을 구경하기만 했다. 사고 싶은 옷은 많았지만 최근 월세를 내고난 직후라 통장에 남은 돈이 얼마 없었다.

"하다야, 나 이 옷도 좀 입어보고 올게."

"빨리 와야 돼."

하다에게 빨간 드레스를 맡긴 성은은 새 옷 몇 벌을 들고 다시 탈의실로 들어갔다. 시간도 때울 겸 근처 진열대로 가서 옷을 보려던 하다는 멈칫했다. 덩치가 조금 큰 여자 두 명이 비슷한 옷들을 붙들고 이게 낫네, 저게 낫네 하며 시끄럽게 떠들고 있었다. 귀를 아프게 찔러대는 소음에 하다는 다른 곳으로 방향을 비틀었다. 그리고 홀 건너편에 서서 그녀를 보고 있던 담조와 눈이 정면으로 마주쳤다.

헉.

당황한 하다는 저도 모르게 시선을 홱 피하며 뒤돌아섰다. 방금 전까지만 해도 분명 없었는데. 언제부터 와 있던 거지. 성은이랑 탈의실에 있을 때 온 건가.

어쩔 줄을 몰라 하며 왼쪽으로 몇 걸음, 오른쪽으로 몇 걸음, 어디로 가야 할지 그녀가 방설이는 사이 그가 그녀를 향해 발을 뗐다. 꽤 멀리 있는 거리라 못 알아봤을 거라 생각한 건 오산이었다. 그녀에게 오고 있다는 걸 눈치채지 않을 수 없을 정도로 그는 그녀를 향해 일직선상으로 걸어와 종종 도망치는 그녀를 단숨에 따라잡았다.

"옷 고르고 있었어요?"

깜짝 놀란 하다는 엉겁결에 들고 있던 성은의 옷을 바짝 끌어안았다. 애꿎은 가슴만 '두근' 뛰었다. 반사적으로 시선을 내린 그는 그녀의 손에 들린 칵테일 드레스를 보고 가만히 웃었다.

"꽤 화려한 옷을 좋아하네요."

비꼬는 건 아니었지만 장난기가 다분한 말투에 괜히 목덜미가 뜨거워졌다.

"항상 청바지에 단색 셔츠를 입어서 이런 옷은 안 입을 줄 알았는데."

"다른 옷도 입었거든요."

"아, 미안. 빈티지한 스타일이라고 할게요, 그럼."

어쩐지 그 말이 더 아니꼬운 이유는 왤까. 얄미움에 눈을 흘기는데도 그는 이 갑작스러운 만남을 마냥 즐기는 표정이었다.

"봐줄 테니까 입고 나와봐요. 어울릴 것 같은데."

그가 가볍게 뒤의 탈의실을 가리켰지만 하다는 얼른 고개를 가로저었다.

"괜찮아요."

"사양할 거 없는데. 그런 드레스 입을 땐 남자의 의견도 필요하지 않아요?"

"제 옷 아니에요. 친구 옷인데 잠깐 들어주는 거예요."

그녀의 생각을 읽으려는 듯 그는 가만히 얼굴을 들여다보았다.

"혹시 강렬한 색을 싫어해요?"

"네, 튀잖아요."

"그럼, 묻히는 게 좋아요?"

또다시 던져진 조약돌. 가슴에 파문을 일으키며 날아온 그 질문에 하다는 호흡이 멈춘 사람처럼 숨을 참았다가, 조용히 내쉬며 그를 똑바로 쳐다보았다.

"묻히는 게, 어때서요."

그가 뭐라고 대답하려 할 때, 언뜻 봐도 생기 넘치는 패션으로 무장한 수아가 발랄한 걸음으로 그에게 다가왔다. 긴 머리를 시원스럽게 틀어 올리고 더운 날씨에 걸맞게 핫팬츠를 입은 모습이 이십대만의 통통 튀는 매력과 청초함이 가득했다. 수아는 그의 등에 가려 보이지 않았던 하다를 발견하고 멈칫했다가 안녕, 떨떠름한 인사를 건넨 뒤 담조의 팔을 재촉하듯 잡아당겼다.

"오빠, 옷 봐주기로 했잖아."

"석진이 형도 있는데 내 도움이 왜 필요해."

"잊었어? 오빠가 약속한 거거든."

수아가 믿지 않게 눈에 힘을 주며 입술을 삐죽였다. 책을 읽느라 정신이 팔려 있을 때 한 약속도 약속이라면 분명, 했다. 망설이던 담조는 결국 마지못해 수아에게 돌아섰다.

"잠깐만요, 하다 씨."

잠깐은 무슨. 옷을 고르는 도중 마주쳐서 반가울 사람들이 있다고 해도 구담조는 절대 그중 한 명이 아니었다. 일행으로 보이는, 아까 석진이라 부른 사람일 게 분명한 동양 남자에게 걸어가는 그들을 주시하며 하다는 게걸음을 치다가 재빨리 성은이 있는 피팅룸으로 몸을 숨겼다. 이미 옷을 다 입어본 건지 성은은 원래 옷으로 갈아입고 중앙에 놓인 의자에 걸터앉아 샌들의 지퍼를 올리고 있었다.

"성은아. 다 입어봤어?"

"응. 생각보다 별로야."

"그럼 이 드레스는?"

하다는 손에 쥔 빨간 드레스를 들어 보였다. 아직도 아쉬움이 남는지 성은은 입술을 깨물며 고민하다가 한숨을 내쉬었다.

"역시 안 사는 게 낫겠어. 너무 비싸."

"잘 생각했어."

하다는 곧장 피팅룸에 비치된 옷걸이에 드레스를 걸고 자리에서 일어나는 성은의 팔을 잡아당겼다.

"그럼 가자."

엉거주춤 자리에서 일어난 성은은 캔버스 가방을 어깨에 메며 의아한 표정을 지었다.

"왜? 더 둘러보지."

"아냐, 아냐. 대충만 봐도 색들이 다 식상해."

성은이 그러냐는 듯 얼떨떨한 얼굴로 주위를 둘러보았다.

"내가 보기엔 괜찮은데."

"아냐, 빨주노초파남보, 무슨 무지개를 갖다놓은 것도 아니고 원색은 뭐 이리 많아. 내 취향에 맞는 게 하나도 없어. 다른 곳으로 가자."

하다는 성은을 이끌고 문 여닫는 소리도 나지 않게 인파에 섞여 가게를 벗어났다. 혹시나 그와 눈이 마주칠까 하는 마음에 뒤도 돌아보지 않고, 또다시 그를 퇴짜 놓았다는 미안함을 조금은 가슴에 안고서.

어둑어둑하게 물든 교실 안에서 고요히 돌아가는 프로젝터 소리가 왠지 몽환적으로 들렸다. 아침부터 지루한 강의를 하게 되어 조지는 미안하다고 했지만, 강연 중에 흐르는 이 나른한 침묵을 하다는 좋아했다. 지식의 홍수에 몸을 맡기면서, 지금껏 수많은 학생들이 오고 갔을 이 교실이 과거와 미래를 잇는 현재가 된다는 생각과 자신이 역사 속 하나의 인물이라는 걸 깨닫는 자각을 즐겼다. 남이 들으면 비웃을 얘기지만.

　조지는 프로젝터와 연결시킨 단상 위의 컴퓨터 앞에 서 있었다. 미리 만들어온 파워포인트로 그가 가장 먼저 주제로 꺼내든 것은, 의외로 시카고에 대한 이야기였다.

　「1871년 대화재[4]가 일어나면서 시카고는 모든 것들이 불타 없어지고 잿더미로 변했죠.」

　화면에 시카고가 불타는 장면을 담은 그림이 떠올랐다. 화염에 휩싸인 건물들을 뒤로하고 수많은 사람들이 시카고 강을 건너 대피하고 있는 그림이었다. 턱을 괴고 화면을 보던 하다의 눈빛이, 예기치 못한 충격을 받은 사람처럼 느리게 흔들렸다. 흑백으로 된 그림인데도 그 당시의 다급함과 절망이 너무 생생해서, 그녀는 시선을 아래로 떨어뜨리며 책상에 얹은 손을 말아 쥐었다. 방금 전의 느긋함은 사라진 지 오래였다.

---

4) 시카고 대화재(Great Chicago Fire). 1871년 10월 8일부터 10일 새벽경까지 삼일에 걸쳐 시카고에서 일어난 화재이다. 시카고의 대부분이 불타 없어졌고 300명가량의 희생자와 10만 명이 넘는 난민이 발생했다.

「19세기 당시뿐만 아니라 지금 현재로서도 이건 정말 큰 재난이라 할 수 있죠. 도시 하나가 며칠 사이에 지도에서 사라진 거나 다름없었으니까. 대화재의 원인은 아직도 밝혀지지 않았지만―농장에 있던 젖소가 등불을 차서 일어났다는 소문은 가짜라고 밝혀진 지 오래고― 시카고는 다시 일자형 체계로 재건되면서 경제적으로 빠르게 성장했어요. 그 당시 이름을 날리던 건축가들이 앞다퉈 시카고로 오기도 했고요. 시카고가 현대 건축으로 유명한 이유도 그 때문이죠. 그 후에 뉴욕으로부터 제1의 도시라는 이름을 뺏으려고 경쟁할 만큼 성장하게 되었는데, 많은 역사가들이 대화재가 없었다면 시카고가 이렇게 성장할 수 없었을 거라 평가해요. 어떻게 보면 모든 것이 불타 없어졌기 때문에 새 인생을 시작할 수 있었던 거죠.」

조지는 조용히 경청하는 학생들을 보며 미소 지었다.

「내가 사진 시간에 생뚱맞게 시카고에 대해 이야기를 하는 이유는, 시카고에서 공부하는 사람이라면 적어도 자기가 어떤 곳에서 공부를 하고 있는지 알아야 되기 때문이에요. 자, 이건 차차 이야기하고…… 본격적으로 사진에 대해 이야기 해보죠.」

그는 다른 파워포인트를 열어 사진의 기원과 역사를 간략하게 설명한 뒤 현대 사진작가들의 작품들을 보여주면서 강의를 진행해 나갔다.

「워낙 유명해서 이 작품을 본 적 있을지 몰라요.」

컬러 포토그래피로 유명한 윌리엄 에글레스톤에 대한 이야기를 끝낸 후, 그가 다음 슬라이드로 넘기자 파란 방에 주황색 조형 금붕어들이 가득 있는 사진이 화면에 나타났다.

「샌디 스코글런드의 〈금붕어의 복수〉. 금붕어들의 강렬한 주황빛과 방의 푸른색이 대조적이면서 중앙에 앉아 있는 한 소년이 눈에 튀는 작품이죠.」

그의 말대로 워낙 유명해서 하다도 전에 본 적 있는 작품이었다. 한국의 유명 포털 사이트에서도 몇 번 화제가 된 적 있었고 광고나 잡지에서도 여러 번 나왔었다. 간만에 아는 작품이 나와 하다는 괜스레 반가워져서 미소를 지었다.

「스코글런드는 강렬한 색채 대비와 연출을 이용한 사진작가로 유명해요. 이 작품 외에도 〈방사능 고양이〉와 〈붉은 여우〉 모두 모든 상황을 연출하고 그 상황에 의미를 담아 찍은 작품들이죠. 7,80년대부터 현실 속 있는 그대로의 이미지를 찍는 것이 아니라 상상 속의 이미지를 그대로 현실에서 재현해 찍는 작가들이 많이 등장하기 시작했죠. 스코글런드 외에도……」

조지는 슬라이드를 차례대로 넘기며 말을 이었다.

「연출 사진가로 제프 월, 그레고리 크루드슨이 있는데……. 크루드슨은 특히 시네마틱 기법을 이용해 마치 영화의 한 장면을 보는 것 같은 느낌을 연출하죠.」

그가 보여준 건 어둑어둑한 방 안의 한 여자가 침대 위에 고독하게 앉아 있는 사진이었다. 거실에서부터 침실 안까지 길게 이어진 바스러진 장미꽃들이 그녀가 뭘 겪었는지, 어떠한 상황에 빠져 있는지 궁금증을 불러일으켰다.

담조는 건너편 자리에 앉아, 조지의 말을 경청하고 있는 하다를 힐긋 살핀 뒤 다시 시선을 돌려 크루드슨의 〈장미 아래서〉를 보았다.

크루드슨은 겉보기엔 단순히 영화의 한 장면을 표현하는 것처럼 보이지만, 그 밑으로 두려움, 갈망, 삶의 애환 같은 불안한 인간의 심리를 극적으로 끌어내는 데에 탁월한 재주가 있는 작가였다. 사진 속 인물들은 마네킹처럼 정지된 시간에 갇혀, 보는 사람으로부터 하여금 불안감을 조장했다. 기분이 나쁠 만큼.

「……그렇기 때문에 여러분도 단순히 눈앞에 있는 걸 그대로 찍는 것이 아니라 자신이 의도하는 것에 무언가가 부족하다면 이런 식으로 상황을 만들어내는 것도 하나의 방법이라는 걸 알아둬요. 혹시 다른 의견 있나요?」

학생들이 별말이 없자 조지는 눈빛이 까무룩 해진 채 생각에 빠져 있는 담조를 지목했다.

「조, 먼저 앞서 길을 걷고 있는 석사 학생으로서 혹시 하고 싶은 말 같은 거 있나?」

사색에 잠겨 있던 얼굴과 달리, 고개를 든 그는 바로 입을 열었다. 눈은 여전히 사진에 고정된 채였다.

「사진을 공부하다가, 요즘 사진들을 보면 전 가끔씩 그런 생각이 들어요.」

「어떤 생각?」

「아시다시피 세계는 아날로그에서 디지털로 바뀐 지 오래죠. 갈수록 카메라의 성능은 발달되어 가고 그에 따라 사진의 이미지는 점점 더 화려해져 가고 있어요. 사진 속 연출된 이미지와 현실 속 우리가 보는 이미지 중 무엇이 진짜인지 헷갈릴 정도로.」

그의 목소리는 버석거리는 눈빛만큼이나 낮게 가라앉아 있었다. 어두운 교실 안, 스크린에 시선을 고정한 채 말을 이어나가는 그의 모습은 마치 크루드슨의 사진 속 인물처럼 한없이 고독하고 우울했다.

「그런데 그렇게 진보되는 와중에, 이미 과거가 되어버린 흑백사진, 클래식 사진들에게 가끔씩 강하게 끌리는 이유는 뭘까요. 분명 오래전에 과거의 형태로 남겨진 것들인데 우리는 자꾸만 뒤를 돌아본다는 거죠. 이것이 과연 단순한 과거에 대한 향수인지, 희소성에 의한 끌림인지…….」

형을 추억하는 자신의 모습이 과연 형을 향한 그리움인지, 집착인지. 담조는 스스로를 향해 그렇게 물어보았다. 그러나 돌아오는 대답은 없었다.

사실 그는 크루드슨의 작품들을 그다지 좋아하지 않았다. 극도의 긴장감과 고독함에 가득 차 있는 어둠 속 인물을 볼 때면 자연스럽게 성산리 별장에서 그림을 그리는 형이 떠올랐다. 따뜻하게 웃는 미소 뒤로 고독함을 감추고 있던 그를.

어느새 교실 안 모든 학생들이 숨을 죽이고 그의 말을 경청하고 있었다. 그는 말을 마친 뒤 하다가 앉아 있는 곳으로 시선을 돌렸다. 그녀는 어딘지 놀란 눈으로 그를 보고 있었다. 시선이 마주쳤는데도 마주침을 자각하지 못한 사람처럼 그렇게, 계속.

「가끔씩…….」

조지가 입을 열었다.

「조의 이야기를 듣고 있으면 정말 애늙은이 같다는 생각이 든다니까.」

인자한 그의 얼굴에는 자신의 제자이자 아직 젊은 아티스트에 대한 애정 어린 미소가 어려 있었다. 그의 농담에 학생들이 가볍게 웃음을 터뜨리면서, 가라앉아 있던 분위기가 자연스럽게 풀렸다.

「하지만 그만큼 사진에 대해 진지하게 생각해 봤다는 뜻이지. 이제 막 사진을 시작하는 여러분들이 백퍼센트 이해하기엔 조금 어려운 말이었을지 몰라도, 요즘 디지털 사진들에 너무 익숙해지다 보면 어딘가 지치는 건 사실이거든. 사진으로 표현할 수 있는 폭이 넓어지면 넓어질수록 어쩐지 클래식 사진에 대한 강한 향수를 느껴지는 거야. 지금 보여줄 작가도…….」

슬라이드를 넘기려던 조지는 컴퓨터에 뜬 시간을 보더니 이마를 가볍게 내려쳤다.

「내 정신 좀 봐. 시간이 벌써 이렇게 됐네. 10분만 쉬었다 갑시다.」

어두웠던 교실이 환해지자 학생들은 반사적으로 눈을 끔벅이며 나른하게 기지개를 켰다. 카페테리아에 들르거나 담배를 필요량으로 몇몇 학생들이 자리에서 일어나면서 교실 안이 조금 어수선해졌다. 역시 자리에서 일어난 담조는 자연스럽게 하다가 있는 곳으로 눈길을 던졌다. 그녀는 여전히 자리를 지키고 앉아 열심히 스케치북에 무언가를 적고 있었다. 커피가 든 텀블러를 들고서 그녀의 뒤로 다가가 뭘 하는지 기웃거렸다.

"이야, 필기 열심히 하네요."

깜짝 놀란 하다의 어깨가 들썩였다.

"과거와 현재. 그 사이를 잇는 관계성과 사진의 흐름……."

"마음대로 읽지 말아요."

그의 입을 통해 읊어지는 글 내용에 하다의 목덜미가 절로 뜨거워졌다.

"아, 보면 안 되는 거였어요? 너무 열심히 하기에 난 또 보라고 하는 줄 알았지."

정색하는 하다의 반응이 얼떨떨한지 눈썹을 슥 올린 그는 미묘하게 비죽거렸다. 괜스레 머쓱해진 하다는 쭈뼛거리며 스케치북을 가리느라 움츠렸던 손과 어깨를 바르게 폈다.

"탓하는 게 아니라…… 왜 있잖아요. 쳐다보는 시선이 있으면 써지던 글도 그림도 제대로 안 되는 거."

"남의 시선을 의식 많이 하는 타입인가 봐요?"

능글맞게 말을 던지는 그에게 왠지 지고 싶지가 않아서 하다는 무심한 척 응수했다.

"네, 많이 해요."

그런 새침한 태도에 담조는 그녀를 빤히 내려다보다가, 일부러 소리 나게 텀블러를 책상에 내려놓았다. 그리고 그녀의 빈 옆자리에 아예 엉덩이를 붙이고 앉았다.

"여긴 한국이 아니라 미국이잖아요. 자유를 얻었다 생각하고 대범하게 행동해요. 한국에선 남들 눈치 보느라 입고 싶은 것도 못 입고 먹고 싶은 것도 제대로 못 먹을 수 있지만, 여기선 도덕적인 사회규범을 어기지 않는 이상 자기가 원하는 걸 취하는 게 이상하지 않은 곳이에요. 남의 시선을 신경 쓸 필요가 없다는 거 곧 삼학년 될 나이면 알지 않나?"

"담조 씨는, 미국 왔을 때 그런 느낌이었나 보네요."

하다가 담조를 쳐다보았다. 한 방 먹은 듯 굳은 눈초리로 그녀를 마주하던 그는 오기 섞인 미소를 지었다.

"네, 그랬어요."

"담조 씨는 미국에서 오래 살아서 그게 쉬울지 몰라도 전 아니라고요. 시카고 오기 전까진 계속 한국에서 살아서 성격이란 게 바꾸고 싶어도 단번에 바뀌지 않아요."

"그런가."

턱을 괸 그는 문득 의아한 눈으로 그녀를 쳐다보았다.

"그런데 내가 미국에서 오래 산 건 어떻게 알았어요?"

하다는 허를 찔린 사람처럼 '어–' 하며 시선을 떨어뜨렸다가 적당히 얼버무렸다.

"발음…… 때문인가, 한국말 할 때 영어 억양이 조금 섞여 있어서. 왜요, 아니에요?"

"아니, 맞긴 한데요. 여기서 태어났어도 고등학교 때부터 살기 시작해서 겨우 8년 좀 넘었는데."

"그 정도면 충분히 오래됐죠. 학부도 외국에서 나오셨죠?"

"응, 학부는 뉴욕에서. 중간에 전공 한 번 옮겼지만."

"원래 뭐 공부했는데요?"

"경제학이요."

"흔한 전공이네요."

그는 별다른 부정 없이 고개를 끄덕였다.

"흔하죠. 너무 흔해서 관두고 싶을 만큼. 그래서 반항하듯이 지금까지 쌓아온 모든 걸 버리고 사진과로 옮겨 버렸어요. 이래 봬도 명문대 학생이었거든요, 나."

"힘들지 않았어요?"

"아뇨, 속이 뻥 뚫릴 만큼 시원하더라고요. 이렇게 쉬운 걸 왜 이제까지 미루고 있었을까. 바보같이. 이런 생각이 들 정도로."

텀블러를 연 그가 그 안에 담긴 걸 조금 마셨다. 코끝을 스쳐 지나가는 은은하고도 부드러운 커피 향에 하다의 마음이 편안하게 가라앉는 찰나, 그가 뚜껑을 닫으며 그녀를 돌아보았다. 아까보다 한결 부드러워진 표정이었다.

"가게에서 왜 도망갔어요?"

그래서 그 질문이 던져졌을 때, 하다는 바로 대답하지 못하고 그의 단단한 눈만 쳐다보았다.

"난 우리가 같이 밥도 먹어서 조금 친해진 줄 알았는데 아니었나 보네."

"도망가지 않았어요. 저도 제 일행이 있었으니까."

담조가 그 정도론 넘어가지 않는다는 듯 핏 비죽거렸다.

"대답 늦은 거, 본인도 알죠?"

"솔직히 겨우 밥 한 번 먹은 거 가지고 어떻게 사이가 친해져요."

"어어, 그렇게 나오기예요? 그럼 밥 한 번 더 먹죠. 아예 친해질 때까지 계속 먹어봅시다, 우리."

오기를 가장한 장난스런 말투에 하다가 먼저 키득 웃음을 흘리고, 이어 그녀를 따라 담조도 웃었다.

"아아, 내가 TA는 왜 맡아가지고. 이디 훌쩍 여행이라도 가면 좋을 텐데. 방학이라 친구들이 전부 고향에 돌아가서 놀아줄 애들이 없네요."

"수아랑 잘만 다니는 것 같던데요, 뭘."

커피를 마시다가 눈이 마주친 그는 고개를 끄덕이며 텀블러를 든 손을 내렸다.

"오랫동안 알고 지낸 사이거든요. 석진이 형이, 아, 수아 사촌 오빠 이름이에요, 나 학부 때 같은 학교 선배였어요. 사진과로 옮길 수 있게 도와주기도 하고, 이 학교로 석사 준비할 때도 조언을 주기도 하고, 그런 막역한 사이인데 수아가 종종 뉴욕으로 석진이 형 보러 놀러왔었어요. 그때부터 알고 지냈죠. 설마 우리 따라서 이 학교로 올 줄은 몰랐지만."

문득 하다의 스케치북으로 시선을 내린 그는 지나가듯 물었다.

"브레송이라는 사진작가 알아요?"

"아뇨."

그는 하다가 스케치북에 고운 필체로 적어놓은 '클래식 사진'을 검지로 가리켰다.

"앙리 카르티에 브레송. 이 분야에선 대가이죠. 안타깝게도 백남준이 죽기 2년 전인 2004년에 죽어서 더 이상 컨템퍼러리 작가가 아니지만. 일상생활의 평범한 모습에서 결정적인 순간을 아름답게 포착해 내는 아주 멋진 작가예요."

"잠깐만요."

하다가 이름을 받아 적으려 하자 담조는 철자를 하나하나 가르쳐 주더니 '역시 필기 좋아하는 거 맞다니까' 하고 놀리듯 말했다. 하다는 그를 향해 밉지 않게 눈을 흘겼다.

"적지 않으면 까먹는단 말이에요."

그녀가 문득 예뻐 보여서 담조는 조용히 웃었다.

"더 좋은 거 가르쳐 줄까요? 사실 이번 주 일요일에 브레송 회고전이 학교 현대미술관에서 열려요."

"정말요?"

"네. 오프닝에 맞춰 갈 생각인데 같이 갈래요?"

"저야 좋죠."

작품을 직접 보고 싶은 마음에 별생각 없이 고개를 끄덕이던 하다는 그날 성은과 만나기로 한 약속을 떠올리고 혀를 빼물었다.

"아, 맞다. 어쩌죠. 그날 선약이 있는데."

담조가 말없이 쳐다보고만 있자 하다는 무슨 생각을 하고 있는지 다 안다는 듯 서둘러 말을 덧붙였다.

"이번엔 진짜예요!"

담조는 시큰둥이 앞을 바라보며 텀블러를 열었다.

"아아, 도대체 반하다한테 몇 번이나 까이는 건지."

"의도하는 거 진짜 아니에요."

하다는 정말 아니라는 듯 고개를 빠르게 저었다. 타이밍 좋게 벌어지는 이 어처구니없는 상황에 그녀도 어이가 없을 지경이었다. 그 애가 타는 얼굴에 담조는 농담이라는 듯 쿡쿡 웃었다.

"알아요. 하지만 아쉬운 건 아쉬운 거니까."

커피 잔을 든 조지를 비롯해 학생들이 하나둘씩 교실로 들어오기 시작했다. 원래 하다의 옆자리에 앉아 있던 학생이 다가오자 담조는 자리를 비켜주며 말했다.

"아무튼, 그 사진작가전 꼭 가서 보도록 해요. 그럼 내 말이 무슨 뜻이었는지 알 테니까."

"아, 담조 오빠?"

"알아?"

접시를 싱크대로 치우던 하다는 옆 냉장고에서 아이스크림 통을 꺼내고 있는 성은을 돌아보았다.

"알지. 사진과에선 꽤 유명해. MFA 전액 장학금 받고 들어왔거든."

손에 물 한 번 묻히지 않을 것 같은 화려한 외모와 달리 성은은 의외로 홈메이드 음식을 즐겨 만들어 먹는 타입이었다. 마침 샤바나도 없어 집이 비어 있겠다, 그들은 근처 슈퍼에서 장을 본 뒤 점심으로 같이 크림파스타를 만들어 먹었다. 블루베리가 탱글탱글 박혀 있는 아이스크림은 후식이었다.

"그 오빠 작품 멋있지. 전에 전시회 가봤거든."

"어디서 했는데?"

"블루라인의 디비젼(Division) 쪽에 있는 갤러리. 큰 곳은 아니고, 친구랑 빌려서 한 것 같더라. 너도 볼래?"

숟가락을 입에 문 성은은 근처에 있던 하다의 노트북을 가져와 인터넷 주소창에 그의 영어이름을 쳤다. 이름이 독특해서인지 그의 사이트는 구글 페이지 맨 위에 떠올랐다.

"작품들이 인기 많나 봐. 이번 전시에서 꽤 팔렸는데 학기 아트세일에서도 다섯 점이나 팔렸대. 대단하지 않냐?"

확실히 대단한 일이다. 멋진 작품이라며 침이 마르게 칭찬하는 사람들도 막상 돈을 주고 사라 하면 꿀 먹은 벙어리가 되는 경우가 태반이다. 작품만 만들며 돈벌이를 하는 사람들은 이 세상 모든 아티스트들 중 극소수에 지나지 않는다. 운이 좋으면 대학 교수로 부수입을 얻겠지만 그건 학벌과 능력이 따라야 되는 거고, 대부분 개인 교습 혹은 아카데미를 열거나 급하면 알바라도 얻는다. 투잡이 아니면 생계를 잇기 어려운 직업. 연륜과 개인 가치가 비례되는 예술 세계. 이런 곳에서 벌써부터 착실히 전시를 하며 이름을 알리고 있다는 건 그만큼 그가 실력자라는 뜻이다.

"아, 그건 너도 마찬가지인가?"

성은의 깜박했다는 눈길에 하다는 망설임 없이 고개를 가로저 었다.

"나는 겨우 유화 두 점 팔고 말았지. 가격도 그렇게 높지 않았 고."

"학생인데 그 정도면 잘 판 거지. 게다가 넌 아직 학사잖아."

틀린 말은 아니었다. 날고 긴다는 학생들도 실제 미술시장의 축소판인 교내 아트세일에서 그림 한 점도 못 파는 경우가 허다 했다. 학교에서 교육을 받는 것과 실제 학교 외부인들이 드나드 는 세일 현장에서 직접 돈을 받고 그림을 파는 것은 현저히 다르 니까.

"비행기 안 띄워도 돼."

옛날부터 칭찬에 약했던 하다는 대충 얼버무리며 랩톱 화면으 로 시선을 내렸다. 하얀 배경 스크린 속에 펼쳐진 그의 갤러리 앨 범들을 하나씩 차근차근 살폈다. 그의 작품은 늦가을 바람같이 서늘할 거라 막연히 생각해 왔다. 따뜻함이 오롯이 느껴지는 그 사람과 달리 그는 감정이 없다 못해 싸늘했으니까.

"네가 몰라서 그렇지, 의외로 뜨거운 녀석이야."

여름이 지나고, 창문 틈으로 첫가을의 바람이 스며드는 날이
었다. 몸도 좋지 않은데 동생을 공항까지 배웅하고 온 그는 자신
보다 한참 어린 그녀의 투정에 그렇게 답했다.

"말도 안 돼."

열여덟 살의 하다는 눈살을 찌푸렸다. 여름 때마다 성산리로
찾아오는 불청객. 키만 후리후리하게 커서, 애교라고는 눈곱만큼
도 없는 그는 분명 뜨거움과 거리가 멀었다.

"매사에 무심한 것 같아도 자기 반경에 든 사람은 착실히 챙기
는 타입이거든. 욕심이 없어서 그 반경이 좁을 뿐이지."
"그 반경 안에 들려고 했다간 아주 간이 쪼그라들겠네."

고작 여름 때뿐이지만 별장에서도 마주치고 동네에서도 여러
번 마주친 적이 있었다. 하다는 몇 번이나 인사를 시도했지만 그
는 그녀가 허수아비인 양 본체만체 스윽 지나쳤다.

그 사람이 살고 있는 별장은 마을이 있는 구릉의 가장 높은
곳에 있었다. 말만 별장이지 고택을 개조한 거라 뜰에는 깊고 큰
연못도 있었는데, 그곳에 서면 알록달록 몇 채 없는 마을의 지붕
들과 저 멀리 수평선 가까이 넓은 갈대밭이 내다보였다.

한번은, 그를 찾아 집 안을 돌아다니다가 뜰에 드러누워 있는 '불청객'을 발견했다. 평소처럼 귀에 이어폰을 꽂고 그늘 밑에서 곤히 눈을 감고 있는 게 낮잠을 자고 있는 것 같았다. 조심스럽게 다가간 하다는 그의 눈 위로 손을 흔들어보다가, 어느덧 그늘이 드리운 얼굴의 윤곽을 세심히 관찰했다. 그 사람이 곱상하고 부드럽다면, 불청객은 잘 다듬어진 자갈처럼 매끄럽고 단단했다. 자신보다 겨우 몇 살 많으면서 벌써 어른처럼 성숙한 태가 나는 그가 부러웠다. 머리카락을 스치는 바람결에 이어폰에서 흘러나온 음악 소리가 흐릿하게 전해져 왔다. 하다가 무심결에 그의 이어폰을 빼들 때였다.

　그의 눈이 번쩍 뜨였다. 그가 벌떡 몸을 일으키면서 머리에 달라붙어 있던 잔디가 공중으로 날아올랐다.

　"뭐야, 너."

　나풀나풀 흩날리는 잔디 이파리들 사이로 불청객은 험악하게 인상을 찡그렸다. 방금 전 매끄럽던 얼굴의 윤곽은 어디로 갔는지 이마가 종잇장처럼 구겨져 있었다. 평소 그녀를 투명인간 취급하던 무심한 눈동자는 짜증 서림으로 스산하게 물들었다. 손목을 붙잡힌 채로 하다는 눈을 동그랗게 뜨고 굳어비렸다. 불청객은 그녀의 손에서 자신의 이어폰을 신경질적으로 낚아챘다.

　"꺼져."

말투가 얼마나 까칠한지 무안함으로 목덜미부터 얼굴까지 잘
익은 홍시처럼 새빨갛게 달아올랐다. 준수를 보러 왔다는 것도
잊은 채, 하다는 그대로 자리를 박차고 일어나 별장 밖으로 달아
나 버렸다. 그리고 긴 여름이 끝날 때까지 그를 피해 다니면서 속
으로 중얼거렸다. 천상천하 유아독존. 자기밖에 모르는 무심한
남자.

"오빠한테는 미안하지만, 나 이제 그 사람 싫어."

하다가 입을 삐죽 내밀자 준수는 다정스레 그녀의 뒤통수를
쓰다듬었다.

"좀 봐줘. 시간이 지나면 너도 알게 될 거야."

귓가에 속삭이는 그의 목소리는 숲속 푸른 잎사귀를 흔드는
바람처럼 부드러웠다.

괜스레 뒤통수를 만지며 하다는 스크린 속 사진들을 주의 깊
게 들여다보았다. 그의 말뜻을 이젠 조금 알 것 같다. 어지러이
흩어진 이미지 속 색의 대비가 돋보이는 구담조의 작품은 강렬했
다. 그가 가슴 속에 품은 것이 무엇인지, 궁금해질 정도로.

"……정말, 뜨겁네."

하다는 들릴 듯 말 듯 중얼거렸다.

그녀가 열중해 사진들을 보는 동안 성은은 자신의 손바닥보다
조금 큰 통 안으로 빨려 들어갈 듯이 열심히 아이스크림을 파먹

었다.

"그런데 담조 오빠는 갑자기 왜?"

"지금 듣는 사진 입문의 TA거든."

"그것뿐이야?"

아이스크림을 듬뿍 입에 문 성은은 은근한 눈빛으로 하다를
쳐다보았다.

"무슨 뜻이야?"

"꽤 유명하잖아, 그 오빠. 이름 들으면 다 알 만한 기업 회장의
손자다. 아니다, 모 국회의원의 아들이다. 심지언, 저번에 아들
한 명이 시카고 소재 미대에 들어갔다고 기사 난 배우 김정욱 알
지? 그 사람 아들인데 이름 숨기고 들어왔다는 말까지 돌았다니
까. 결국 다른 애란 게 밝혀졌지만. 뭐, 암튼, 이런저런 이유로
그 오빠를 눈여겨보는 애들이 많다 이거지."

물론 네가 그런 이유로 그 오빠를 노린다는 뜻은 아냐. 성은은
황급히 말을 덧붙였다. 하다는 피식 웃으며 나도 안다고 대답했
다. 성은이 괄괄하고 불같은 성을 지녔어도, 근거도 없이 친구를
비난하거나 비하하는 성격은 아니었다.

"그 오빠가 좀…… 뭐랄까, 반반하잖아. 귀티 나게. 그래서 전
부 얼굴 때문에 생긴 뜬소문이라 생각했거든?"

과연 그것뿐이랴. 그 남자의 무관심한 성격상 그는 아마 이런
소문이 떠돈다는 것조차 모를 것이다. 대충 고개를 끄덕이며 아
이스크림을 파먹던 하다는 다음 말에 얼어붙었다.

"그런데 뜬소문인 것만은 아닌가 보더라고. 그 오빠가 사는 곳
이 레이크뷰(Lake-view) 쪽에 있는 밀레니엄 파크 아파트잖아.

내가 거기 반대편에서 살고. 슈퍼 들르느라 잠깐 지나가다가 오빠가 아파트 나오는 걸 봤는데, 그 뭐더라, 무전기 이어폰? 그거 귀에 꽂고 검은 정장 쫙 빼입은 남자들이 담조 오빠 앞을 턱 가로막는 거야. 납치라도 하는 건가 깜짝 놀라서 지켜보는데 오빠가 아무렇지 않게 그 사람들이랑 뭐라 주고받더니 옆에 서 있던 리무진으로 들어간 거 있지."

하다는 굳은 표정으로 천천히 고개를 들어올렸다.

"진짜 잘 살긴 하나 봐. 보디가드 같은 사람들이 붙고 하는 거 보면."

아이스크림 통에 코를 박고서, 성은은 마치 대단한 광경을 본 어린아이처럼 살짝 들떠 있었다. 다급한 건 하다뿐이었다.

"그거 들은 얘기야?"

"아니, 내가 직접 봤다니까."

"언제?"

보채듯이 묻는 하다에게 당황한 듯 성은은 눈을 깜박였다. 따뜻한 속살에 녹아든 아이스크림이 꿀꺽, 그녀의 목 뒤로 넘어갔다.

"여기 오기 전에."

담조는 화려한 샹들리에가 달린 천장부터 대리석으로 섬세하게 조각된 창틀과 난로를 훑어보았다. 시카고 소재의 호텔인 만큼 과장된 꾸밈보다는 단조로우면서 모던한 느낌이 강한 방이었다. 반강제로 끌려온 상황만 아니라면 모델을 세워놓고 사진 한 번 찍어보고 싶을 만큼 아름다웠다.

"이러기도 쉽지 않은데, 정말 마음먹으면 아무것도 보이시질 않나 보군요."

부드러운 카펫 바닥을 밟으며 그에게 다가오던 구둣발이 그 말에 멈춰 섰다. 담조는 그곳을 향해 고개를 돌렸다.

"연락도 없이 찾아오다니 반칙이에요, 아버지."

구담조가 이 세상에 있게 한 장본인, 성신재단의 이사장 구재원은 기억보다 조금 늙어 있었다. 꾸준히 관리해 온 단단한 체구와 검게 염색한 머리는 여전히 환갑을 바라보는 나이를 무색하게 했지만, 얼굴에 새겨진 세월의 흔적만은 어쩔 수 없는 듯했다. 저 모습으로 온 것 또한, 반칙이다.

"오랜만이구나."

시선을 비켜 내리뜨는 둘째 아들을 향해 재원은 씁쓸히 웃었다. 룸으로 들어와 의자에 앉아 있는 아들을 본 순간 걸음을 멈출 수밖에 없었다. 공허하게 뜬 눈으로 창밖을 보는 옆모습이, 준수가 이 세상에 내려와 있는 착각을 들게 했다. 그러나 그 신기루는 담조가 고개를 돌려 그를 쳐다본 순간 바람결에 흩날리듯 사라져 버렸다. 무표정해서 더욱 서늘한, 원망 서린 담조의 시선이 그의 심장을 푹 찔러왔다.

"서 있지만 마시고 앉아서 얘기하세요. 여기 아버지가 빌리신 룸 아닌가요."

담조는 흘긋, 있지도 않은 손목시계를 보는 척했다.

"어서 가봐야 해서."

한때 어른들의 애정을 갈구해 방실 웃으며 품으로 달려오던 아이였다. 그런 아이를 안아주지 못하고 밀어낸 건 자신이었다. 미안하지만 어쩔 수 없다는 핑계로. 그 웃는 얼굴이 자라면서 점점 무표정해지고 얼음장처럼 싸늘해졌을 땐 어떠한 방법으로도 메울 수 없는 깊은 골이 생긴 후였다. 과오를 깨달았지만 이제 와서 할 수 있는 건 아무것도 없었다.

재원은 다리를 움직여 담조가 있는 테이블 건너편 자리에 앉았다. 마주잡은 손을 하릴없이 만지작거리다가 조심스럽게 말을 꺼냈다.

"한국에, 돌아올 생각 없니?"

별다른 반응 없이 쳐다보는 담조의 눈길에 그는 제 발 저린 뭐처럼 말을 늘어놓았다.

"물론 당장 오라는 건 아니다. 한국엔 네 엄마도 있고, 무엇보다 네가 졸업하고 돌아오면 내가 제대로 된 지원도 할 수 있지 않겠……."

"죄송하지만, 본론만 말해주시겠어요?"

평소대로 하라는 듯 낮은 목소리가 재원의 말을 가로막았다. 멈칫하는 재원을 바라보는 두 눈은 슬픔이나 분노, 그 무엇도 품지 않았다. 어느 감정도 담지 않은 건조함 그 자체였다.

"어머니 핑계는 그렇다고 쳐도, 지원이라니. 지금 저보고 믿으라고 하신 얘기는 아니죠? 설득력이 없어서 아무 감흥도 들지 않아요. 그러니까 빙빙 돌아가지 말고 핵심만 얘기해 주세요."

잠시 부자(父子)는 서로를 말없이 쳐다보았다. 가지런한 눈썹부터 깊게 음영 진 눈매가 무척이나 닮아 있었다.

"할머니가 널 찾으신다."

담조는 한참 뒤에 물을 수 있었다.

"왜요?"

재원은 답하지 않았다. 깍지 낀 손 부근에 시선을 두고 있을 뿐이었다.

"혹시 떠날 때 들고 온 돈 때문에 그래요? 그거라면 죄송해요. 전 그거라도 들고 올 자격이 될 줄 알았어요."

"아니, 그 돈은 어차피 준수가 네 앞으로 남긴 몫이었으니까."

"그럼 왜요."

마네킹처럼 건조하던 담조의 표정이 서서히 인간답게 일그러지며 실소를 내뱉었다.

"그분이 날 왜 찾죠? 난 구담조인데."

굴곡 없는 어조와 달리 그의 속은 절정으로 치닫는 전주곡처럼 순식간에 끓어올랐다.

"날 왜 찾느냐 말이에요. 저 누군지 모르겠어요? 담조예요, 구담조. 구준수가 아니라, 구담조."

할 말이 있으면 해보라는 듯 그를 노려보았다. 말투가 빨라지고 호흡이 가빠졌다. 억눌렀던 스위치가 올라간 것처럼 얼굴이 흥분으로 달아올랐다.

"왜, 이제 와서 바깥 핏줄이 절실해졌어요? 이젠 나까지 망가뜨리려고요? 처음 만난 순간부터 지금까지 날 본체만체하고 업신여긴 사람은 그분입니다. 신성희 의료원장! 그 사람이라고! 그토록 날 내쳐 놓고, 모든 걸 버리고 떠난 날 왜 이제 와서…… 왜 이제 와서!"

터져 나오는 고함을 막기 위해 입술을 꾹 다물고 의자의 팔걸이를 으스러져라 잡으며 분노를 삭였다. 그 사람이 자신에게 한

짓을, 형에게 한 짓을 그는 잊지 않았다. 아니, 잊을 수 없었다.

"본론이 그거예요?"

중얼거리듯 질문을 단숨에 쏟아냈다.

"그럼 대답할게요. 솔직히 아직 많이 힘들어요. 그분을 뵙는 것도, 한국에 돌아가는 것도."

비소조차 나오지 않는 이 상황에서 빨리 벗어나고 싶었다. 담조는 의자 깊숙이 몸을 묻었다가 팔걸이를 집으며 망설임 없이 자리에서 일어났다.

"그럼 가보겠습니다."

재원은 가만히 자리에 앉아 별다른 제지를 하지 않았다. 담조가 몇 발자국 뗐을 때였다.

"너만 상처 받은 것 같으냐."

걸음이 우뚝 멈춰 섰다. 굳은 얼굴로 천천히 돌아보는 담조를 재원은 단호한 눈빛으로 마주했다.

"너만 준수의 가족이었는지 아느냐. 너만 준수를 아낀 것 같아? 우리도 준수의 가족이었다. 우리도 아파했다고! 심지어 네 엄마도 그 애를 아꼈다. 자기 배 앓아 낳은 자식이 아닌데도 친자식처럼 아꼈어. 준수는 그런 애였으니까. 그만큼 따뜻한 아이였어. 그런데 넌 뭐냐. 너만 아픈 척, 슬픈 척, 모든 세상의 짐을 진 것처럼 철없이 굴지 않느냐!"

싸늘한 정적이 그들 사이로 내려앉았다. 깊은 한숨을 내쉬며 담조는 얼굴을 무겁게 쓸어내렸다. 단단하게 경직된 가슴과 어깨가 커다랗게 들썩인 순간.

"아버지는 쉽겠죠……!"

무언가가 가슴 안에서 펑 터져 버렸다. 아슬아슬하게 평행을 유지하던 실이 끊겼다.

"아버지, 어머니는 그분을 용서하기 쉽겠죠. 당사자가 아니었으니까! 솔직히 아버지가 제 입장 되어본 적은 있으세요? 구씨 가문의 장남으로 태어나서 오직 장남이라는 이유로 그분의 보호를 받고, 신뢰를 받고, 당당하게 바깥 핏줄까지 만들어 온 아버지가 그런 말을 하면 안 되죠."

"담조야─."

"나한테 강요하지 마!"

눈이 붉게 충혈되고 입술이 바르르 떨렸다.

"그분을 용서하라고, 나한테 강요하지 말아요."

스타카토처럼 딱딱 끊기는 음절이 과열된 그의 감정을 고스란히 전했다.

"그분이 내게 이름을 주면서 했던 말을 난 기억해요. 날 보며 지었던 표정, 말투, 그 모든 걸 기억해. 이 모든 기억들이 이토록 선연한데, 그 사람을 용서하라고요……? 날 철없다고 할지 몰라도, 정 없다 할지라도 지금 상황이 이렇다고 해서 과거의 멍울이 쉽게 지워지는 건 아니에요. 이제 와서 내가 잘못된 사람인 것처럼 굴지 마. 기억할 건 똑바로 기억해야죠."

미간을 찡그린 채 담조는 쓰라린 웃음을 지었다.

"당신도 날 외면했잖아."

재원의 숨이 일순 멎었다. 간신히 유지하던 평정이 깨지고 순간 비틀거리는 몸을 지탱하기 위해 팔걸이를 으스러져라 붙잡았다. 다시 떠오르는 과거의 기억. 사랑해 달라고, 쳐다봐 달라고 그의 옷깃을 향해 뻗어오던 고사리 같은 손. 눈물을 떨굴 듯 떨구지 않는 커다란 눈동자. 세월은 빠르게 흘러 어느덧 성인이 된 그 아이는 지금 상처 받은 얼굴을 하고 그의 눈앞에 서 있었다.

준수야, 어떻게 해야 좋겠니.

"아버지도, 어머니도, 집안의 모든 사람들이 날 외면할 때 날 똑바로 바라봐 준 사람은 형뿐이었어. 그런데 한국엔 이제 형이 없대. 그런데도 내가 돌아가야 돼요?"

재원은 대답하지 못했다. 담조는 그럴 줄 알았다는 듯이 입술을 비틀었다.

"저는 그분 손안에서 놀아날 생각 없습니다. 제대로 기억하라고 해요. 난…… 구준수가 아니라, 구담조라고."

잇새로 그는 자신의 이름을 또박또박 발음했다. 본래의 뜻을 잃어버리고 퇴색된 이름에 새겨진, 이 소리 없는 명령을 지키기 위해 부단히 노력해 왔다. 운명이라 받아들이며 이것이 소중한 사람들을 위한 길이라며 자신을 죽였다. 조금이라도 남은 불행의 불씨를 끄기 위해.

"준수도 네가 돌아오기를 기다리고 있을 거다. 옛날부터 널 많이 아꼈으니까."

그런데 이제 와서……. 이제 와서. 담조의 입매가 비틀어 올라갔다.

"급하신 건 이해 가지만 형 얘긴 꺼내지 말죠. 아버지한테 형을 운운할 자격은 없잖아요?"

담조는 그대로 뒤돌아 룸을 나왔다. 복도에 깔린 크림슨색 카펫이 거친 그의 발소리를 집어 삼켰다. 엘리베이터에 도착한 뒤엔 벽을 집고 서서 숨을 몰아쉬었다. 잔인한 사람들. 잔인하고 잔인한 위선자들. 어떻게, 어떻게……!

쾅, 들끓는 기운을 잠재우지 못한 주먹이 결국 대리석 벽을 내려쳤다. 얼얼한 통증이 뼈를 타고 올라와 뒷목 뇌신경을 강타했다.

때마침 엘리베이터가 열렸다. 무겁게 얼굴을 쓸어내린 담조는 엘리베이터 안으로 발을 내딛기 전, 창밖으로 보이는 미시간 호로 시선을 던졌다.

여름의 햇살에 반짝이는 수면은 뒤틀린 그의 기분과 달리 여전히 푸르렀다. 발밑에 깔린 지렁이처럼 꿈틀거리는 그의 반항을 비웃듯.

하다는 컴퓨터 모니터에 USB를 꽂은 다음 폴더를 열었다. 거의 800개에 가까운 raw(압축되지 않은 이미지 상태) 포맷의 이미지들이 주르륵 떠올랐다. 500개가 넘었다는 것도 모르고 정신없이 카메라 셔터를 누르던 자신을 책망하며 어도비 브릿지 프로그램으로 사진을 하나씩 살피기 시작했다. 성은과 헤어진 뒤 곧장 콜럼버스 빌딩으로 와서 작업하는 중이었다. 내일 있을 크리틱을 준비하려면 이 중에서 5장을 골라 포토 프린터로 인화해야 했다.

한동안 넓은 실습실에 하다가 두드리는 자판 소리와 마우스 클릭 소리만 간간이 울려 퍼졌다. 사진과를 위해 특별 제작된 이 실습실은 해상도가 높은 최신식 컴퓨터들은 물론, 웬만한 현상

소보다 좋은 프린트 기기들과 필름 현상을 위한 암실, 사진과 집무실 및 회의실까지 갖추고 있었다.

기계적으로 사진들을 클릭하던 하다는 힐긋 옆에 둔 휴대폰을 살핀 뒤 다시 모니터를 보았다. 학기 중엔 학생들로 바글거리는 이곳이 이토록 텅 비어 있으니 이상했다. 마음 한구석에 쌓인 불안이 훤히 보일 만큼. 애써 그 더미를 외면하고 하는 일에 다시 집중했다.

두 시간가량 꼼짝 않고 앉아 파일을 걸러낸 끝에 간신히 10장으로 줄일 수 있었다. 포토샵으로 열어 조금 만진 다음엔 USB에 새 폴더를 만들어 따로 보관했다. 그중에서 또다시 다섯 장으로 추려서야 드디어 인화 단계가 왔다.

"뭐가 이리 비싸."

모니터에 뜬 프린트 가격에 헉 소리가 절로 나왔다. 학교의 프린터 기기들은 다 좋은데 가격이 비싸서 문제였다. 눈물을 머금고 학생 카드를 그어 돈을 지불한 다음 인화 버튼을 눌렀다.

멍하니 사진이 출력되는 걸 기다리다가 다시 손에 쥔 휴대폰을 내려다보았다. 신경이 쓰였다. 성은이 전해준 그의 소식이 아까부터 머릿속을 떠나지 않았다. 전에 번호를 교환해서 원한다면 지금 당장이라도 연락을 할 수 있었다. 하지만 이렇게 망설여지는 이유는…….

"네가 신경 쓸 일 아니잖아, 반하다."

혼탁한 마음을 애써 외면하며 중얼거렸다. 촤륵, 프린터가 첫 번째 사진이 인화된 종이를 자르며 밑에 달린 검은 받침대로 떨구었다. 가로 18인치 세로 16인치로 뽑은 사진은 다행히 번짐이나 컬러 오류 없이 깔끔하게 나왔다. 두 번째 인화가 시작됐다. 하다는 다시 휴대폰을 만지작거렸다.

세 번째 사진이 나올 즈음, 손안에서 진동이 울렸다. 깜짝 놀라 휴대폰 화면을 살폈다. 선명하게 뜬 구담조라는 이름에 생각할 겨를도 없이 바로 버튼을 눌렀다.

"여보세요?"

[지금 어디예요?]

그가 다짜고짜 물었다.

"콜럼버스요."

[몇 층?]

"2층 사진과……."

[잠깐만 기다려요.]

수화기 너머 그가 움직이는 소리가 들렸다. 몇 초도 지나지 않아 달칵, 등 뒤로 실습실 문이 열렸다. 가볍게 숨을 몰아쉬며 서 있는 그를 본 순간 심장 부근이 바짝 조여왔다. 전화를 끊은 그는 휴대폰을 뒷주머니에 넣으며 하다에게 다가왔다.

"약속 있다더니."

"그건 낮에 있었고 생각보다 일찍 헤어져서요. 담조 씨는요? 오프닝 간다면서요."

담조는 쓸쓸히 웃으며 고개를 가로저었다.

"가는 날이 장날이라고, 갑자기 손님이 찾아와서 가지 못했어요."

하다는 무슨 말을 해야 할지 몰라 우두망찰했다. 내색하진 않지만 기분이 우울하게 가라앉아 있는 그에게 다가가 위로를 건넬 수도 없었다. 지금의 그녀는, 그의 상황에 대해 아무것도 모르는 반하다일 뿐이었다.

그들 사이에 내려앉은 침묵을 눈치챈 담조는 분위기를 전환하듯 짐짓 밝은 어조로 말을 걸었다.

"난 아래층 스튜디오에 있었는데. 뭐 하고 있었어요?"

"내일 크리틱 준비를 좀……."

"언제 끝나요?"

촤릑, 마지막 사진이 프린터에서 떨어졌다. 받침대 안에 담긴 사진들을 내려다본 하다는 얼떨떨한 얼굴로 담조를 돌아보았다.

"지금요."

프린터 앞으로 다가온 담조는 받침대에서 사진들을 꺼내 하나씩 넘기며 살폈다. 마지막 장까지 보고 나선 탁탁, 책상 위로 사진들을 정리했다.

"나랑 잠깐 밑에 좀 가죠."

시야가 어지러웠다. 프로젝터에서 나오는 형형색색의 빛들이 카우치에 드러누워 있는 하다의 몸 위로 쏟아졌다. 덕분에 하다가 입고 있는 하얀 박스티는 수채화에 물든 것처럼 빛이 났다.

"고개는 옆을 향하고."

"이렇게요?"

"네. 몸은 최대한 자연스럽게."

하다는 이 상황이 조금 당황스러웠다. 남자는 카메라만 들여다보며 이렇게 해달라, 저렇게 해달라 명령 섞인 부탁을 해오고 있었다.

어쩌다가 이렇게 됐더라.

그가 데려온 곳은 콜럼버스 1층에 있는 포토 스튜디오였다. 작업 중이었는지 카메라부터 배경 스크린과 조명까지 전부 설치되어 있었고 담조는 다짜고짜 그 중간에 하다를 세웠다.

"2차 과제, 지금 하죠."

"네?"

"수업 때 제가 찍은 사진도 보여주기로 했잖아요."

허리를 숙여 카메라의 뷰파인더를 들여다보던 그가 힐긋 눈을 들어올렸다.

"반하다를, 지금 찍겠다고요."

그 전문가적인 시선을 마주한 순간 명치가 다시금 바짝 조였다. 카메라에 집중하는 모습을 여실히 보여주듯 매끈한 이마를 가로지르는 주름이, 우습게도 분위기를 압도했다.

"시간 안 돼요?"

"안 될 건 없는데……."

하다는 자신의 차림새를 내려다보았다. 군청색 스키니진에 흰색 박스티. 학교에서 작업만 할 생각에 화장기도 없이 편한 차림으로 온 게 이제 와 못내 불편했다.

"자연스러우니까 괜찮아요."

괜스레 창피해진 하다는 저도 모르게 툴툴거렸다.

"그건 그쪽이나 괜찮죠. 이런 건 미리 알려줘야 하는 거 아녜요?"

"그쪽?"

남자의 한쪽 눈썹이 스윽 올라갔다. 툴툴거리던 하다의 입술이 꾹 다물렸다. 은근슬쩍 딴 곳을 쳐다보는 게 토라진 아이 같았다. 짧게 웃음을 흘린 담조는 다시 뷰파인터를 보며 각도를 잡았다.

"이름 부르니까. 그럼 시작할게요."

아까 부탁 받았던 대로 하다는 카우치에 드러누웠다. 카메라 쪽을 보니 그는 단추를 풀며 소매를 접고 있었다. 근육이 잘 잡힌 팔뚝을 보고는 괜히 손가락을 꼼지락거리며 천장으로 시선을 돌렸다.

준비해 놓은 프로젝트를 켠 담조는 하다 앞에서 라이트 미터로 노출을 잰 뒤 카메라 뒤편으로 돌아왔다.

"여기 봐요."

천장을 향해 있던 하다의 시선이 뷰파인더를 들여다보는 담조의 눈으로 향했다. 눈동자가 유난히 크고 또렷해서일까, 그녀가 카메라 렌즈를 보고 있을 뿐인데 담조는 그녀와 눈이 마주친 느낌이 들었다. 방금 전 부끄러운 기색은 어디로 갔는지 하다는 자신의 침대 위에 누워 있는 것처럼 자연스러웠다. 한쪽 팔을 머리맡에 두고 다른 팔은 바닥으로 길게 떨어뜨렸다. 푸른 스키니진에 감싸인 두 다리는 카우치를 따라 뻗어나간다.

프로젝터가 내뿜는 어지러운 색깔의 향연. 그걸 고스란히 받고 누워 있는 여자는 그가 원하던 몽환적인 이미지 그대로였다. 저 청바지를 벗고 허벅지까지 내려오는 박스티 밑으로 하얀 다리의 곡선을 보여주면 좋을 텐데. 그것이 사진가의 욕심인지, 남자의 욕심인지 순간 헷갈렸다.

"입술, 축여봐요."

물끄러미 렌즈 너머의 그를 쳐다보던 여자는 시키는 대로 혀로 입술을 축였다. 프로젝터의 빛에 입술이 투명하게 빛이 났다. 담조는 셔터를 눌렀다. 팡. 조명이 터지는 소리가 들렸다. 모니터로 사진을 확인한 뒤 노출을 조절하고 다시 눌렀다. 팡. 조명이 또다시 터졌다.

포즈를 바꿔달란 요구에 하다는 이번엔 카우치 반대쪽에 앉아 무릎 한쪽을 굽혔다. 남자가 삼각대에서 떼어낸 카메라를 들고 다가왔다. 시선을 위로 해서 찍을 모양이었다. 자연스럽게 위를 쳐다보던 하다는 문득 셔터를 누르는 손에 붙은 붕대를 발견했다.

"딴 곳 보지 말고 여기 봐요."

시선이 자신을 향해 있지 않단 걸 귀신같이 알아본 그가 말했다.

"손…… 다쳤어요?"

분명 지난 수업에선 보지 못한 상처였다. 담조는 카메라를 든 손을 내렸다. 눈이 마주치고, 하다는 얼굴을 맞댄 서로의 거리가 생각보다 가깝단 걸 깨달았다.

"나한테 집중해 줘요."

남자의 진지한 눈빛에, 만약 명치 부근에 실이 달려 있다면 그것이 팽팽하게 당겨지는 기분이었다.

괜찮은 걸까. 우려했던 것과 달리 남자는 침착해 보였지만, 평소 보여주던 느긋함과는 거리가 멀었다. 역시 집안사람이 찾아와 뭐라고 한 게 분명했다.

"딴생각하지 말고."

렌즈를 통해 그녀를 보는 남자는 마치 전지적 시점이 된 듯했다. 하다는 입술을 삐죽였다.

"……귀신같기는."

남자가 웃었다.

찰칵, 셔터 음이 울려 퍼졌다. 하다는 애꿏은 손만 쥐었다 폈
다. 그는 사진작가로서 하는 말이겠지만 듣는 입장에선 꽤 쑥스
러운 말이었다. 저 남자의 속내를 알 수 있으면 얼마나 좋아.

하다가 원하는 대로 촬영은 오래 이어지지 않았다. 그러나 진
이 빠질 정도로 오래가지 않았다는 것 뿐, 시간은 꽤 흘러서 바
깥은 새까맣게 물들어 있었다.

"모델은 처음이라면서 잘하네요. 보통 카메라 앞에선 주눅 드
는 법인데."

그가 건네는 일회용 컵을 받아들며 하다는 그와 함께 커피숍
을 나왔다. 하늘이 유독 투명한 밤이었다.

"움츠러들면 사진 빨이 안 살잖아요. 퍼포먼스 수업 때 배웠는
데 관객 앞에서 연기를 할 땐 첫째도 당당, 둘째도 당당이랬어
요."

"퍼포먼스 쪽으로 갔어도 잘했겠어요."

"그럼요. 퍼포먼스 교수님이 복도에서 마주칠 때마다 절 데려
가지 못해서 안달이라니깐요."

"여봐, 여봐, 콧대 높아진다니까."

그 악의 없는 핀잔에 맑은 웃음소리가 기분 좋게 터져 나왔다.
하다는 종이컵을 슬쩍 들어 보였다.

"커피 고마워요."

"천만에. 오늘 많이 부려먹어서 내가 미안하지. 힘들었죠?"

"그건 걱정 말아요. 내가 담조 씨 찍을 때 이것저것 다 시킬 거니까."

콧잔등을 찡그리며 하다가 짓궂게 말하자 담조는 무서운 척 어깨를 움츠렸다.

"나 모델 일엔 재능 없는데."

"그 어색한 모습까지 그대로 카메라에 담아줄게요. 커피도 한 잔 얻어 마셨겠다, 컨셉은 뭐, 어색함의 극치로 하지 뭐."

생각만 해도 재미있다는 듯 키득키득 웃다가, 하다는 문득 그런 생각을 했다. 이렇게 웃어본 적이 얼마만이더라. 친구들과 잘 웃고 떠드는 편이었지만 문득 이렇게 웃고 있는 모습은 내 자신이 아닌 것 같은 느낌이 들 때가 있었다. 열심히 앞으로 정진하다가도 불현듯 찾아오는 공허감에 침대에 누워 허공만 바라보곤 했다. 가슴 한쪽을 짓누르는 고통에 흐느낌을 삼키며 남몰래 베갯잇을 적셨다. 그런데 지금은 아니었다.

"……괜찮아요?"

그에게 조심스럽게 물었다. 무슨 뜻이냐는 듯 다가오는 그의 시선을 잔잔한 눈길로 마주했다. 이 세상에서 혼자가 아닌 기분. 이 사람도 그걸 느꼈으면 좋겠다.

"오늘따라, 우울해 보여서."

그는 말이 없었다. 둥글게 휘어 있던 눈꼬리가 서서히 제자리를 찾아가고, 어느덧 그는 씁쓸히 가라앉은 웃음을 짓고 있었다.

"지금 몇 시죠?"

휴대폰을 켜보니 거의 밤 11시가 되어가고 있었다. 하늘이 유독 투명해서 걷고 싶게 만드는 밤. 미시간 호가 있는 곳을 바라보던 담조가 하다에게 제안했다.

"이왕 늦은 거 같이 좀 걸을래요?"

그랜드 파크의 버킹엄 분수대는 밤중에도 활기차게 뿜어대는 물줄기와 바로 옆에 있는 미시간 호에서 불어오는 바람으로 유독 시원했다. 담조와 하다는 장미 정원을 지나 분수대가 있는 공터를 향해 천천히 걸었다. 늦은 시각에도 그들처럼 밤 산책을 나온 사람들이 꽤 있었다. 질서정연하게 서 있는 공원의 나무들 너머엔 우뚝 솟아 있는 빌딩들이 은하수처럼 빛의 수를 놓았다. 제법 운치가 있는 곳이었다.

"여기 자주 와요?"

담조는 커피의 마지막 한 모금을 마시며 여유롭게 주위를 둘러보았다. 하다는 고개를 가로저었다.

"밤에 오는 건 처음이에요."

"저는 여기 자주 와요. 제가 레이크뷰 쪽에 있는 아파트에 사는데 집 앞 콜럼버스 드라이브를 타고 쭉 내려오면 여기까지 바로 올 수 있거든요. 그래서 마음이 갑갑할 때면 이곳까지 산책하러 내려오거나……."

그는 그의 아파트가 있는 쪽부터 그 반대 방향에서 빛나는 그리스 양식의 건물을 가리켰다.

"미시간 호를 끼고 저기 다운타운 끝자락에 있는 필드 뮤지엄까지 자전거를 타곤 해요. 이곳은 낮에도 예쁘지만 야경이 있을 때 더욱 빛나거든요."

분수대 앞에서 걸음을 멈춘 담조는 미시간 호 쪽으로 고개를 돌렸다. 거뭇한 어둠 속 수평선을 훑는 그의 눈빛이 흐려졌다.

대한민국 영토의 절반이나 되는 이 거대한 호수는 그 끝이 보이질 않아 간혹 바다를 보는 것 같은 착각을 일게 했다. 시카고를 윈디 시티라 부르는 이유는 이 호수에서 불어오는 바람 때문이다. 빌딩 숲 사이로 부는 바람의 근원지. 그가 지금 이곳에 서 있게 한 근원지는 어디일까.

"저도 그래요."

하다가 가만히 말했다.

"이렇게 가만히 시카고의 야경을 보고 있으면 이상하게 눈물이 날 것 같거든요. 어쩐지 따뜻하고, 위로를 주는 것 같아서."

사람들로 북적이고 생기가 넘치는 도시. 근무시간이 끝나고 밤이 되어 사람들이 전부 빠져나간 뒤엔 아름다운 빛의 물결만이 남는다. 그 텅 빈 자리에 서서 그 빛을 보고 있노라면 '오늘도 열심히 했어' 하고 위로를 받는 것만 같았다. 고된 현실을 잊고 내일을 기대하게 된다.

"지금도, 갑갑해요?"

그를 올려다보는 그녀의 눈동자는 저 호수만큼 깊고 맑았다. 쏴아, 분수대의 거친 물소리 사이로, 여명처럼 흐릿하게 들리는 파도 소리에 그의 가슴도 천천히 쓸려 나갔다. 그녀의 손을 잡고 싶은 충동을 간신히 내리눌렀다.

"사진을 찍으면…… 마음이 놓여요. 렌즈를 통해 바라보는 세상은 내가 지금 현실 속에서 보고 있는 세상 같지만은 않은 것 같아서."

갑작스런 화제 전환에도 하다는 당황하지 않았다. 그의 시선을 놓지 않고 귀를 기울였다.

"고요할 담(淡), 새길 조(彫). 내 이름이에요. 원래 어머니는 '아름다울 담(炎)'을 주셨는데, 그게 불꽃 염자와도 같아서 남을 뜨겁게 해주는 아름다움을 가슴에 품으라는 뜻이었죠. 하지만 할머니는 내가 재앙을 불러올 아이라며 지금의 이름을 주셨어요."

담조(炎彫), 얼굴을 처음 마주하던 날, 그 이름을 가만히 내려다보던 그의 조모는 세 획을 더 그어 손쉽게 다른 이름으로 만들어 버렸다. 담조(淡彫). 고요함을 새기다.

네 위치를 알고 조용히, 숨을 죽이고 살 거라. 안 그러면 네 불길이 주위 사람을 삼켜 버릴게야.

주름진 눈매 속 엄하면서도 얼음장처럼 차가운 눈빛. 아홉 살 먹은 아이에겐 그것이 세상의 흐름이었고 이치였으며 전부였다.

절대, 네 자리 이상의 것을 바라지 말거라.

"엄마는 죄지은 사람처럼 고개를 조아리며 아무 말도 하지 못하고 아버지란 사람은 도움을 청하는 어린 시선을 외면했죠. 그때부터 줄곧 혼자였어요."

커다란 품이 그를 안아주기 전까진.

네가 내 동생이구나.

마치 한 줄기의 빛이 어둠 속으로 들어온 것 같았다. 형이 웃는 세상은 따뜻했다. 자신에겐 없는 모든 걸 갖고 있는 사람이었지만 질투할 틈 같은 건 없었다. 그를 만날 수 있는 여름을 소중히 여겼다. 행복했다. 그가 옆에 있는 것만으로도. 결국엔 조모의 말이 맞았다. 그 환한 웃음을 없앤 건 자신이었다.

"슬픈…… 이야기네요."

"그런가요."

담조는 희미하게 웃었다.

"슬프기 보단, 잔인한 이야기가 아닐까 해요."

그는 담담하게 말을 이어나갔다.

"그 저주 같은 말을 면전에서 들은 아이의 세상은 어떻게 됐을까요. 아마 하늘이 무너지는 기분이었을 거예요. 가족이 생긴다는 기대를 안고 기쁘게 찾아간 집에서 받은 모진 태도와 차가운 박대. 때로는 상처보다 말 한마디가, 말 한마디보다 표정 하나가 더 큰 폭력이 될 수 있거든요."

자신의 유년시절을 제삼자처럼 차근차근 설명해 나가는 그의 표정은 덤덤했다. 상처 받지 않은 것처럼. 아무렇지 않은 것처럼. 아이러니하게도, 그 모습이 더 아프게 다가왔다.

그는 천천히 고개를 돌려 말없이 자신을 쳐다보는 하다와 눈을 마주쳤다.

"그리고 난, 왜 이 이야기를 당신에게 하고 있는 걸까."

그녀에게 묻는 것 같기도, 스스로에게 묻는 것 같기도 한 중얼거림이었다. 하다는 재빨리 대답했다.

"제가 물어봤으니까요."

"……."

"갑갑하냐고."

담조는 피식 웃었다.

"그랬네요."

"네, 그랬어요. 담조 씨는 제 질문에 답한 것뿐이에요."

"경쾌한 결론이군요."

"……이제, 조금 덜 갑갑해졌나요?"

담조는 난간에 기대 야경을 바라보았다. 그녀의 말이 맞았다. 분명 바람이 부는 도시인데, 차가운 빌딩들로 가득 찬 도시인데, 시카고의 야경은 눈물이 날 만큼 애틋하고, 따뜻했다. 아마, 곁에 있는 누군가 덕분에. 그는 조용히 웃었다.

"훨씬요."

4.

6월의 마지막 주는 정말이지 야외 수업을 하기에 기가 막힌 날씨였다. 조지는 이렇게 화창하고 좋은 날 남들 다 쉴 때 무거운 엉덩이를 이끌고 학교에 나와야만 하는 학생들이 측은해진 게 분명했다. 아니면 본인 스스로가 측은스럽거나.

파격적이게도, 그는 출사 장소로 학교에서 버스로 20분가량 떨어져 있는 노스 에비뉴 해변을 택했다.

한 손에 카메라를 들고서 담조는 끼룩거리며 파란 하늘을 가로지르는 갈매기를 올려다보았다. 장소가 해변인 만큼 그는 무릎까지 오는 반바지에 민소매로 된 상의를 입고 있었다.

"이걸, 어째……."

예상했던 대로 수업 시작한 지 한 시간도 지나지 않아 학생들은 꽁무니도 찾아볼 수 없었다. 조지마저도 자기 카메라를 들고 그의 옆을 뜬 지 오래였다. 덕분에 담조도 개인 카메라로 유유자적 사진을 찍으며 돌아다니고 있었다. 그러다가 학생과 마주치면 작업 진행에 대해 물어보고 도움이 필요하면 도와주는 식이었다. 뿔뿔이 흩어지기 전에 도움이 필요하면 연락하라고 휴대폰 번호를 돌리긴 했는데, 다들 수업을 빙자한 여가 시간을 즐기고 있는 건지 전화 오는 곳은 없었다. 솔직히 땡땡이를 치고 있더라도 모를 일이었다.

여름방학 시즌에 날씨까지 좋아서 해변엔 여름을 즐기러 나온 사람들이 꽤 많았다. 뷰파인더를 들여다보던 담조의 눈에 문득 다정해 보이는 젊은 부부가 들어왔다. 그들의 옆에는 다섯 살 난 아이가 자기보다 두 배는 더 큰 셰퍼드와 함께 까르르 웃으며 놀고 있었다. 아이가 던진 공을 잡으려 호수 안으로 뛰어든 셰퍼드는 입에 공을 물고 겅중겅중 뛰어 아이에게 돌아왔다. 개가 털어내는 물기에 아이는 뒷걸음치다가 모래사장 위로 발랑 넘어지고는 다시 기분 좋은 웃음을 터뜨렸다. 젊은 부부는 모래사장에 앉아 그들을 사랑스럽게 지켜보고 있었다. 아이는 몸을 일으켜 앉더니 콧잔등을 내미는 셰퍼드의 얼굴을 붙잡고 짓궂은 미소를 지었다. 담조는 그 행복한 얼굴을 카메라에 담았다.

세상의 모든 가족들이 자신의 가족 같지 않다는 걸 깨달은 건 중학교 때, 아버지와 할머니에게 인정받기를 어느 정도 포기하고 있을 즈음이었다. 지금은 이름이 기억나지 않지만, 처음으로 친구라 부를 수 있는 아이를 사귀게 되어 그의 집에 자주 놀러가곤 했었다. 그 집엔 항상 어머니가 있었다. 한바탕 축구를 하고 돌아온 친구와 그에게 친구의 어머니는 애정 어린 타박을 하며 욕실로 몰아냈는데, 킬킬 웃으며 샤워를 하고 나오면 그녀는 '내가 너희들 때문에 못산다' 하며 깨끗한 수건으로 젖은 머리를 비벼 주었다. 탈탈 움직이는 하얀 수건 사이로 보이는 친구 어머니의 따뜻한 미소가 선연했다.

늦게까지 놀다가 저녁을 함께 들게 되면 친구의 아버지도 볼 수 있었다. 벨이 울려서 신나게 친구와 함께 현관으로 달려가 그를 맞이했다. 아내와 웃는 얼굴이 닮은 그는 친구와 담조의 머리에 손을 얹고 '개구쟁이들' 하고 웃어주었다.

그것이 좋았다. 친구의 따뜻한 가정환경. 비록 그의 것이 아니었지만 그냥 바라만 보아도 좋았다. 욕심낼 입장이 아니라는 것을 알기에, 욕심내지 않는 것에 능숙했기에 어린 나이여도 부러운 태 하나 내지 않고 웃으면서 그들을 볼 수 있었다. 애정 어린 타박을 들으려고 일부러 더 열심히 운동장을 구른 것도 쉽게 숨길 수 있었다.

담조는 카메라에 담은 사진을 액정 모니터로 확인한 뒤 다시 걸음을 옮겼다. 아이의 웃음소리가 점점 멀어졌다.

어떻게 보면 그의 인생은 사진을 닮아 있었다. 피사체를 차마 소유하지 못하고, 욕심내지 못하고, 그들을 향한 자신의 마음만을 담아 사진을 찍었다. 그럼 그 순간만은 그의 것으로 영원히 남았다.

모래사장을 걸어가던 중, 고층 건물들이 솟아 있는 루프 쪽을 바라보고 있는 하다가 담조의 눈에 들어왔다. 무엇을 보고 있는 건지 그녀의 입가에는 가슴에서 우러나오는 진심 어린 미소가 걸려 있었다.

"뭐가 그렇게 재밌어요?"

그가 다가오는 걸 알아채지 못하던 하다가 그제야 그를 돌아보았다.

"아무리 봐도 내 눈엔 호안선밖에 없는데 재밌는 걸 보는 것처럼 웃고 있네."

하다는 다시 기분 좋은 미소를 지으며 자신이 보던 호안선을 가리켰다.

"1학년 때인가, 친구들이랑 저 호안선의 자전거 도로를 거닌 적 있어요. 의도한 건 아니지만, 남녀 두 명씩 해서 한국인, 이탈리아인, 노르웨이인, 미국인, 국적도 다양하게. 다들 시카고에 온 건 그때가 처음이라 기숙사에서 이곳 해변까지 걸어가 보고 싶어서 세운 계획이었죠. 그런데 가는 날이 장날이라고, 그날 비바람이 내린 거예요."

"저런."

담조가 맛깔스럽게 혀를 차며 추임새를 넣었다. 하다는 웃음기가 가시지 않은 얼굴로 고개를 끄덕였다.

"다행히 비가 많이 내리지 않았지만 하늘은 우중충하고 바람이 무섭게 몰아치고 있었죠. 파도가 철썩철썩 무섭게 우리가 서 있는 해안가의 자전거 도로까지 덮쳐오고."

그녀는 살짝 허리를 숙여 자신의 종아리를 가리켰다.

"정말 큰 파도는 여기가 흠뻑 젖을 정도로 물이 밀려들어 오더라고요."

"위험하지 않았어요?"

"아뇨. 자전거 도로가 워낙 넓잖아요. 안쪽 깊숙이 들어가면

밀려오는 물을 피할 수 있었어요. 대신 파도와 쫓고 쫓기는 신경전이 펼쳐졌죠. 어린애들처럼 꺅꺅 소리 지르면서."

"말만 들어도 어땠는지 알겠네."

눈을 반짝이며 키득거리는 그녀의 얼굴은 싱그러웠다.

"어깨는 비 때문에 젖어들고 다리는 파도 때문에 흠뻑 젖었는데도 자유를 만끽한 것처럼 기분이 너무 좋았어요. 젖는 것도 상관 않고 그토록 보고 싶어 하던 해변을 향해 걸어가는 그 순간이 너무 즐거웠죠."

"분위기에 취해 있었던 거네요."

"맞아요. 그랬던 것 같아요."

가랑비처럼 내리는 추억에 젖어든 그녀의 마음은 지금 그의 옆에 없었다. 과거, 현재, 미래, 그 모든 것을 잊고서, 마치 이 세상에 그들밖에 없는 것처럼 친구들과 함께 소리 지르며 뛰어가던 그 순간에 있었다.

"미시간 호 너머 회색빛의 구름 낀 하늘을 보는데도 가슴이 뻥 뚫린 기분이었죠. 시야가 탁 트인 하늘 아래, 높이 치솟아 올랐다가 거세게 부서져 내리는 파도와 파도 소리. 촉촉이 젖어가는 어깨. 친구들의 호쾌한 웃음소리. 그 순간을 난 아직도 잊지 못해요."

그녀의 머리카락이 바람에 부드럽게 휘날렸다. 담조는 그런 그녀의 옆모습을 바라보았다. 싱그러운 이목구비를 찬찬히 훑어 내리다가 이윽고 골반 근처에 머물러 있는 그녀의 손에 시선이 머물렀다.

잡고 싶다.

부드럽게 그녀의 손을 잡아 깍지를 끼면 그녀는 뭐라고 할까. 그녀라면 호들갑을 떨지도, 놀라지도 않을 것 같았다. 말없이 그를 물끄러미 올려다보지 않을까. 만약 그렇다면, 그 시선을 마주한 채 그녀의 흩날리는 머리카락을 귀 뒤로 넘겨주고 싶었다. 그리고 손을 미끄러뜨려 통통한 귓불의 촉감을 느낀 다음, 연약한 목선을 쓰다듬고 싶었다.

"그 친구들과는 잘 지내고 있어요?"

그가 무슨 생각을 하고 있는지 꿈에도 모른 채, 그녀는 장난스럽게 이맛살을 찌푸렸다.

"음…… 그게 조금 아쉬운 점이긴 해요. 2학년이 되고 나서 각자 기숙사를 나와 집을 구하는 바람에 뿔뿔이 흩어졌거든요. 요한나는, 아, 여자애 이름이 요한나예요. 베프 중 한 명이라 자주 만나는데 남자애들은 그 이후로 학교에서 마주치는 것 외엔 만나질 못해요. 사이가 서먹해져서."

"왜요?"

그녀는 놀리듯 그를 향해 눈을 흘겼다.

"방금까지 뭐 들으셨어요? 청춘 드라마잖아요. 사랑 이야기가 빠지면 안 되죠. 요한나와 이탈리아 애가 결국 눈이 맞았다가 안 좋게 끝나서 주변 사이들까지 서먹서먹해졌어요."

"진짜 청춘 러브 스토리네요."

"네. 식상하지만 빠지면 아쉬운."

그녀는 무언가를 상기한 듯 눈동자를 한 바퀴 굴린 뒤 말을 덧붙였다.

"아무도 모르는 반전 같은 게 있었지만."

"뭔데요?"

"말 못 해요."

담조의 눈썹이 슬쩍 올라갔다가, 약 오른다는 듯 가운데로 모였다.

"그런 게 어디 있어요. 말해줘요."

뒷짐을 진 하다는 짓궂게 웃으면서 고개를 가로저었다. 그녀가 살금살금 뒷걸음질을 치자 그 사위에 맞춰 그가 자석처럼 따라왔다.

"어어, 정말 말 안 해요?"

"안 돼요. 비밀이거든요."

"말 안 하면 큰일 날 텐데."

"그건 협박이 되지 못해요."

"정말로?"

"정말……."

말을 채 끝내기도 전에 성큼 다가온 담조는 순식간에 그녀의 손에서 카메라 줄을 낚아채 자기 어깨에 걸치곤 그녀를 냉큼 안아 올렸다. 작은 비명이 해변에 울려 퍼졌다.

"뭐, 뭐예요?"

"뭘까."

싱글거리며 대답한 담조는 성큼성큼 해변을 가로질러 호수로 향했다. 물 안으로 들어갈 것을 직감한 하다의 얼굴이 하얗게 질렸다.

"싫어요! 이거 놔줘요!"

"그럼 말해요."

"하지만……!"

그는 걸음을 멈췄다가, 하다가 망설이자 다시 걸음을 옮겼다. 하다는 필사적으로 팔다리를 흔들며 버둥거렸다. 그러나 등과 다리 밑을 받치고 있는 그의 완력을 이기기엔 역부족이었다.

"여분 옷 안 가져왔단 말이에요!"

"뭔 상관."

시큰둥한 척 대답하지만 하다는 그가 이 상황을 즐기고 있다는 걸 느낄 수 있었다. 분한 마음에 그의 양 볼을 꼬집으려는데 그가 저런– 하며 홱 고개를 뒤로 빼더니 이번엔 쌀부대 옮기듯 그녀의 몸을 돌려 한쪽 어깨에 얹었다. 비명소리가 다시 울려 퍼졌다. 그가 남기는 발자국 뒤로 호기심 어린 주변의 시선들이 꼬리를 물었다.

어느새 첨벙첨벙 소리가 귓가를 울렸다. 시야에 들어온 비스듬하게 기울어진 바다, 아니 호수의 수평선에 하다는 사색이 되어 몸을 더욱 세게 바동거렸다. 수면이 코앞이었다.

"이러지 말아요! 정말로 옷 안 가져왔어요!

"그럼 빨리 말하는 게 좋을걸요?"

"좋아했어요!"

우뚝 동작을 멈춘 담조가 하다를 조심스럽게 내려놓았다. 조리를 신은 발이 물 안에 잠기면서 시원한 느낌이 그녀의 등줄기를 타고 올라왔다. 그는 한 대 얻어맞은 사람처럼 우두커니 그녀를 내려다보고 있었다. 하다는 부끄러움에 시선을 발 쪽으로 내리깔았다. 파도 소리가 섞인 바람이 두 사람의 머리카락을 느릿하게 흔들었다.

"요한나가 좋아한 그 이탈리아 친구를, 저도 좋아했었다고요."

"······진짜 청춘 스토리네."

"막장인 거죠."

담조는 어깨를 으쓱였다.

"글쎄, 모든 삼각관계가 막장인 건 아니지."

"이제 비밀을 다 알아서 속이 시원해요?"

"뭐랄까, 예상 못한 반전이라 한 대 맞은 것처럼 정신이 몽롱해졌어."

하다는 키득키득 웃었다. 그에게 이런 고백까지 하게 될 줄은 몰랐지만, 가슴 한구석이 왠지 개운해졌다.

"제 룸메이트 말고는 아무도 모르는 거예요."

"내가 두 번째라는 거네."

싱글거리며 웃는 그가 얄미워서 눈을 가늘게 뜨고 새침하게 답했다.

"네, 자랑스럽게 생각하세요."

뭍으로 나간 하다는 젖은 조리를 벗어 한 손에 들고 맨발로 해변에 발을 내디뎠다. 햇볕을 받아 따스해진 모래의 촉감이 까슬까슬하면서도 부드러웠다.

"요한나라는 친구는, 당신의 감정에 대해 알고 있었어요?"

그가 건네는 카메라를 받아들며 하다는 고개를 가로저었다.

"아마 모를 거예요. 둘이 서로 좋아한다는 걸 알고 바로 마음을 접었거든요. 제 감정보다 그 두 사람이 내겐 더 소중했고, 그래서인지 포기하는 건 의외로 쉬웠어요. 그만큼 가벼운 감정이었다는 거겠죠."

"가벼운 감정이었다, 라……."

단어 하나하나를 곱씹듯 그가 중얼거렸다.

"내가 아는 반하다는, 마음을 가볍게 주는 사람이 아닐 것 같은데."

"그건 담조 씨도 마찬가지죠."

물끄러미 쳐다보는 검은 눈동자가 차분했다. 담조는 허를 찔린 기분에 말을 잇지 못했다.

"무심한 성격이잖아요. 어떻게 1년 내내 카메라를 대여해 준 사람의 얼굴을 모를 수가 있는지."

"아…… 그건, 미안해요."

당황한 듯 관자놀이를 긁적이며 그가 잘못을 솔직히 시인하자 하다의 입꼬리가 장난스럽게 올라갔다.

"담조 씨가 당황할 때도 있네요."

"당황하지 않고 배길 수 있나. 천연덕스럽게 허를 찌르는데."

"한번 놀려본 거였어요. 아까 일이 좀 분해야지."

"무서워라."

말과 달리 담조는 쿡쿡 웃으며 주머니에서 휴대폰을 꺼내 시간을 살폈다.

"곧 있으면 수업 끝날 시간이에요. 같이 맥주 한잔할래요?"

"이 대낮에요?"

"뭐 어때요. 이렇게 날씨 좋은 날- 해변에 앉아 시원한 맥주한잔, 그리고 사랑 이야기. 군침 돌지 않아요?"

확실히 솔깃한 제안이긴 했다. 집에 돌아가 봤자 아무도 없고, 학교에 가서 작업을 해도 얼마 제대로 하지 못할 것 같고. 검지를 턱에 대고 골똘히 생각하던 하다는 고개를 끄덕였다.

"근데 계속 내 얘기만 하는 건 불공평해. 담조 씨도 하는 거죠?

"아아, 두말하면 잔소리."

조지에게 다음 시간에 보겠다고 연락한 뒤, 그들은 해변 입구에서 조금 떨어진 곳에 자리한 유람선 모양의 휴게소로 자리를 옮겼다. 일층은 간편한 휴식처 및 자전거 같은 용품을 빌려주는 곳이었고 이층은 유람선 갑판을 개조하여 만든 테라스식 레스토랑이었다.

동그란 삼인용 테이블에 앉아 맥주 두 잔을 시킨 뒤 하다는 갑판 너머로 보이는 해변으로 시선을 던졌다. 푸른 하늘 아래 펼쳐진 미시간 호의 드넓은 수평선이 마치 바닷가에 온 듯했다. 레스토랑에 오기 전 이미 수십 장 넘게 찍었는데도 결국 카메라를 다시 들었다. 테라스에 앉아 있는 사람들을 중심으로 그 호수 풍경을 찍고, 그대로 렌즈를 옮겨 테이블 중앙에 놓인 앙증맞은 꽃병도 찍었다. 찰칵, 자신의 것과 조금 다른 셔터 소리가 들렸다. 옆을 돌아보니 그가 그녀를 향해 렌즈를 세우고 있었다.

"설마 나 찍은 거예요?"

"어, 외모에 자신 있다는 발언인 건가, 그거?"

하다는 밉지 않게 눈을 흘겼다.

"장난치지 말고."

"찍었어요. 근데 지우라는 소리 말아요. 시카고에선 법적으로 공공장소에서 사진을 찍는 게 허용된다는 거, 첫날 조지가 말해 준 거 기억하죠? 난 반하다가 아니라 절경을 찍은 거예요."

"얄미워라."

담조는 '사실인 걸 어떡해'라는 표정으로 어깨를 으쓱였다. 하다는 카메라를 테이블 위에 내려놓으며 느긋하게 턱을 괴었다.

"누가 보면 우리가 관광객인 줄 알겠어요."

"맞죠, 관광객."

액정 모니터를 들여다보던 담조가 카메라를 내리며 웃었다.

"시카고에 온 지 벌써 몇 년이 흘렀는데…… 시카고 사람이라 느껴진 적은 한 번도 없어요."

"유학생이니까?"

"그건 아닐걸요. 난 시민권자거든요."

그들 앞에 이슬이 송골송골 맺힌 맥주 두 잔이 놓였다. 가볍게 건배하고 그들은 맥주를 쭉 들이켰다. 목이 어찌나 말랐던지 하다는 단번에 삼분의 일을, 담조는 거의 반을 비웠다. 바닷바람보다 소금기가 덜한 바람이 테라스 안으로 시원하게 불었다. 입술에 묻은 거품을 훔치던 하다는 잠시 눈을 감고 기분 좋게 바람을 만끽하다가 그를 돌아보았다.

"오늘 찍은 사진 봐도 돼요?"

담조는 대답 없이 흔쾌히 카메라를 넘겼다. 렌즈의 규격 차이로 그녀의 것보다 조금 더 무거운 그의 카메라는 풍경 사진만 가득한 하다의 것과 달리 일상적인 모습을 담은 사진이 많았다. 일광욕을 즐기는 사람과 팔짱을 낀 채 서로 마주보고 있는 연인, 셰퍼드의 얼굴을 붙잡고 짓궂게 웃고 있는 아이. 하다는 분하다는 듯 중얼거렸다.

"분명 같은 기종인데 어떻게 이토록 다른 분위기가 날 수 있는 거죠?"

"하다 씨는 어릴 때부터 회화를 했다면서요. 나 그림은 못 그려."

"그런 흔한 변명 말고. 찍을 때 특별히 신경 쓰는 게 있어요? 구도, 각도, 이런 얘기 빼고."

음– 거리면서 담조는 맥주잔을 기울여 입술을 축였다.

"신경 쓰기보단……. 분명히 집착이 심해서 그럴 거예요. 아름다운 걸 보면, 그걸 소유하기 보다는 그 순간을 영원히 간직하고 싶다는 생각을 하거든요."

"이해가 잘 안가. 집착이랑 무슨 상관인데요?"

"집착의 정의라기 보단, 일종의 집착 같다는 거죠. 하늘, 바다, 꽃, 사람. 내가 보는 피사체들과 직접적인 관계가 없는 난, 그것들을 가질 수 없다는 걸 알고 있어요. 피사체를 가질 수 없으니, 그들의 아름다운 순간을 사진으로 남겨 영원히 간직하겠다는 심보죠. 그게 집착이 아니면 뭐겠어요."

호수 쪽을 바라보며 짓는 그의 웃음이 어쩐지 서글펐다. 하다는 손을 내려 왼손에 찬 손목시계를 버릇처럼 만지작거렸다.

"미안. 이야기가 너무 진지했나 보네."

"아뇨. 이해할 것 같아서요. 그 집착이라는 말."

더 말해보라는 듯 물끄러미 쳐다보는 그에게 하다는 장난기 서린 미소를 짓더니 다짜고짜 질문 하나를 던졌다.

"첫사랑의 정의에 대해 생각해 보신 적 있어요?"

"가장 처음 좋아했던 사람이라는 뜻 아닌가."

"그럼 유치원 시절에 기억도 나지 않는 아이를 좋아했던 것도 첫사랑일까요? 만약 좋아했었다는 사실조차 새까맣게 잊어버렸다면?"

왠지 알 수 없어진 마음에 담조는 눈을 두어 번 끔벅였다. 하다는 싱긋 웃었다.

"어떤 사람은 담조 씨의 말대로 처음 좋아한 사람이 첫사랑이라 하고, 어떤 사람은 처음 연인으로 맺어진 게 첫사랑이라 하죠. 그 사람과 하는 모든 게 처음일 때 첫사랑이 순수해지는 거라면서요."

갑자기 숨 막힐 듯 덮쳐오는 아련함에 담조는 그녀를 쳐다보는 것 외에 아무것도 할 수 없었다. 형이 그런 사람이었다. 짝사랑이 아니라, 서로 인연이 닿아 진심 어린 포옹, 입맞춤, 그 모든 것을 그 사람과 처음으로 하게 될 때 그 사랑은 첫사랑이라 불릴 수 있는 거라고. 처음이기에 가슴 떨리고, 가슴이 떨려서 첫사랑이 되는 거라고.

"근데 나는요, 조금 다르게 생각해요. 짝사랑도 첫사랑이 될 수 있다고 생각해요. 기억할 수 있는 최초의 기억부터 지금 이 순간까지 가장 가슴을 떨리게 만든 사람이 있다면 그것이 짝사랑이든, 서로를 마주보는 사랑이든, 나중에 찾아오는 사랑이든 그 사람이 첫사랑이라고."

어쩐지 목이 메어왔다. 담조는 입안에 머금은 맥주를 마른침 삼키듯 쓰게 삼켰다.

"반하다의 첫사랑은, 어떤 사람이었어요?"

쑥스러운 듯 시선을 내리깐 그녀는 맥주잔을 만지작거리며 가만히 웃었다.

"그 사람은…… 내가 가장 싫어하는 계절인 여름에만 볼 수 있는 사람이었어요."

여름. 그녀가 꺼내든 그 단어에 시카고에선 볼 수 없는 싱그러운 푸른 갈대밭이 눈앞에 펼쳐졌다. 쏴아아- 바람 소리가 다시 들려왔다. 그 안에 서 있는 그리운 사람도.

"그날은 제 외할머니가 돌아가신 날이었어요. 더 이상 버틸 수 없겠다 싶을 때, 이미 부서졌던 걸 간신히 고쳐 놓은 하늘이 다시 산산이 무너져 내릴 때 다가와 온기를 나눠준 사람이었죠. 골목길 담벼락 밑에 숨어서 혼자 펑펑 울고 있는 처음 보는 여자아이에게 다가와 머리를 쓰다듬어 준 사람이었어요. 말없이 옆에만 있어줘도 고마운, 그런 사람. 묵묵히 위로를 건네주는 사람."

하다는 환해서 더 아픈 웃음을 지으며 자신의 왼팔 손목을 가리켰다.

"이 시계도, 그 사람 거였어요. 그 사람은 속상한 일을 떠올리게 한다고 버린 거였는데 애달픈 마음에 내가 챙겨서 보관하고 있었어요. 결국 돌려주지 못하고 내가 차게 되었지만."

듣기만 해도 따뜻한 사람이란 걸 알 수 있었다. 담조는 그 사람이 해주었다는 것처럼 그녀의 머리를 쓰다듬어 주면서, 나도 그런 사람을 한 명 알고 있다고, 같이 있기만 해도 좋은 게 어떤 느낌인지 분명 알고 있다고 말해주고 싶었다. 하지만 그러지 않았다.

"난 가장 좋아하는 사람을 볼 수 있어서 여름을 좋아했는데."

그렇게 중얼거리고 나니 더없이 쓸쓸해져서 그는 맥주만 들이켰다. 다행히 그녀는 그 사람이 누구인지 묻지 않았다. 만약 그녀가 물었다면, 물어서 자신이 '형' 하고 그 단어를 입 밖으로 꺼내게 된다면, 그 순간 흘러넘치는 감정을 주체하지 못하고 바보같이 그녀의 얼굴만 쳐다보았을 것이다. 벙어리처럼.

"담조 씨는요? 담조 씨의 첫사랑은 어떤 사람이었어요?"

담조는 그 질문에 바로 답하지 못하는 자신을 발견했다. 가슴을 떨리게 했던 사람. 그런 사람이 나에게 있었나.

우습게도 지난 세월 동안 이따금씩 만났던 여자들의 얼굴이 생각나질 않았다. 한 번도 사랑을 해보지 않은 사람처럼.

"그냥…… 평범한 사람이었어요. 딱히 얘기할 것 없는."

결국 그렇게 얼버무려 버렸다. 정말 얘기할 것 없는, 시시하다 못해 기억나지 않는 인연들. 방금 전 하다가 했던 말이 환청처럼 들려왔다. 기억나지 않는 사람을 좋아했던 것도 사랑일까요?

"에이, 그게 뭐야."

김샜다는 듯, 하다가 바람 빠진 웃음을 흘렸다. 그러나 딱히 상관없다는 얼굴로 고개를 돌려 쏴아아- 파도 소리가 울려 퍼지는 해변을 바라보았다. 산뜻하게 불어오는 바람에 그녀의 머리카락과 셔츠 깃이 느리게 나부꼈다. 그 모습을 바라보는데 이상하게 심장이 저렸다.

쿵……. 쿵…….

그것은 파도 소리에 맞추어 뛰고 있었다. 형이 죽은 후 다섯 번째 여름, 형을 만날 수 있는 유일한 계절이었던 여름을 닮은 여자는 그렇게 갑작스럽게 그의 마음속으로 들어왔다. 눈치챌 새도 없이, 가만히. 차근하게.

"정말 걸어갈 거예요?"

"생각보다 멀지 않을걸요."

유람선에 들어갈 때만 해도 중천에 있던 해가 서쪽으로 꽤 기울어 있었다. 아직 어둡진 않지만 두어 시간 후면 날이 저물기 시작할 것이다. 하다는 아랫입술을 만지며 고민했다. 조리를 벗어든 담조가 건넨 제안은 그들의 거처가 있는 루프[5]까지 맨발로 걸어가는 거였다. 선택은 그녀의 자유라며 그는 혼자 가도 상관없다고 했지만 하다는 이대로 그와 인사를 하고 헤어지는 것이 망설여졌다. 아쉬움. 그래, 왠지 모를 아쉬움 때문에.

"길 안 잃을 자신 있어요?"

"여기가 서울도 아니고, 격자형 도로밖에 없는 시카고에서 동서남북만 구분하면 길 찾아가는 건 쉬워요."

"난 헷갈리던데."

싱긋 웃은 그는 같이 가자는 듯 호안선 너머에 있는 도심의 고층 빌딩들을 향해 고개를 까닥였다.

"나만 믿어요."

딱히 그가 손을 내민 건 아니었다. 그런데 이상한 세계로 인도하는 안내자의 손을 잡은 것처럼, 그를 보고 있는 이 순간 하다는 그를 따라가고 싶다는 강한 끌림을 느꼈다.

어깨에 건 카메라 끈을 추스른 다음, 조리를 벗어 손에 들고 차박차박, 모래사장을 가로질러 그에게 다가갔다. 그것이 허락의 표시임을 알고서 담조는 그녀의 속도에 맞춰 함께 걷기 시작했다. 해변에 남겨진 두 사람의 발자국이 어느덧 하나가 되어 나란히 이어졌다.

---

5) 시카고의 도심 지역.

"사실 나도 이렇게 멀리서 걸어가는 건 처음이라 걱정되긴 해요."

비밀이라는 듯 그가 고개를 기울여 속삭여 오자 하다는 반사적으로 웃음을 터뜨렸다.

"뭐야, 믿으라면서."

"잘 찾아갈 자신은 있어요. 재밌을 것 같잖아. 다리는 조금 아프겠지만."

"누가 미친 사람이라고 보지만 않으면 다행이겠네요."

"걱정 마요. 백퍼센트 장담하는데, 아무도 신경 쓰지 않을 거예요."

파도에 밀려들어온 물이 발가벗은 두 사람의 발을 시원하게 감싸 안았다가 다시 빠르게 사라졌다.

"무대 위에 있다고 생각하고 지금 느끼는 기분에만 집중해요. 그럼 돼."

그렇게 말하고 그는 다시 앞으로 시선을 돌렸다. 단정한 그의 머리칼이 바람에 차분히 흔들렸다. 그 흔들림을 보는데 가슴이 '두근' 하고 뛰었다. 짧은 머리카락에 감싸인 그의 둥근 귀가 사랑스러웠다. 손을 뻗어 만지고 싶을 정도로. 하다는 퍼뜩 놀랐다. 사랑스럽다고? 그가?

자신의 마음에 지레 놀라 흔들리는 머리카락을 괜히 귀 뒤로 넘기며 호숫가로 시선을 던졌다. 그러나 그것도 잠시, 그가 말을 걸어오는 바람에 다시 그를 쳐다봐야 했다.

"하다 씨는 어디 살아요?"

"학교 근처에요. 스테이트 스트리트에 있는 H&M 매장 위층이요."

"아, 거기. 한쪽 벽 전체가 붉은 벽돌로 되어 있는 곳이죠? 빈티지 풍으로."

"네. 어떻게 아세요?"

"집 구할 때 거기 한 번 보러 간 적 있거든요. 햇빛이 들지 않아서 포기했지만."

하다는 눈을 끔벅였다.

"어, 혹시 아파트 소개한 부동산 업자가……."

담조가 손가락을 튕기고, 둘은 동시에 외쳤다.

"미세스 강!"

그들은 커다랗게 웃음을 터뜨렸다. 배를 움켜잡고 한동안 말을 잇지 못했다. 미세스 강은 한인들을 상대로 하는 개인 부동산 업자로, 어찌나 발이 넓고 수완이 좋은지 그녀의 카랑카랑한 목소리를 흉내 내는 게 농담으로 통할 정도로 한인 학생들 사이에서 유명했다.

"담조 씨도 미세스 강한테 아파트 소개 받았어요?"

하다가 눈가에 맺힌 이슬을 거두며 물었다.

"지금 사는 아파트는 아니고 그 전에…… 아, 미치겠다. 어떻게 미세스 강을 모르는 사람이 없어. 그렇게 존재감 있기도 힘든데."

"학교 총장의 얼굴은 몰라도 미세스 강은 안다는 말까지 있다니까요?"

그들은 가볍게 웃음을 흘렸다. 그와 함께 걷는 길은, 친구들과 호안선의 자전거도로를 거닐던 느낌과 비슷하지만 사뭇 다른 즐거움을 안겨주었다. 친구들처럼 장난을 치고 파도와 술래잡기를 하는 것도 아니고, 그저 나란히 걸으며 이야기를 나누는 것뿐인데 특별한 교감이 이어지는 기분. 그를 단순히 친구라고도, TA라고도 정의할 수 없는 오묘하면서도 설레는 이 순간 때문일 것이다.

호안선을 따라 자전거 도로와 네이비 피어, 개인 돛단배들이 늘어서 있는 선착장을 지났다. 시카고의 강줄기를 따라 본격적으로 루프에 들어설 때부터는 발을 다칠 우려 때문에 조리를 다시 신었다. 보지 않아도 발바닥이 새까맣다는 걸 알고 있었지만 개의치 않았다. 그의 권유대로 주위에 신경 쓰지 않고 오로지 자신의 기분에 따라 행동하자, 온 세상이 그녀를 위한 무대처럼 느껴졌다. 그 무대에 서 있는 그녀는 다른 누구도 아닌 자신 본연의 얼굴을 한 채 이 자리에 서 있었다.

미시간 에비뉴로 이어지는 시카고 강의 다리를 건널 즈음에는 날이 저물고 있었다. 클래식한 고층 빌딩들 틈으로 지는 석양이 보였다가 사라지길 반복했다. 그토록 푸르던 하늘은 오렌지와 핑크색으로 물들어갔다. 시카고는 겨울이 다가올수록 날씨가 우중충해지기 때문에, 이런 석양빛의 하늘은 여름에만 볼 수 있는 장관이었다. 그 모습이 너무 아름다워서 하다는 다리를 건너다 말고 가만히 서서 석양이 지는 걸 지켜보았다. 그러다가 갑작스러운 덜컹거림에 깜짝 놀라 뒤를 돌아보았다. 그녀의 뒤로 관광객 전용 이층 버스가 다리를 빠르게 지나가고 있었다.

"괜찮아요?"

담조가 하다의 팔을 잡아 불안해 보이는 그녀의 몸을 지탱해

주었다.

"네. 넋을 잃고 있었나 봐요."

"조심해요. 다리가 워낙 작아서 큰 차량이 지나갈 때마다 많이 흔들려요."

고개를 끄덕인 하다는 석양빛으로 강물과 하나가 되어 반짝반짝 보석처럼 빛나는 빌딩들을 눈에 담았다. 사실 이런 풍경은 처음 보는 것이 아니었다. 시카고에 온 지 2년이 되어가는 만큼 수십 번도 넘게 보아온 것이었다. 그러나 오늘처럼 기분이 개운한 적은 없었던 것 같았다. 그에게 고맙다고 말하고 싶어졌다. 오늘같이 기분 좋은 날을 선물해 준 것에 대해. 망설이는 그녀에게 먼저 다가와 하루를 함께 보내준 것에 대해.

가슴이 '두근' 하고 다시 뛰었다. 물끄러미 그를 쳐다보고 있자 시선을 느낀 그가 '왜요?' 하는 눈길로 돌아보았다. 하다는 아무것도 아니라는 듯 고개를 가만히 저으며 다시 앞으로 돌렸다. 조금 있다가, 나중에 헤어질 때 말해야지.

기분 좋게 흥얼거리며 다시 발걸음을 옮길 때 바지 주머니에서 휴대폰이 울렸다. 번호도 확인하지 않고 환한 목소리로 전화를 받았다.

「여보세요?」

대답은 바로 들리지 않았다. 시끄러운 주변 소음 때문이라 생각하고 하다는 다른 한쪽 귀를 막으며 수화음을 키웠다.

[나야…… 누나.]

그녀의 걸음이 멈췄다. 동시에 세상의 모든 것이 정지했다. 도로를 가득 메운 차의 소리도, 바람 소리도, 다리의 덜컹거림도,

아무것도 들리지 않았다.

"하일아."

미약한 중얼거림이 바람을 타고 사라졌다. 그 음성이 수화기 너머로 전해졌는지 알 수 없지만 동생은 아무 말도 없었다. 하다도 귀를 막은 동작 그대로 굳어져서 우두망찰 서 있었다. 뒤에서 불어오는 거센 바람이 그녀의 가슴 속을 헤집었다. 옷자락을, 머리카락을 흩뜨렸다.

[계속…… 전화한다고 들었어.]

그는 한참의 침묵 후에 힘겨운 듯 말했다.

[부담스러우니까 앞으로 전화하지 마, 누나.]

그리고 전화는 끊겼다. 하다는 여전히 굳어 있는 채로, 그러나 동공이 풀린 채로 서 있었다. 절정을 향해가는 석양이 주위 빌딩들의 유리창들과 강의 수면에 힘입어 보석 같은 여명을 흩뿌렸다. 그 아찔한 빛의 물결 속에서 하다는 온몸으로 바람을 맞고 있었다.

아까지만 해도 시원했던 바람이 어느 순간 무척이나 시려졌다. 온몸의 세포 하나하나가 얼어붙은 것처럼 꼼짝도 할 수 없었다. 그녀를 위한 무대인 것 같던 세상이 물거품처럼 사라져 가고 있었다. 보이지 않는 손이 환상이라는 이름의 물속에 잠겨 있던 그녀를 순식간에 낚아채어 현실로 끌어당겼다.

속수무책으로 아픈 현실을 맞닥뜨린 그녀는 자신 안에서 무언가가 와장창 박살나는 기분을 느껴야만 했다.

"하다 씨?"

이상한 기운을 감지한 담조가 그녀에게 다가왔다. 사뿐사뿐

137

기분 좋게 조금 앞서 걸어가던 그녀가 한 통의 전화를 받더니 석상처럼 굳어져서는 꼼짝도 하지 않고 있었다. 그녀의 어깨를 뒤로 잡아당기자 의지 없는 목각인형처럼 그녀의 몸이 그를 향했다.

동공이 풀린 그녀의 눈동자는 무섭도록 새까맸다. 그 색만큼이나 새까만 머리카락은 구슬피 바람에 흔들렸다. 눈물 한 줄기가 그녀의 뺨을 타고 흘러내렸다. 그와 동시에 휴대폰을 쥔 손이 밑으로 툭 떨어졌다. 그녀의 몸이 주저앉았다.

"하다 씨!"

반사적으로 그녀를 감싸 안으며 담조는 무릎을 꿇고 앉았다. 그녀는 살아 있지만 살아 있지 않았다. 시선을 내려뜬 채 소리 없이 울고 있었다. 마치 껍데기만 남은 사람처럼. 담조는 순간 무서워졌다.

「괜찮아요?」

이 상황에 길을 지나가던 행인들도 걸음을 멈추고 걱정스럽게 그들을 주시했다. 정장에 서류 가방을 든 한 비즈니스맨이 그들에게 다가와 물었다. 담조는 빠르게 머리를 굴렸다. 다행인지 아닌지, 그녀는 정신을 잃진 않았다. 그의 집은 여기서 걸어서 10분 거리. 그녀의 집보단 훨씬 가깝지만 그녀를 안고 가기엔 무리였다.

「택시를 잡아주면 고맙겠습니다.」

담조가 그녀를 부축할 수 있게 도와 준 비즈니스맨은 곧바로 도로변에 서서 택시를 잡았다. 뒷좌석에 조심스럽게 하다를 앉히고 자신도 따라 앉은 담조는 그에게 고맙다는 말을 남긴 뒤 문을 닫았다.

「151 노스 미시간 에비뉴 부탁합니다.」

너무 짧은 거리에 백미러를 살피는 택시 기사의 눈썹이 슥 올라갔지만 하다의 상태를 보곤 말없이 출발했다.

담조는 그녀의 손을 잡았다. 한여름인데도 얼음장처럼 차가웠다. 그 손을 힘 있게 쥐어 잡고 그녀의 어깨를 당겨 자신의 품속으로 끌어당겼다.

"무슨 일이에요."

분명 들었을 텐데도, 그녀는 답하지 않았다. 답할 힘도 없는 건지, 그저 이마를 그의 가슴에 기댄 채 숨만 색색 내쉬었다. 가슴께가 촉촉이 젖어가는 것을 느끼고 담조는 그대로 입을 다물었다. 그들을 태운 택시는 서서히 어둠에 물드는 도시 안을 내달렸다.

"하늘도 무심하시지. 남아 있는 애는 어떡하라고……."

매캐한 향이 가느다랗게 피어올랐다. 읍내에서 식모를 하는 여 씨는 눈물을 그렁그렁 달고서 안타깝게 고인의 영정을 보고 있었다.

하다는 상복을 입고 넋이 나가 앉아 있었다. 문상객은 얼마 없었다. 성산리를 떠나기 전까지 알고 지냈던 동네 사람들이 전부였다. 수가 적은 만큼 할머니를 진심으로 아끼는 사람들이었다. 그런 할머니의 가슴에 대못을 박은 엄마를 천하의 나쁜 년이라고 부르는 사람들이기도 했다. 그 말을 하다는 딱히 부정하지 않았다. 평생 그 남자밖에 모르고 살던 엄마보다 품에 한 번이라도 더 안아주던 할머니를 더 좋아했으므로. 자식들을 남겨두고 강물에 뛰어든 엄마는 엄마라 불릴 자격이 없었으므로.

하지만 그런 엄마라도, 할머니의 장례식을 올리는 지금 옆에 있었다면 조금 달랐을까. 지금 하다의 옆에는 아무도 없었다. 할머니도, 동생도, 그 누구도. 잔인한 그 남자는 약속했던 대로 경제적인 지원을 대가로 이 순간에조차 동생을 돌려주지 않았다.

"서울에 있는 병원에 입원 중이었다든서. 거기서 장례를 치르지 왜 시골까지 내려왔어."

"서울보다 여기를 더 좋아하실 것 같아서요."

하다의 몰골은 말이 아니었다. 여 씨는 그녀의 왼쪽 손목에 둘러진 붕대를 안타깝게 내려다보다가 그녀의 앞으로 자리를 옮겨 흘러내린 그녀의 머리카락을 귀 뒤로 넘겨주었다. 이미 웬만한 문상객들은 전부 들렀다 간 상태였다. 고인과 친했던 몇몇 사람들만이 마당 평상에 앉아 술 한 잔씩 하고 있었다.

"학교는 어떻게 할 거니."

딸이 죽고 난 뒤 고인은 시름시름 앓기 시작했다. 나이가 많은 사람이 잦은 병치레를 하니 위독해지는 건 순식간이었다. 부엌에 쓰러져 있는 걸 하다가 발견하고 여 씨의 도움을 받아 황급히 읍내 병원으로 데려갔지만 돌아온 건 큰 병원으로 옮기라는 말뿐이었다. 도와주고 싶은 마음이야 굴뚝같았지만 여 씨도 생활이 고단한 사람이었다.

그렇게 며칠을 전전긍긍하던 중, 아는 사람의 도움을 받아 서울에 가게 되었다며 하다가 동생의 손을 붙잡고 여 씨를 찾아왔다. 다른 한 손에는 낡게 해진 여행 가방을 들고 있었다. 인사를 하기 위해 들렀다고 했다. 여 씨는 대문 밖에 서 있는 검은색 고급 승용차를 보고 그 아는 사람이 누구냐고 물었지만 하다는 '엄마가 기다렸던 사람이요'라고만 했다.

그것이 전부였다. 그 후로 여 씨는 반년 가까이 그들을 보지 못했고 아무 소식이 없어서 그들이 잘 살고 있는 줄만 알았다. 그런 줄만 알았었다.

"이곳으로 옮기려고요."

하다가 담담히 말했다.

"어차피 가고 싶었던 학교도 아니었고."

며칠 동안 제대로 먹지 못해 야윈 두 뺨에 여 씨는 가슴이 미어졌다. 두 눈에 생기가 없는 것이 이제 막 고등학생이 된 소녀라 부르기 힘들 정도였다.

"하일이는, 정말 안 오는 거야?"

하다는 말없이 시선을 내리깔고만 있었다. 그때, 문이 열리면서 언덕 아래서 과수원을 하는 최 씨가 얼굴을 내밀었다. 무슨 말을 하려다가 무거워 보이는 분위기에 다시 가려는 걸 여 씨가 잡았다.

"왜요?"

"술이 떨어졌는디, 어딨는지 보이질 않아서."

"아궁이 옆에 있어요."

하다가 자리에서 일어나려 하자 여 씨가 됐다는 듯 그녀의 손을 잡아 도로 앉혔다.

"내가 갈게. 넌 좀 쉬어."

자리에서 일어난 여 씨는 '시방, 이 상황에 술이 목구멍으로 넘어가! 하여간 분위기 파악을 못해!' 바락바락 최 씨를 타박하며 문밖으로 몰아냈다.

문이 닫히고 방 안은 고요한 침묵에 휩싸였다. 하다는 상에 놓인 할머니의 영정사진을 보다가 여름 햇살이 쏟아지는 창가로 시선을 돌렸다.

여름이, 싫다.

여기 있다간 숨이 막힐 것 같아서 몸을 일으켜 방을 나갔다. 짙은 푸른색이 가득한 시골 풍경 위로 햇볕이 강하게 내리쬐고 있었다.

여름이, 너무 싫다.

"어디 가니, 하다야?"

부엌 쪽으로 들어가려던 여 씨가 신을 구겨 신는 하다를 보고 화들짝 놀라며 물었다.

"화장실이요."

걱정하는 여 씨의 눈빛을 읽은 하다는 안심하라는 듯 웃어주었다. 분명 의사에게 절대 혼자 두지 말라는 당부를 들어서일 것이다. 신발을 끌며 비척비척 뒤뜰로 온 그녀는, 그러나 화장실이 아니라 뒷문으로 향했다. 집에서 나오자 문상객들의 말소리가 멀어졌다. 그대로 걷기 시작했다. 얼마 안 가 나타난 이 오솔길은 몇 십 분만 죽 걸어가면 갈대밭이 나오는 지름길이자 토박이들 외엔 잘 몰라서 인적이 드문 곳이기도 했다.

시야가 트인 곳으로 가면 좀 나을 줄 알았는데, 더욱 강하게 느껴지는 여름 햇살에 하다는 가슴이 미어졌다. 결국 얼마 가지 못하고 다리가 꺾여 풀썩 주저앉았다.

"싫어……."

흐느낌이 마른 입술 사이로 흘러나왔다. 검은 상복 치마에 풀잎이 덕지덕지 달라붙었다.

"싫어……."

엄지손톱만 한 토끼풀꽃 위로 눈물이 후두둑 떨어졌다.

싫었다. 이 여름도 싫고, 아무 일 없었다는 듯 빛을 비추는 저 해도 싫고, 할머니가 없는 집도, 한때 동생이 뛰놀던 이 풀밭도 전부…… 싫었다. 가장 싫은 건 이 모든 것을 버리고 간 엄마였다.

쉴 새 없이 눈물이 쏟아졌다. 멈출 수가 없었다. 그런데 소리를 내서 울 수가 없었다. 가슴만 주먹으로 툭툭 내려쳤다.

사람들은 엄마가 죽은 게 사고라고 했다. 술에 취해 둑을 걸어가다 발을 헛디뎌서 강에 빠진 거라고. 하지만 하다는 그 말을 믿지 않았다. 그녀는 분명 기억했다. 엄마가 죽은 그날 밤, 엄마는 소주를 한 잔밖에 마시지 않았고 한밤중에 그녀와 동생 방에 찾아와 머리를 쓰다듬어 주었다. 잠결이었지만 그 손길만은 분명했다.

가장 미운 사람은 그들을 버리고 간 엄마인데, 이 순간 가장 그리운 건 어이없게도 엄마라는 사람이었다. 그토록 싫어했는데, 지금 이 순간 엄마가 곁에 있기를 바랐다. 일 분, 아니 일 초라도 좋으니까, 환영이라도 좋으니까 제발…… 눈앞에 나타났으면. 그 품 안에서 엉엉 울 수만 있다면…….

그렇게 가슴을 쥐어 잡고 울고 있는데 머리 위로 그림자가 드리웠다. 갑자기 사라진 따가운 햇볕에 하다는 고개를 들었다. 하얀 셔츠에 검은 바지를 입은 한 남자가 눈앞에 서 있었다.

한참 동안 하다를 내려다보던 그 사람은 그녀에게 다가와 앞에 무릎을 꿇고 앉았다. 큼지막한 손을 뻗어 위로를 건네듯 눈물로 번진 뺨과 작은 뒤통수를 차례대로 쓰다듬어 주었다. 그 다정한 손길이, 어딘가 슬픈 기운을 띠는 눈빛이 다 이해한다고 말하는 것 같았다. 지독한 절망, 슬픔, 죄책감, 미련, 이 모든 감정을 그가 보듬어주고 있었다.

"아아……."

눈물이 다시 차올랐다. 그 어떤 소리도 내지 않던 입술이 불분명한 소리를 흘렸다. 하다는 저도 모르게 처음 보는 그 사람의 옷자락을 잡고서 커다랗게 울음을 터뜨렸다. 어릴 때 이후 처음으로 어린아이처럼 소리 내어 엉엉 울었다.

그가 머뭇거리며 그녀를 안았다. 포근했다. 얼굴을 묻은 그의 셔츠에서 햇볕에 갓 말린 정갈한 옷 냄새가 났다. 그 사람의 따뜻함에, 다정함에 울음이 봇물 터진 듯 쉬이 멈추질 않았다. 풀밭 위로, 산속으로, 저 멀리 바람에 흔들리고 있을 갈대밭으로. 가냘픈 울음소리는 한동안 멈추지 않고 바람을 타고 울려 퍼져나갔다. 난생처음으로, 가족 아닌 다른 사람에게 위로라는 걸 받았다.

유리 너머 미시간 에비뉴를 달리는 차들의 불빛이 꼬리를 물고 늘어졌다. 밤에만 볼 수 있는 시카고의 야경은 환한 태양 아래서 빛나는 미시간 호를 보는 것과는 다른 느낌을 전했다. 단순히 아름답다는 말보다, 슬픈데 아름답다는 중의적인 표현이 더 어울리는 도시였다. 적어도 그녀가 생각하기엔.

담요를 어깨에 두르고 전면 유리 앞에 넋이 나간 듯 서 있는 하다에게로 담조가 다가와 뜨거운 커피가 담긴 머그잔을 건넸다. 하다는 고맙다는 말과 함께 조심스럽게 두 손으로 잔을 받아 들었다.

"여기 조망이 좋네요."

"그거 하나 보고 계약했죠."

"미세스 강을 버리고."

넌지시 건넨 농담에 그가 후후 웃었다. 하다는 머그잔에 담긴 진한 아메리카노를 들여다보다가 깨끗하게 닦인 자신의 발을 내려다보았다.

다리 위에서 무기력하게 주저앉은 그 순간부터 그의 집에 도착할 때까지의 기억은 흐릿했다. 해변에서 도심까지 맨발로 걸어온 그들이었다. 당연히 발은 거실에 자국이 남을 만큼 더러웠고 옷은 먼지투성이였다. 그러나 그는 개의치 않고 그녀를 안아 올려 욕실로 데려가 욕조에 앉히고 발을 씻겨주었다. 서양식 욕실은 욕조 바깥에 하수구가 없기 때문에 그녀의 발을 씻기려면 그가 직접 욕조 안으로 들어와야 했다.

발에 닿는 따뜻한 물줄기에 그제야 정신을 차렸다. 괜찮다고 말려보았지만, 그는 어디에 둘지 몰라 방황하는 그녀의 손을 자신의 어깨에 얹어주고선 묵묵히 그녀의 발을 씻겨 나갔다. 반항할 힘도 없는 하다는 그저 얼굴을 붉힌 채, 좁은 욕조 안에 몸을 구겨놓고 자기보다 한참이나 작은 여자의 발을 씻겨주는 그를 지켜볼 수밖에 없었다.

"발 씻겨줘서 고마워요."

"천만에요."

부끄럽게 건넨 인사에 담조는 별일 아니라는 듯 담담히 웃으며 커피를 마셨다. 사방이 가로막힌 공간에 단둘이 있는 지금, 하다는 애써 어색함을 걷어내기 위해 제대로 살피지 못했던 집 안을 둘러보았다. 시카고의 대부분 아파트들이 그렇듯, 거실에 조명이 없는 그의 집은 카우치 옆에 세워둔 램프와 거실 한편에 딸린 부엌만이 은은하게 불을 밝히고 있었다. 이곳으로 오는 택시 안에서 정신이 없는 와중에도 그의 품에 안겨 맡았던 그의 체취가 공기 중에 희미하게 떠돌고 있었다.

"저번에 찍은 사진들 볼래요?"

하다의 긴장을 눈치챈 담조는 분위기를 풀기 위해 가볍게 말을 걸었다. 다급한 상황이라 집으로 데려오긴 했는데, 아파 보이는 사람이 편해질 수 없는 상황이라면 쉬라고 데려온 보람이 없었다. 이기적인 말일 수도 있지만, 한편으론 그녀가 긴장하고 있다는 사실이 그렇게 싫지만은 않았다.

하다가 고개를 끄덕이자 그는 앉으라는 듯 머그잔을 든 손으로 카우치를 가리킨 뒤 자신도 자리에 앉으며 테이블 위에 있던 랩톱을 열었다.

"우와……."

그가 커서를 움직여 한 폴더를 열자 수십 개의 사진들이 쏟아졌다. 하다는 얼떨떨한 얼굴로 탄성을 흘렸다.

"이, 이게 나예요?"

말도 더듬었다. 괜스레 목덜미가 뜨거워졌다.

전문 사진가가 찍었다 해서 사진 속의 반하다에게 극적인 변화가 생긴 건 아니었다. 그러나 화려한 색의 물결 안에서 카메라를 직시하는 여자는 반하다 본인이 생각하는 자신의 분위기와 매우 달랐다. 카우치를 가로질러 쭉 뻗은 다리와 밑으로 나른하게 늘어뜨린 팔. 이 세상에 오직 그밖에 없는 것처럼, 뷰파인더를 들여다보고 있을 작가를 향한 그녀의 눈빛. 이 모두를 감싸고 있는 분위기가 섹시하면서도 야릇했다.

"내가 처음 무대 위에서 본 반하다는 이랬어요."

하다는 화면에서 눈을 떼고 그를 쳐다보았다. 그의 시선은 여전히 사진에 박혀 있었다. 자신의 작품을 객관적으로 보려는 신중한 눈빛이었다.

"하다 씨는 자기가 맡은 배역에, 자기가 해야 하는 일에 이상하게 철저해지는 거 알아요? 남의 시선을 지독히 신경 쓰는 것 같으면서도 자기 할 일 앞에서 만큼은 아무도 신경 쓰지 않고 자신만의 세계 안으로 빠져드는 것 같아."

"……고마워요."

집의 조명이 옅어서 다행이었다. 얼굴로 서서히 몰려드는 이 열기를 그가 볼 수 없어서. 지금 그녀의 두 뺨은, 지금 두 손으로 쥐고 있는 머그잔만큼이나 따뜻했다.

"그런데 그날 공연 때 찍은 영상을 봤을 때 이런 분위기가 나진 않았는데. 사진이어서 그런 걸까요."

"아마 내 시선이 들어가서 그럴 거예요."

'이건 크루아상이에요'라고 말하는 듯 그의 말투는 덤덤했다. 들을 땐 아무렇지 않게 넘겼다가, 그 뜻을 곱씹을수록 의미가 복잡해지면서 어느덧 귀밑까지 열기가 뻗어갔다.

"다른 사진도 보여줄까요?"

하다를 모델로 한 사진들을 전부 보여준 후에도, 그는 폴더를 뒤적거리며 평소 찍은 사진들과 여행을 다니면서 찍은 사진들을 차례대로 보여주었다. 사진 한 장 한 장에 깃든 소소하고 특별한 일화들에 함께 웃기도 하고, 안쓰러워하기도 하고, 공감하기도 하면서 컵 속 아메리카노는 점점 줄어들고 열기도 옅어졌다.

편안했다. 시카고의 야경이 펼쳐진 조망도, 조명이 옅은 집의 분위기도, 낮으면서도 깊은 울림이 있는 그의 목소리도, 당장이라도 몸을 눕히고 잘 수 있을 만큼 포근한 카우치의 느낌도.

마지막 남은 커피 한 모금을 삼키고 두 손으로 잡은 머그잔을 무릎에 올려놓은 채, 사진을 찾고 있는 그의 옆얼굴을 관찰했다. 랩톱의 하얀 불빛이 그의 뚜렷한 이목구비를 은은하게 감싸고 있었다. 화면을 향해 내려 뜬 단정한 그의 시선을 바라보다가 입을 열었다.

"원래…… 이렇게 다정해요?"

저도 모르게 뱉어낸 말이었다. 얼굴만 닮은 줄 알았는데, 그가 점점 드러내는 알맹이는 그의 형이 지녔던 따뜻한 인간미를 떠오르게 했다.

"매사에 무심한 것 같아도 자기 반경에 든 사람은 착실히 챙기는 타입이거든. 욕심이 없어서 그 반경이 좁을 뿐이지."

준수가 했던 말은 사실이었을지도 모른다. 담조가 그녀를 돌아보았다.

"글쎄, 딱히 생각해 본 적 없는데. 왜요?"

"그냥……. 생각했던 거랑 많이 달라서요."

더 얘기해 보라는 듯 그가 한쪽 다리를 카우치에 올리며 그녀 쪽으로 몸을 비틀었다. 하다는 망설이듯 더듬더듬 말을 이었다.

"으음……. 무심하고, 차갑고……."

그의 눈썹이 슬쩍 올라갔다. 하다는 그의 눈치를 살피면서도 말을 멈추지 않았다.

"신경질적이면서도 이기적일 것 같았달까."

"우와, 나 반하다한테 정말 못된 놈이었네. 내 인상이 그렇게 안 좋나?"

연극조로 한탄하던 그가 못내 섭섭한 눈으로 쳐다보자 하다는 뺨을 긁적이며 은근슬쩍 눈을 내리떴다.

"그냥, 그랬다고요."

둘 사이에 정적이 내려앉았다. 이상하게 그가 말이 없자, 혹시 화가 난 건가 하는 마음에 눈을 들어 그를 쳐다보았다. 등받이에 팔꿈치를 걸어 머리를 받친 그는 어딘지 생각을 알 수 없는 미소를 지으며 그녀를 보고 있었다. 눈이 마주치자 그가 입을 열었다.

"아까…… 왜 울었던 건지 물어봐도 돼요?"

고요한 정적 안으로 흘러들어 온 그의 음성은 힘들면 말해주지 않아도 된다는 배려가 스며 있었다. 무릎에 얹은 머그컵을 쥔 채, 하다는 정지한 시간에 갇힌 사람처럼 그 다정한 눈을 가만히 들여다보았다. 과거 그 시절, 머리를 쓰다듬어 주던 그 사람의 손길이 떠올랐다. 바닥 끝까지 가라앉아 있는 마음까지 쓰다듬어 주었던 그 다정한 손길을 다시 마주한 느낌에, 이상하게 울고 싶어졌다.

"전에…… 담조라는 이름의 뜻에 대해 말해줬죠?"

눈을 내리뜬 하다는 천천히 입을 열었다.

"저도 그래요. 반하다. 한글 이름 같지만 사실 저도 한자 이름이에요. 여름 하(夏), 아름다울 다(多). 여름을 아름답게 여기다. 엄마가 지어주신 거죠."

"예쁜 이름인 것 같은데."

"아뇨. 이건 집착의 표상 같은 거예요."

머그잔을 쥔 그녀의 손에 힘이 실렸다. 낯빛이 조금 창백해진 하다를 보면서, 담조는 오늘 낮에 여름이 가장 싫은 계절이라고 말하던 그녀의 모습을 떠올렸다. 단순히 계절이 싫다는 뜻이 아니었던 건가.

"아……."

하다는 무슨 단어를 뱉으려 입을 벌렸다. 그러나 소리가 나오지 않았다. 입술이 파르르 떨리고 다시 한 번 힘을 내자 간신히 말을 내뱉을 수 있었다.

"아버…… 지."

그 말 하나를 꺼내는 것이 무척이나 힘들었다. 너무 힘들어서, 두 눈이 말갛게 올라왔다.

"아버지, 그러니까 제 친아버지를 만난 계절이 여름이었대요. 자기를 버리고 다른 여자에게 간 사람이 뭐가 좋다고 엄마는 그 남자를 진심으로 사랑하고 그리워했어요. 그 남자를 만난 여름이라는 계절이 너무 좋다면서, 내 이름을 그렇게 지었대요. 아버지라 부르지도 못하는 사람인데, 내가 이 세상에 있다는 걸 증오하는 사람인데. 그렇게 그 남자가 좋으면 자기 이름을 개명하지 왜 딸자식 이름을 이리 지었는지."

결국 눈물이 무게를 이기지 못하고 툭 떨어졌다. 하다는 재빨리 눈가에 맺힌 눈물을 손등으로 닦아냈다. 그런데 소용이 없었다. 실타래처럼 풀어진 감정의 끈은 하염없이 뺨을 타고 흐르고 또 흘러내렸다.

"있잖아요. 난 이 이름이 너무 싫어요. 이 이름을 달고 사는 내내 파렴치한인 그 남자의 자식인 것 같아서……. 이 이름을 주고서 허망하게 죽어버린 엄마가 너무 미워서……. 그 남자가 증오스러워서…… 엄마도 모자라 동생까지 뺏어간 그 남자가 너무 미워서……."

결국 끝까지 말을 잇지 못했다. 아무리 닦아내도 눈물은 멈추지 않았다. 오랜 시간 묵혀 있던 설움이 터진 것 같았다.

"그 사람이 데려가서 오랫동안 보지 못한 동생이 오늘 전화했어요. 앞으로 전화하지 말라고. 오해를 풀고 싶어서 전화를 계속하고 있었는데……. 이제 전화하지 말래요. 내가 아직도 미운 거야. 그 남자한테 보내 버린 내가……. 내가 미운 거야……."

참기 힘든 격양으로 어깨를 가늘게 떨며 울고 있는 그녀를 담조는 굳어진 얼굴로 바라보고 있었다. 도저히 말로 형용할 수 없는, 자신도 어찌할 수 없는 감정에 이끌려 손을 뻗어 그녀의 뒷목과 뺨을 감싸고 입을 맞춰 버렸다. 한껏 달큰해진 그녀의 숨결이 입안으로 밀려 들어왔다. 그의 마음을 대변하는 커피 한 잔의 씁쓸함도 그곳에 있었다. 그녀의 윗입술과 아랫입술을 차례대로 음미하다가, 가슴이 미어질 만큼 따뜻한 숨결을 다시 한 번 삼켰을 때 정신을 차렸다.

"미안해요."

황급히 그녀의 어깨를 잡고 뒤로 물러났다. 지금 이게 뭐 하는 짓이지. 심적으로 힘들어서 울고 있는 여자를 잡고서.

그 혼란스러운 와중에도 잊을 수 없는 건 어이없게도 한없이 부드러웠던 입술의 감촉이었다. 그 짧은 순간 진하게 존재를 각인시킨 잔향이 아직도 입술에 머물러 있는 듯했다. 하다는 놀라서 물기 가득한 검은 눈으로 그를 쳐다보고 있었다. 담조는 그녀에게서 거리를 두려 자리에서 일어나려 했다. 그런데 그녀의 손이 뻗어와 그의 옷깃을 잡아 막더니 이번엔 그녀가 먼저 입맞춤을 해왔다.

그를 붙잡아오는 손길은 절박하고 애처로웠다. 다시 다가온 입술은 떨고 있었다. 떨고 있기에 그 절박함이 고스란히 그에게 전해졌다. 당황한 것도 잠시, 훅 끼쳐 오는 그녀의 향에 담조는 저도 모르게 낮은 신음을 흘리며 눈을 감았다. 그녀의 뒷목과 등을 잡고서, 따뜻한 온기를 찾아 그녀의 입술 사이로 깊이 파고 들어갔다. 그녀의 손이 힘없이 풀렸다가 다시 그의 옷깃을 쥐어 잡았다.

서서히 뒤로 무너지면서, 그녀의 눈꼬리를 타고 눈물이 흘러내렸다. 눈을 감고 있는 그의 속눈썹도 그 눈물 때문인지 아니면 저 밑에서 흘러나오는 감정 때문인지 촉촉해졌다. 들리는 건 서로의 숨소리밖에 없었다. 시카고의 저 아름다운 야경도, 그들에게 각인된 이름도, 그들을 짓눌러 온 이 세상의 모든 것들이 머릿속에서 서서히 사라져 갔다. 잊혀져 갔다. 그 끝에서, 희미하게 갈대향이 났다.

5.

날씨가 점점 더워지고 있었다. 한국의 여름과는 비할 게 못되지만, 시카고의 여름도 절정에 이르면 만만찮게 후덥지근하고 햇볕이 따가웠다. 이럴 때면 햇볕이 들지 않는 콘크리트 아파트가 참 고맙다. 애써 민소매 티를 찾아 입지 않아도, 에어컨을 틀지 않아도 집 안에만 얌전히 콕 박혀 있으면 시원해서.

하다는 벽에 건 젯소질 된 캔버스를 보고 있었다. 한 손에는 붓을 들고 오른쪽 테이블엔 물감들을 듬뿍 짠 팔레트와 붓 세척통, 린시드유와 테레핀과 갬블린 사의 갈키드유가 1:1:1 비율로 섞인 액체가 담긴 작은 병 하나를 놓았다.

오랜만에 집에서 작업하네?

옆에 있지도 않은 샤바나의 말소리가 들려왔다. 그녀의 말대로 ―물론 환청이지만― 하다가 집에서 작업하는 건 오랜만이었다. 보통 집에서 작업하는 건 샤바나의 몫이고 하다는 학교 스튜디오에서 작업하는 걸 좋아했다. 그런데 오늘 군이 재료들을 집에 들고 온 이유는, 좀 더 사적인 공간에서 복잡한 심신을 다스리며 작업하고 싶어서였다.

가로 50인치, 세로 40인치. 꽤 큰 규격의 캔버스에 붓질을 하기 전, 하다는 미시간 호를 바라보며 자신의 이름에 숨겨진 비밀에 대해 담담히 털어놓던 그를 떠올렸다. 나약하고 우울하게, 새까만 강물에 휩쓸려 버릴 것 같은 아슬아슬한 얼굴로 힘겨웠던 유년 시절을 되짚어가는 그의 모습은 그 사람을 닮아 있었다. 한없이 다정한 미소 아래 자신의 어둠을 감추던, 아프고 아련했던 그의 형을.

가슴이 들썩거릴 만큼 크게 호흡한 하다는 마른 붓을 물감에 푹 담근 뒤 하얀 캔버스를 채워 나가기 시작했다.

어제 저녁, 하다는 그의 침대에 누워 깊이 잠들어 있었다.

"하다 씨, 일어나요."

부드럽게 어깨를 흔드는 기척에 그녀의 눈꺼풀이 서서히 올라갔다. 어둡고 희미한 시야 속에서 들리는 그의 음성은 잠들어 있던 세포 하나하나를 일깨우는 것 같은 깊은 울림이 있었다. 차분한 그의 눈길을 마주하며 하다는 차근차근 기억을 상기해 나갔다. 맞다, 그랬었지.

"몇 시예요?"

침대 속 몸을 포근하게 감싸는 온기 덕분이었을까. 이렇게 누워 그를 보고 있는 이 순간에 부끄러움보단 편안함을 먼저 느꼈다. 웃기게도.

"아홉 시요."

겨우.

두 시간 남짓 잤을 뿐인데 오래 푹 잔 것처럼 몸이 개운했다.

"샤워해도 될까요?"

이불자락을 당기며 조심스럽게 묻자 담조는 그러라는 듯 욕실로 보이는 침실 옆문을 손으로 가리켰다.

"씻고 부엌으로 와요. 저녁 차렸으니까."

하다가 샤워를 하고 나온 후, 그들은 간이 식탁에 마주앉아 함께 늦은 저녁을 들었다. 흰 쌀밥에 된장찌개와 멸치조림 그리고 김치. 가짓수가 다섯 손가락도 되지 않는 반찬이었지만 하다는 기쁘게 수저를 들었다. 검은 뚝배기에 큼지막하게 썬 두부와 애호박, 송이버섯까지 넣어 보글보글 끓인 된장찌개는 정말 오랜만이었다. 허기진 뱃속을 달래기 위해서인지, 전혀 의도치 않았던 상황에 대한 암묵적인 침묵 때문인지, 한동안 두 사람 사이에 식기가 부딪치는 소리만 울려 퍼졌다. 몇 시간 전 침대 위에서 열렬하게 서로를 껴안던 모습은 온데간데없었다.

하다가 밥그릇을 다 비웠을 때, 이미 밥을 다 먹고 기다리고 있던 담조는 빈 그릇을 들더니 '차 마실래요?' 하며 자리에서 일어났다.

"도와줄게요."

"괜찮으니까 앉아 있어요."

엉거주춤 몸을 일으키던 하다는 어색한 표정으로 다시 엉덩이를 붙이고 앉았다. 간단한 식사였던 만큼 식탁은 금방 치워졌다.

커피포트에 물을 올리고 찬장을 열어 티백을 꺼내는 그의 뒷모습을 가만히 바라보며 그녀가 입을 열었다.

"왜…… 저한테 키스했어요?"

그의 어깻죽지가 움칫거렸다. 대답이 없었다. 물 끓는 소리만이 그들이 앉아 있는 적막한 부엌의 주변을 맴돌았다.

물결을 타는 것처럼, 그는 다시금 몸을 움직여 자연스럽게 머그잔 두 개를 꺼낸 뒤 찬장 문을 닫았다. 티백을 담은 컵에 뜨거운 물을 부은 뒤, 간이 식탁으로 돌아와 앉으며 그녀에게 잔 하나를 건넸다.

"솔직히 말할게요. 나도 모르겠어요."

한 손은 식탁에 올려놓고 다른 한 손은 컵의 손잡이를 잡은 채 그는 시선을 내리깔았다.

"울고 있는 모습을 보니까 아무 생각도 할 수 없었어."

하다는 따뜻하게 데워진 머그잔을 두 손으로 감싸 쥐었다. 아무 생각도 할 수 없었던 것은 그녀도 마찬가지였다. 그저 필요했다. 지금 손 안에 있는 온기. 딱 이만큼의 온기가.

"하다 씨도 비슷한 상황이었으리라 생각해요."

때때로 말 한 마디보다 몸짓 하나가, 눈빛 하나가 수많은 의미와 뜻을 전달할 때가 있다. 그때의 그들이 그랬다. 굳이 묻지 않아도 그들은 서로가 뭘 갈구하고 있는지 알고 있었고, 감정이 이끄는 대로 행동했다. 그때의 느낌을 정확히 꼬집어 말로 표현할 수는 없지만, 분명 알고 있는 기분.

담조가 무슨 말을 하려 하자 하다는 서둘러 입을 열었다.

"부담 가지실 필요 없어요. 저기, 그러니까…… 그게 뭐였는지 모르는 어린 나이도 아니고, 쌍방합의, 아니 제 말은, 분위기도 분위기였고 어쩌다 보니 그렇게 흘러간 거니까……. 그 후에 뭘 원하고서 한 건 아니고, 그냥 실수로 여기는 게…….”

이 두서없는 말을 내뱉을 바에야 차라리 입을 꿰매 버렸어야 했다. 그녀가 느낀 편안함이란 결국 스스로를 기만하는 허세였다. 가까스로 버티고 있던 가면이 밑으로 흘러내려 와장창 깨지고 말았다. 하다는 말을 다 잇지 못하고 고개를 푹 숙였다. 그런 그녀에게 그가 차분히 말했다.

“실수 아니었어요. 그렇게 치부할 생각도 없고.”

유난히 맑게 뜬 그녀의 검은 눈동자가 조용히 차를 마시고 있는 그를 향했다. 컵을 테이블 위에 내려놓고, 담조는 그녀의 눈을 담담히 응시했다. 두 사람이 각자 쥐고 있는 머그컵에선 하얀 김이 가느다랗게 피어올랐다.

“솔직히 말할게요. 나 끌려요, 하다 씨한테.”

컵을 잡고 있는 그녀의 새끼손가락이 아주 작게 움찔거렸다.

“한 사람으로서. 남자로서.”

그녀는 답하지 않았다. 아니, 대답할 수 없었다. 이 모든 일들이 예상하지 못한 것이었음에도, 하다는 그녀 자신이 어렴풋이 그 말을 기대하고 있었음을 깨달았다. 그러한 자각이 주는 충격은 의외로 커서, 할 수 있는 거라곤 그를 쳐다보는 것밖에 없었다. 목소리를 잃은 인어처럼.

그는 그녀가 생각을 정리할 시간을 주려는 듯 가만히 차를 마셨다. 그를 가만히 쳐다보다가 하다는 문득 이 차향이 그를 닮은 녹차향이라는 걸 느꼈다. 목소리는 그 다음에 나왔다.

"미안해요."

그의 어깨가 미묘하게 굳어졌다. 검은 눈이 그녀를 향했다.

"오늘…… 너무 많은 일들이 일어나서, 생각을 할 수가 없어요. 머릿속이, 포화상태라."

중간 중간 가늘게 끊기는 그녀의 목소리가 속에 담아둔 동요를 고스란히 내보이고 있었다. 담조는 그런 그녀를 바라보며 조용히 찻잔을 내려놓았다.

"걱정 말아요. 그건 나도 마찬가지니까."

"……."

"다음 수업 때까지, 대답 기다릴게요."

하다는 문득 붓질을 멈췄다. 캔버스의 반이 이미 인디고색으로 물들어 있었다. 붓을 석유통에 꽂은 뒤 의자에 깊이 몸을 뉘였다. 넋이 나간 얼굴로 반쪽짜리 남색 캔버스를 쳐다보았다.

굳이 이 세상 사람들을 좋고 싫은 두 부류로 구분한다면, 구담조는 싫은 쪽이라 생각했었다. 아니, 싫어한다고 믿고 있었다. 그 사람이 그렇게 되던 날 그 자리에 없었던 그를 원망, 한다고. 그녀를 기억하지 못하는 그가 밉다고. 처음 본다는 듯 그녀를 쳐다보던 눈길이 싫다고.

그런데 언제부터 이 마음이 무디어져 가고 있었을까. 분수대 앞 호숫가에서 그가 과거를 털어놨을 때부터일까. 아니면 그녀에게 말을 걸어온 순간부터일까. 그가 안으로 밀고 들어오며 숨 막힐 듯 꽉 안아오던 순간이, 그 느낌이 아직도 몸 깊숙이 남아 있었다. 누군가의 것인지 모를 헐떡거리는 숨소리가, 아직 귓가에 남아 있었다.

하다는 무릎을 세워 웅크려 앉아 크게 한숨을 내쉬었다. 평소
처럼 '무슨 일 있어?' 하고 물어오는 샤바나의 목소리가 없었다.
괜히 샤바나가 그리워져서, 하다는 주머니에서 휴대폰을 꺼내 문
자를 작성했다.

"아이, 미스, 유."

답장은 금방 왔다.

〈나도 보고 싶어.〉

하다는 빙긋 웃었다. 다시 휴대폰이 진동하더니 이번엔 스노이
가 샤바나 곁에서 빤히 올려다보고 있는 사진이 날아왔다.

〈스노이도 네가 그립대.〉

한동안 스노이의 얼굴을 들여다보면서 하다는 가슴 안에서 들
끓는 정체를 알 수 없는 감정을 진정시키려 노력했다. 반쯤 정신
을 흘려보내며 휴대폰 키보드를 두드렸다.

〈스노이 안고 싶다. 너도 보고 싶고, 에일린도 보고 싶고, 요한나도
보고 싶고, 티큐도 보고 싶고, 닝도 보고 싶고……〉

조그만 키보드를 두드리던 두 개의 엄지가 갑자기 멈췄다.

보고 싶다. 그 사람이 아니라 구담조, 이 사람이.

지금 느끼는 이 감정이 자신이 생각하는 그것이 아니길 바랐다. 하다는 휴대폰을 쥔 손을 밑으로 떨구었다. 욱신거리는 이 가슴은 분명히 한 가지 사실에 도달하고 있었다. 부정하고 싶어도 부정할 수가 없는 강한 이 마음.

"아냐……."

하다는 그만 얼굴을 덮어버리고 말았다.

여느 때처럼 아홉 시 정각에 교실에 도착한 하다는 안을 둘러보았다. 중앙에 놓여 있는 둥근 테이블에 이미 도착한 학생들이 앉아 있었지만 담조는 없었다. 조지와 함께 프레젠테이션 준비로 조금 늦는 듯했다.

아침 수업 특유의 나른한 공기가 맴도는 교실에 앉아, 하다는 스케치북에 연필로 끼적이기도 하고, 휴대폰을 들여다보기도 하고, 저번 시간에 받은 유인물을 팔락거리기도 했다. 시간이 흐르면 흐를수록 몸이 긴장으로 뻣뻣해졌다. 온몸의 신경이 문으로 향해 있었다. 벌컥 문이 열릴 때마다 흠칫하다가도 다른 학생임을 알고 안도하는 식의 반복이었다. 괜스레 헛기침과 목운동을 하며 잔뜩 긴장한 가슴께를 털어보았다.

「늦어서 미안합니다.」

문이 벌컥 열리면서 조지가 들어왔다. 깜짝 놀란 하다는 머리카락을 귀 뒤로 넘기며 시선을 내렸다. 굳이 보지 않아도 조지의 뒤를 따라 들어오는 사람이 누군지 알 수 있었다. 그는 프로젝터가 든 카트를 끌고 있었다.

「교실 프로젝터가 고장이 나는 바람에 미디어센터에서 비상용 한 대를 빌려왔어요.」

조지가 USB를 데스크톱에 꽂아 강의 파일을 찾는 동안 담조는 한쪽 무릎을 굽혀 앉아 프로젝터 연결에 착수했다. 데스크톱에 연결되어 있던 VGA 코드를 뽑고 새 프로젝터와 연결할 HDMI를 꽂으려다가 멈칫했다.

「조지, 우리 덩글[6] 빌리는 거 깜박했어요.」

「그럼 빨리 다시 미디어센터에 가서…….」

잠자코 그들을 지켜보던 하다가 손을 들었다.

「저 하나 있어요.」

하다는 가방에서 매킨토시용 하얀색 HDMI 어댑터를 꺼내 자리에서 일어났다. 담조는 그에게 다가오는 그녀를 가만히 쳐다보고 있었다.

「여기요.」

「고마워요.」

그가 설치를 끝내는 사이 하다는 다시 자리에 돌아와 앉았다. 교실이 어두워지고 천장에서 하얀 스크린이 내려왔다. 프로젝터가 제대로 작동하는 걸 확인한 그가 몸을 일으키더니 테이블을 돌아 그녀의 옆자리에 앉았다. 묵직해지는 옆의 기척을 내색하지 않으려 하다는 애꿎은 스크린에만 시선을 고정했다.

조지의 강의가 시작됐다. 지난번에 나눠준 유인물에 나온 아티스트에 대한 프레젠테이션이었다. 무의식적으로 왼팔을 늘어

6) 컴퓨터의 입출력 접속구에 연결되는 장치.

뜨리고 강의를 듣고 있던 하다는 자신의 검지를 건드리는 낯선 감촉에 흠칫 놀랐다. 단단하면서도 부드러운 손가락이 왼손의 윤곽을 훑듯 가만가만 움직이다가 그녀의 검지에 가만히 손가락을 엮어왔다. 그리고 떠나지 않았다.

대답 정했어요?

이것이 그가 말없이 건네는 질문임을 깨닫고서, 하다는 조심스럽게 그를 쳐다봤다. 그는 다른 손으로 턱을 괴고 천연덕스럽게 스크린을 응시하고 있었다. 하다는 눈을 비켜 시선을 내리깔았다가 다시 스크린으로 고개를 돌렸다. 문득 시카고에서 그를 처음 조우한 날이 떠올랐다.

「5D Mark II랑 삼각대요.」

처음으로 미디어센터에서 일하게 된 날이었다. 그를 시카고에서, 그것도 같은 학교에서 마주치게 될 줄 꿈에도 상상치 못했던 그녀는 본연의 임무도 잊고 멍하니 그를 쳐다보고만 있었다. 무심한 눈으로 학생증을 내밀었던 그는 그 얼빠진 얼굴을 가만히 들여다보더니 눈썹을 슬쩍 올렸다.

「5D Mark II랑 삼각대 부탁합니다.」

'이봐, 내 말 안 들려?'라는 표정으로 다시 또박또박 말하는 그는 기억보다 조금 더 턱이 날카로워지고 전체적인 분위기가 완전한 남자로 성숙해 있었다. 사연이 있을 것 같은 깊은 눈매는 여전했다. 다른 점이 있다면, 그건 그를 뒤따라 어른이 된 그녀 자신이었다. 비록 그는 석사고 그녀는 학사였지만 같은 학교에 다닌다는 것. 같은 위치, 같은 장소에 서 있다는 게, 그에게 더 이상 꿀릴 것이 없다는 사실이 그녀에게 위로 아닌 위로를 주었다. 제 발저리듯 그를 피해 다닐 때처럼 자신은 더 이상 어리지 않다는 사실이.

그의 옆자리에서 스크린을 쳐다보고 있는 이 순간 깨달았다. 그때부터 지금까지, 그리고 현재 이 순간에도 그에게 자신의 정체를 드러내지 않는 건, 그에게 속수무책으로 빠져드는 자신을 발견할지도 모른다는 막막함 두려움 때문이었다는 걸. 구준수를 닮은 이 남자에게서 전에 구준수에게 했던 것처럼 또 다른 안식을 찾아 현실에 안주하고 제자리걸음을 하게 될까 봐 무서워서였다는 걸. 하지만 그녀가 가장 먼저 깨달아야 했던 사실은, 애초부터 구담조와 구준수는 서로 다른 사람이라는 거였다.

하다는 자신의 검지를 구부렸다. 두 손가락이 톱니바퀴가 물리듯 서로를 품에 안았다. 놀란 듯, 그 상태로 가만히 굳어 있던 담조가 일순 가슴을 크게 들썩이며 숨을 내쉬었다. 그러면서 손가락을 풀어 그녀의 손 전체를 감싸 천천히 깍지를 껴왔다. 그 느낌이 무척이나, 따스했다.

하다는 떨린 숨을 내뱉었다. 긴장으로 팍 조인 심장이 무리하게 뛰고 있었다. 다시 조심스럽게 그를 살폈다. 여전히 스크린에 시선을 두고 있는 그는 희미하게 미소 짓고 있었다. 조금 부끄러워져서 그에게 잡힌 손을 괜히 꼼지락거렸다. 그러자 그가 옴짝달싹 못 하게 그녀의 손을 꽉 쥐었다. 그 고집 어린 투정에 하다는 고개를 돌려 후훗 웃고 말았다. 그의 미소도 조금 진해졌다. 강의가 끝나 조지가 담조를 부를 때까지, 두 사람의 깍지는 한참 동안 풀리지 않았다.

"들키진 않았고?"

"응. 책상이 커서 건너편에선 밑이 보이지 않거든."

콜럼버스 2층에 자리 잡은 카페테리아. 그곳에 마련된 붉은 카우치에 앉아 성은과 하다는 점심을 먹고 있었다. 7월에 접어들면서 하나둘씩 학생들이 고향에서 돌아오는지, 전보다 학생들이 눈에 많이 띄었다. 쑥스러운 표정을 짓는 하다를 보며 성은은 탄식하는 얼굴로 빨대를 입에 물었다.

"내 님은 왜 멀리 있을까요."

"의대생이라고 했었나?"

"이젠 수련의. 작년에 졸업해서 지금은 병원 다니고 있어."

"여기도 의사 되기 참 힘드네."

"차라리 학생이었을 때가 좋았던 것 같아. 지금은 수술이다 뭐다 바쁘고 병원도 멀어서 자주 못 만나는걸. 넌 좋겠다. 과가 달라도 어쨌든 같은 학교니까."

"담조 씨도 학생이라 부르기엔 나이가 있는 편이지. 석사를 학생이라 부르기엔 좀 그렇지 않아?"

못 들을 걸 들었다는 듯이 성은은 입을 떡 벌렸다.

"너 담조 오빠를 아직도 모모 씨라 불러?"

"그야 수업에서 TA로 만났고 아직 말도 트지 않았는걸. 갑자기 오빠라 부르는 것도 왠지 우습잖아."

"열 살 차이 나는 사람을 오빠라 부르는 난, 그럼 경망스러운 거겠네? 하여간 고지식해, 반하다."

"타이밍의 문제지."

하다는 입에 문 빨대를 잘근거리며 혼잣말처럼 중얼거렸다.

"첫 단추가 잘못 끼워지면 그 상태로 쭉 나갈 수밖에 없는 것처럼."

성은은 이미 다른 곳에 주의를 쏟느라 듣고 있지 않았다.

"야, 야, 쟤가 너 쳐다본다."

하다의 앞으로 몸을 기울인 성은이 천연덕스럽게 눈짓으로만 어깨 너머를 가리켰다. 누구를 뜻하는 건가 반사적으로 뒤돌아본 하다는 카운터 근처에 서서 음식이 나오기를 기다리던 수아와 눈이 정면으로 마주쳤다. 완전히 잊고 있었던 사람. 새침한 그녀의 얼굴은 어쩐지 하다에게 하고 싶은 얘기가 그득해 보였다. 실제로 그녀가 입가를 씰룩이며 하다 쪽으로 발을 내디디려 할 때였다.

「수아! 수아 리!」

타이완계 주방장이 식사 대기명단을 보며 시끄럽게 수아의 이름을 불렀다. 포장된 음식을 받아든 수아는 조금 가라앉은 얼굴로 다시 하다를 쳐다보다가, 그대로 문 쪽으로 몸을 돌렸다. 또각또각, 고고한 자존심 같은 하이힐 소리가 잔향처럼 흩어지다 사라졌다.

"깨소금이다."

고소하다는 듯 중얼거리며 성은은 손가락에 묻은 부스러기를 털어냈다.

"어쩜 그냥 새침 떼는 것도 얄미울까."

"뭐가?"

"사진과에선 유명해. 이수아가 구담조 쫓아다니는 거. 외국 애들도 알고 있을 정도면 말 다했지 뭐. 그냥 순수하게 좋아하는 거면 말 안 하는데, 담조 오빠가 하는 일 족족 따라 붙어서는 주변에 가만히 있던 애꿎은 여자애들을 저런 식으로 노려보니까 기분이 나쁘지."

말투로 보아 성은도 한 번 당해본 적 있는 것 같았다.

"……그래?"

하다는 수아가 사라진 방향을 바라보다가 감사튀김 하나를 입에 넣고 우물거렸다. 인간관계가 좋기로 소문난 성은이 이 정도로 불평을 쏟아내는 걸 보면, 수아가 평소에 어떻게 처신했는지 조금 궁금해진다.

"벌써 알고 있는 눈치인데 어떡할 거야?"

"그런 거 같아?"

"딱 보면 몰라? 저렇게 널 노려보는데."

확실히, 지난번에 길에서 마주쳤을 땐 당황한 기색이었어도 스스럼없이 먼저 인사를 건네던 수아였다. 수아의 눈길이 달가워지지 않기 시작한 건 분명 그녀가 담조와 함께 있는 걸 보고 난 후부터.

한 사람에겐 친한 형의 사촌 동생. 다른 사람에겐 질투로 눈이 멀어질 만큼 애정의 상대. 갑자기 둘 사이에 끼어들어 가로챈 느낌이 없잖아 들었지만, 이 순간만큼은 이기적이고 유치한 욕심이 고개를 내밀었다.

너보다 내가 이 사람을 더 오랫동안 알았는걸. 끼어든 건 내가 아니라 너야. 비록 그는 기억 못 해도 내가 기억하니까.

"둘이서 무슨 얘기를 그렇게 골몰히 나눠?"

귓가를 울리는 느긋한 음성에 하다는 저도 모르게 흠칫거렸다. 부끄러움에 목덜미가 화끈거렸다.

"미안, 놀랐어요?"

말과 달리 담조는 전혀 미안하지 않은 얼굴로 싱긋 웃으며 그들이 먹던 감자튀김 하나를 집어 먹었다. 자연스레 하다 옆에 붙어 앉는 그를 보며 성은은 눈을 가느다랗게 뜨다가 멱살을 잡듯 휴대폰을 붙잡고 공중에서 흔들었다. 여친님이 갓 태어난 커플 땜에 외로워 죽을 판에 남친님은 어디서 뭘 하기에 이렇게 연락을 안 하고…….

"오빠, 이수아한테 벌써 말했어요?"

한참을 구시렁거리던 성은은 결국 포기한 듯 휴대폰에서 시선을 거두며 물었다. 감자튀김으로 다시 손을 뻗던 담조는 '뭐?' 하며 고개를 들었다가 알겠다는 듯 아아− 했다.

"그냥, 어제 석진이 형이랑 얘기를 조금 했지."

"하여간 그 오빠. 입 은근히 싸다니까."

"그건 아니야. 지켜 달라다는 건 확실히 지키는 사람이니까. 보다시피 소문이 난 것도 아니고."

담조는 문득 하다를 돌아보았다.

"혹시 비밀로 하고 싶었어요?"

"딱히 생각해 본 적 없는데요."

어깨를 으쓱거리는 하다를 물끄러미 내려다보던 그는 수업 시간에 하다를 몰래 잡았던 그 손으로 그녀의 정수리를 슥슥 쓰다듬었다.

"착해라. 드디어 남의 시선을 신경 쓰지 않는군."

성은이 토할 것 같은 시늉을 하며 끼어들었다.

"제발, 제발, 여기 민간인 쓰러질 것 같으니까 오빠답지 않은 행동 좀 그만해요."

"민간인은 무슨. 네 연애 도중에 더한 것도 본 사람이 나거든?"

"어땠는데요?"

생각해 보니 성은이 연애하는 얘기만 들었지 하는 모습을 직접 본 적이 없었다.

"얘가 우리 아파트 건너편에 살잖아요. 그래서 남친이랑 있는 거 종종 마주치거든요. 어땠냐면……."

성은이 질겁하며 그에게 팔을 휘저었다.

"시끄러! 시끄러! 하다는 알 필요 없어!"

"너무해. 담조 씨는 되고 왜 나는 안 되는데?"

"그 담조 씨라는 호칭 좀 집어치우라니까. 오글거리다 못해 내 손발이 오징어처럼 말려 올라갈 지경이야."

담조는 하다가 미리 사둔 자기 몫의 음식 포장을 벗기며 덤덤히 말했다.

"난 좋은데. 미대에 여동생들이 좀 많아야 말이지. 그냥 계속 그렇게 불러요."

성은은 닭살 돋는다는 듯 맨팔을 벅벅 긁었다.

"둘이 이어질 줄이야. 생각도 하지 못한 조합이야."

"그래? 왜?"

"그야……."

성은은 자신의 대답을 기다리는 남녀 한 쌍을 새삼스럽게 쳐다보았다.

자기 일 외에는 매사에 무심하게 구는 남자와 사소한 것에도 열정과 주의를 쏟아 붓는 여자. 그가 잘 다듬어진 자갈처럼 단단한 남자라면 그녀는 여린 얼굴로 수줍게 웃는 모습이 매력적인 여자였다. 이토록 다른데도, 막상 붙여놓고 보니 둘에게서 비슷한 느낌이 풍겨왔다. 둘의 간격은 아직 연인으로서는 멀지만, 오랜 시간을 알고 지낸 사람들처럼 분위기가 부드러웠다. N극과 S극처럼, 서로 끌리는 다른 이성. 그리고 그 인력을 관통하는 무언가.

그들의 작품들도 어딘지 다르면서도 비슷한 것 같다고 하면, 그건 착각일까. 그들은 서로의 작품을 보고 뭘 느낄지 새삼 궁금해졌다. 나이를 점점 먹어가면서 작품관은 달라지지만 그 안에 담긴 영혼은 달라질 수 없는 법이다.

"……둘이 잘 어울려."

"갑자기 웬 뜬소리. 생각지도 못한 조합이라며."

성은은 자기도 모르겠다는 듯 어깨를 으쓱였다.

"생각하지 못한 조합인데, 왜 생각해 보지 못했을까 하는 조합이야."

점심을 해결한 후, 성은과 헤어진 담조와 하다는 콜럼버스 빌딩을 벗어나 설리번 빌딩으로 향했다. 설리번 빌딩의 10층부터 13층까지는 페인팅의 상급 수업을 듣는 학생들과 석사 학생들의 개인 스튜디오가 있었는데, 이번 오후 수업은 그곳을 방문해 그들의 작품들과 작업과정들을 관찰하는 것이었다.

「제대로 치우질 않아서 조금 어수선해요.」

석사 학생인 담조가 TA인만큼 탐방은 자연스레 그의 스튜디오에서부터 시작되었다. 담조는 캔버스 면천으로 대충 덧댄 휘장을 거둬 학생들이 차례대로 안으로 들어갈 수 있도록 도와주었다.

대략 9평 정도 되는 그의 작업실에는 노트북 한 대만 달랑 놓여 있는 깔끔한 책상과 도서관에서 빌린 책들과 암실 용품들이 쌓여 있는 책상, 이렇게 두 개의 책상이 있었다. 작업실의 한쪽 귀퉁이부터 대각선 방향으로는 붉은 빨랫줄이 걸려 있었는데 최근에 작업하는 것으로 추정되는 사진들이 집게로 주르르 매달려 있었다.

담조가 자신의 작품관에 대해 간단히 설명하는 동안 학생들은 빨랫줄에 걸려 있는 사진들을 살폈다. 그중에는 하다를 모델로 한 사진도 몇 장 걸려 있었다. 하다가 깜짝 놀라서 당황하는 사이, 쫑쫑 땋은 금발을 한쪽 어깨로 늘어뜨린 한 여학생이 옆에서 '이거 너 맞지?' 하는 짓궂은 눈짓을 보내왔다. 하다는 어색하게 웃었다. 그녀도 잘 안다. 사진 속 반하다가 현실과 조금 달라 보인다는 건.

「그럼 다음 장소로 가볼까요? 다음 학생도 내가 잘 아는 학생인데 오늘 나왔을지…….」

좁은 문을 통해 우르르 나가는 무리의 꽁무니를 따라가던 하다를 담조가 잡아당겼다. 풀썩 휘장이 입구를 덮고, 하다는 그의 완력을 따라 엉거주춤 뒤를 돌아보았다. 그가 장난꾸러기 같은 웃음을 지으며 검지를 자신의 입술에 갖다 대었다.

여러 명의 발소리가 차츰 멀어지다가 완전히 사라졌다. 사방이 가로막힌 그의 칸막이 스튜디오에 이윽고 정적이 찾아왔다.

"휴. 드디어 단둘이네."

담조가 만족스럽게 중얼거렸다.

"따라가야 되지 않아요? 들키면 어떡하려고."

"사람 많아서 눈치채지 못할 거예요. 물어보면 난 뒷정리 때문에 늦었다고 하면 되고, 당신은 화장실 갔다 왔다고 하면 되고."

"하지만……."

하다가 제대로 말을 꺼내기도 전에 담조는 그녀의 허리를 안아 책상 위에 그녀를 앉혔다. 노트북만 달랑 놓여 있는 깔끔한 책상이었다. 그가 그녀 앞으로 바짝 다가와 양쪽 책상을 짚어 두 팔 사이에 그녀를 가두었다. 위험할 정도로 가까워진 거리에 하다는 반사적으로 숨을 죽였다.

"난 오늘 아침부터 이렇게 단둘이 있고 싶었는데, 반하다는 아닌가 봐."

그는 아까부터 하다에게서 눈을 떼지 않고 있었다. 시선을 들 때마다 정면으로 마주치는 눈길에 하다는 어쩔 줄을 몰랐다. 외국에 온 뒤로, 눈을 마주하고 이야기를 나누는 거에 익숙해졌다고 생각했는데, 이 남자는 아니었다. 전에는 어떻게 자연스럽게 이야기를 나눌 수 있었는지 감조차 잡히지 않았다.

"다음 건물로 가야 하는데……."

얼굴이 빨개져서는, 화제를 돌리는 그녀를 담조는 여전히 시선을 떼지 않고 눈에 담았다. 입가에 어쩔 수 없는 미소가 피어올랐다.

"5분 정도는 괜찮아. 내가 길 알거든."

그러다가 문득 생각났다는 듯 어깨를 으쓱였다.

"장담하는데, 다음 학생 작품은 별로예요. 내걸 한 번 더 보는 게 도움이 될걸."

농담이지만 농담 같지 않은 그 오만한 태도에 하다는 쿡쿡 웃음을 터뜨렸다. 따라 웃던 그는 갑자기 생각났다는 듯 고개를 옆으로 기울였다.

"그나저나 불공평하네. 생각해 보니 하다 씨는 내 작품에 대해 다 알고 있는데 난 하다 씨의 작품에 대해 아는 게 하나도 없어."

"나중에 보여줄게요."

하다의 눈빛이 한결 가벼워진 것을 보며 담조는 그녀의 뺨을 살며시 붙잡아 엄지로 쓸어내렸다. 그녀가 숨을 내쉴 때마다 작고 따스한 콧김이 손가에 아른거렸다. 크고 선명한 검은 눈동자는 촉촉한 기운을 머금은 채 그를 물끄러미 올려다보고 있었다.

이 눈을 어디서 보았더라.

그녀를 볼 때마다 그리운 마음이 드는 이유는, 더없이 친숙하게 느껴지는 이유는 이 눈동자 때문이었다. 그날 밤, 그녀가 과거를 털어놓던 밤, 이 눈이 눈물을 머금고 있을 때 그는 그녀에게 입술을 맞출 수밖에 없었다. 이 맑은 눈빛 아래로 감춰져 있던 아픔이 수면 위로 드러나는 걸 보면서, 그 아픔을 느끼고 이해하는 동시에 그녀를 뿌리칠 수 없는 유혹을 받았다. 그렇게 그는 그동안 외면하고 있던 자신의 감정 앞에 무릎을 꿇었다.

그의 시선이 그녀의 입술 위로 내려앉았다. 하다가 무의식적으로 입술을 벌리며 그의 옷깃을 잡아당겼다. 누가 먼저랄 것도 없이 그들의 입술이 맞물렸다.

사랑에 빠지는 건, 순간이다. 비록 그것이 사랑의 시작이었음을 먼 훗날에 깨달을지라도.

그녀의 체온을 느끼려는 듯 가만히 입술에 머물러 있던 담조는 조심스럽게 그녀의 아랫입술을 머금었다. 반사적으로 열린 그녀의 입술 사이로 따뜻한 숨결이 새어나오자, 이번엔 그 온기를 따라 촉촉한 입속으로 파고들었다. 그의 팔이 살며시 떨고 있는 하다의 허리를 부드럽게 감싸 안았다. 뺨을 쓰다듬던 손은 머릿결 안으로 파고들어 작고 따스한 뒷목을 감싸 쥐었다.

점점 깊어지는 입맞춤에 하다는 저도 모르게 신음 비슷한 걸 내뱉었다. 옷깃을 쥐고 있는 두 손을 그가 잡아당겨 자신의 뒷목에 둘러주었다. 한결 편안해진 자세에 입술이 맞닿은 채로 웃음을 흘리고 말았다. 그도 입가를 당겨 미소 지었다.

"우리 이러다간 정말 늦겠다, 그치."

"알면서 시작한 거 아니에요?"

그는 그녀의 허리를 안은 채, 그녀는 그의 목을 안은 채였다. 입가에서 배회하는 그의 입술이 진한 미소를 머금었다.

"아끼는 제자인데 한 번쯤 봐주지 않을까요?"

"잘난 척은."

그가 큭큭 웃었다. 그러나 하다가 이마를 마주 기대오자 곧 깊어진 눈으로 그녀를 들여다보았다. 무의식적인 행동일지 모르지만, 눈을 반쯤 뜬 채 간결하게 숨을 내뱉는 그녀는 꽤나 유혹적이었다. 부끄러워하면서도 다가오는 걸 망설이지 않는 여자. 굳이 구분하자면 곰 같은데…… 이렇게 볼 땐 또 여우같단 말이야.

결국 참지 못하고 부풀어 오른 입술을 깨물었다. 흠칫 놀란 그녀가 뒷목을 조이는 게 느껴졌다. 조금씩 맛을 보듯 감질나게 입술을 건드리다가 그녀의 턱을 잡아 단번에 안으로 들어갔다. 또다시 움찔거리는 그녀의 몸짓이 사랑스러워서 힘주어 껴안았다. 짧지만 일상의 도태 속에서 나누는 키스. 그것은 너무 짜릿하고 달콤해서, 평생 그녀의 곁을 지키고 싶을 만큼 멈추고 싶지 않았다.

「솔깃한 제안이긴 한데, 아직 새로 만든 포토폴리오가 없네.」

늦은 시각, 담조는 넓은 실습실에 홀로 앉아 있었다. 한손으로 휴대폰을 붙잡고 다른 한 손으로 머리를 헝클며 느른하게 의자에 몸을 뉘었다. 눈앞의 컴퓨터에는 작업하다 만 사진이 어도비 브릿지 프로그램으로 켜져 있었다.

「이렇게 빨리 다른 전시 제안이 올 줄 몰라서 조금 얼떨떨하기도 하고.」

[좋은 기회인 거지. 포토폴리오가 언제쯤 채워질 것 같은데?]

고향에서 여름을 보내고 있다는 친구 녀석은 잔뜩 흥분해 있었다. 오랜만에 이메일을 열었는데 뉴욕지사 갤러리에서 담조와 친구가 꾸렸던 전시가 맘에 들었다며 다음 전시회를 함께 해보지 않겠냐는 제안을 해왔다는 것이다.

「빠르면 한…… 다음 달?」

[그럼 미팅부터 잡자.]

전화를 끊은 담조는 한숨을 길게 내쉬었다. 몇 시간 내리 한 자리에 앉아 있었더니 몸이 찌뿌듯했다. 그동안 찍은 사진들을 한꺼번에 본 탓이었다. 이렇게 시간을 쏟았는데도 마음에 드는 사진 한 장 발견하지 못하니 기분이 헛헛해졌다. 새 전시 제안마저 그의 의욕을 전혀 돋우질 못했다.

담조는 내려놓았던 휴대폰을 다시 들었다. 멋모르고 미친 듯이 사진을 찍어대던 때가 있었다. 뷰파인더를 들여다보며 셔터를 누르는 그 찰나의 열정. 더 나은 작품을 만들기 위한 몸부림. 피사체를 자기 것으로 만들고 말겠다는 치기 어린 욕심.

그런데 언제부터였을까, 사진을 찍는데 그 시절처럼 의욕이 불타오르질 않았다. 사진에 대해 깊이 공부하며 파고들수록 만든 작품들이 미개하고 볼품없어 보였다. 안목은 날이 갈수록 높아지는데 그걸 따라잡지 못하는 능력이 답답했다. 내 능력은 여기까지인가 하는 회의감도 뒤따랐다.

벼가 익을수록 고개가 기울어지는 건 당연하다고 하지만, 사실 그의 의심은 다른 곳에 있었다. 그에게 처음 사진을 가르쳐 준 사람은 형이었다. 그림에 쓸 자료를 모으기 위해 수시로 카메라를 들고 다니는 형을 보다보니 자연스럽게 그가 쥐고 있는 카메라에 관심이 갔다. 의대생의 단순한 취미로 여기기엔 그림을 향한 형의 열정은 남달랐다. 그토록 좋아하면서 왜 본격적으로 배울 생각을 하지 않느냐는 동생의 물음에 형은 씁쓸히 웃으며 자신은 겁쟁이라고 했다. 지금 가진 모든 걸 버릴 욕심도, 자신에게 걸린 집안의 기대를 배신할 배짱도 없다면서, 모든 걸 버리고 이 길을 선택할지라도 그 길 끝에서 결국 아무것도 남지 않는 걸 보게 될까 봐 무섭다고 했다. 지금은 이렇게 그림을 좋아하지만 정작 지겨울 만큼 그리게 되면 결국엔 싫증나지 않겠냐고. 자신은 그게 더 무섭다고. 그러면서 처연하게 웃는 형의 얼굴은 가슴이 철렁 내려앉을 만큼 씁쓸했다.

무관심과 외면이라는 박해 속에서 끈덕지게 달라붙는 외로움을 자신이 버텨올 수 있었던 건 순전히 사진 때문이었다. 사진을 찍어 형에게 보여주는 그 순간순간이 너무나도 행복했다. 처음엔 단순히 자기 위로에서 온 애정이라 생각했었다. 그것도 열정이라 생각했다. 그러나 형이 죽고 난 후 점점 더 사진에 매달리는 자신을 보면서, 이 감정이 사진을 향한 순수한 애정인지 과거를 향한 집착인지 담조는 의심이 가기 시작했다.

좋아하기 때문에 곁에 두지 않는다. 십대 후반에는 이해할 수 없었던 그 말을 이제 형의 나이가 되자 이해할 것 같았다. 무언가를 향한 강한 애정이 한순간 변색되어 간다는 건, 자기 자신의 일부분이 썩어가는 걸 지켜보는 것만큼이나 무서운 거였다.

담조는 휴대폰의 최근 기록에서 번호를 찾아 눌렀다. 수신음이 몇 번 가기도 전에 하다가 밝은 목소리로 전화를 받았다.

[담조 씨?]

"지금 어디예요?"

컴퓨터 전원을 끄고 실습실 불까지 끈 담조는 잠긴 문을 확인한 후 열쇠꾸러미를 반납기에 넣었다. 그녀와 통화를 하며 복도를 걷다가 2층 휴게실의 자판기에서 음료수를 뽑고 있는 하다를 발견했다. 위층에서 작업 중이었는지 그녀는 청색 앞치마를 두르고 있었다.

"담조 씨는요?"

하다는 어깨와 머리 사이에 휴대폰을 끼고 캔을 따더니 천천히 복도를 거닐면서 음료수를 홀짝였다. 통화에 집중하느라 복도 모퉁이에 기대 서 있는 그를 보지 못한 듯했다. 그녀의 뺨에 묻어 있는 물감에 담조는 웃음을 꾹 눌렀다.

"아깝다. 작업 마치고 막 집에 도착한 참인데. 문자 주지 그랬어요."

엎어지면 코 닿을 거리에 서 있는 주제에 담조는 천연덕스럽게 거짓말을 했다. 아무것도 모르는 그녀는 빙긋 웃으며 옆에 있는 비상계단 문을 열었다. 실기실로 돌아갈 모양이었다.

"그러게요. 전화 한 번 할걸. 다시 올래요?"

담조는 비상구 너머로 사라지는 하다를 느긋하게 지켜보았다. 층계참이 좁기 때문에 지금 따라가면 백퍼센트 들킨다.

"그럴까요?"

수화기 너머의 그녀가 깜짝 놀랐다.

[그러지 말아요! 그냥 해본 소린데.]

"내가 안 보고 싶은가 보네."

계단을 오르는 발소리에 섞여 그녀의 밝은 웃음소리가 수화기 너머로 터져 나왔다. 이윽고 그녀가 3층 문을 여닫는 소리가 나자 담조는 곧장 비상구로 향했다.

"뭐 그리고 있었어요?"

[그냥, 심심해서 하는 작업이랑 의뢰 받은 거.]

"의뢰?"

[작년 아트 세일 때 그림을 사간 클라이언트가 시리즈물로 두

점 더 부탁했거든요.]

"능력자네, 반하다. 벌써부터 의뢰받고."

3층으로 올라온 담조는 실기실 문을 하나씩 열며 안을 기웃거렸다. 방학인 데다가 밤에 가까운 시각이다 보니 실기실엔 불만 켜져 있고 아무도 없었다. 하다와 전화 연결이 되어 있지 않았다면 이 드넓은 공간에 그녀가 있을 거라 예상조차 하지 못했을 만큼 3층은 적막에 빠져 있었다. 이 여자 은근히 배짱도 좋다는 생각을 했다.

"혼자서 작업하기 무섭지 않아요?"

[음…… 그다지? 1층에 경비원도 있는걸요. 그리고 진짜로 무서운 건, 주변에 사람이 많은데도 나 혼자라는 기분을 느낄 때인걸요.]

담조는 홀린듯 걸음을 멈췄다. 명치를 얻어맞은 것처럼 가슴이 울렁거렸다. 다시 발을 놀렸다. 걸음이, 조금 빨라졌다.

"그런 걸, 느낀 적이 있어요?"

[……있어요. 아주 가끔.]

짧은 침묵이 지나갔다.

[그런데, 내가 혼자 있다는 거 어떻게 알았어요?]

문을 열어 실기실이 텅 빈 걸 확인할 때마다 이상하게 뒤끝이 싸해졌다. 호흡이 빨라지고 마음이 조급해졌다.

"전화…… 절대로 끊지 말아요."

드넓은 공간. 불빛은 환하지만 끝을 모르는 이 적막 속에서 마지막 문을 열었는데도 그곳에 그녀가 없다면……. 그녀의 자리가 텅 비어 있다면.

마치 처음부터 없었던 사람처럼.

하얀 공포가 그를 엄습해 왔다. 극도로 치솟는 불안과 함께 우중충한 3층 복도가 순식간에 갈대들로 가득 찼다. 유화 냄새가 아니라 갈대향이 진득한 광활한 들판 위에서 그는 달리고 있었다.

이건 술래잡기였다. 숨을 헐떡이며 손을 뻗어보지만 앞에서 달리는 그의 형은 닿을 듯 닿지 않았다. 끝을 모르는 드넓은 갈대밭. 그 위에 솟은 언덕 위의 별장. 그리고 그것은…….

"담조 씨?"

담조는 실기실 중앙 벽 앞에 서 있는 하다를 멍하니 쳐다보았다. 오랜 시간 악몽에 시달리다 깨어난 사람처럼 그의 이마는 식은땀으로 흥건했다. 입술은 헐떡거리고 가슴은 거칠게 오르락내리락했다. 다행히 하다는 마지막에서 두 번째 실기실에 있었다. 담조의 등장에 하다는 눈을 동그랗게 뜨더니 전화를 끊고 그에게 다가왔다.

"집이라면서 여긴 어떻게……."

하다에게 거침없이 다가간 그는 그녀를 낚아채듯 품 안 가득히 안았다. 하다는 말을 끝내지 못했다. 훅 끼쳐오는 그의 체취와 뜨거운 체온에 눈을 느리게 깜박이다가, 미소 지으며 마주 껴안았다.

"깜짝 선물이에요?"

담조는 피식 웃었다. 현실임이 분명한 그녀의 온기가 격렬하게 치솟던 심박 수를 진정시켰다. 쿵…… 쿵……. 평소보다 조금 빠르게 뛰는 소리가 이번엔 다른 빛깔로 뛰어갔다.

"심장 소리가, 들려요."

"뛰었거든."

그녀를 더욱 바싹 끌어안으며 담조가 낮게 대답했다.

"네가 있어서, 참 다행이야."

그녀가 뺨을 발갛게 물들였다. 얼굴에 묻은 푸른색 물감을 엄지로 닦아준 담조는 이마를 마주대고 말했다.

"나 반가워요?"

하다는 부끄러운 듯 웃음을 흘리다가 고개를 끄덕였다.

"내가 반가우면 상 줘요."

그녀가 발꿈치를 들어 그에게 입을 맞췄다. 담조의 팔이 하다의 허리를 감싸 안았다. 몸이 잠시 휘청거렸지만 그의 가슴에 중심을 기대면서 안정을 되찾았다. 부드러운 입맞춤이 오가고 입술이 섞이는 소리가 그들밖에 없는 실기실 안에 조심스럽게 울려 퍼졌다.

살짝 상기된 얼굴로 하다는 가만히 숨을 내쉬며 입술을 뗐다. 그녀를 따라 눈을 뜬 담조는 그녀를 꽉 안으며 귀에 소곤거렸다.

"우리 집에 데려가고 싶은데."

얼굴이 붉어졌지만 하다는 천연덕스럽게 미소를 지었다.

"구미가 당기긴 한데……. 의뢰 기간이 얼마 안 남기도 했고 지금 온몸에서 유화 냄새가 폴폴 나거든요."

"어쩔 수 없지."

아쉬운 듯 담조는 하다의 이마 부근을 엄지로 쓰다듬으며 한참 동안 얼굴을 들여다보다가 그녀를 풀어주었다. 자연스럽게 그의 눈이 그림이 걸린 벽으로 향했다.

"드디어 그림을 보는 건가."

짐짓 장난스럽던 그의 눈초리가 일순 놀라움으로 굳어졌다. 전에 본 적 있는 그림이었다.

"전에…… 한 4월 중에 바깥에 있는 쇼케이스에 그림 걸지 않았어요? 이거 말고 다른 그림."

"정확히 기억은 나지 않지만 저번 학기 때 한 번 걸긴 했었죠."

담조는 그림 앞으로 한 발짝 다가섰다. 당시 지나가던 발걸음을 멈추게 했던 강렬함이 다른 형태가 되어 다시 눈앞에 있었다. 그때처럼 손이 있는 것도 아니고 반복적인 패턴에 색도, 형태도 모두 달랐지만 역동적이고 파괴적인 고유의 느낌은 그대로였다. 나중에 그 그림을 다시 보고 싶어서 3층으로 올라갔다가 텅 빈 쇼케이스를 보고 많이 아쉬웠었는데, 이렇게 다시 보다니.

놀라움에 헛웃음을 흘리던 담조는 기가 막힌다는 투로 말을 이었다.

"쇼케이스에 있던 그림을 보고 얼마나 놀랐었는지 몰라요. 이 그림이 하다 씨의 그림이었을 줄이야……. 클라이언트가 당신 그림을 원하는 것도 당연해."

"아쉽지만, 클라이언트가 원하는 건 그 옆의 그림이에요."

하다가 가리킨 곳에는 세로 36인치 가로 47인치의 직사각형 캔버스가 있었다. 아직 작업 중인지 화면에는 컴포우즈드 블루의 배경색과 약간의 터치가 전부였다. 하다는 주머니에서 휴대폰을 꺼내 사진 하나를 보여주었다.

"클라이언트가 사갔던 그림이에요."

담조가 반했던, 붓질이 역동적인 그림과 달리 그건 도시 풍경에 환상적인 이미지를 덧댄 화려하면서도 스킬에 치중한 그림이었다.

"제가 1학년 때 그린 그림이죠. 컨셉이라는 단어조차 제대로 이해하지 못하던 때라 무조건 그리기만 했었을 때에요. 화려하기만 하달까……. 더 이상 이런 그림은 그리지 않는데 그때 그림을 사갔던 클라이언트가 갑자기 요구하는 바람에 억지로 그리고 있어요."

그녀는 붓끝으로 머리를 긁적이며 한숨을 내쉬었다. 투덜거리는 그 모습이 귀여워서 담조는 위로를 건넸다.

"이건 이거대로 멋있어요. 1학년 작품 같지 않아. 컨셉만 제대로 잡고 좀 더 나가봐도 될 것 같은데요."

"당시에 그린 것 중에는 가장 좋긴 하지만……. 으음……. 지금 보면 붓질도 소극적이고 너무 꾸민 것 같아서 별로인걸요. 그냥 예쁜 그림이죠. 집에 걸기 딱 좋은."

"의뢰받은 다른 그림은 또 없어요?"

그녀가 그를 쳐다보았다. 그 시선이 이상하게 길어서 의아해지려는 찰나, 그녀가 답했다.

"이게 전부예요."

담조는 그 반응이 울적해진 기분 때문이라 생각하고 가볍게 넘어갔다.

"너무 그렇게 비관적으로 생각하지 말아요. 이것도 이것만의 매력이 있는걸요. 아직 학생이잖아요. 하다 씨 나이에 이 정도도 못하는 학생들이 얼마나 많은데."

머리 저편에서 문득 떠오르는 수아의 얼굴을 담조는 떨쳐 내려 노력했다. 수아는 수아대로 노력하고 있었다. 그 가치를 그가 마음대로 평가할 게 아니었다.

"너무 비행기 태우는 거 아녜요?"

수상쩍게 쳐다보는 하다에게 담조는 난감하다는 듯 웃었다. 차라리 그런 거라면 좋겠다. 융통성 있게 좀 살라고, 필요에 의한 거짓말은 상대방을 위한 배려일 수도 있는 거라고 석진이 그를 늘 타박하였다. 하지만 그는 그런 성격이 되지 못했다. 진심. 진심이 아니면 애초에 말을 꺼내기 싫었다.

"못 믿겠지만, 나 칭찬에 되게 인색한 사람이에요. 선의의 거짓말, 입바른 칭찬 따위 독설보다 못하다는 주의니까."

이 이상 반하다에게 빠져드는 건 무서웠다. 스스로에게 거는 이 브레이크가 언젠간 고장 날 수도 있겠다고, 어렴풋이 예감이 들었기에.

"왠지 자신 넘치는 말투네."

하다가 눈을 가늘게 뜨자 담조는 어깨를 으쓱였다.

"작업 언제 끝나요?"

"어쩌죠. 나 아직 멀었는데. 바쁘면 먼저 가요."

"괜찮아요. 갖고 온 책 있으니까 그거 읽으면서 기다릴게요."

그는 근처에 있던 의자에 앉아 가방에서 책을 꺼냈다. 멀뚱히 쳐다보는 하다에게 어서 할 일 하라는 듯 손을 내저으면서.

그는 그녀의 작업을 배려하기 위해 정말 그렇게 가만히 앉아 책을 읽었다. 뭐 하는 게 낫지 않느냐고 지적하지도 않았고 괜히 말을 걸지도 않았다. 뒤에서 빤히 쳐다보는 것으로 무안을 주지도 않았다.

캔버스에 붓을 대기 전, 흘긋 돌아보니 그는 놀라온 집중력으로 책을 읽고 있었다. 하다는 입술을 깨물며 불가항력으로 흘러나오는 미소를 억눌렀다. 그리고 뺨을 톡톡 두드리며 다시 붓을 들었다. 정신 차리자, 반하다. 너도 작업해야지.

한창 책을 읽던 담조가 고개를 들었다. 어느새 자기 세계에 빠진 그녀는 붓질에 몰두하고 있었다. 부드럽게 터치를 몇 번 하고 뒤로 물러나 전체적인 색감을 한 번 보고, 팔레트에서 필요한 색을 붓에 찍은 다음 다시 캔버스를 향해 다가갔다. 저렇게 서서 작업하면 다리가 아프지 않을까. 보아하니 그녀에게 작업 중의 의자란 단순히 옷걸이, 가방걸이용이었다.

그녀가 작업하는 걸 한참 관찰하다가, 담조는 이내 책으로 시선을 내렸다. 누구는 자기 때문에 읽는 속도가 더딘데, 누구는 속 편하게 작업을 하고 있단 말이지. 무신경하다고 해야 할지, 집중력이 좋다고 해야 할지. 그런데도 어쩔 수 없는 미소가 피어오르는 건, 그녀가 그림을 그리는 모습을 보는 게 싫지 않아서일지도.

다음 페이지로 넘어갈 때, 담조는 탁탁 뭔가가 부딪치는 소리에 다시 고개를 들었다. 캔버스의 윗부분에 손이 닿지 않는 그녀가 의자 위로 올라가는 소리였다. 의자에 올라가 붓질을 몇 번 하고 내려와 의자를 옆으로 조금 밀더니 다시 올라가 그 옆 부분을 칠했다. 이게 반복되다 보니 토끼가 뛰어오르는 것처럼, 폴짝폴짝 달밤체조나 다름없었다. 담조는 웃음이 터지려는 걸 간신히 참았다. 그의 어깨에 간신히 닿는 작은 키로 자기 몸만 한 캔버스에 그림을 그리는 모습이 참 사랑스러웠다.

담조는 소리 없이 책을 덮고 일어나 그녀의 허리를 뒤에서 안아 올렸다. 그녀가 반사적으로 작은 비명을 내지르며 그의 팔을 붙잡았다.

"이렇게 하면 괜찮겠어요?"

하다는 어안이 벙벙해져서 그를 돌아보았다. 그의 얼굴이 바로 코앞에서 장난스럽게 웃고 있었다. 고개를 옆으로 살짝 기울여 시선을 마주친 그는 자못 심각하게 눈썹을 모았다.

"무거워서 팔이 못 버틸지도 몰라. 빨리 하는 게 좋을걸요?"

말과 달리 그의 팔은 그녀의 허리를 단단히 붙잡고 있었다. 황급히 고개를 돌려 붓질을 하려다가 갑자기 풋, 웃음이 터졌다. 눈앞의 그림을 보려고 해도 이 우스꽝스러운 모양새와 상황에 웃음이 멈추질 않았다.

"이게 뭐야!"

"이번엔 옆쪽?"

그가 옆으로 한 발짝 움직였다. 갑작스러운 움직임에 놀라 그의 팔을 붙잡으면서도, 하다는 웃음을 놓지 못했다. 명랑한 웃음소리가 그녀의 입술에서 밑으로, 그녀를 잡고 있는 그의 팔을 타고 그의 가슴으로, 그의 얼굴로 전도됐다. 이내 그의 입술에서도 큭큭 웃음이 새어나왔다. 장난을 계속 쳤다.

"이번엔 이쪽이에요?"

"그만, 그만!"

까르르 웃으며 그녀가 허리를 잡은 그의 팔을 아프지 않게 내려쳤다. 힘들 텐데 내려줘요. 괜찮은데. 이젠 저쪽? 아하하, 그만하라니까! 환하게 불을 밝히는 콜럼버스의 스튜디오. 구슬처럼 떨어지는 그들의 웃음소리에 맞추어 가는 빗줄기가 톡톡 창문을 두드리기 시작했다.

건물을 나오자 분무기로 뿌린 것 같은 가냘픈 빗방울이 머리 위로 내려앉았다. 은은한 안개가 텅 빈 거리를 얇고 투명한 휘장처럼 감싸 안고 있었다. 거대한 미시간 호 옆에 자리 잡은 시카고는 이런 안개가 보기 드물지 않았다. 특히 콜럼버스 빌딩은 몇 블록조차 떨어져 있지 않아서 비가 오는 날이면 이런 운치 있는 정경을 꽤 자주 볼 수 있었다.

많은 사람들이 변덕스러운 시카고의 날씨를 싫어했지만 하다는 좋아했다. 늦은 새벽에도 화려한 네온사인과 젊은이들의 향유로 들썩이는 서울이나 뉴욕과 달리, 시카고는 일정 저녁시간이 지나면 한없이 고요해졌다. 너무나도 고요해서, 아무도 없어서, 지나가는 차가 한 대도 없어서, 가로등 불빛만 가득한 이 거리를 걷다 보면 복잡한 상념을 모두 잊을 수 있었다. 그 순간이 늦게 작업을 마치고 집에 돌아가는 그녀에겐 하늘이 주는 상처럼 느껴졌다.

"시간 참 빨리 흐르죠?"

오늘은 조금 달랐다. 사색의 운치 안으로 흘러들어 오는 그의 목소리. 가슴이 뛰었다.

"방학 시작한 게 엊그제 같은데 벌써 7월이에요. 이제 수업이 2주도 안 남았어."

그들은 손을 잡고 함께 길을 걸었다. 이슬 같은 가냘픈 빗줄기에 머리와 어깨가 촉촉하게 젖어들었지만 그들의 걸음은 이 순간을 즐기듯 느리기만 했다.

"꿈같아."

하다가 중얼거렸다.

"뭐가요?"

하다는 그를 올려다보다가 상념에 빠진 눈빛으로 눈앞에 펼쳐진 정경을 돌아보았다.

"그냥, 이 모든 게요."

안개가 깔린 이 거리가 신기루처럼 사라질 것 같아서, 현실을 놓치지 않기 위해 그를 붙잡은 손에 힘을 주었다. 다른 한 손으론 주머니 속 휴대폰을 쥐었다.

그날 이후 동생에게 다시 연락 오는 일은 없었다. 하다도 그의 본가에 무작정 전화하는 미련한 짓을 더 이상 하지 않았다. 서운했지만 서운하지 않았다. 그저 바랐다. 지금 이 순간만큼은 아무도, 그 누구도 전화하지 않기를. 그녀를 깨우지 않기를. 지금 처한 모든 상황을 잊고 오로지 이 순간만을 기억할 수 있기를.

집 앞에 도착한 하다는 그를 돌아보았다.

"데려다줘서 고마워요. 나 기다리는 것도 지루했을 텐데."

"전혀. 다른 사람이 그림을 그리는 거 지켜보는 게 오랜만이라 나름 재밌었어요. 하다 씨는 집이 가까워서 좋겠어요."

"전 담조 씨네 집이 더 부럽던걸요. 멋진 조망이 있잖아요."

그녀는 아파트 옆에 자리 잡은 다른 건물을 가리켰다.

"보시다시피 우리 집은 창문 열어봤자 벽밖에 보이질 않아서."

"장단점이 다 있는 거지."

그가 싱긋 웃었다. 하다는 그 미소를 물끄러미 쳐다보다가, 손을 뻗어 그의 한쪽 뺨에 팬 보조개를 만졌다. 눈이 마주치자 부

끄러움에 손을 내리곤, 그의 얼굴 대신 그의 두 손을 양손에 각
각 담았다.

"이만 가야 되죠……?"

가만히 애교를 피우는 그녀 때문에 담조는 결국 참던 웃음을
흘렸다.

"손을 놔줘야 가죠."

"시간이 늦었는데 괜찮겠어요? 택시 타야 하나."

놓기 아쉬운지 괜히 딴소리를 하며 휑한 거리를 둘러보는 그녀
였다. 시카고의 도심 속 상점들은 한밤중에도 불을 밝혀서 거리
가 어둡진 않았지만 도로에 다니는 차는 드물었다.

"걸어서 10분 거리예요. 괜찮아."

"조심해서 가야 돼요?"

빤히 올려다보는 그녀의 눈길에 끌리듯 담조는 고개를 내려 그
녀에게 입맞춤을 했다. 놀라서 멈칫하던 입술이 수줍어하면서도
망설임 없이 입을 벌렸다. 잡고 있던 손을 풀고 이번엔 그가 그녀
의 손을 쥐어 잡았다. 잡는 것에 그치지 않고 잡아당겨 자신의
허리에 감았다. 자연스럽게 키스는 깊어졌다.

"……나 가볼게요. 잘못하면 여기서 밤 샐 것 같아."

입술을 떼자 따스한 입김이 그들의 얼굴 위로 퍼져 나갔다. 맞
댄 이마가 그의 짧은 머리카락으로 간지러웠다. 키득 웃은 하다
는 고개를 끄덕였다.

"잘 들어가요."

빌딩 현관에 들어간 하다는 그가 사라질 때까지 기다린 다음
엘리베이터 버튼을 눌렀다. 9층에서 내려 문 앞에 도착한 뒤 열

쇠를 돌리려는데 걸쇠가 걸리지 않았다.

내가 문을 안 잠갔나? 의아한 얼굴로 문을 여는 하다를 향해 누군가가 펄쩍 뛰어왔다.

「서프라이즈!」

반사적으로 비명을 지른 하다는 곧이어 눈을 동그랗게 떴다.

「샤바나!」

하다의 얼굴에 어쩔 수 없는 웃음이 퍼져 나갔다. 다리 밑에는 스노이가 열렬히 꼬리를 흔들며 그녀를 반기고 있었다.

「오늘 오는 날 아니잖아. 어떻게 된 거야?」

「일찍 오고 싶어서. 마침 비행기 표도 남아 있었고.」

하다는 신발을 벗고 가방을 내려놓자마자 스노이를 안아 올리고 뱅글뱅글 돌았다. 머리가 어지러운 불쌍한 강아지는 주인을 향해 도와 달라 짖어댔다. 하다가 카우치에 풀썩 앉으며 팔을 풀자, 스노이는 질겁하며 곧바로 일인용 소파에 앉아 있는 샤바나의 무릎 위로 올라갔다.

「잘 지냈어? 늦게까지 작업하다 온 거야? 같이 저녁 먹으려고 했는데 집에 없더라고.」

「전화하지 그랬어. 그럼 당장 달려왔을 텐데.」

「그럼 서프라이즈가 아니잖아.」

샤바나는 스노이의 귀를 긁으며 벽에 걸려 있는 캔버스를 턱으로 가리켰다.

「오랜만에 옛날 스타일로 그리네?」

그것은 층층이 남색을 덧입혀 아름다운 밤하늘을 이루는 그림이었다. 그 위로 쏟아지는 파스텔 톤의 별무리. 하다가 1학년 초반에 즐겨 그리던 화풍이었다. 지금은 좀 더 입체적인 반추상화 쪽으로 바뀌었지만 샤바나는 하다의 옛날 그림도 많이 좋아했다.

「이번에 새로 의뢰받았다는 그거구나?」

「응, 내가 홈페이지에 잠깐 올렸던 옛날 그림을 봤는지 주문을 하더라고.」

대답을 하면서 하다는 샤바나의 팔에 걸쳐 있는 스노이의 앞발에 괜한 장난을 걸었다. 머릿속으로는 그녀의 그림에 호기심을 같고 이것저것 물어오던 그의 얼굴을 떠올렸다.

그가 또 다른 의뢰는 없냐고 물었을 때 없다고 대답한 건 반사적인 행동이었다. 이 그림만큼은, 구담조로부터 영원히 비밀로 남기고 싶었다.

「수업도 듣고 커미션도 하고 그동안 바빴겠다.」

그림을 바라보는 샤바나의 낯빛이 우울했다. 하다는 그녀의 곁으로 엉덩이를 조금 움직였다.

「왜 일찍 돌아온 거야?」

예정보다 일주일이나 빠른 귀환에 걱정이 들 수밖에 없었다. 고개를 든 샤바나는 씁쓸히 웃었다.

「그냥 거기에 더 있기가 싫어서. 아빠를 생각해서라도 있어야지, 있어야지 했는데, 어느 순간부터는 억지로 붙잡혀 있는 것처럼 행동하는 내 자신이 더 싫어지더라고. 하루하루 의무적으로 그곳에 있는 기분이 가히 좋지 않았어. 아빠는 여자친구의 옆에서 환하게 웃고 있고 데이빗이랑 제이도, 그러니까 내 오빠 동생도 두 사람에게 환하게 웃어주는데 나는 진심으로 축하해 주지 못하는 것 같아서. 못된 딸이 된 기분을 들게 하는 상황이 싫었달까…….」

샤바나는 품 안에 있는 스노이의 머리를 기계적으로 쓰다듬었다. 덕분에 체온이 높아진 스노이는 헥헥거리기 시작하더니 결국 폴짝 그녀의 양반다리에서 뛰어내려 소파 옆 바닥에 드러누웠다. 할거리가 없어진 샤바나는 빈손을 마주 엮어 만지작거렸다. 시큰해진 코끝을 손가락 등으로 훔쳤다.

「리키라고, 아빠 여자친구에게 딸이 한 명 있는데…… 날 친언니처럼 따라. 샤바나, 샤바나 부르면서 새로 산 인형을 보여주고 내 장신구들을 예쁘다면서 구경하고 나랑 놀아달라는 눈빛으로 빤히 올려다보는데……. 그때마다 머릿속이 텅 비어. 억지로 웃어주면서도 속으로는 아무것도 모르고 순진하게 웃고 있는 애를 괴롭혀서 울려 버리는 상상을 해. 겨우 여덟 살짜리 애한테.」

샤바나는 어두워진 눈빛으로 하다를 쳐다보았다. 떨리는 파란 눈은 그녀가 느끼는 복잡한 감정들을 거울처럼 비추고 있었다.

「나, 정말 속 좁지?」

「응, 좁아.」

하다는 고개를 떨구는 샤바나의 손을 잡았다.

「하지만 난 네 편이야.」

샤바나는 피식 웃었다.

「하여간, 남의 맘을 편하게 해주는 건 타고났다니까.」

「그래? 몰랐는데.」

샤바나는 '거짓말—' 하며 눈을 가늘게 뜨다가 결국 웃고 말았다.

「지금은 여기 시카고가 내 고향 같아. 더 편해. 너희들도 여기 있고. 뭣보다, 스노이를 이곳에 데려왔으니까.」

샤바나는 가만히 드러누워 있는 스노이를 들어 올려 품에 안았다. 어안이 벙벙한 듯 눈을 큼지막하게 뜨던 스노이도 곧 얌전히 샤바나의 어깨에 턱을 얹었다.

「그나저나, 그 남자 누구야?」

「누구?」

「집 앞까지 너 데려다준 남자.」

「봤어?」

샤바나가 짓궂게 코끝을 찡그렸다.

「그러엄. 스노이 산책시키고 들어오는데 멀리서 네가 어떤 남자랑 걸어오는 게 보이더라고. 인사하고 싶었는데 그러면 서프라이즈도 아니고, 끼어들면 분위기 깰 것 같아서 먼저 들어왔어.」

푸른 눈동자가 호기심으로 반짝였다.

「누구야?」

하다는 헛기침을 하며 있지도 않은 먼 산을 바라보았다.

「누구냐니까아.」

「……동생.」

하다는 한참 뒤에 대답했다.

「그 사람의 동생.」

샤바나의 입이 쩍 벌어졌다. 푸른 눈동자에 당혹감이 선명하게 번져 나갔다.

「잠깐, 그 사람한테 동생이 있었어? 아니, 그것보다 동생이 시카고에 있었단 말이야?」

샤바나에겐 일찍이 모든 걸 털어놨었다. 자신의 유년 시절부터 시카고에 오기 전까지 한국에 있었던 모든 일들을. 하다는 잠자코 샤바나를 바라보다가 고개를 끄덕였다.

「동생이 시카고에 있다는 건 언제부터 알고 있었어?」

「1학년 때부터.」

샤바나는 얼떨떨한 표정이 되었다. 옛날, 그 사람에 대해 이야기하던 하다의 얼굴이 떠올랐다. 그 사람은 하다에게 은인이고, 연민이고…… 다시 돌이킬 수 없는 과거였다.

「기가 막힌 우연이네. 고등학교 때 그림을 배운 이웃의 동생을 우연히 머나먼 이국의 땅에서 만나다, 라.」

우연이라. 과연 우연일까. 하다는 어쩌면 자신이 구담조가 여기에 올 것을 어렴풋이 짐작하고 있었을지도 모른다고 생각했다. 윈디 시티. 이 도시를 동경하던 그 사람의 동생이라면.

「말할 거야?」

「뭘?」

「형을 알고 있다고.」

「말 못해. 그의 형이 아니었으면 난 그림도 포기해야 했을 거고, 여기에 오지도 못했겠지. 그래도 그가 먼저 물어보기 전까진 난 내가 누구였는지 말해주지 않을 거야. 애초에 날 기억하고 있었다면 벌써 알아봤을 테고, 알아봤다면 분명 가만히 있지만은 않았겠지. 무엇보다, 형에 대한 기억을 그가 완전히 극복했다고 생각하지 않아.」

「어째서?」

「내가 괜찮지 않은데, 그가 괜찮을 리가 없으니까.」

두 사람 사이에 고요한 침묵이 내려앉았다. 스노이가 눈치 없이 입을 쩍 벌리며 하품하자 샤바나가 말없이 스노이의 머리를 쓰다듬었다.

「그래……. 네 생각이 그렇다면야. 한국에 있는 동생 일은 어떻게 할 거야? 연락 왔었다며.」

「모르겠어.」

「가지 마.」

하다의 생각을 눈치 챈 샤바나가 단호하게 말했다.

「한국에 안 돌아가도 돼. 넌 네 자신이 이기적이었다고 탓하지만 난 네 남동생도, 친부라는 사람도 이해되지 않아. 네 나이 겨우 열일곱이었어. 여기 나이로는 열다섯. 고등학생이 그 순간에 뭘 할 수 있어. 네 자신도 책임질 수 없는 나이였는데 할머니 병원비에, 동생 뒤치다꺼리까지 어떻게 하냐고. 남동생을 친부에게 보냈던 건 당연한 처사였어. 게다가 친부가 원했던 건 남자아이였다며.」

「할머니가 죽은 다음에는? 그때도 난 내 생각밖에 하지 않았어. 분명히.」

「하지만 하다, 너도 알잖아. 그렇게 생각하면 끝도 없어.」

하다는 입을 다물었다. 한숨을 내쉰 샤바나는 머리를 쓸어내리던 손을 목에 얹은 채 사색에 빠진 얼굴이 되었다.

둘은 재작년 겨울을 떠올리고 있었다. 기숙사 침대에 앉아 서로에게 모든 걸 털어놓았던 그 겨울. 대부분의 학생이 고향에 돌아가 기숙사는 텅 비어 있었고, 뜨겁게 달군 히터 바람만이 들어오는 방 안에서 샤바나와 하다는 캔 맥주를 하나씩 손에 쥐고 오도카니, 카우치에 앉아 컴퓨터에 연결한 텔레비전으로 영화를 보고 있었다. 만난 지 몇 개월 되지 않았던 때. 그때까지만 해도 그들은 서로가 서로에게 룸메이트 이상의 소중한 인연이 될 줄 몰랐었다. 서로에게 가슴 깊숙이 묻어놓은 해묵은 이야기를 꺼내어, 서로의 손을 잡고 울며 위로할 날이 올 줄 몰랐었다.

「언젠간 네가 한국에 돌아가서 마주해야 할 사람들이란 건 알아. 하지만 네가 한국에 돌아가길 피한다는 건 네 마음이 망설인다는 거겠지. 준비가 됐다면 넌 내가 말려도 만나러 갔을 테니까. 나도…… 이번에 만나고 나니까 좀 개운해지더라고.」

「엘리엇 말하는 거야? 이번에 만났어?」

샤바나가 대답이 없자 하다는 짓궂게 웃었다.

「네가 밤중에 걔랑 통화하다가 엉엉 울면서 핸드폰을 내던진 게 엊그제 같은데.」

「윽, 그건…….」

고개를 번쩍 들어 올린 샤바나는 곱씹는 표정으로 눈알을 굴렸다.

「그건, 걔가 한밤중에 술 취해 전화를 걸어선 자기한테 새 여자친구가 생겼는데 넌 어쩔 거냐고 묻잖아. 나랑 헤어져 놓고 화내라는 거야 뭐야. 아니, 질투하라고 일부러 전화한 거지. 유치하게.」

분통하다는 듯 말을 속사포로 쏟아내던 샤바나는 한숨을 길게 내쉬었다.

「미치겠어. 벌써 2년이 다 되가는데 아직도 휘둘리는 거 보면.」

끝에서 희미하게 떨리는 목소리가 아련해서, 하다는 그녀에게 쉴 틈을 주듯 그녀가 입을 열 때까지 잠자코 기다렸다.

엘리엇은 샤바나가 고등학교 때부터 성인이 되기 전까지 고향에서 사귄 옛 남자친구였다. 둘 다 철이 없고 나이도 어렸기에 서로에게 본의 아닌 상처를 많이 주었다고 했다. 샤바나가 시카고로 대학을 오게 되면서 그들은 헤어졌지만, 아직까지 서로를 잊지 못하고 끊어질 듯 말 듯 이어지는 그들의 관계를 보면 도저히 헤어진 사람들로 보이지 않았다. 친구도, 연인도 아닌 애매모호한 관계. 헤어진 후로 서로 다른 사람과 종종 연인이 되었지만 결국 얼마 가지 못하고 서로를 찾았다.

「억지로 끊으면 안 되는 거였어. 걔네 집이 바로 옆집이거든. 하필 걔도 방학이라 집에 돌아온 상태라 스노이를 산책시키다가 우연히 길에서 마주쳤어. 처음엔 괜찮았다? 친구로 잘 지내자던 약속대로 웃으면서 서로 안부를 묻고, 오랜만이라며 걔가 스노이에게 장난을 걸고 있으면 난 그런 그 앨 뿌듯하게 보고……. 잘 지내라고, 캠퍼스 생활 잘 하라고 웃으면서 헤어졌는데, 떠나는 전날 밤에 그 애 전화가 왔어. 보고 싶다고, 미치게 보고 싶다고. 그 목소리를 듣는데 가슴 안에서 무언가 터지면서 결국엔 눈물이 쏟아졌어…….」

잊을 만하면 전화하는 남자와 그런 그를 끊지 못하는 여자. 육체적 관계를 맺지만 연인이라 부를 수 없는 그들. 섹스파트너라기엔 너무 어리고 서로에 대한 감정이 너무 깊은 두 사람.

「결국 밤에 몰래 걔네 집에 가서 아침까지 계속 같이 있었어. 그날 걔네 집에 부모님이 안 계셨었거든. 옷을 입고 집을 나가려는데 그러더라. 서른 살에 다시 만나서 결혼하자고.」

하다의 눈이 놀란 듯 짐짓 커졌다가 이내 스륵 가라앉았다.

「지금은 서로 상황도 여의치 않고 같이 있을 수 없지만, 연락만큼은 끊지 말아 달래. 그리고 그렇게 살아가다가 둘 다 서른이 넘어서 그때까지도 서로의 곁에 아무도 없으면…… 결혼하자고. 같이 살자고.」

「그 말을, 믿어?」

샤바나가 하다를 쳐다보았다. 하다의 눈빛이 건조해져 있었다. 그 이유를 잘 아는 샤바나는 무릎을 굽혀 그 위에 턱을 얹었다. 깊이 가라앉은 둥근 어깨가 어쩐지 처연했다.

「믿고 싶어.」

나 같으면 믿지 않아. 남자들이 하는 그런 약속, 내키지 않는 상황을 넘기려는 변명 같은 거야. 우리 엄마도 그런 식으로 넘어갔었어.

하다는, 그렇게 말하고 싶었다. 말할 수도 있었지만, 말하지 않았다. 허황된 거짓말을 믿고 매달리면 결국 다치는 사람은 그 약속을 건넨 사람이 아니라 매달리는 이였다. 하다는 알고 있다. 허황된 거짓말을 믿고 매달린 사람의 말로를. 뼛속까지 침투한 독이 얼마나 지독하게 그 사람의 피를 말리는지. 그리고 어떻게 주변 사람에게까지 뻗치는지.

"네 아빠가 꼭 데리러 온다고 하셨어."

엄마가 버릇처럼 하던 말이었다. 낡은 선풍기가 탈탈 돌아가고 땀이 주륵 흘러내리는 목 언저리에 엄마의 나긋한 부채질이 이어지는 어린 날의 기억. 여름의 땡볕으로 숨이 턱턱 막히는 그 순간에도 엄마는 고장 난 레코드처럼 같은 말만 이었다.

"그 사람을 먼저 만난 건 그 여자가 아니라 나인걸. 그이가 그토록 바라던 떡두꺼비 같은 자식들도 이렇게 낳았잖아. 버릴 이유가 없어. 반드시 데리러 올 거야."

엄마의 말이 맞았다. 후에 남자는 그들을 데리러 왔다. 자신에게 지독히 매달리고 집착하던 여자가 죽고 나서야, 그 여자를 닮은 딸은 버리고 집안을 이을 수 있는 아들만 데리고 가버렸다. 딸은 아픈 할머니가 누워 있는 차가운 병실에 남겨졌다. 남자는 그녀에게 오피스텔을 주고 생활비를 주고 비싼 예고 등록금까지 대주었다. 대신 그가 내민 조건은 딱 하나였다. 동생을 보러 찾아오지 말 것. 그를 보러 오지도 말 것. 그녀의 출신을 다른 사람들에게 밝히지 말 것. 아픈 할머니를 생각한다면. 이제 앞길이 창창해진 동생을 생각한다면.

딸은 남자가 사준 오피스텔에 가지 않았다. 하지만 남자가 준 생활비가 없으면 생활고를 버틸 수 없었기에, 남자가 통장에 입금한 돈을 꺼내어 쓸 때마다 울었다. 그때마다 동생을 만날 수 있는 자격은 멀어졌다. 다시 만날 가능성이 사라지고 있었다. 할머니의 담당 의사가 고비라고 말한 후부턴 학교에도 나가지 않고 할머니의 곁을 지켰다. 호흡기를 끼고 오랜 시간 잠만 자고 있는 할머니에게 할머니 죽지 마, 죽으면 안 돼, 나만 버리고 가지 마, 그 말만 속삭였다. 그래서였을까. 마지막 숨이 끊기기 전 할머니는 울고 있었다. 주름 진 눈꼬리를 타고 흐르는 눈물을, 그녀는 분명히 보았다.

「하다 넌? 그 남자가 그러자고 하면, 믿을 수 있겠어?」

하다는 고개를 들어 샤바나를 보았다.

「좋아하잖아. 그 사람.」

본능적으로 샤바나가 누구를 가리키는 지 알 수 있었다. 그녀에게 삶의 희망을 가르쳐 주었던 구준수가 아닌, 지금 만나는 담조라는 것을.

많은 장면들이 머릿속을 스쳐 지나갔다. 반하다에게 입을 맞추는 구담조. 애정을 담아 그녀를 바라보는 깊은 눈매. 차가운 그녀의 손에 깍지를 껴오는 따뜻한 손. 숨 막힐 듯 안아오던 품. 죽어도 좋을 만큼 안도감이 들었던 품속. 믿을 수 있을까, 이 사람을.

그를 바라보며 들었던 애달픈 마음들이 거짓말처럼 증발하고 있었다. 그래, 그건 꿈이니까. 꿈속에서의 달콤함을 느끼는 것뿐이니까. 비록 깨어났을 때 약을 한줌 먹은 것보다 더 쓰리더라도, 그 쓴맛을 느끼며 자각해야지. 이게, 현실인걸.

「믿을 수 있냐, 없냐의 문제가 아니야. 문제는 나한테 있으니까. 이미⋯⋯.」

이 관계는 거짓말투성인걸. 그 마지막 말을 끝끝내 삼키고 하다는 이만 씻겠다며 욕실로 향했다. 등 뒤로 샤바나의 안타까운 눈길이 느껴졌지만 오랜 작업으로 잔뜩 지쳐 있는 몸은 그에 반응하지 못했다.

대충 씻고 자리에 눕자 이어 샤바나도 침실 불을 끄고 들어와 옆에 있는 매트리스에 누웠다. 스노이가 폴짝 침대 위로 올라와 샤바나의 옆에 몸을 뉘였다.

「잘 자.」

「응, 너도.」

어두운 천장을 바라보며 누워 있는데 옆 충전기에 꽂아둔 휴대폰에 문자가 온 걸 발견했다.

〈나 잘 도착했어요.〉

그 문자를 오래도록 바라보았다. 화면이 꺼졌다. 다시 버튼을 눌렀다.

나 잘 도착했어요.

문자가 그의 목소리가 되어 들리는 듯했다. 가만히 듣고 있으면 왠지 슬퍼지는, 낮고 부드러운 음성. 당신은 왜, 내 눈앞에 나타난 걸까. 어차피 가버릴 거면서. 언젠가 떠날 거면서. 엄마, 동생, 할머니…… 그리고 준수 오빠. 모두 그랬듯이 떠날 거면서. 혼자 남겨둘 거면서.

입술을 깨물며 베개 위로 얼굴을 묻었다. 화면이 꺼졌다. 다시 키려 엄지를 세우다가, 말았다. 이 망설임으로 방 안은 이내 완전한 암흑에 빠져들었다. 눈물이 날 것 같은데, 나지 않았다. 그래서 서러웠다.

6.

"우리 집?"

하다는 고개를 끄덕였다. 담조는 얼떨떨한 얼굴이 되었다. 그녀는 그의 초상화를 찍을 장소로 그의 거처를 선택했다. 조금 색다른 곳을 고를 줄 알았는데 평범하게 집이라니 의외였다.

"왜? 무슨 의도라도 있어?"

"그냥, 담조 씨가 가장 편한 장소면 좋겠어."

담조는 코트를 부엌 의자에 걸치고 카우치에 앉았다. 하다는 곧바로 카메라를 꺼내들며 렌즈 뚜껑을 벗겼다. 얼떨떨하게 그 모습을 지켜보던 담조는 그녀가 다짜고짜 렌즈를 들이대자 황급히 손으로 가렸다.

"잠깐, 잠깐, 잠깐."

왜 그러냐는 듯 하다가 카메라를 내렸다. 담조는 카메라를 쥐고 있는 하다의 손을 잡았다. 체질적으로 수족이 차가운 편인 그녀는 한여름인데도 손이 서늘했다.

"모델에게 여유를 줘야지. 너무 의욕적으로 다가가면 작가의 의도대로 움직여 주기도 전에 모델이 지칠 수 있어."

"최대한 자연스러운 모습을 찍고 싶은걸."

"그럼 자연스러워질 때까지 여유를 줘요. 상황을 좇는다고 해서 자연스러운 모습이 나올 순 없어. 몰래 찍지 않는 이상."

그를 가만히 응시하던 하다가 뾰로통한 표정으로 중얼거렸다.

"이제 진짜 TA 같네."

그 말에 담조가 작게 웃음을 터뜨렸다. 그녀는 그 모습을 하나하나 눈에 담듯 그를 바라보았다.

"이제 좀 이해할 것 같아요. 담조 씨가 했던 말."

"무슨 말?"

하다는 그에게 잡혀 있던 손 하나를 빼내어 미소 짓고 있는 그의 입술 위에 가만히 얹었다. 나비처럼 가벼운 착지. 그가 데워준 덕분에 그녀의 손은 충분히 따뜻해져 있었다. 하다의 눈동자가 그의 이목구비를 차근차근 훑어 내렸다.

"그 순간을 영원히 간직하고 싶어서 사진을 찍는다는 말이요."

그녀의 검지가 투박하게 생긴 부드러운 입술의 결을 훑었다.

"영원히 내 것으로 만들어 버리겠다는 그 말."

마음 안에 켜켜이 쌓아놓은 묵직한 회고록을 읽는 것처럼 그녀의 눈빛은 가라앉아 있었다. 안개가 드리운 호수를 들여다보는 것처럼 담조는 그녀의 생각을 좀처럼 생각을 읽을 수 없었다. 지금의 그녀는 공연에서 보여준 동양 인형의 모습만큼이나 몽환적이었다. 다가가면 사라져 버릴 신기루. 그러나 그를 보는 눈길은 결코 순수하지 않았다. 어린아이처럼 티 없이 맑지만, 속에 어둠을 감춘 눈빛이었다.

그녀가 손을 그의 입술에서 뺨으로, 턱으로 움직였다. 밀가루로 잘 빚어놓은 것 같은 그의 귀를 만지다가, 귓바퀴를 따라 원을 그리며 부드러운 머릿결 안으로 들어갔다. 그가 우두망찰해 있는 사이 그녀가 입술을 내렸다.

두 사람의 호흡이 섞였다. 하다는 감질나게, 차근하게 그의 입술의 감촉을 느끼고 축축한 숨결을 삼켰다. 그녀를 잡은 그의 손에 힘이 실린 건 그때였다. 담조는 그녀가 들고 있던 카메라를 옆자리에 내려놓고 그녀의 허리를 안았다. 입맞춤이 거세어졌다. 그가 잡아당기는 힘에 따라 하다는 반항 없이 그의 무릎 위에 다리를 벌려 앉았다. 스커트자락이 하얀 허벅지를 드러내며 말려 올라갔다.

달뜬 호흡이 두 사람밖에 없는 거실을 울렸다. 담조의 입술이 쇄골 위에 내려앉자 하다는 눈을 감으며 고개를 치켜들었다. 그의 손이 둔부를 잡아 은밀한 부분에 밀착시키자 신음을 내뱉었다. 그녀의 허벅지를 쓰다듬는 손길이 옷자락 밑으로 점점 파고들었다.

하다는 천천히 눈을 떴다. 그리고 그가 더 어쩌기 전에 그의 무릎에서 내려왔다. 그것이 거절이라 생각하고 굳어 있던 담조는 그녀가 한 발짝 뒤로 물러나 스커트 밑으로 속옷을 내리는 것을 보며 놀랐다. 하다는 유일하게 길목을 막고 있던 그 얇은 천을 아무렇지 않게 바닥으로 떨어뜨리고는 다시 그의 무릎 위에 앉았다. 그녀가 두 팔로 그의 목을 감싸 안자 담조는 그녀의 허리를 잡고 시선을 마주쳤다.

"무슨 일 있어요?"

"안 돼요?"

"안 되는 게 아니라……."

"아무 일 없어요. 그냥, 추워서. 추워서 그래."

그의 뺨을 만지는 하다의 손이 벌써 열을 잃고 식어가고 있었다. 담조는 다시 그 손을 붙잡아 자신의 체온으로 데웠다. 점점 채워지는 열기를 느끼며 하다가 그에게 입을 맞추고, 멈칫하던 그는 이내 신음을 흘리며 그녀를 안아 올렸다.

침대 위, 그녀는 옷을 반쯤 풀어헤친 채로 그의 품에 안겨 있었다. 그는 가슴 언저리에서 느껴지는 그녀의 작고 고른 숨결에 귀를 기울였다.

"이대로가 좋은 것 같아."

그 중얼거림이 숨결만큼이나 작아서, 담조는 자신이 제대로 들었는지 그녀에게 되물었다.

"뭐가?"

하다가 몸을 일으켰다. 멀어지는 온기가 아쉬워서 따라 몸을 일으키려던 담조는 그녀가 고개를 저으며 밀어내는 손길을 따라 다시 몸을 뉘었다. 그 몸 위로 그녀가 상체를 기대어왔다. 가만히 그의 얼굴을 들여다보는 눈빛이 여느 때처럼 맑았지만, 그 색이 너무 새까맸다.

"그냥, 이렇게 같이 붙어 있으니까 따뜻해서."

그녀가 고개를 숙여 그의 가슴에 오른쪽 귀를 기대었다. 차분한 듯 빠르게 뛰는 그의 심장소리에 귀를 기울였다.

"이걸로 만족할래, 난."

담조는 하다의 뒤통수를 쓰다듬다가 부드러운 여체 위에서 흐트러진 긴 머리카락을 쓸어내렸다. 이상하게 목이 메어 대답을 할 수 없었다. 분명 만족스러운 상황인데도, 불안함이 가슴 한편을 쓸고 지나갔다. 함께 있는 건, 그녀의 말대로 분명 따뜻했다. 한껏 따뜻해진 그녀의 손도, 그녀가 눈을 깜박일 때마다 가슴 결을 쓸어내리는 그녀의 속눈썹도, 생명을 불어넣듯 심장을 쿵쾅 뛰게 하는 그녀의 작은 숨결도.

담조는 문득 팔을 위로 세웠다. 손가락에 얽혀 있던 하다의 머리카락이 긴 여운을 남기며 스륵 밑으로 떨어졌다.

"처음에 너를 봤을 때……."

그녀가 고개를 들었다.

"이 긴 머리가 가장 인상적이었어. 우리한테 카트를 전해주고 나서 총총 사라지는데, 길게 흔들리는 이 머리카락을 보면서 여우 꼬리 같다는 생각을 했지."

하다의 눈꼬리가 가늘게 휘었다.

"여우 꼬리?"

"응. 살랑살랑 약 올리듯이 멀어지는데……. 이상하게 그 모습이 잊히지 않더라고. 어딘지 익숙한 느낌에."

그녀는 말이 없었다. 그의 목소리에 가만히 귀를 기울이며 숨만 고르게 내쉬었다.

"금방 사라질 것 같았던 뒷모습이, 왠지 내가 아는 사람을 보는 것 같았거든."

슬프면서 슬프지 않은 척 웃던 형을. 그래서 그 미소가 더 아련하게 느껴졌던 형을.

이 여자를 안고 있는 지금 생각해 본다. 형은, 자신이 느끼는 이 감정을 느껴본 적이 있을까. 다른 사람을 상대로 이토록 가슴이 뛰어본 적이 있을까.

형은 자신의 가슴을 뛰게 하는 사람과 하는 모든 것이 처음일 때, 그것이 첫사랑이라고 했다. 인연으로 맺어진 그 사람과 가슴 떨리는 포옹, 입맞춤 그 모든 것을 처음 하게 될 때 그 사랑이 첫사랑이라 불릴 수 있는 기라고. 가슴이 떨려서, 첫사랑이 되는 거라고.

"근데 나는요, 조금 다르게 생각해요. 짝사랑도 첫사랑이 될 수 있다고 생각해요. 기억할 수 있는 최초의 기억부터 지금 이 순간까지 가장 가슴을 떨리게 만든 사람이 있다면 그것이 짝사랑이든, 서로를 마주보는 사랑이든, 나중에 찾아오는 사랑이든 그 사람이 첫사랑이라고."

반하다의 말이 갑자기 떠오른 건, 어쩌면 그녀가 정의한 첫사랑에 대해 믿고 싶어져서일지 모른다. 두 사람이 말한 사랑들 중에 무엇이 정답인지 그는 알 수 없다. 둘은 다른 환경에서 커왔고, 세상을 보는 시각 또한 다르니까. 하지만 분명한 사실은 둘다 가슴의 떨림에 대해 이야기하였고, 지금 이 순간 자신의 가슴은 그 어느 때보다 떨고 있었다.

포옹, 입맞춤, 섹스. 그 무엇도 처음은 아니지만 뛰고 있는 이 가슴만큼은 진실이었고 현실이었다.

가슴이 떨려서, 첫사랑이 되는 거라고.

이상하게 목이 메어왔다. 볼썽사납게 눈시울이 붉어질까 봐 묵직해진 감정을 목 뒤로 삼켰다.

아아, 이 여자가…… 내 첫, 사랑인가 보다.

그걸 깨닫는 순간, 품 안에 있는 그녀가 사라져 버릴까 봐 그는 무서워졌다. 그녀의 둥근 어깨를 움켜쥐자 그녀가 나른하게 숨을 내쉬었다. 그런 그녀를 몸을 돌려 아래에 눕히고 지그시 내려다보았다. 순식간에 두 팔 사이에 갇힌 그녀는 그를 물끄러미, 잔잔한 눈빛으로 올려다보았다. 이토록 현실인데도 꿈에서 깨어날까 두려워하고 있었다.

자신도 어찌 할 수 없는 감정에 휩쓸려 담조는 그녀의 입술로 얼굴을 내렸다. 그녀가 눈을 감으며 입술을 받아들였지만 그는 부족하다고 느꼈다. 깨달음 뒤에 찾아오는 건, 강한 허기짐.

그들을 감싼 공기가 다시 달아오르기 시작했다. 아까보다 조금 거칠어진 손길로 그녀의 몸을 애무하고 입술 안에 감춰진 혀를 탐했다. 그녀가 몸을 바르르 떨면서 그의 어깨를 움켜잡았다. 그녀의 허리를 잡고 안으로 비집고 들어가는 순간, 머릿속이 하얗게 공명했다.

사랑. 이게 사랑이 아니면, 뭐란 말이야.

신음을 흘리며 눈빛이 흐려지는 그녀를 눈에 담았다. 부드러운 뺨을 감싸 쥐고 그녀의 입술을 맞추고 허리를 끌어안고 가슴 둔덕에 얼굴을 묻었다. 모자라. 아직도, 모자라. 호흡이 점점 더

거칠어져 갔다. 끝을 모르고 깊어져만 가는 감정에, 담조는 눈을
감아버렸다.

「시간이 너무 빨리 흘러간 것 같지.」

단상에 가벼이 기대어 조지는 사색하듯 서 있었다.

「이런 걸 보면 시간이 참 짧다고 느껴지다가도, 그 사이에 일어
난 많은 것들을 회상하다 보면 결코 짧지만은 않은 것 같아.」

그가 장난꾸러기 같은 미소를 지었다.

「노땅 같은 말을 한다고 생각했지, 방금?」

학생들 사이에서 웃음이 번져 나갔다. 계절학기 수업. 한 달
반이라는 짧은 시간이었지만 일주일에 세 번씩이나 꾸준히 만나
온 사이인 만큼 그들은 서로에게 익숙해져 있었다. 하다는 미소
를 지었다. 친구같이 편하고 다감한 사람. 조지에 대한 첫인상은
결코 틀리지 않았다.

마지막 수업을 마치고 조지는 문 앞에 서서 떠나는 학생들과
한 명씩 악수를 나누었다. 일부러 마지막에 서 있던 하다는 나가
기 직전, 그에게 손수 포장한 초콜릿 상자를 내밀었다.

「그동안 감사했습니다.」

「아니, 뭐 이런 걸 다…….」

「제 고향에서는 학기가 끝나면 선생님께 존경과 감사의 의미로
작은 선물을 드리기도 해요. 부담 없이 받아주셨으면 좋겠어요.」

「고마워, 하다. 잘 먹을게. 내가 초콜릿 좋아하는 건 어떻게 알

았어?」

「저기, 구석에 있는 어떤 남자가 가르쳐 줬어요.」

하다는 장난스럽게 교실 뒷정리를 하고 있는 담조를 가리켰다. 그들과 눈이 마주치자 그는 손을 흔들며 씨익 웃었다.

「저 녀석이 너무 귀찮게 굴진 않아?」

이미 두 사람 사이를 눈치채고 있었던 듯 조지가 넌지시 농담조로 물었다. 하다는 작게 키득거렸다.

「버틸 만해요.」

「두 사람, 내 욕 하죠?」

귀신같이 알아챈 담조가 고개를 내빼며 큰소리로 외쳤다.

「프로젝터 반납해야 하니까 빨리 치우기나 해.」

그렇게 면박을 준 조지는 싱글거리며 다시 하다를 돌아보았다.

「저 녀석은 내가 최대한 빨리 돌려보낼게. 저녁 약속 있다며?」

「그것까지 얘기했어요?」

「아니, 데이트가 있다는데 상대방이 누군지 너무 뻔해서.」

하다는 웃음을 흘렸다.

「고마워요.」

「페인팅도 좋지만 감 잃지 않게 종종 사진도 찍고. 조의 초상화, 정말 좋았어.」

「네, 염두에 둘게요.」

마지막으로 담조와 눈빛을 교환한 하다는 총총 교실을 떠났다. 조지는 담조의 옆으로 다가와 전선 정리를 도와주었다.

「어디 가기로 했어?」

은근슬쩍 데이트에 대해 묻는 것도 빼먹지 않았다.

「브레송 회고전 보러 가기로 했어요.」

「아직도 안 갔단 말이야?」

담조는 쓰게 웃었다.

「이런저런 일이 꼬이는 바람에……. 회고전 다음엔 치즈케이크 팩토리[7]에서 저녁이나 먹을까 해요.」

「치즈케이크 팩토리라니. 너무 식상하지 않아?」

「하다가 치즈케이크 먹을 때 짓는 표정을 보면 생각이 달라질 걸요.」

두 사람은 시답잖은 수다를 떨며 뒷정리를 마쳤다. 미디어센터에 프로젝터를 반납하고 조지와 헤어진 담조는 약속 시간까지 시간이 좀 남자 자신의 스튜디오에 들러 언체되기 직전인 도서관의 책들을 전부 반납했다. 도서관에 간 김에 하다가 전에 보고 싶다던 영화의 DVD도 빌렸다.

여름이 끝나가고 있었다. 곧 있으면 새 학기가 시작될 터였다. 그는 학교 수업과 갤러리 준비로 지금보다 더 바빠질 테고 주니어가 되는 하다는 학교 수업 때문에 바빠질 것이다. 조금이라도 더 여유가 있을 때 그녀를 많이 봐두어야 한다는 생각에 걸음이 조금 빨라졌다.

하다의 아파트 앞에 도착한 담조는 도착했으니 내려오라고 그녀에게 문자를 보냈다. 지나가는 행인들을 보며 그녀를 기다리는데 아파트 주민인지 한 남자가 덩치 큰 허스키를 데리고 현관을 열쇠로 따며 로비 안으로 들어갔다. 그 모습을 흘겨보다가, 담조

---

7) Cheesecake Factory. 미국의 유명 치즈케이크 전문점 및 레스토랑 체인점.

는 충동적으로 닫히려는 문을 잡고 안으로 따라 들어갔다. 이왕 이렇게 된 거 집 앞에서 기다릴 생각이었다. 엘리베이터를 기다리던 남자가 왜 따라 들어오느냐는 듯 수상쩍게 쳐다보자 여자 친구네 간다며 멋쩍게 웃었다.

"903호…… 라고 했었지, 아마."

남자가 5층에서 내리고 이어 9층에서 내린 담조는 903호라 적힌 남색 문을 두드렸다. 문 너머 개가 짖는 소리가 들려와 흠칫했다. 그러고 보니 룸메이트가 개를 키운다고 얘기했던 것 같기도 하고.

'짓지 마, 스노이!' 하는 목소리와 함께 문이 열렸다. 갈색머리에 파란 눈동자를 지닌 서양 여자가 그를 올려다보았다. 그녀의 다리 밑에는 하얀 슈나우저가 꼬리를 미친 듯이 흔들어대고 있었다.

「안녕…… 하세요.」

담조가 얼떨떨하게 인사를 건넸다. 룸메이트가 벌써 고향에서 돌아왔을 거라고 미처 생각하지 못했다.

「하다의 남자친구, 맞죠?」

다행히 그녀는 익히 들어 알고 있다는 듯 반갑게 웃었다.

「만나서 반가워요. 샤바나라고 해요. 들어와요.」

그와 악수를 나눈 샤바나는 문을 열며 옆으로 비켜섰다. 단순히 하다를 데려갈 생각으로 문을 두드렸던 담조는 얼떨결에 집 안까지 들어오게 되자 난감해졌다. 하다의 허락 없이 집 안을 보게 된 기분이랄까. 강아지가 그의 다리를 맴돌며 킁킁 냄새를 맡아댔다. 앞발을 들었다 내리며 인사를 건네기도 했다.

개를 키워본 적이 없는 담조는 어물쩍 무릎을 굽혀 자신에게 매달린 개의 귀를 슥슥 긁어주었다. 사람의 손길이 익숙한 개는 금방 벌러덩 배를 보이며 드러누웠다.

「쓰다듬어 달라는 거예요.」

담조가 당황하고 있자 샤바나가 옆에서 웃으며 조언했다.

「미안해요. 워낙 사람들을 좋아해서. 그래도 집에 낯선 남자가 오면 낯가림을 하는 편인데 당신이 좋나 봐요.」

유치하지만 괜스레 기분이 좋아지는 건 어쩔 수 없었다. 녀석, 사람 보는 눈이 있고만. 이 하얀 슈나우저는 금방 자신에게 빠져들게 하는 매력이 있었다.

「하다는 어디 있나요?」

「이 앞 타겟[8]에 잠깐 갔어요. 하다가 이번 달 생필품을 살 차례거든요. 금방 올 거예요. 앉아서 기다리세요.」

「고맙습니다.」

괜찮다는 듯 상냥하게 웃는 그녀는 그녀가 키우는 강아지만큼이나 상대방의 기분을 편안하게 만드는 부분이 있었다. 그가 왔다는 사실을 전하기 위해 샤바나가 하다에게 전화를 거는 사이, 담조는 본격적으로 집 내부를 둘러보았다.

그들의 아파트는 어딘지 일서정연하면서도 여기저기 벽에 기대 있는 크고 작은 페인팅 더미 때문에 어수선해 보였다. 게다가 한창 무얼 만들고 있었는지 거실 중앙에는 여러 종류의 조각난 천들이 널브러져 있었고, 거실에 딸린 부엌에서는 갓 구운 파운드 케이크 냄새가 났다. 빨간 벽돌이 그대로 드러난 벽과 노란 조명

---

8) Target. 미국의 대표적인 대형 마트 중 하나.

이 한데 어우러진 빈티지 풍의 인더스트리얼 인테리어 때문인지 그들의 집은 예술가의 작업실 같은 분위기가 물씬 풍겨왔다. 아니, 실제로 그랬다.

「멋진 집이네요.」

「고마워요. 조금 어수선하지만.」

샤바나는 책상에서 울리는 하다의 휴대폰을 보고 전화를 끊었다.

「이런, 휴대폰을 두고 갔네요.」

「괜찮아요. 기다리면 되죠.」

샤바나는 그에게 대접할 찻물을 담은 주전자를 가스레인지에 올린 뒤 파운드케이크를 먹기 좋게 썰었다.

「좋은 타이밍에 오셨어요. 케이크가 먹기 좋게 식은 참이라.」

여유 있게 주위를 둘러보던 담조의 눈에 벽에 기대어 있는 페인팅 더미 하나가 들어왔다. 거친 붓질과 강렬한 색채. 하다의 그림이라는 걸 단번에 알 수 있었다.

「이거 본다고 하다가 화내진 않겠죠?」

「오히려 좋아할걸요.」

샤바나가 쿡쿡 웃으며 답했다. 지금의 스타일로 오는 과정을 보여주듯, 벽에 쌓여 있는 하다의 그림들은 스타일이 잡히지 않은 연습용부터 최근에 작업한 걸로 보이는 것까지 다양했다.

「MFA라 들었는데 무슨 전공 해요?」

찬장에서 티백을 꺼내며 샤바나가 물었다.

「사진이요. 이번에 하다가 계절학기로 들었던…….」

캔버스를 하나씩 넘기던 담조는 한 그림을 발견하고 숨이 멎었다. 그가 갑자기 말이 없어지자 뒤를 돌아본 샤바나는 알겠다는 듯 아아− 했다.

「그거 하다의 초기 작품이에요. 멋있죠?」

담조는 떨리는 손으로 그 캔버스를 눈앞으로 꺼내들었다. 그건 밤하늘을 모티브로 한 그림이었다. 곡선으로 하향하는 파스텔 톤의 선들이 한밤중에 쏟아지는 별빛의 향연 같았다. 그의 숨이 거칠어졌다. 캔버스를 잡고 있는 손의 떨림이 더욱 심해졌다. 번개가 머리 위로 내리친 기분이었다.

「……이게, 진짜 하다의 그림이라고요?」

빼액, 불운의 전조처럼 주전자가 날카롭게 울었다. 아무것도 눈치채지 못한 샤바나는 찻물을 컵에 따르며 밝은 목소리로 이었다.

「네. 요즘 그리는 그림이랑 많이 다르죠? 스타일이 많이 변했어요. 더 추상적으로 변했달까. 이제 그런 스타일로 안 그리는데 최근에 초기 스타일로 그려달라는 의뢰를 받아서 어쩔 수 없이 작업을 하더라고요. 그 그림도 직접 보면 좋을 텐데 아쉽게도 의뢰인이 벌써 가져가서…… 이봐요, 괜찮아요?」

담조는 그림을 쥔 채 딱딱하게 굳어 있었다. 충격으로 초점이 흐릿해진 눈은 하다의 그림으로 박혀 있었다. 남색 하늘. 파스텔 곡선으로 이루어진 별들의 무리. 분명히, 그에게는 의뢰받은 건 학교에서 본 것이 전부라고 했었다. 의도적으로 숨긴 걸까. 만약 정말 의도적으로 숨긴 거라면, 왠지 그 이유를 알 것 같아서 등줄기를 타고 소름이 쫙 돋았다.

하지만 어떻게……. 어째서, 왜.

「저, 이만 가보겠습니다.」

담조는 그림을 내려놓고 거침없이 현관으로 걸어가 신발을 신었다. 차가 담긴 머그컵 두 개를 양손에 들고 있던 샤바나는 황급히 근처 책상에 내려놓고 그에게 다가갔다.

「왜 그래요? 무슨 일 있어요?」

「아뇨.」

신발을 신고 그가 일어섰다. 창백한 얼굴이 길을 잃은 사람처럼 황망했다.

「갑자기 잊고 있었던 일이 생각났어요. 하다에게 미안하다고, 제가 연락하겠다고 전해주시겠어요?」

카우치에 얌전히 누워 있던 스노이가 그에게 쪼르르 다가왔다. 인사를 건네듯 경중거렸지만 그걸 신경 쓸 여지조차 없었다. 그렇게 급하게 인사를 건네고 담조는 집을 나왔다. 택시를 잡아 주소를 불렀다. 10분도 되지 않아 아파트 앞에 도착했다.

집으로 돌아온 그는 성큼성큼 거침없이 침실로 들어가 벽장 안을 뒤지기 시작했다. 옷이며 잡동사니며 손길을 막는 모든 걸 뒤로 던졌다. 애타게 찾던 걸 발견한 순간, 포악한 손길이 멈췄다.

그것을 향해 뻗는 손길이 떨려왔다. 목울대가 꿀렁였다. 가로 세로가 50센티 채 되지 않은 작은 캔버스, 그걸 잡고 우두커니 앉아 그림을 내려다보았다.

밤하늘 그림. 남색 하늘을 배경으로 파스텔의 곡선으로 이루어진 별들이 쏟아지는 그것은 하다의 집에서 본 그림과 닮아 있었다. 아니, 똑같았다. 남색의 톤, 별들의 위치, 파스텔의 색……

테크닉이 덜 성숙하지만, 알아보지 못하는 게 우스울 정도로.

"말도, 안 돼."

머릿속이 서서히 하얗게 변해갔다. 이 그림은, 형의 그림이었다. 비록 그의 서명은 없지만, 분명히 형이 죽던 날, 불에 타서 황폐하게 변해 버린 별장에서 그가 유일하게 건져낸 그림이었다.

"말도 안 돼."

거대한 혼돈이 해일이 되어 그를 덮쳤다. 머릿속을 헤집고 찢어발기고 폭풍우가 몰아치는 가슴 속과 달리, 그림을 쥐고 있는 담조는 석상처럼 꼼짝도 하지 않았다. 어째서, 어떻게…….

반하다가 이것과 똑같은 그림을 가지고 있는 거지.

부르르, 바지 주머니에서 휴대폰이 진동했다. 내버려두자 진동이 꺼졌다. 곧이어 다시 진동했다. 간신히 손을 움직여 전화를 받았다.

[여보세요? 담조 씨? 무슨 일 있어?]

담조는 대답하지 않았다. 아니, 하지 못했다.

[담조 씨?]

그녀의 목소리가 낯설었다. 너무 낯설어서, '반하다, 당신 누구야' 하고 되물을 뻔했다.

[담조 씨?]

"아뇨, 갑자기……."

머리가 텅 빈 상태에서, 담조는 자신이 무슨 말을 하고 있는지조차 자각하지 못했다.

"갑자기, 조지가 부탁한 일이 생각나서. 바보같이, 내일까지 해야 된다는 걸 완전히 잊고 있었어."

일단 말문이 트이니 변명이 술술 나왔다.

"미안해. 약속을 미뤄야 할 것 같아."

담조의 시선은 여전히 그림에 박혀 있었다. 입을 다무는 그의 눈빛이 복잡한 그의 감정을 드러내며 흔들렸다.

[어쩔 수 없죠, 그럼. 이번엔 담조 씨가 약속 미룬 거예요?]

그녀가 짓궂은 웃음을 흘렸다. 담조는 장단에 맞춰 웃어줄 수가 없었다.

"네."

[그럼 어서 일해요. 바쁠 텐데.]

"네, 끝나고, 연락할게."

전화를 끊었다. 휴대폰을 든 손을 천천히 내린 담조는 그림을 옆에 놓으며 무너지듯 침대에 기대었다. 시선을 내려 창문으로 들어오는 빛 속에서 훤히 들어난 그림에 눈을 박았다.

"온기를 나눠준 사람이었어요."

파도치는 미시간 호를 바라보며 이야기를 털어놓던 그녀가 떠올랐다. 첫사랑에 대해. 아련한 기억 속 한 남자에 대해.

"말없이 옆에만 있어도 고마운 사람."

담조의 눈빛이 서서히, 꺼져 갔다. 침체 되어가는 어둠처럼 까맣게, 가라앉아 갔다.

시계.

드디어 생각났다. 필시 지금도 그녀의 흉터를 가리고 있을, 그녀의 팔목을 감싸고 있는 시계의 정체에 대해. 어째서 그 시계가 그토록 친숙했는지도. 친숙하던 그 시계는, 오래전 아버지가 형에게 준 선물과 같은 것이었다.

"형……."

물기 젖은 목소리가 마른 입술 사이로 흘러나왔다. 파도 소리를 닮은 갈대 소리가 점점 다가왔다. 그녀를 만나기 시작한 후 보이지 않던 환각이 다시 다가오고 있었다. 담조는 귀를 막았다.

"형……."

그립던 과거의 환각이 갑자기 다가오는 천둥처럼 무서웠다. 담조는 차라리 눈을 감아버렸다. 붉어진 눈시울 밑으로 눈물이 툭 떨어졌다.

"형……."

[여보세요?]

"안녕하세요, 아주머니."

[누구…….]

"기억하실지 모르겠어요. 구담조라고 합니다. 5년 전까지 보살펴 주셨던 성산리 별장의……."

[아! 담조 도련님! 오랜만이에요. 아유, 제가 왜 기억 못 하겠어요.]

"말 편하게 하세요. 이제 도련님도 뭣도 아닌데."

[평생 남의 집에서 일만 했더니 이젠 이게 편해요. 그나저나 어쩐 일로 전화하셨어요? 제 번호는 또 어떻게 아시고.]

"지금 그 땅을 관리하고 계시는 분께 물었더니 같은 동네 사람이라고 하시기에, 실례를 무릅쓰고 번호를 얻었습니다. 언짢으셨다면 죄송합니다."

[아유, 아니에요. 미국에서 아예 살고 계신다더니 발음이 조금 어눌해지셨어요.]

"제가 아는 사람도…… 같은 말을 하더군요."

[준수 도련님 장례식장에서 본 이후로 도련님을 본 적이 없네요. 뭐, 별장이 그렇게 됐으니 오실 일이 없으시겠지만서도…… 잘, 지내시죠?]

"……네."

[아유, 내 정신 좀 봐. 하도 오랜만이라 반가워서 자꾸 딴 말만 했네요. 도련님께는 힘든 얘기일 텐데. 어쩐 일로 전화하셨죠?]

"다름이 아니라, 형 일로 궁금한 게 있어서요."

[준수 도련님이요? 혹시 명의 이동에 무슨 문제라도 생겼나요? 준수 도련님께서 그렇게 되시기 전에 그 별장 있던 땅을 담조 도련님 앞으로 돌려놨다고 들었는데.]

"아뇨, 그건 아니고요. 그냥 제 개인적인 질문입니다. 형이 살아 있던 적에 별장의 살림을 맡으셨던 분은 아주머니밖에 없었나요?"

[그렇죠. 제가 준수 도련님 빨래도 하고, 식사도 챙기고, 가끔씩 읽고 싶은 책이나 필요한 미술 재료가 있으면 심부름도 했는걸요. 집이 근처라 어디 멀리 갈 일 없으면 비울 일도 없었고요.]

"혹시, 형이 그림을 가르쳤던 학생이 있었나요?"

[학생이요? 글쎄요, 준수 도련님은 그림을 취미로만 그리셨지 누굴 가르쳤던 기억은 없는데.]

"그렇군요."

[아. 하지만 별장에 자주 들락거린 애가 한 명 있었죠. 여자애였는데, 마을에 사는 아이였을 거예요. 준수 도련님이 지나가는 길에 우연히 만난 아이라고 했으니까.]

"……."

[담조 도련님?]

"어떤, 아이였죠?"

[음, 그게……. 좀 특이한 분위기를 풍기던 아이였어요. 말수도 적고 표정이 무척 우울했는데 준수 도련님이 친동생처럼 아끼셨죠. 아시잖아요. 준수 도련님, 아프시기 전까진 보육원에 나가서 봉사도 하시고 동네 강아지 하나 그냥 지나치지도 못하실 정도로 천성이 착하셨던 거.

어느 날 그 앨 집으로 데려오더니 거실 한 귀퉁이에 그 애 자리를 만들어 주시더라고요. 그 애도 그게 어색했는지 처음엔 일주일에 한두 번 올까말까 하다가 차차 도련님이랑 보내는 시간이 늘어나면서 친해지면서 횟수가 점점 늘어났고요. 아마 그때부터였을 거예요. 서로 붙어 지내기 시작한 게. 언제 두 사람 간식 챙겨주려고 그림 그리는 작업실에 들어가다가 우연히 봤는데, 어쩜 글쎄 애가 환하게 웃고 있더라니 까요? 그렇게 예쁘게 웃을 수 있는 애가 어찌 그리 삭막한 표정을 짓고 있었는지…….

여 씨라고, 같은 업종에서 일하는 친한 마을 사람이 있거든요. 그 댁 말 들어보니까 엄청 불쌍한 아이더라고요. 미혼모 밑에서 동생이랑 함께 자란 것도 모자라서, 그 엄마가 투신자살을 했대요. 경찰은 술 취해서 도랑을 거닐다가 넘어져서 그런 거라고 하긴 하는데, 마을 사람들은 그렇게 생각 안 해요. 평소에 우울증에 시달렸다니 말 다했죠, 뭐. 하나밖에 없는 딸이 그렇게 됐으니 연세 드신 애들 할머니는 아파서 쓰러지시고…… . 결국엔 애들은 친부 따라서 서울로 집을 옮겼다는데, 거기서 무슨 일이 있었는지 그 친부 앞에서 칼 들고 자살 시도까지 했었나 봐요. 다행히 목숨은 건졌지만 애가 정신이 성하겠어요? 그 후엔 다시 성산리로 돌아왔대요. 자살도 대물림된다더니 진짜 맞는 말인가 봐. 어휴…… . 신문 읽어보니까 부모가 자살한 걸 본 아이는 자살할 확률이 반이 넘는다면서요. 그래서 그런지…… . 뭐, 이 이상 얘기하면 기분만 나빠지실 테니 얘기는 더 안 하겠지만 아무튼 그래요.

별장이 그렇게 된 후에 바로 미국으로 떠나셔서 잘 모르셨겠지만…… 나중에 사모님이 그 사실을 알고 엄청 난리가 났었어요. 자살 시도했던 애를 집 안에 들여서 준수 도련님이 그렇게 된 거라고. 알고도 방치했다고 저도 얼마나 혼났었는데요. 그 애 아마 장례식장에 발 한 번 못 들였을 거예요. 듣자하니 장례식장에 들어가진 못하고 며칠 내내 병원 밖에서 엉엉 울고 그것 때문에 몇 번 쓰러졌었다고도 하고…… . 어유, 지금은 어떻게 지내나 몰라.]

"나이대가 어느 정도였는데요?"

[그렇게 어린애는 아니었어요. 사실 그 애 생김새 때문에 많이

어려 보이긴 했죠. 워낙 마르고 몸집도 작았으니까. 준수 도련님 만나고 난 후엔 좀 키가 크긴 했는데……. 아무튼, 나중에 교복을 입은 걸 보고 나서야 고등학생이란 걸 알았죠. 5년 전이니까 지금쯤 스물세네 살 되지 않았을까요?]

"……그 애의 이름이, 뭐죠?"

[뭐였더라? 엄청 특이했는데.]

"반하다."

[네! 맞아요. 어머, 알고 계셨어요?]

"반하다, 확실히 맞나요?"

[네, 확실해요.]

"……."

[반하다.]

7.

쌔애앵.

나무를 베는 날카로운 소리가 귀마개를 뚫고 고막을 찔렀다. 발밑에는 이미 나무 톱밥이 수북이 쌓여 있었다. 하다는 플라스틱 고글을 쓰고 나무를 자르는 데 집중하고 있었다. 자칫 잘못하면 큰 사고가 날 수 있기 때문에—실제로 '가구 만들기' 수업을 가르치는 조소과 교수님은 네 번째 손가락이 없었다— 학생들은 몇 시간가량의 워크숍을 거쳐 안전 사항과 사용 방법들을 터득한 다음에야 기계들을 사용할 수 있었다.

하다는 무릎으로 제동장치를 걸어 테이블 톱의 전원을 끈 뒤 반듯하게 잘린 나무 막대기들의 모서리를 살폈다. 그녀는 학교 우드숍에서 캔버스의 와구를 손수 제작하는 중이었다. 이번 작품의 크기가 워낙에 커서 화방에서 팔지도 않았고, 이렇게 직접 나무를 사서 만드는 것이 주문 제작하는 것보다 훨씬 저렴하고 튼튼했다.

이 학교에 온 것이 엊그제 같은데 벌써 내년에 4학년이었다. 아직 경험해야 할 것은 많고 시간은 짧다. 졸업을 한 뒤에도 미국에 남고 싶은 하다는 레지던시[9] 프로그램에 지원할 계획이었다. 그렇게 레지던시들을 전전하다가 대학원에 지원도 하고 대학원을 졸업한 뒤엔 대학교에서 강사 일도 하고 작가 활동도 하면서 그렇게, 이 나라에 정착을 하고 싶었다.

어느 정도 미술로 밥벌이를 하게 되면 어느 한곳에만 얽매이지 말고 원하는 대로, 마음대로, 이곳저곳을 돌아다니며 살고 싶었다. 그 미래에 과연 구담조는 그녀의 옆에 있을까.

"아야."

나뭇결을 다듬는 기계로 자리를 움직이다가 하다는 인상을 찡그리며 나무를 바닥에 떨어뜨렸다. 나무 가시가 엄지에 박혀 있었다. 빼내려고 애를 써보았지만 살 깊숙이 꼬랑지를 감춘 가시는 좀처럼 잡히지 않았다. 아무래도 살을 째고 핀셋을 이용해야 뽑힐 것 같다.

하다는 한숨을 내쉰 뒤 나무막대기를 하나씩 기계에 올려 결을 다듬기 시작했다. 지이잉, 기계에 달린 사포가 나무의 면을 매끄럽게 갈았다. 기계의 진동이 몸을 타고 오르락내리락했다. 나무를 붙잡은 손이, 엄지가, 아파왔다.

가시가 손에 박히는 건 캔버스를 짤 때 종종 일어나는 일이었

9) residency. 화가·작가·음악가 등이 특정 기관 소속으로 일하는 프로그램

다. 살에 박힌 가시는 작지만 시도 때도 없이 자신의 존재를 알리듯 아릿한 통증을 전한다. 담조를 보는 건 그 느낌과 비슷했다.

그와 그녀는 겉으로는 아무 문제없이 관계를 이어나가고 있었다. 요즘 하루하루가 행복했고 그에게 사랑받는 느낌이었다. 그러나 행복이 커져가는 만큼, 딱 그만큼, 불안도 커져 갔다.

모순이라는 거 안다. 그에게 점점 빠져들수록 '이래선 안 돼'라며 자기 자신을 추스르면서 그 이유를 설명할 수 없는 자신을 발견한다. 결론은 그것이다. 처음부터 문제는 구담조가 아니라 반하다에게 있었다. 그녀는 자신의 감정에서 도망가고 싶었다. 구담조를 사랑하면서 사랑하지 않기를 바랐다. 엄마가 그 남자에게 그랬던 것처럼, 무작정 그를 사랑할 수 없었다. 자신을 내어줄 수 없으니까. 도망가고 싶은데 도망가기 싫은 이 감정. 뭐야……. 꼭 첫 사랑앓이를 하는 사람처럼.

하다는 이토록 미숙한 자신에게 겁이 났다. 왜 반하다는 단 한 번도 마음 가는 대로 행동하지 못하는 걸까. 이유는 간단했다. 그녀는 지금까지 자신의 마음을 제대로 정의 내려본 적이 없었다. 제대로 자신의 마음을 들여다볼 기회도 여유도 없었다. 아니, 그럴 틈을 자신에게 주지 않았다. 무서워서. 엄마를 닮은 제 자신을 발견하는 게 너무 무서워서.

나무 막대기들을 사각형 틀 모양으로 바닥에 눕힌 하다는 목공용 풀을 접착 부위에 발라 겹친 다음 격자형 클램프에 나무들을 고정시켰다. 그리고 네일 건을 가져와 모서리 부분에 소형 못을 세 개씩 박았다. 시간이 조금 흐른 후 와구를 세워 튼튼한지 실수한 부분은 없는지 살폈다. 어느새 이마에는 땀이 송골송골

맺혀 있었다.

우드샵 어시에게 고글과 공구들을 모두 돌려준 뒤 완성된 왁구를 가지고 그곳을 나왔다. 엘리베이터를 기다리고 있을 때, 주머니에서 전화가 울렸다. 샤바나였다.

「여보세요?」

[하디! 이번 감사절에 나랑 애리조나에 갈래?]

「애리조나? 투산 말하는 거야?」

[응! 너만 괜찮으면 우리 가족이랑 같이 감사절 보내자.]

엘리베이터가 도착하자 하디는 휴대폰을 어깨에 끼고 틀을 안으로 옮긴 뒤 3층을 눌렀다.

「미안, 어쩌지. 나 담조 씨랑 시카고에 있기로 했는데.」

[정말? 잘됐다. 난 네가 또 감사절에 혼자 시카고에 남아 있을 줄 알고. 음…… 지금 계획을 바꾸기엔 조금 늦은 감이 있겠네, 그럼.]

시무룩해졌던 샤바나의 목소리는 금방 다시 쾌활해졌다.

[그럼 나중에, 겨울 방학 때 조랑 같이 오는 건 어때? 그것도 나쁘지 않을 것 같은데.]

「응, 그럼 나야 좋지. 한번 얘기해 볼게.」

전화를 끊은 하디는 휴대폰을 뒷주머니에 넣고 틀을 3층 복도로 옮겼다. 몇 발자국 못 가 전화가 다시 울리기 시작했다. 액정에 뜨는 이름을 보자 어쩔 수 없는 웃음이 새어나왔다. 양반은 못된다니까.

[통화 중이었어요?]

"네, 샤바나랑. 무슨 일이에요?"

휴대폰을 어깨와 머리 사이에 끼운 하다는 사물함에서 캔버스를 짤 도구들을 챙기고 근처 비어 있는 실기실로 들어갔다.

[오늘 저녁 같이 먹기로 한 거 잊지 않았죠?]

"당연하죠."

재료들을 대충 주변에 놓고 의자에 앉아 통화를 이어가던 그녀는 실기실의 문 앞에 서 있는 수아와 눈이 마주쳤다.

[그럼, 좀 이따 봐요.]

"응, 그때 봐요."

수아는 손에 회화용품을 들고 있었다. 전화를 끊은 하다는 아무렇지 않은 척 시선을 돌려 가방에서 캔버스 천을 꺼내 바닥에 펼쳤다. 수아도 별말 없이 이젤을 펼친 다음 작업 중이던 캔버스를 그 위에 올렸다.

둘밖에 없는 실기실은 조용했다. 하다의 스테이플 건 소리만 간간이 울려 퍼질 뿐이었다. 그렇게, 둘은 각자 자기 할 일에 집중하는 듯했다.

캔버스 천을 와구에 완전히 고정시킨 하다는 고개를 들고 뻐근한 어깨를 주물렀다. 아침부터 종일 육체노동을 했더니 온몸이 노곤했다. 이제 젯소질만 하면 되는 건가. 의자에 멍하니 앉아 한숨을 돌리는데 옆에서 인기척이 느껴졌다.

"요즘, 잘 지내?"

수아였다. 앞치마를 두른 그녀는 한 손에 피처럼 붉은 물감이 묻어 있는 붓을 쥐고 있었다. 면식 있는 사이에 충분히 건넬 만한 질문이었지만, 묻는 이의 표정은 전혀 웃고 있지 않았다.

"응, 뭐."

하다도 별다르지 않은 표정을 지었다. 담담한 척 대답했지만 사실 온몸의 감각을 바짝 곤두세우는 중이었다. 그녀는 다른 사람과 감정적으로 부딪치는 걸 싫어했다. 그때마다 속이 울렁거리고, 명치에서부터 흘러나오는 긴장이 등골을 타고 올라가는 기분은 가히 좋지 않았다. 으스스한 냉기가 온몸의 혈관을 타고 구석구석 번지는 느낌이었다.

"들어서 알겠지만, 내 사촌 오빠랑 담조 오빠가 좀 많이 친해. 덕분에 나도 꽤 오랫동안 알고 지내왔어. 석진 오빠 보러 갈 때마다 당연하다는 듯이 만났거든."

이 순간 하다는 아무리 같은 말이라도 뱉는 사람이 누군지에 따라 그 느낌이 천지차이로 달라진다는 걸 깨달았다. 그가 이 말을 했을 때는, 심장이 서걱 베이는 이런 기분 따위 느껴지지 않았으니까.

"담조 오빠, 원래 학부 때는 뉴욕에서 경영학 했었다? 사진과로 전향할 때 사촌 오빠가 도움을 많이 줬지."

"응, 그건 나도 알아. 하고 싶은 말이 뭔데?"

결국 말을 자르고 본론을 물었다. 수아가 입술 끝을 말아 올렸다.

"오랫동안 옆에 있었던 사람으로서 하는 말인데, 담조 오빠한데 너무 많은 걸 기대하지는 마."

찌르르한 감각이 척추를 타고 흘렀다. 온몸의 근육이 뻣뻣해져 갔다. 이 느낌이, 하다는 너무 싫었다.

"오빠는 여자랑 가볍게 만나는 타입이라 지금껏 마음을 제대로 준 사람은 없었거든. 미안한 말이지만 너도 그런 사람들 중 한 명일 뿐이야. 결국에 다치는 건 '너'라는 소리지."

피곤한 척 시선을 내리깐 하다는 목덜미를 문지르며 손끝이 떨려오는 걸 필사적으로 감췄다. 후우. 한숨을 내쉬는 척 커다랗게 호흡을 하며 마음 속 동요를 진정시켰다. 이런 상황에 목소리가 떨려서는 절대 안 되었다. 어느 정도 몸이 진정되었을 때, 하다는 고요한 시선을 들어 수아를 똑바로 쳐다보았다.

"요컨대, 너도 다친 사람들 중 한 명이란 소리?"

수아의 표정이 일순 창백해졌다. 붉은 입술이 하얀 치아에 선명하게 짓이겨졌다.

"말했잖아. 우리는 오랫동안 알고 지내온 사이라고. 네가 모르는 역사가 우리 사이엔 많아."

"누가 뭐랬니. 그냥 해본 말이었어."

어깨를 으쓱인 하다는 시선을 피하기는커녕 도리어 뼛속의 감정까지 들추어내겠다는 듯 수아의 눈을 깊숙이 들여다보았다. 수아의 눈 끝이 희미하게 떨리는 걸 결코 놓치지 않았다.

그녀가 마냥 순진할 거라는 대부분 사람들의 착각과 달리, 반하다란 인간에겐 독한 구석이 있었다. 그 사실을 옛날부터 잘 알고 있었던 하다는 겉으로 틱틱거리는 것이 전부인 수아가 자신을 이기지 못할 거라는 것 또한 잘 알고 있었다. 진짜 무서운 건, 겉으로 드러난 가시가 아니라 속에 감춘 맹독이었다. 누군가가 그녀를 물면, 물게 내버려 두는 게 그녀만의 방법이었다.

"아무튼, 난 경고했어."

"고마워."

하다는 덤덤한 투로 대답했다. 손을 말아 여전히 욱신거리는 엄지를 감추었다. 수아가 가만히 눈싸움을 걸어왔지만 상대할 가치도 없다는 듯 무시했다. 이수아는 이내 눈길을 거두며 그녀에게서 물러났다.

온 힘을 다해 아무렇지 않은 척하고 있었지만, 생각보다 오래가는 담조와 하다의 사이를 가장 불안해하는 건 바로 수아 자신이었다. 불안해할수록 그 조급함은 그녀의 행동과 말투에서 의도지 않게 드러나 오히려 그녀를 궁지에 밀어 넣는다는 걸 그녀는 모르는 듯했다.

자기 자리로 돌아가는 수아를 가만히 지켜보던 하다도 젯소통의 뚜껑을 열며 다시 작업을 이어갔다.

한창 캔버스에 젯소를 칠하고 있을 때, 뒤에서 쾅 하는 소리에 하다는 뒤를 돌아보았다. 수아가 작업하던 이젤이 그녀의 거센 붓질에 균형을 잃고 뒤로 넘어가 있었다. 팔레트며, 물감이며, 테이블 위에 있던 모든 물건이 도미노처럼 와르르 쏟아졌다. 재빨리 웅크려 앉은 수아는 빠른 손놀림으로 그것들을 정리하기 시작했다. 붓 세척통에서 흘러나온, 새빨갛게 물든 테레핀이 바닥 위로 번져 나갔다. 그녀를 도와주기 위해 다가오는 하다를 향해 그녀가 소리쳤다.

"오지 마."

물감을 쥐고 있는 그녀의 손에 힘이 실려 있었다.

"안 도와줘도 되니까, 오지 마."

뒤돌아 앉아 있는 수아의 어깨가 가늘게 떨리고 있었다. 때로는 사람의 뒷모습이 더 많은 말을 전달할 때가 있다. 지금이 그때였다. 다가오지 말라고, 얼굴을 보지 말라고 그녀의 등은 온 힘을 다해 외치고 있었다.

가만히 서서 수아를 지켜보던 하다는 결국 자기 자리로 돌아가 작업을 계속했다.

수아는 혼자서 자리를 치워 나갔다. 물감 튜브를 모아 종이가방에 담고 페이퍼타올로 대충 바닥을 닦은 뒤 이젤을 일으켜 세웠다. 붓은 씻지 않고 대충 걸레로 물감만 닦아낸 뒤 붓통에 넣었다. 다행히 작업 중이던 캔버스는 무사했다. 사다리를 타고 올라가 갑판에 캔버스를 올려놓은 수아는 물건들을 챙기고 인사도 없이 빠른 걸음으로 실기실을 빠져나갔다.

하다도 문 쪽으로 고개를 돌리지 않았다. 붓질을 계속해 나아갈 뿐이었다. 베이지색의 캔버스 천이 점점 새하얗게 변해갈수록, 가시가 박혀 있는 엄지는 점점 더 욱신거렸다.

세 번의 덧칠 끝에 캔버스는 깨끗하게 정리되어 완성되었다. 하다는 그걸 벽에 걸고 뒤로 물러나 가만히 서서 그 안의 공허한 하얀색을 바라보았다. 오지 마. 작게 떨리던 그 목소리가 귀 끝에 잔상처럼 머물러 있었다. 쿵— 하고 떨어지던 이젤 소리가 잔해처럼 아프게 남아있었다. 엄지에 박혀 있는 가시는 쉼 없이 자신의 존재를 알려왔다. 온몸이, 아파왔다.

감사절 휴일이 시작되기 하루 전날, 하다와 담조는 장을 보기 위해 집 근처 마트를 찾았다. 휴일이 시작되면 편의점을 제외한 도심 속 모든 상점들이 문을 닫을 것이다. 도심 속에 사는 그들이 휴일 내내 굶을 일이 없도록 하려면 미리미리 냉장고를 채워 놓아야 했다.

"정말 닭요리를 하려고?"

"칠면조는 못 먹어도 닭 정도는 먹어줘야지."

마트 안은 그들처럼 감사절 준비를 위해 장을 보러 온 사람들로 가득했다. 조금이라도 재고를 없애기 위해 여기저기서 세일이 한창이었다. 그들은 카트를 끌고 가장 먼저 정육점으로 향했다. 칠면조 고기는 벌써부터 동이 날 조짐을 보이고 있었다. 아쉽지만 칠면조는 둘이서 먹기에 너무 큰 크기여서 쳐다보지도 않았다. 생닭고기 코너를 한참 기웃거리던 담조는 그중 가장 튼실해 보이는 것을 골라 카트에 담았다. 그가 카트를 끌고 가는 동안 하다도 필요한 재료들을 이것저것 담았다.

연애를 하게 되면서 알게 된 사실 중 하나는, 그와 그녀는 요리 습관이 비슷하면서도 다른 편이라는 것이었다. 둘 다 요리를 곧잘 하는 편이었지만 하다가 그저 끼니를 해결하기 위해 음식을 만들어 먹는다면 담조는 먹는 순간을 즐기기 위해 만들어 먹었다. 그렇다보니 하다는 한 번에 많이 만들어 두고두고 먹을 수 있는 것을 선호했고 담조는 그때그때 먹어 치우는 걸 좋아했다.

"아침에 일찍 일어나서 점심 도시락 싸기 귀찮잖아. 한꺼번에 만들어놓고 하나씩 꺼내면 시간도 단축되고 편해."

"그래서 일주일 내내 볶음밥을 도시락으로 싸들고 다녔다고?"

점심시간마다 볶음밥을 꺼내 드는 그녀를 보고 담조는 여자 올드 보이를 떠올렸었다.

"응, 냉동고에 보관하면 오래가니까."

"저번 주도 볶음밥이었어?"

"아니, 저번 주는 카레."

적어도 일주일마다 메뉴가 바뀌어서 다행이라고 담조는 생각했다.

"일주일 내내 한 가지 메뉴만 먹으면 질리지 않아?"

"당연히 저녁엔 다른 거 만들어 먹죠. 파스타 만들어 먹기도 하고, 된장찌개를 끓여 먹기도 하고."

골몰히 지난 주 밥상을 떠올리는 그녀를 담조는 묵묵히 바라보았다. 그녀의 과거를 멋대로 파헤쳐 본 건 그의 잘못이자 앞으로 그가 책임져야 할 짐이었다. 그녀는 처음부터 알고 있었다. 그가 어디에서 왔고 그에겐 형이 있었으며 어째서 미국에 있는지. 그녀는 그를 알아보았지만 그는 그녀를 알아보지 못했고, 그가 다가오기 전까지 그녀는 그를 처음 본 사람인 척 대하고 있었다.

아이러니하게도 배신감은 들지 않았다. 그녀를 기억하지 못한 자신의 바보 같은 무신경을 탓했다. 가슴 아픈 과거를 지니고서 이리도 환히 웃고 있는 그녀가 더 아팠다. 과거를 딛고 이곳까지 와서 공부하고 있는 그녀가 기특했다. 그녀에게서 자신의 모습을 본다. 그녀에게 끌린 이유는 자신들이 닮았기 때문이라는 걸 깨닫는다. 그저, 연인이 되고 나서도 자신에게 아무것도 말하지 않는 그녀가 조금, 원망스러울 뿐이다.

"이번 감사절에 맛있는 거 엄청 해야겠네."

"아주 돼지처럼 배부르게 지내요, 우리."

키득거리며 웃은 하다는 채소 코너에서 무언가를 발견했는지 걸음을 옮겼다. 그 경쾌한 발걸음을 보며 담조는 묵직한 손이 가슴 한쪽을 파헤치는 것 같은 쓰라림을 느꼈다. 이 고통의 원인을 그는 너무나도 잘 알고 있었다.

"닭을 구워서 먹을 거지? 곁들여 먹는 걸로 호박이랑 감자 중에 뭐가 좋아?"

좋아하는 걸로 고르라고 하면서, 담조는 그녀가 감자와 단호박을 들고 고민하는 모습을 지켜보았다. 둥그스름한 이마와 오뚝한 코, 고민하느라 살짝 벌린 입술, 가느다란 목선. 그녀의 이목구비를 찬찬히 살펴 내려간 다음, 자연스럽게 그녀의 왼팔에 차여 있는 시계로 시선을 던졌다.

"우리, 쇼핑할까?"

무의식적으로 말을 내뱉었다. 입 밖으로 꺼낸 후에야 담조는 자신이 무슨 말을 꺼냈는지 깨달았다. 하다가 그를 돌아보았다.

"하고 있잖아."

"아니, 장보는 거 말고. 블랙 프라이데이 때."

"나야 좋지. 뭐 갖고 싶은 거 있어?"

담조는 자신이 지금 무슨 표정을 짓고 있는지 짐작도 가지 않았다. 웃고 있는 것 같다. 가슴은 이렇게 불안한데, 정작 얼굴은 입술 끄트머리를 말아 웃고 있는 사실이 미친놈 같으면서도 바보같이 끝끝내 감정을 드러내지 않았다.

"그냥, 감사절 기분 내는 것도 좋으니까."

'그래, 좋아' 하며 그녀는 싱그럽게 웃었다. 결국 결정을 내리지 못한 그녀는 둘 다 해먹겠다는 요량으로 단호박 한 개와 감자두어 개를 카트에 담았다.

"넌 갖고 싶은 거 없어?"

자연스럽게 팔짱을 껴오는 그녀에게 그는 시선을 앞에만 둔 채 물었다. 그녀의 걸음에 맞추어 함께 카트를 밀었다.

"지금 당장은 없는데……. 옷이나 몇 벌 살까."

"새 시계 하나 사줄까?"

하다가 걸음을 멈췄다. 따라 걸음을 멈춘 그는 천천히 그녀에게 시선을 내렸다.

"오래되어서, 바꾸는 것도 좋을 텐데."

그녀가 그를 올려다보았다. 약간 놀란 빛을 띠는 검은 눈동자는 약간의 당혹스러움을 품은 채 담조의 의도를 읽으려는 듯 그의 낯빛을 조심스럽게 살피고 있었다. 지금껏 그가 손목시계에 대해 언급한 적은 이번이 처음이었다.

"아직 멀쩡해서 바꿀 필요는 없을 것 같아. 원래 클래식한 스타일은 오래 써도 태가 나지 않으니까."

어색하게 웃으며 볼을 긁적이던 그녀는 '파스타 소스를 깜박했네' 하며 다른 진열대로 걸음을 옮겼다. 파스타 소스를 두고 고민하는 그녀를 지켜보면서, 담조는 서서히 자신의 얼굴에서 표정이 사라져 가는 걸 느꼈다. 표정을 관리하기가, 힘들었다. 아무리 애를 써도 무겁게 가라앉는 기분은 쉽사리 올라오지 않았다. 그녀의 이름을 되뇌는 입안이 바짝 타들어갔다.

그녀와 그의 거리. 겨우 두 걸음일 뿐인데, 그 거리가 너무 멀었다.

덜걱거리는 시계가 달린 그녀의 손목이 가냘팠다. 그 안에 감춘 흉터를 처음 알게 됐을 때만 해도, 저 낡은 시계엔 관심조차 없었다. 그녀의 첫사랑이 갖고 있든 그 누가 줬든 그 안의 흉터를 감추고 싶어 하는 그녀를 생각하면 상관없었다. 하지만 그것이 누구의 것인지 깨닫게 되는 순간, 그녀의 옆에는 형이 걷고 있었다. 다정한 얼굴로 하다에게 말을 걸고, 하다는 그런 그를 올려다보며 웃고 있었다. 반하다의 소중한 기억. 반하다의 짝사랑. 반하다의 첫사랑.

구준수.

그의 형, 그의 연적.

그의, 소중한 과거.

"네가 내 동생이구나."

그 말과 함께 형이 그를 안아 올린 순간부터, 형은 그가 이길 수 없는 상대였다. 부모가 주지 못한 애정을 형에게 받을수록 그는 감히 형을 대적할 수 없었고 이겨서는 안 될 존재가 되어갔다. 형제들 사이에서 흔히 일어나는 경쟁심, 질투심 같은 건 허락되지 않았다. 그런 감정은 사치였고, 호사였으며, 형을 향한 반항은 자신의 존재에 대한 부정이었다.

어떻게, 형은 나 같은 애를 받아주는 거야? 그 질문은 시도 때도 없이 목 언저리까지 올라왔지만 형의 미소를 보고 있으면 차마 입이 떨어지지 않았다. 그 미소를 잃고 싶지 않았기에. 태어날 때부터 가져야만 했던 자격지심이란 건, 그렇게 무서운 것이었다.

그가 태어나지 않았더라면, 형은 애초에 그런 식으로 가버리지 않았을지도 몰라.

바보 같은 생각이었지만 그는 진심으로 그렇게 생각했다. 지금쯤 좋아하는 그림을 하면서 자유롭게 지낼 수 있었을지도 모른다고.

쏴아아—

형이 죽던 날, 그는 미국에 있었다. 그 후 그는 형을 부르며 미친 듯이 별장을 향해 달려가는 꿈을 수백 번, 수천 번을 꾸었다. 달려가는 그의 뒤를 바람에 흔들리는 갈대 소리가 따라왔다. 왕왕 울려대며 떠나질 않았다.

쏴아아—

미시간 호의 파도 소리를 듣고 있으면 마치 그곳에 있는 것 같았다. 형이, 그곳에 있는 것 같았다.

반하다가, 그런 형을 좋아했다고 한다. 그토록 따뜻했던 사람을, 진심으로 좋아했다고 한다.

그런 형을 질투할 자격도, 미워할 자격도 그에겐 없었다. 그럼에도 불구하고 치밀어 오르는 이 감정은, 저 손목시계를 찢어 던져 버리고 싶은 충동은.

"담조 씨?"

하다가 넋이 나가 서 있는 담조에게 다가왔다. 담조는 애써 웃었다. 그는 어떻게 해야 할까.

"어서 가자."

어떻게 하면 좋을까, 형.

계산대로 향하면서 하다는 카트 안에 가득한 음식 재료를 보며 만족스러운 웃음을 지었다.

"이거 전부 요리해서 먹으면 진짜 배부르겠다."

행복해 보이는 그 얼굴이 싱그러웠다. 담조는 그녀를 마주보며 다정하게 미소 지었다. 불안을 최대한 끌어안아 감추고서, 최대한 어둠 속으로 밀어놓고서, 그녀의 어깨를 끌어안아 이마에 입술을 맞추었다.

"응, 그러게."

그녀가 자신에게서 형의 잔상을 찾지 않기를 바랐다. 전에 형에게 온 마음을 줘서 이제 얼마 안 남아도 괜찮으니까 지금만큼은 그에게 진심이기를 바랐다. 이 시간을 살아가는 지금, 구준수가 아니라 구담조이기에 그녀가 이곳에 머물러 있기를 바랐다.

그날 밤, 하다는 집에 가지 말고 자신의 옆에 있어달라는 담조의 부탁에 따라 그의 집에 머물렀다. 그의 침대에 누워 그를 받아들였다.

그는, 항상 절박하게 그녀를 찾았다. 하다가 달뜬 호흡을 하며 올려다보면 그는 그녀를 집어삼킬 것 같은 눈빛으로 내려다보고 있었다. 매 순간 순간 그녀가 옆에 있다는 걸 확인하고 있었다. 그때마다 하다는 희열과 동시에 불안을 느꼈다. 안은 그의 것으로 가득한데 마음은 이상하게 울고 싶었다. 온몸이 이토록 숨 막힐 듯 따뜻한데 그가 빠져나가는 순간 공허함이 해일처럼 밀려왔다. 가슴 한구석이 싸했다.

구담조라는 석 자가 그녀의 가슴 안에서 몸집을 키우고 있었다. 그 이름이 커져갈수록 도망치고 싶었고 동시에 붙잡고 싶었다. 버림받을까 봐 무섭고, 버리게 될까 봐 무섭고, 후회할까 봐 무섭고, 밀어버리게 될까 봐 무서웠지만 손은 그를 향해 가고 있었다.

남자란 그녀에게 있어서 믿어서는 안 될 존재였다. 사랑이란 건 사람을 한없이 구지레하게 만드는 환각이었다. 마약 같은 거였다. 좋은 건 그 순간뿐이었다. 모든 건 환상이니까.

"뒤틀린 년."

'그 남자'의 앞에서 보란 듯이 칼로 손목을 그었을 때, 그 남자가 뱉은 말이었다. 마치 그럴 거라는 걸 예상이라도 했다는 듯, 피를 뚝뚝 흘리는 열일곱 살짜리를 눈앞에 두고도 눈 하나 깜짝 않는 차가운 눈동자를 보면서 하다는 억장이 무너져 내렸다.

그래, 나 뒤틀렸어. 당신 때문에.

그렇게 말했던 것 같다. 혼미해지는 정신 속에서도 남자에게 박은 시선을 놓지 않았다.

내 엄마, 내 동생, 내 할머니…… 내 인생…….

복수하고 싶었다. 할머니의 숨이 끊어진 날, 그녀는 그 남자 앞에서 죽을 작정이었다. 그가 일말의 죄책감이라도 갖도록, 평생 죄책감에 시달리고 짓눌려 살도록 만들 수만 있다면 죽음은 두렵지 않았다.

그런데 한심하다는 눈빛으로 아무렇지 않게 사람을 부르는 그를 보면서, 진정한 복수는 이게 아니라는 걸 깨달았다. 보란 듯이 잘 살아야만 했다. 저 남자의 배알이 꼴리도록 잘 살아남아야만 했다. 근데 어떻게……? 그녀가 사랑하는 사람은 이제 다 사라지고 곁에 없는데, 어떻게……?

수아와 언쟁을 했던 날, 가늘게 떨리는 수아의 어깨를 보면서,

하다는 부럽다고 생각했다. 나도 너처럼 그렇게 당당하게 마음을 드러낼 수 있으면 좋겠다고 소리치고 싶었다. 그가 네 옆이 아니라 내 옆에 있다고 희열을 느낄수록, 너한테는 절대 줄 수 없다고 생각할수록 큰 수렁에 빠지는 기분이었다. 눈앞에 사랑하는 사람이 찾아왔는데도, 아무것도 할 수 없는 이 기분은. 마음 놓고 그 사랑에 매달리지 못하는 이 기분은.

"사랑해."

하다의 눈이 커졌다. 그의 어깨를 붙잡은 손에 힘이 들어갔다. 그가 으스러져라 몸을 껴안아왔다. 의미를 알 수 없는 북받쳐 오르는 감정에, 그가 대답을 기다리고 있다는 걸 알면서도 입술이 떨어지지 않았다. 애틋한 눈길로 그가 그녀의 얼굴을 들여다보다가, 입술을 내려 입맞춤을 해왔다. 그가 다시 몸 안을 채워왔다. 헐떡거리면서 눈을 감았다. 흐릿한 눈물이 눈꼬리를 타고 흘렀다. 벌어진 입술에, 텅 빈 공허함만이 가득했다.

연휴 첫날, 하다는 창문으로 쏟아지는 햇살을 만끽하며 눈을 떴다. 그는 그녀의 허리에 손을 두른 채 곤히 잠에 빠져 있었다. 눈을 감은 상태에서도 깊어 보이는 그의 눈매는 어른과 소년의 경계 사이에 놓여 있었다.

하다는 손을 뻗어 그의 흐트러진 앞머리를 쓸어보았다. 한 올한 올 손 안에서 미끄러지는 감촉이 강아지를 만지는 것만큼이나 부드러웠다. 같은 이불을 덮고 있는 지금 이 순간은 그 어느 때보다 따뜻했다. 항상 차갑던 손과 발도, 그의 옆에선 차갑지 않았다. 한시도 그녀를 놓아주지 않는 그의 품 덕분에 온기가 빠져나갈 틈이 없었다.

반듯한 이마와 짙은 눈썹을 검지 끝으로 매만지고 있을 때, 담조가 눈을 떴다. 그는 몽롱한 눈빛으로 그녀를 오래토록 바라보고만 있었다. 손길을 멈추고 그를 마주 응시한 하다는 저도 모르게 입을 열었다.

"……사랑해."

자각 같은 건 없었다.

"나도, 담조 씨를."

담조의 눈빛이 멍해졌다. 살짝 벌어진 입술이 한동안 다물어지지 않았다. 그의 가슴이 크게 들썩이더니, 그는 손을 뻗어 하다의 눈가와 뺨을 부드럽게 매만졌다.

"그 말…… 못 들을 줄 알았어."

그 손길을 느끼며 하다는 평소보다 말갛게 뜬 그의 눈동자를 응시했다. 저도 모르게 내뱉은 말. 후회는커녕 마음이 편안해졌다. 인정하면 이렇게 편한걸, 받아들이면 이렇게 시원한걸.

그녀는 그가 어서 입을 열어 이 간질거리는 기류를 깨기를 기다렸다. 그러나 그는 좀처럼 입을 열지 않았다. 그저 오래토록, 그녀의 얼굴을 눈에 담고만 있었다. 그 시선에 그녀는 어쩔 줄 몰라 하며 눈길을 떨어뜨렸다. 그제야 그는 미소를 지으며 그녀의 허리에 팔을 둘러 그녀를 품에 안았다. 그들의 몸 위로 따스한 가을 햇볕이 내리쬐고 있었다.

본격적으로 추수감사절을 맞이한 도시의 거리는 쌀쌀한 날씨에도 불구하고 연휴를 즐기는 사람들로 가득했다. 하다와 담조는 얇은 이불을 몸에 두른 채 창문으로 그 모습을 구경하며 커피를 마셨다. 같이 목욕을 하고, 옷을 입고, 밥을 먹은 뒤에는 영화를 틀어 보면서 미리 사다 둔 과자를 야금야금 먹어치웠다. 냉장고에 가득히 채워둔 식량들이 꾸준히 줄어들고 있었다.

그들은 블랙 프라이데이의 자정이 될 때까지 밖에 나가지 않을 생각이었다. 그동안 바빠서 밀어만 두었던 휴식을 이참에 마음껏 취할 생각이었다. 냉장고 안의 음식이 동날 때까지 게으르고 나태하게 연휴를 보낼 작정이었다.

서로를 옆구리에 끼고 영화를 보던 중, 작년 이맘 때 뭐 하고 있었느냐는 하다의 질문에 그들은 각자 그 질문의 답을 생각해 보았다. 혼자였다. 친구들은 전부 고향집에 내려가서 작년에도, 재작년에도, 재재작년에도, 그들은 혼자였다. 이따금씩 친구들이 고향집으로 초대해 왔지만 있지도 않은 약속을 둘러대며 거절하곤 했었다. 연휴에는 혼자 지내는 것이 편했었으니까.

영화를 보다가 갑자기 담조가 웃음을 터뜨렸다. 영화 속 주인공은 비통한 표정이었다. 분명 웃을 타이밍이 아니었다. 하다가 왜 웃느냐고 묻자 담조는 그러는 넌 왜 웃고 있냐고 되물었다. 하다는 그제야 자신이 웃고 있다는 걸 깨달았다. 웃고 있으면서 모른다고 대답했다. 담조도 자신도 그렇다고, 모르겠다고 대답했다. 그러다가 잠시 입을 다물더니 '아니, 사실 그건 거짓말이야' 했다. 자신이 웃는 이유, 알 것 같다고. 부드러운 그의 눈빛을 응시하던 하다는 그의 입술에 충동적으로 입맞춤을 했다. 그가 놀라서 굳어 있을 동안 배시시 웃으며 스크린으로 시선을 돌렸다. 자기도 그렇다고, 수줍게 중얼거리면서.

푸짐하게 저녁을 차려 먹고서, 아직 자정은 아니었지만 주섬주섬 옷을 차려입기 시작했다. 이미 거리는 블랙 프라이데이의 자정 세일을 기다리는 사람들로 북적이고 있었다. 둘은 손을 꼭 붙잡고 그 혼잡한 거리 안으로 발을 내디뎠다. 뭘 살 건지 도란도란 얘기를 하다가 근처 카페에 들어가 커피를 마셨다. 손은 여전히 붙잡은 채였다.

자정 30분 전에 그들은 카페를 나와 스테이트 거리에 있는 백화점으로 향했다. 백화점엔 총 네 개의 입구가 있었는데 이미 많은 대기자들이 자리를 잡고 길게 줄을 서고 있었다. 줄 근처에는 새치기를 막고 거리의 혼잡을 줄이기 위해 경비원들이 배치되어 있었다.

「10, 9, 8……」

자정이 되기 10초 전, 줄을 선 대기자들이 카운트다운을 외치기 시작했다.

「해피 블랙 프라이데이!」

정확히 자정, 백화점이 개장됐다.

경비원들이 혼잡을 막기 위해 사람들 사이에 간격을 주어가며 사람들을 들여보냈다. 늦게 줄을 섰던 하다와 담조는 자정이 되고 10분이 조금 지나서야 매장 안에 들어설 수 있었다.

쇼핑보다 구경거리에 관심이 더 많은 그들은 천천히 길을 거닐면서 백화점 구경을 했다. 늦은 시각까지 일하고 있는 직원들은 호객 행위를 하지는 않지만, 확실히 평소보다 더 적극적이고 들떠 있었다.

1층 코스메틱 코너에서 하다의 피부 톤에 어울리는 립스틱을 골라 입술에 한번 발라보고, 남성 코너에선 담조가 쓸 만한 향수는 없을지 둘러보았다. 마음에 드는 게 없어 둘 다 빈손으로 나왔다. 의류매장에선 서로의 옷을 봐주느라 바빴다. 하늘하늘한 자색 원피스를 입고 나온 하다를 보며 담조가 사랑스럽게 웃어주고, 갤러리 오프닝 때 입고 갈 드레스셔츠를 고르는 담조를 하다가 이 색 저 색 그의 몸에 옷을 대보며 고르는 걸 도와주었다.

"가장 작은 사이즈인데도 품이 조금 남네. 핏이 안 살지?"

그들이 그 다음에 들른 곳은 여성의류 층의 한 구석을 가득 채운 F/W 시즌 코트 매장이었다. 가을 시즌이 거의 끝나가기 때문에 세일 품목들이 많았고 하다는 맘에 드는 걸 하나씩 입어보고 있었다.

"여긴 워낙 사이즈들이 다 커서. 그래도 나름 괜찮은 것 같은데."

"그럼 이건 어때? 허리에 끈을 묶는 디자인인데."

파란 코트를 걸쳐 입은 하다는 허리띠를 묶으며 거울 너머에 있는 담조를 쳐다보았다. 무슨 일인지 그는 미간을 살짝 좁힌 채 휴대폰을 보고 있었다.

"나 잠깐 화장실 좀 갔다 올게."

하다가 고개를 끄덕이자 그는 금방 오겠다며 자리를 떠났다. 사람들 사이로 사라지는 그의 뒤통수를 바라보던 하다는 다시 옷을 둘러보기 시작했다. 이상하게 맥이 빠졌다. 원래 남을 끌고 다니며 쇼핑하는 것보다 홀로 여유롭게 둘러보며 쇼핑하는 걸 선호하는 편이었는데, 그가 옆에 없자 재미가 없었다.

　코트를 두세 벌 정도 봤을 즈음, 휴대폰을 꺼내 시간을 살폈다. 그가 정확히 몇 시에 떠났는지를 몰라서 몇 분이 흘렀는지 감이 잡히지 않았다. 느낌으로는 이미 수 십 분이 흐른 것 같았다. 코트 하나를 집어 올렸다가 다시 행거에 걸며 그가 떠난 방향을 돌아보았다. 그는 보이지 않았다. 사람들만 무성했다. 행거에 걸린 일련의 코트들을 검지와 중지로 무심하게 쓸어내리다가 다시 뒤돌아보았다. 그와 비슷한 사람은 단 한 명도 없었다. 다시 코트들을 쓸며 행거 주변을 맴돌았다. 캐시미어의 부드러운 감촉이 손끝에 머물렀다. 문득 걸음을 멈추고, 이번엔 주변을 한 바퀴 뱅 둘러보았다.

　이 수많은 사람들 속에서 방금 전 그녀를 향해 웃고 있던 그가 정말 현실이었을까 하는 의문이 들었다. 왜였을까. 갑자기 그런 공포감이 든 건. 사람들을 헤치고 나아가 그를 찾아야 한다는 충동이 든 건.

　"담조 씨……."

　그의 이름을 불렀다. 대답은 오지 않았다. 손 안에 식은땀이 찼다. 불러도 대답 없던 준수가 떠올랐다. 달리면서 아무리 소리를 고래고래 질러도 대답 하나 없던 그가 떠올랐다. 뒤돌아 그녀에게서 멀어지던 그 뒷모습도.

　하다는 걷기 시작했다. 그에게 전화를 걸었다. 받지 않았다. 불안의 신호탄이 터지듯 다급하던 발걸음이 점점 빨라졌다. 두 다리를 휘저으며 그녀는 엄마의 품 안으로 뛰어드는 아이처럼 사람들 사이로 몸을 파고들었다. 그녀와 부딪친 사람들은 놀라거나 당황한 눈으로 뒤돌아 그녀를 쳐다보았다. 하다의 등 뒤로 사람들 사이에 긴 꼬리 같은 길이 트였다. 가장 먼저 간 곳은 화장실이었다. 숨을 몰아쉬며 남자 화장실의 팻말을 올려다보다가, 벽에 기대 천천히 무너져 내리며 몸을 웅크렸다. 이 화장실 안에 그가 없을 거라는 예감이 들었다. 그냥 알 수 있었다. 그는 지금 이곳에 없다는 걸.

일어나 다른 곳을 둘러볼 수도 있었다. 하지만 움직일 수가 없었다. 혹시라도 엇갈릴까 봐, 정말이라도 찾을 수 없을까 봐, 무서워서 다리를 움직일 수 없었다.

시간이 어떻게 흐르고 있는지 잊은 지 오래였다. 간혹 몸이 아픈 거냐고 사람들이 우려하는 목소리로 말을 걸어오면 황망한 표정으로 고개만 가로저었다. 남자 화장실 앞에 웅크려 앉아 있는 앳된 동양 여자. 충분히 의심스러울 만한 광경이었다.

당장에라도 보안을 부르겠다는 듯이 그들이 의심스러워하는 눈초리를 보내자 하다는 억지로 입꼬리를 당겨 웃으며 화장실 앞에서 남자친구를 기다리는 게 부끄럽다고 했다. 그러자 그들은 그럼 그렇지 하는 눈으로 우려의 눈초리를 걷어냈다.

얼마나 지났을까. 웅크려 앉아 무릎에 얼굴을 묻고 있던 하다는 익숙한 숨소리를 들었다. 텅 비어 있던 옆자리가 갑자기 묵직해졌다. 거친 호흡 소리가 상대방의 산소 부족을 알려왔다. 고개를 들자 그가 눈앞에 있었다. 숨을 몰아쉬며, 이마에는 땀방울을 달고. 눈이 마주치자 그는 입술을 다물었다. 숨이 차서 답답할 텐데도 길을 잃은 아이처럼 앉아 있는 하다를 말없이 내려다보았다. 그의 눈빛이 흔들렸다. 그녀를 찾아 헤맨 듯했다.

"전화한 거 보고, 바로 전화하려⋯⋯."

그의 말이 채 끝나기도 전에 하다는 자리에서 일어나 툭, 그의 가슴팍을 주먹으로 내려쳤다.

"어디 갔었어?"

담조는 그녀를 막지 않았다. 솜방망이 같은 주먹은 하나도 아프지 않았다. 그녀의 목소리가 울 것처럼, 떨리고 있었다.

"어디, 갔었냐고 묻잖아."

"미안해."

그의 큼지막한 손이 다가와 등을 쓸어주었다. 하다는 그 손길을 밀치고 싶었지만 그럴 수 없었다. 그의 체취를 맡으며 눈을 감았다. 그러자 눈물이 흘러내렸다. 그는 고장 난 테이프처럼 계속 중얼거렸다.

"미안. 미안해⋯⋯."

그 목소리를 들으며 하다는 생각했다. 이 구차한 모습은 그녀가 아니었다. 그녀는, 이런 사람이 아니었다.

이때 깨달았다. 이 관계를 끊어야 할 때가 오고 있다고. 그래야 그녀가 살겠다고. 속에서 들끓는 이 감정이 너무 부담스러워서, 그의 사랑을 받기엔, 그를 사랑하기엔 그녀는 아직도 부족한 사람이었다. 이기적이지만 진심으로 그렇게 생각했고, 그랬기 때문에 그 순간 더더욱 이 남자를 놓지 못했다. 웃기게도.

분명 그녀는 성인이 되었지만 아직도 미성숙했다. 사람은 도대체 언제 성숙해지는 걸까. 언제쯤이면 탐스럽게 익은 사과만큼이나 완전해질 수 있는 걸까. 여기서 하다는 다가오는 그들의 미래를 예감했다. 끝이 오겠구나. 어쩌면, 곧.

하다는 이를 악물고 그를 밀쳐냈다. 그녀의 손길을 따라 그는 순순히 뒤로 물러났다. 눈물이 맺힌 눈으로 그를 올려다본 뒤, 말없이 뒤돌아 걷기 시작했다. 그가 따라오는 게 느껴졌다. 상관없었다.

담조의 아파트로 돌아온 하다는 파우치를 소파 위에 툭 던지듯 내려놓았다. 담조도 신발을 벗고 하다가 우두커니 서 있는 거실 안으로 들어왔다. 그들이 산 물건들이 담긴 쇼핑백들이 바닥에 놓였다. 그것들은 더 이상 재밌지 않았다. 즐겁지도 않았고 뿌듯하지도 않았다. 초라했다. 무척이나.

"이제 말해줘."

메마른 목소리가 거실에 울렸다. 담조는 대답 없이 하다의 등만 쳐다보았다. 창문 너머 시카고의 화려한 조망에 휩싸인 그녀의 몸은 어쩐지 너무 외로웠다.

"나 놔두고 어디 갔다 온 거야?"

질문을 하는 입장이면서, 살짝 좁아진 그녀의 어깨는 대답을 듣기를 두려워하고 있었다. 여자의 감이란 무섭다. 하다는 앞으로 일어날 일을 모르지만 예감하고 있었다. 바닥이 빙판이 깨지듯 쩍, 그들의 다리 밑에서 부서지고 있었다.

"뭐 좀 사러 갔었어."

"뭘?"

담조는 침묵했다가 이내 입을 열었다.

"널 버리려 했던 거 아니야."

가슴의 정중앙을 관통하는 충격이 몸을 내리쳤다. 하다 본인마저 제대로 마주하지 못한 감정의 본질을 그는 정확히 꿰뚫고 있었다. 스스로 깨닫는 것과 달리 남의 입으로 듣는 것은 반강제적으로 현실을 직시하게 되는 것만큼이나 그 차이가 컸다.

그녀는 두려워하고 있었다. 그에게 버려지는 걸.

하다가 정신을 차리기도 전에 그가 주머니에서 무언가를 꺼내 그녀에게 다가왔다. 그에게서 도망가고 싶었지만 바닥에 달라붙은 다리는 꼼짝도 하지 않았다.

"받아줬으면 좋겠어."

그의 손바닥의 반도 되지 않는 케이스 안에 반지가 있었다. 심플한 디자인의 은색 링. 하다는 멍하니 그 작은 물건을 내려다보았다.

"이걸, 사러 갔던 거야?"

그녀가 고개를 들어 그를 황망히 쳐다보았다. 한 여자와 남자. 두 사람 사이에 놓인 반지 하나. 분명 로맨틱한 상황이어야 하는데, 하다가 느끼는 감정은 그렇지 않았다. 가슴 안에서 소용돌이가 불었다. 거세게 부는 바람이 영혼을 갉아먹고 있었다. 갈가리 찢긴 영혼은 피를 흘리고 있었다.

이런 상황, 그녀는 원치 않았다. 그녀가 그에게 얽매이고 그가 그녀에게 얽매이는 상황. 와서도 안 되고 일어날 가능성조차 없어야 했다. 그런데 결국 왔다. 그와 사랑하는 걸 진심으로 즐기고 있었으면서 우습게도 그녀는 서로 마음을 나누지 않길 바랐었다.

"이런 거, 부담스러워."

기나긴 침묵 끝에 입에서 튀어나온 중얼거림. 말을 내뱉고 나서야 하다는 자신이 무슨 말을 했는지 깨달았다. 그것이 비수가 되어 그의 가슴에 꽂혔다는 것도.

"진지한 뜻으로 건네는 거 아니야. 그냥, 선물이야."

"그래도, 싫어."

나불거리는 입술이 그를 상처 주는 걸 멈추지 않았다. 입술을 꾹 다물고 시선을 내리깔았다. 그의 호흡이 커졌다. 마치 백 미터 달리기를 하고 난 사람처럼, 그 자리로 돌아갔을 때 없어진 하다를 발견하고 한참을 뛰어다닌 그때처럼, 거칠게, 숨을 쉬었다.

"그 시계, 언제까지 달고 있을 건데."

순간적으로 나온 그 질문은, 억겁의 시간과 고민으로 가슴 밑에 꾹꾹 묻어 놓았다가 갑자기 닥친 재난으로 얼굴을 드러낸 흉물 같았다.

"그 사람 아직도 잊지 못해서 그래? 그런 거야?"

하다의 얼굴이 창백하게 질렸다.

"대답해."

"갑자기 그건 왜."

"대답해!"

커다란 고함이 쩌렁쩌렁 집 안을 울렸다. 벼락같은 그 소리를 면전에서 맞이한 하다는 멍하니 그를 쳐다보았다. 입술이 살짝 벌어진 채로, 눈빛이 흔들렸다. 울먹이려는 것처럼. 그러나 곧 견고하게 굳어지더니 끝이 보이지 않을 만큼 새까맣게 변색되어 싸늘해졌다.

"싫어."

하다는 짧게 호흡했다.

"대답하기, 싫어."

소파 위에 두었던 가방을 챙겨들었다.

"갈게."

그녀가 그를 지나쳤다. 담조는 얼굴을 쓸어내리다가 그녀를 불렀다.

"반하다."

그녀는 대답 없이 신발을 신기만 했다. 그가 여전히 화가 난 목소리로 그녀를 불렀다.

"반하다……!"

성큼성큼 단번에 현관으로 온 담조가 이미 반쯤 문밖으로 나가 있던 하다를 붙잡아 집 안으로 끌어당겼다. 쿵, 문이 닫히고, 담조는 하다를 뒤돌아 세워 자신을 보게 만들었다.

"가려면 대답하고 나가! 그 사람 못 잊었어? 그런 거야?"

"정말 오늘따라 왜 이래!"

"대답하라고!"

담조는 하다의 팔목을 으스러져라 잡았다. 아픔에 인상을 찡그리는 그녀의 왼팔을 잡아 눈앞에서 흔들었다. 가는 팔목에 맞지 않게 알이 큰 남자 시계가 덜걱거리며 흔들렸다.

"그럼 여태까지 왜 차고 있는 건데! 그 사람 거라며! 아직 잊지 않은 게 아니면 뭐야!"

하다가 입술을 깨물었다. 그를 쏘아보는 눈빛이 불안하게 흔들렸다. 그것은 일종의 경고였다. 더 이상 나가지 말라는. 이 이상 선을 넘지 말라는.

"내 반지는 안 되면서 이건 왜 차고 다니는 건데!"

날카로운 것이 담조의 눈앞에서 번쩍였다. 고개가 반쯤 돌아가 있는 상태에서, 담조는 천천히 앞으로 시선을 돌려 그녀를 쳐다보았다. 겉가죽만 벌게졌을 뿐 하나도 아프지 않았다. 오히려 때린 사람이 더 아파 보였다.

"아무것도 모르면서…… 막말하지 마."

물기 서린 목소리가 그녀의 눈빛만큼이나 떨렸다. 담조는 아무 말도 하지 못했다. 하다는 그대로 문을 열고 집을 나갔다. 철문이 열렸다 닫히는 메마른 소리만 그녀가 떠나고 난 빈 자리에 쿵, 잔상처럼 남았다.

담조는 우두커니 현관에 서 있었다. 머리 위를 비추던 현관불이 꺼졌다. 집 안에 어둠이 가득 찼다. 한참을 가만히 서 있던 담조는 천천히 뒤돌아 전면 유리 창문 쪽으로 걸어갔다. 등 뒤에서 켜졌다 꺼지는 현관불이 창문 위로 흐릿하게 비치다가 사라졌다.

창문 너머, 도심의 불빛 너머, 밤하늘만큼이나 새까만 미시간 호수는 그 경계선을 가늠하기 힘들었다. 저 멀리서 하늘을 가득 메우고 있을 파도 소리를 생각하며 그 어둠을 응시했다. 어둠의 끝에서 무언가가 타오르고 있었다. 환한 빛을 내면서, 타고 있었다. 담조는 손을 앞으로 뻗었다. 유리에 가로막힌 손은 더 이상 앞으로 나아가지 못했다. 한 손 안에 다 들어오는 빌딩 틈의 검은 호수는 그렇게 손 안에 있다가 서서히 붉은 빛으로 손 밖까지 점령해 나아갔다. 화염처럼 무섭게, 타올랐다.

8.

〈오늘은 들어와?〉

눈을 뜬 하다는 새벽 중에 샤바나가 보낸 메시지를 보고 있었다. 문자가 온 것이 새벽 두 시 경. 지금은 이미 몇 시간이나 흐른 후였다. 답장을 하려다가 이내 아무것도 적지 못하고 휴대폰의 전원을 껐다.

알람이 채 울리기도 전에 학생 휴게실의 안락의자에서 눈을 뜬 그녀였다. 몸을 일으키자 다리 밑으로 담요가 떨어졌다. 그녀 말고도 밤샘작업으로 지친 몇몇 학생들이 휴게실의 카우치를 하나씩 차지하고 새우잠을 청하고 있었다.

휴게실 한 벽면을 가득 채운 창문에서 푸르스름한 새벽빛이 새어 들어왔다. 회색 바닥에 수놓은 투명한 빛의 그림이 우울하고 몽환적이었다. 마치 꿈을 꾸듯이.

하다는 담요를 챙기고 계단을 올라 3층 실기실로 향했다. 한쪽 벽면에 아직 물감이 마르지 않은 그녀의 그림이 걸려 있었다.

그녀의 몸을 훨씬 웃도는 이 큰 작품을 이렇게 빨리 끝낼 생각은 없었다. 그러나 몸과 마음을 바쁘게 움직일 만한 것이 이것밖에는 없었다. 몸뚱이는 본능적으로 머리의 명령을 따랐다. 몸과 정신을 혹사시켜야만 했다. 그래야만 그날도 아무 일 없었다는 듯, 아무렇지 않게 지낼 수 있었다.

〈오늘은 들어와. 같이 밥 먹자.〉

바지 주머니에서 다시 휴대폰이 울렸다. 하다가 크리틱을 핑계로 집에 돌아가지 않고 실기실에만 박혀 있기를 며칠, 전전긍긍하던 샤바나는 결국 그녀를 재촉하기로 마음먹었는지 계속해서 메시지를 보내고 있었다.

하다는 답장을 하려다가 이내 그만두고 다시 그림을 쳐다보았다. 정신없이 그림을 그릴 때, 처음으로 남에게 그림을 팔았던 순간이 가끔씩 떠올랐다. 그건 물감이 갓 마른 그림이었다. 막 끝낸 작품이었던 만큼, 가장 최근의 것이었고 그때까지 만든 것 중에 최고의 작품이기도 했다. 아트 세일에는 많은 사람들이 있었다. 학교 후원자와 재단 사람들은 물론 VIP 고객부터 지나가는 길에 들른 사람들까지. 그중에서 깔끔한 정장을 입은 한 커플이 그녀의 테이블로 다가왔다. 미간을 좁힌 채 그림을 보는 눈길이 예사롭지 않았다. 영겁 같은 시간이 흐른 후 그들이 손가락을 펼쳐 예상한 대로 그 그림을 가리켰을 때, 하다는 기쁘면서도 슬픈, 고마우면서도 불쾌한, 그런 상반되는 감정이 자신의 마음속에서 교차되는 걸 느꼈다. 난생처음 공식 석상에서 작품을 팔게 된, 그 어느 때보다 간절히 원하던 순간이었는데, 그녀는 억지로 젖먹이를 품에서 떼놓은 엄마처럼 속으로 울고 있었다.

그렇게 선택받은 그림은 그녀의 손으로 직접 카운터로 옮겨져 포장이 되고 그녀의 첫 고객의 손으로 넘어갔다.

구담조를 보면 그런 느낌이었다. 상반된 마음이 교차되었다. 좋은데, 다가가고 싶은데, 멀어지고 싶은 기분. 그와 마주보고 웃고 있는 순간에도 이 사람에게 점점 미쳐가게 될까 봐 두려움에 떠는 기분. 여태껏 본모습이라 여기고 있던 자신의 모습이 물거품처럼 사라지고 있는 기분. 엄마가 그랬으니까. 그 피가 나에게도 흐르고 있으니까.

어느 날은 성은이 말했다.

"그렇게 궁금하면 차라리 연락을 해봐."

카페테리아에서 함께 점심을 들 때였을 것이다. 같이 있는 사람은 안중에도 없이 그녀도 모르게 휴대폰만 보고 있었던 게 분명했다.

"만지작거리지만 말고."

안타까운 눈빛을 보내는 성은의 고동색 눈동자는 많은 말을 하고 있었다. 그러고 보니 수아도 눈 색깔이 옅은 편이었지. 갑자기 그녀가 떠오르는 이유는 모르겠지만.

"그 사람은, 어때?"

같은 사진과이니 분명 알고 있을 것이다.

성은은 감사절 이후로 수척해진 하다의 얼굴을 들여다보다가 한숨을 내쉬었다. 둘 사이에 무슨 일이 있는지는 정확히 모르겠지만 상황이 생각보다 심각하다는 것만 짐작할 뿐이었다.

"너나 오빠나 똑같아."

"……"

"작업실에만 처박혀선. 적어도 주위 사람들을 걱정시키지 말란 말이야."

하다는 쓴웃음만 지으며 손에 쥔 휴대폰으로 시선을 내렸다.

그날 그렇게 헤어진 후, 며칠이 지나도 그녀의 휴대폰은 울리지 않았다. 그대로 끝이라 생각했다. 그러나 그녀가 몸을 담은 회화과와 그가 있는 사진과는 고작 3층밖에 되지 않는 콜럼버스 빌딩에 함께 있어서 그와 마주치지 않기란 사실상 불가능했다. 있으면 싫어도 그와 부딪칠 수밖에 없었다.

처음으로 부딪친 날은 연휴가 끝나고 얼마 지나지 않은 날이었다. 2층 사진과와 카페테리아로 향하는 복도가 겹치는 길목에서 그들은 몰골이 수척해진 상태로 서로를 맞닥뜨렸다. 그는 거뭇

해진 턱에 안경을 쓰고 있었고 하다는 질끈 하나로 묶은 머리에 물감이 덕지덕지 묻은 작업복을 입고 있었다. 둘 다 초라하기 그지없는 모습이었고, 웃기는 말이지만 하다는 순간 실소 비슷한 것이 나올 뻔했다.

그가 무슨 말을 하려는 듯 입을 열었다. 그의 말을 듣기가 두려운 하다는 재빨리 발을 내디뎌 그의 옆을 지나쳤다. 가만히 서서 점점 멀어지는 그녀의 걸음 소리에 귀를 기울이던 그도, 이내 자리를 떠났다.

그것이 끝이었다면 좋았겠지만, 그들은 필연적으로 혹은 우연하게 종종 마주쳤다. 복도에서, 카페테리아에서, 화장실 앞에서, 엘리베이터 앞에서. 이상하게도, 처음 며칠 동안 한 번도 마주치지 않았던 사람을 그 후로는 계속 마주치고 있었다. 그리고 몇 번의 부딪침 끝에 하다는 이것이 우연이 아님을 깨달았다. 그는, 기회만 있다면 그녀의 앞에 나타나려 노력하고 있었다.

"사과하려고 하는 거 안 보여?"

그 말이 여느 때처럼 그를 지나치는 그녀의 발을 붙잡았다. 며칠 동안 그녀의 주변을 맴돌고 맴돈 끝에 튀어나온 말이었다. 참다 참다 터진 화를 간신히 억누르는 말투. 몸이 굳어질 수밖에 없었다.

"그렇게 기회 한 번 주지 않을 거야?"

'기회'라는 그 단어가 심장을 옥죄어왔다. 그 아픔이 얼굴 위로 드러나지 않기 위해 어금니를 물었다. 하다는 솔직히 이해가 가지 않았다. 그가 미안해할 건 없었다. 그날 멋대로 화를 낸 것도 그녀였고, 함부로 손을 놀린 것도 그녀였으며, 그 자리에서 도망친 것도 그녀였다.

사과할 사람은, 그녀, 반하다였다.

"왜 내 눈을 안 봐."

손톱을 세워 긁고 싶을 만큼, 가슴 속이 가려웠다.

"보란 말이야."

그가 한 음절씩 감정을 억누르며 읊조렸다. 그런데도 반하다는 그를 쳐다보지 않았다. 결국 그가 참지 못하고 손을 뻗어 그녀의 팔을 잡았을 때, 하다는 반사적으로 그 손을 날카롭게 뿌리쳤다.

"놔!"

복도에 있던 모든 사람들의 시선이 그들을 향했다. 하다는 그제야 자신이 생각보다 히스테릭한 소리를 질렀다는 걸 깨달았다. 집중되는 이목에 목덜미가 발갛게 올라와야 할 텐데, 충격 먹은 얼굴로 서 있는 구담조의 얼굴 말고는 아무것도 보이지 않았다.

거절당한 채 남겨진 그의 얼굴은 처참했다. 상처를 받은 것이 분명했다. 그럼에도 불구하고 그는 한 발짝 그녀를 향해 걸음을 내디뎠다. 그 한 발짝이 무서워서, 너무 크게 와 닿아서 하다는 반사적으로 뒷걸음을 쳤다. 상처를 주고, 상처를 받고, 다시 상처를 내고, 상처를 받고. 애초에…… 왜 이런 짓을 해야 하는 건지.

결말을 알고서 뛰어든 불나방의 최후를 보듯 하다는 그를 처음 받아들였던 순간이 아득하고 미련해졌다.

"난 적어도 도망치지 않아."

다행히 그는 더 이상 다가오지 않고 걸음을 멈췄다. 대신 정곡을 찔렀다. 그 말에 얼어붙어 있던 하다는 천천히 고개를 들어 싸늘히 식어 있는 그의 눈을 쳐다보았다. 시리다.

"그렇게 싫으면, 꺼질게."

이번엔 그가 먼저 그녀를 지나쳤다. 망설임 하나 없는 걸음으로 뚜벅뚜벅 걸어 나갔다. 점점 멀어지는 그의 뒷모습을 바라보는 하다의 눈시울에 희미하게 물이 차올랐다.

끝이다.

오른편으로 꺾어지는 복도를 따라 그의 모습이 완전히 사라졌다.

정말, 끝이야.

복도 한 중앙에 우두커니 서 있는 그녀를 사람들이 흘긋거리며 지나쳤다. 멍해진 눈빛 아래로 눈물이 흘러 내렸다. 이제 그는 다가오지 않을 것이다. 예상하던 일인데, 그토록 이루려고 노력한 일인데 가슴에 큰 구멍이 뚫린 기분이었다.

신기하게도, 그날 이후 그와 마주치는 일은 없었다. 지금까지 마주친 모든 우연들이 우연이 아니었다는 걸 증명하듯이.

하다는 한참 동안이나 자신의 그림을 쳐다보았다. 그동안 그녀의 기분을 대변하듯 그림 속 이미지는 처참했다. 갈가리 찢기고 검은 피를 흘리는 것만 같았다. 미처 고치지 못했던 부분을 발견하고 붓을 들려다가 다시 손을 내렸다. 앞치마를 입은 채로 문을 열고 실기실을 나갔다.

2층 복도를 걸어가다가 하다는 문득 창가에 서서, 푸르스름한 새벽빛 사이로 따뜻한 빛이 차오르는 것을 지켜보았다. 하나둘 잠에서 깨어난 학생들이 각자의 담요를 들고 휴게실을 나왔다. 학교 안이 점점 활기에 차올랐다. 하다는 여전히 창가에 서 있었다.

빛의 여명이 세상에 가득 차오르고 푸른 하늘이 점점 모습을 드러낼 때, 하다는 휴대폰을 들어 샤바나에게 전화를 걸었다.

「미안. 오래 걸렸지?」

빛에 물든 하늘은 예뻤다. 가슴이 시릴 만큼.

「오늘 돌아갈게.」

친구의 품이 미친 듯이 그리운 날이었다.

작업을 마무리하고 집에 도착했을 땐 이미 날이 훨씬 저물고 난 후였다. 무거운 발걸음을 옮겨 간신히 현관문 앞에 선 하다는 재킷 속주머니에서 열쇠를 꺼내 문을 따고 들어갔다.

「나 왔어, 샤바나. 좀 늦었······.」

등 뒤로 문을 닫은 하다는 목에 두른 머플러를 풀던 동작 그대로 굳어버렸다. 거실 카우치에 앉아 있는 단단한 눈빛을 한 이와 시선이 정확히 부딪쳤다.

「왔어?」

샤바나가 종종걸음으로 하다에게 다가왔다. 난감한 표정으로 둘의 눈치를 살피면서 하다가 풀다 만 머플러를 대신 풀어주었다.

「저기, 내가 일부러 데려온 게 아니고, 집 앞에서 기다리고 있더라고. 어쩔 수 없었어. 날씨도 추운데.」

하다의 눈은 여전히 그에게 고정되어 있었다. 담조도 그녀의 눈길을 피하지 않았다. 샤바나는 그들을 번갈아 살피다가 문가에 걸어둔 코트를 입고 하다의 다리 밑에서 알짱거리는 스노이의 목에 목줄을 걸었다.

「그럼······ 나 스노이랑 잠깐 산책 갔다 올게.」

하다가 퍼뜩 정신을 차렸다.

「잠깐, 그럴 필요 없어.」

「이 추운 날씨에 밖에서 동동거릴 생각 없어. 딱 30분이야. 그 안에 해결해.」

그녀가 나가고 문이 닫히면서 집 안은 완전한 침묵에 휩싸였다. 하다는 코트를 벗지 않은 상태로 카우치에 앉아 자신을 보고 있는 그에게로 다시 시선을 돌렸다.

"······그만 굳어 있고 들어오지 그래."

그가 먼저 침묵을 깼다.

"당신 집이잖아. 집주인을 그렇게 세워두면 손님으로서 민망해."

그 말에 잃어버렸던 정신이 되돌아왔다. 머플러를 두 손으로 꼭 쥐고 크게 호흡한 뒤 신발을 벗었다. 떨려 나오는 목소리를 다잡았다.

"여기는, 왜 왔어?"

끝인 줄 알았는데.

"아직 할 얘기가 남았다는 게 떠올랐거든."

그가 덤덤한 목소리로 대답했다. 하다는 메고 있던 가방을 바닥에 내려놓고 가스레인지로 가 샤바나가 미리 끓여둔 따뜻한 물을 컵에 따랐다. 라벤더 티백을 컵에 넣고 소리가 들리지 않도록 조용히 심호흡을 하며 가슴을 진정을 시켰다. 그런 다음, 뒤를 돌아보았다.

"해. 얘기."

그녀의 목소리는 놀랍도록 초연했다. 가만히 하다를 쳐다보던 그는 자리에서 일어났다. 그가 다가오려는 걸 깨달은 하다는 손바닥을 앞으로 내밀어 세웠다.

"멈춰."

그녀를 향하려던 걸음이 그 말에 멈췄다.

"거기서 얘기해."

단호하게 떨어지는 음성과 달리 그녀의 눈빛은 속수무책으로 떨고 있었다.

"왜, 무서워?"

담조는 뜨게 웃었다. 하다의 몸이 경직됐다.

"겁쟁이."

심장이 오그라들었지만 하다는 반박하지 않았다. 아무래도 좋았다. 그가 다가오면 이보다 더 자제력을 잃게 될 테니까. 무너지고 말테니까.

담조는 겁먹은 고양이처럼 눈을 곤두세우고 경계하는 그녀를 바라보았다. 그녀가 그를 피하는 상황이 미친 듯이 싫고 답답했지만 이해할 수 있었다. 아니, 이해하려고 노력했다.

방금 전 하다를 기다리는 동안, 바쁘게 자기 할 일을 하던 샤바나는 지나가듯 그에게 언질을 주었었다.

「하다는 남자를 불신해요.」

그를 쳐다보는 푸른 눈동자가 고요하면서 단단했다.

「주제 넘는 말일지 모르지만, 그걸 깨기는 힘들 거예요.」

담조는 서 있는 채로, 차를 끓여놓고 마시지 못하고 있는 하다를 응시했다. 간신히 버티고 있는 그 시선을 피하지 않았다. 갈팡질팡하는 검은 눈동자를 놓치지 않았다.

그럼, 남자를 불신한다는 그녀가 구준수는 믿었을까. 형에게만은 진심으로 다가갔을까. 혹시 자신에게서 형의 모습을 찾고

있는 건 아닐까. 무서웠다. 혹시 못 찾았을까 봐. 그래서 도망갈
까 봐.

이젠 상관없었다. 그가 그녀에게서 형의 모습을 찾았던 것처럼
그녀가 그에게서 형의 모습을 찾았으면 좋겠다. 그렇게 해서라도
옆에 머물렀으면 좋겠다.

그들은 지금 갈대밭에 서 있었다. 그곳에서 그들은 성인이 되
었다가 철없는 시절의 모습이 되었다가 다시 미숙하고 미련한 어
른이 되었다. 사랑한다고 맘대로 말하지도 못하는, 가슴에 품은
감정도 솔직하게 털어놓지 못하는.

"바보 같아."

그가 무의식적으로 중얼거렸다. 하다는 순간 의아한 표정을
지었다. 담조는 흐릿한 미소를 입가에 담았다.

"그게 다 무슨 소용이야."

형은, 이제 여기 없는데. 이 세상에 없는데.

담조는 발을 내디뎠다. 그녀에게 거침없이 다가갔다. 놀라서
흠칫하는 그녀가 어찌할 틈도 없이 손을 뻗어 그녀의 몸을 으스
러져라 껴안았다. 작은 뒤통수를 잡아 자신의 품 안으로 당겼다.
놀란 그녀가 숨을 삼키는 것이 생생했다.

"사랑……."

담조의 목소리가 떨려 나왔다.

"……한다는 말 하지 않을게."

숨 막힐 듯 조여오는 그의 품 안에서 하다는 눈을 치뜬 채 굳
어버렸다.

"내 감정 강요하지 않을게."

목이 메여왔다. 눈시울이 뜨겁게 달아올랐다.

"제발…… 밀어내지만 마."

그 목소리가 너무 절실해서, 하다는 울음이 비집고 나오려는 입술을 짓이겼다. 자신의 옷자락을 움켜잡았다.

"내가 움직일 테니까."

온몸으로 사랑한다고 말하고 있으면서, 사랑한다고 말하지 않겠다는 그를 그녀는 어떻게 해야 할지 몰랐다. 이 남자를 어쩌면 좋을까.

"내가 다가갈 테니까."

준수 오빠…… 어쩌면 좋아. 이 사람을…… 어쩌면 좋아.

하다의 어깨가 가늘게 떨렸다. 담조는 그녀가 도망칠 틈 하나 주지 않고 그 작은 몸을 더욱 세게 끌어안았다. 이기적이라는 건 잘 알고 있었다. 감정을 강요하지 않겠다면서 그는 그녀가 이대로 그를 받아들이길 강요하고 있었다.

이대로 하나가 된다면, 온전히 한 몸이 되어서 그녀가 무슨 생각을 하는지 알 수 있다면. 무슨 걱정을 하고 무슨 두려움에 떠는지 알 수 있다면. 벗어나고 싶었다. 그 별장에서도, 그 갈대밭에서도, 이 세상에서 그를 유일하게 가족으로 받아주던 형의 미소에서도.

형보다 한참이나 모자라지만, 형이 될 수는 없겠지만 내가 감히…… 이 여자를 데려갈게. 형이 죽은 날 나도 다 버렸으니까. 비록 늦었다 해도…… 가족, 돈, 형의 것이었던 그 모든 것들 나도 버렸으니까……. 이제 나한테는 형이 없으니까……. 내 자신밖에 없으니까, 제발…….

"날…… 밀어내지 마, 반하다."

담조는 그녀를 안은 팔에 힘을 실으며 눈을 감았다. 하늘을 향한 기도가 마음에 스며들 듯, 눈물이 그의 뺨을 타고 흘러내렸다.

"한참 찾아다녔잖아."

나긋한 목소리에 하다는 눈을 떴다. 마룻바닥의 서늘함이 전신을 훑고 지나가는 느낌이 좋았다.

"여기가 시원해서 좋지?"

머리맡으로 다가온 준수는 그녀를 내려다보았다. 그의 얇은 입술이 싱긋 웃었다. 하다는 대답 대신 가슴을 크게 들썩이며 후우, 고른 숨을 내쉬었다. 천천히 눈을 감았다가 뜨는 표정이 편안했다.

그것이 '예스'라는 걸 알아들은 준수는 고개를 들어 이젤에 놓인 캔버스를 보았다. 유화 용품들과 물감 자국들로 이젤 주변은 엉망이었다. 하다가 누워 있는 자리만 깨끗했다.

"또 하나 완성한 거야? 멋있는데?"

준수는 짐짓 가슴 앞으로 팔짱을 낀 다음, 장난스럽게 팔을 세워 턱을 괴었다. 어제 하루 내내 비명을 삼키며 고통에 시달리던 사람이라는 게 믿겨지지 않을 정도로 평온해 보이는 얼굴이, 하다는 슬펐다.

"병원은 잘 갔다 왔어?"

"응, 저번 검진 때보다 더 좋아졌대."

거짓말. 하다는 속으로 중얼거렸다. 요즘 들어 그는 하루하루가 칼날 위에 서 있는 사람처럼 불안해했다. 아파하는 주기가 짧아졌기 때문이리라.

"더러워져서 어떡해. 교복이잖아."

준수가 가리키는 방향을 따라 고개를 내렸다. 하얀 블라우스와 갈색 치마 위로 물감이 덕지덕지 묻어 있었다.

"상관없어. 반년만 지나면 입을 필요 없는걸."

성산리로 내려오면서 예고를 중퇴한 그녀는 읍내에 있는 고등학교에 다니고 있었다.

"그래도 그렇지. 교복을 작업복처럼 쓰면 쓰나."

그러면서 정작 그는 더러운 바닥을 신경 쓰지 않고 하다의 옆자리에 주저앉았다. 그의 검은 바지에 물감이 스며들었다.

"동생이 저 그림 맘에 든대."

준수는 손가락을 들어 천장 가까이에 설치된 턱에 얹어 있는 그림 한 점을 가리켰다. 별빛이 쏟아지는 밤하늘 그림. 그것은 화려하지 않지만 과묵하게 시선을 잡아당기는 파스텔 톤의 곡선들이 원을 그리면서 하향하고 있었다.

"……저건 언제 걸어놓은 거야?"

"바닥에 굴러다니기에 걸어봤지."

하다는 그 그림을 물끄러미 올려다보았다. '불청객'이 저 그림을 좋아했다고 한다.

"그 사람은, 잘 갔대?"

"응, 잘 도착했대."

그러냐는 듯 고개를 끄덕인 하다는 괜히 다른 곳으로 시선을 돌렸다. 이번 여름에도 불청객은 어김없이 찾아왔다. 어제 그녀가 별장에 왔을 때 앰뷸런스가 대문 앞에 있었고, 불청객은 새파랗게 질린 얼굴로 들것에 실려 가는 형을 따라 앰뷸런스에 몸을 싣고 있었다. 고통에 시달리는 준수와 함께 병원에서 밤을 지새운 다음 오늘 아침 곧바로 미국으로 돌아갔다고 했다. 그것이 그녀가 본 그의 마지막 모습이었다.

"제대로 인사 시켜준다니까 왜 도망 다녔어. 그 녀석 인상만 무뚝뚝하지 사람을 물진 않아."

"괜찮아, 내년에 또 올 텐데."

어깨를 으쓱이는 그녀에게 준수는 그저 씁쓸히 웃기만 했다. 눈빛에 담긴 짙은 회환을 그때의 하다는 읽지 못했다. 자신의 그림을 올려다보며 말을 이었다.

"그 사람이 저 그림을 맘에 들어 했을지라도, 어차피 오빠 그림을 흉내 낸 거나 다름없는걸. 오빠의 그림을 좋아한 거지, 내 그림을 좋아한 게 아냐. 모작인 이상 내가 만든 작품이라 할 수 없어."

사실이었다. 여기에 온 이후로 하다는 무섭게 그림에 빠져들고 있었다. 준수의 그림들을 몇 번 따라 그리더니 이제 그의 스타일을 완전히 차용해 비슷한 듯 다른 듯 마치 제 것처럼 쓸 줄 알았다. 카피(Copy). 창작을 하는 사람으로서 충분히 불쾌할 만한 일인데도 준수는 그런 하다를 보면서 마냥 좋아했다.

"원래 다 그렇게 시작하는 거야."

하다는 그를 쳐다보았다. 그의 상냥한 눈빛을 마주하자 모든 고민거리가 덧없게만 느껴졌다. 그를 보고 있으면, 별장 안에 있는 것을 제외한 이 세상의 모든 복잡한 상념들이 현실이 아니라 그림 속에만 존재하는 허상 같았다.

"다빈치 같은 천재가 아닌 이상 모든 예술가들은 모작과 습작에서 시작돼. 네가 지금까지 배운 거라곤 정물을 갖다놓고 그린 거 밖에 없잖아. 카피하는 거 말고 배운 게 없는데 뭘 해. 지금 할 수 있는 걸 해야지. 말해봐. 네가 천재야?"

"……그건 아니지만."

"그래, 넌 재능이 있는 사람이지 천재가 아니야. 대부분의 예술가들이 그래. 갖고 있는 재능을 얼마나 꾸준히 잘 가꿔 나가느냐에 따라 후에 천재라 불릴지 그림쟁이라 불릴지 정해지는 거야. 지금 가장 가까이 있는 사람의 그림을 베끼게 되는 건 당연한 거야. 모작이 아니라, 네 것을 찾기 위한 차용이라 생각해."

준수가 위로하듯 그녀의 머리로 손을 뻗자 하다는 잠자코 그가 머리를 헝클이게 내버려 두었다. 만사의 이치가 그렇지 않다는 건 알고 있다. 남의 그림을 베끼는 게 당연한 것이 아니라는 것도 알고 있다. 그가 하는 말은 뭘 그릴지 몰라 방황하는 그녀를 안심시키려는 말에 불과하다는 것도, 알고 있다. 그럼에도, 그 말들은 정말 그녀에게 위로가 되었다.

"내가 허락할게. 반하다는, 구준수의 그림을 가져도 돼."

그 말을 듣는 순간 하다는 왠지 울음이 날 것 같았다. 그의 눈빛이 슬퍼 보였기 때문만은 아니었다. 그는 이 세상에서 가장 소중한 것을 그녀에게 주고 있었다. 가슴 속에 남은 자신의 마지막 불씨를 꺼내어, 불씨를 찾아 헤매는 어린 그녀에게 건네고 있었다. 몸을 녹일 수 있도록.

"너만의 그림을 찾기 전까지, 내 걸 네게 줄게."

그로부터 몇 달 후였다. 그가 이 세상에서 사라진 것은. 잿더미가 되어 황망히 사라진 것은.

하다는 넋이 나간 사람처럼 창가에 서서 어둠 속을 응시하고 있었다. 옆 건물에 가로막힌 창밖은 아무것도 보이지 않았다. 새까맸다. 그녀가 보고 있는 건 사실 어둠이 아니었다. 창문에 비친 자신의 그림자였다.

그녀의 등 뒤로 현관문의 자물쇠가 풀리면서 문이 열렸다 닫혔다.

「얘기 잘 했어?」

부산스럽게 털을 터는 스노이의 숨소리가 샤바나의 조심스러운 목소리에 섞여 들려왔다.

「응.」

「결정은, 했고?」

하다는 그녀의 친구를 돌아보았다. 걱정 서린 푸른 눈동자를 보자 그녀의 한쪽 가슴도 묵직해졌다.

「믿어도, 될까?」

「그건 네 결정이지만,」

샤바나는 작게 숨을 삼킨 뒤 입을 열었다.

「난 네가 그를 믿으면 좋겠어.」

하다는 가만히 서 있는 자세로 시선을 밑으로 떨어뜨렸다. 샤바나가 말을 덧붙였다.

「좋은 사람인 것 같더라.」

그래, 좋은 사람이다. 상상했던 것보다 훨씬 더.

「그런데 한편으로는 안 만났으면 좋겠어.」

하다는 시선을 들어올렸다. 샤바나가 한 손으로 다른 팔을 잡은 채 걱정스러운 눈초리를 보내고 있었다.

「선택은 네 몫이니까 내 얘기는 그냥 참고로만 들어. 너희 둘 다 너무 불안해. 비록 과거와 연관된 사람이지만 네가 남자친구가 생겼다니 처음엔 마냥 좋았어. 그런데 이런 작은 다툼 가지고도 너무 불안해하는 너희들을 보면 이 관계가 너희한테 건전한 건지 의문이 가.」

「그 사람도, 불안해해?」

「당연하잖아. 아까 그 얼굴 못 봤어?」

하다는 입을 다물었다. 샤바나는 관자놀이를 만지며 미간을 살짝 찡그렸다. 전부터 맘에 걸리는 일이 하나 있었다.

「저번에 그 사람이 여기에 잠깐 들렀을 때 말이야. 처음엔 분명 괜찮았거든.」

하다의 시선이 다시 그녀를 향했다.

「분명히 기분 좋게 인사하고 집 안을 둘러봤어. 난 마침 케이크도 다 구운 상태라 차를 끓이고 있었고. 구석에 쌓아놓은 네 그림들 보고 싶다고 하기에 보라고도 했어.」

싸한 기운이 등줄기를 타고 올라왔다.

「네 1학년 때 초기 그림을 한참 동안 보더니 갑자기 가겠다고 하는 거야. 그때 표정이……. 나도 겉으로는 내색하지 않았지만 속으로 조금 놀랐어. 그 표정…… 무슨 유령을 본 사람처럼 낯빛이 창백해져서는 밖으로 뛰쳐나가는데, 내가 무슨 실수를 한 건가 걱정이 되기도…….」

하다의 얼굴을 본 샤바나는 말을 멈췄다. 그때 본 구담조의 얼굴처럼 그녀의 얼굴이 새하얗게 질려 있었다.

「하다, 왜 그래?」

샤바나는 얼른 그녀에게 다가가 손을 잡았다. 얼음장처럼 차가웠다.

「그게, 그게 언제였지?」

「새 학기 시작하기 전에. 그 사람이랑 같이 전시 보러 간다고 했었잖아. 왜 그래, 하다. 무슨 일인데. 내가 정말 실수한 거야?」

입술이 떨어지지 않았다. 정신이 멍해지고 수화기 너머 그날따라 이상했던 그의 목소리를 떠올렸다. 그 후로 가끔씩 어두워지던 그의 낯빛이 생각났다. 이상하게 시계에 집작하던 그의 행동도, 가끔씩 의식을 놓고 허공을 보던 그의 눈길도.

"알아버린 거야……."

하다가 중얼거렸다. 무슨 말인지 알아듣지 못한 샤바나가 뜻을 되물었지만 넋이 나간 하다는 그녀를 신경 쓸 기운조차 없었다.

"그가, 알아버렸어."

「하다, 왜 그래, 뭐라고 하는 거야?」

하다는 고개만 가로저으며 샤바나의 품속에서 눈물을 쏟아냈다. 당혹스런 얼굴로 쳐다보는 샤바나의 품속에서 눈물을 쏟아냈다. 샤바나는 당혹스러운 얼굴로 왜 우냐며 그녀의 등을 쓰다듬었다. 하다는 우는 것 외에는 아무것도 아무 말도 할 수 없었다.

다음 날 아침, 눈을 뜬 하다는 옆 침대로 고개를 돌렸다. 샤바나의 침대가 비어 있었다. 샤바나가 아르바이트에 간 게 분명했다.

「스노이, 이리 와.」

고개를 든 스노이는 몸을 일으켜 하다의 곁으로 와 가슴께에 머리를 얹었다. 샤바나의 곁에서 항상 자고 일어나는 스노이는 주인이 없으면 이렇게 하다의 침대로 와 누웠다. 외로운 게 싫다는 듯이.

함께 방을 나온 하다는 스노이에게 간식을 준 뒤 창문으로 시선을 돌렸다. 벽에 가로막힌 창문으로는 바깥 날씨를 확인하기 힘들었다. 몸을 일으켜 오랜만에 옛 그림을 꺼내 벽에 걸었다. 몇 발자국 뒤로 물러나 앉아 그 그림을 오랫동안 바라보았다. 성산리의 별장과 지금 앉아 있는 콘크리트 아파트는 너무나도 달랐지만, 창문으로 스며든 빛 속에서 미소 짓는 그의 얼굴을 떠올릴 때면 그 시절의 느낌이 오롯이 기억났다. 여름날 시원하던 별장의 거실, 그 안에서 그림을 그리고 있는 그, 그의 따뜻한 미소, 그리고 유화 냄새. 빛바랜 사진처럼 그 색이 점점 흐릿해질 뿐 그 시절의 감정은 문신처럼 가슴에 선명이 남아 있었다.

지금 이 자리에 있는 무엇 하나 그가 아니었다면 그녀 스스로 이룰 수 없는 것들이었다. 그가 있었기에 그녀는 그림을 다시 시작할 수 있었고 앞으로 나아갈 용기를 얻었고 이 세상이 어두운 만큼 밝기도 하다는 걸 깨달았다.

이렇게 그녀를 구렁텅이에서 건져 놓고 그는 먼저 가버렸다. 그는 그녀를 구했지만, 그녀는 그를 구하지 못했다.

사랑.

그를 사랑한 건 아니었다. 필시 구담조가 그의 형에게 느끼고 있는 것처럼, 그녀 자신도 감히 그를 사랑할 수 없었다. 동경이었다, 그건. 다가오는 죽음이라는 그 누구보다 슬픈 현실을 가지고 있으면서 진정으로 아름답게 웃던 사람. 그 사람을, 동경했다.

'네게 줄게'그 말이 얼마나 그녀에게 힘이 되었는지, 세상을 살아갈 힘을 주었는지.

그래서 슬펐다. 구담조도, 반하다도, 그 누구도, 정작 그에게 살아갈 힘이 되어주지 못했다. 그를 이 세상에 머물게 할 수가 없었다. 그토록 다정한 사람인데 정작 본인은 그 누구에게도 의지하지 않고 있었다. 그는, 눈을 감을 때 웃고 있었을까. 재가 되어 공기 중에 흩날리면서, 속 시원하다는 듯 웃고 있었을까.

"준수 오빠…… . 나 고백할 게 있어."

하다는 그림을 보며 입을 열었다.

"나 그 사람이 좋아. 구담조가 좋아. 인정하기 싫지만, 사실 꽤 오래전부터 좋아했어. 그래서 그 사람이 교실에서 내 손을 잡아왔을 때…… 가슴이 무척 떨렸어."

그녀의 손이 가슴께 옷깃을 움켜잡았다.

"그래서 믿고 싶었어. 가지 말라는 그 사람의 말에 모든 걸 털어놓고 후련해지고 싶었어. 날 절대 놓지 않겠다는 그 사람 말을 믿어보려고 했어…… ."

옷깃을 쥐어 잡은 손에 힘이 더욱 실렸다. 참고 있던 격양이 터져 버렸다. 눈물이 후두둑 떨어졌다.

"오빠……. 그 사람이…… 다 알고 있었대. 다 알고 있었대, 내가 누군지, 내가 어떤 애였는지 다 알고 있대. 그런데도 내 곁에 남아 있었던 거야."

그림 속 밤하늘이 흐릿해졌다. 아무리 소매로 훔쳐도 진해졌다가도 금세 흐릿해졌다.

"나 어쩌면 좋아……. 어쩌면 좋아, 오빠. 이 사람이 좋아. 이 사람이 더 좋아져 버렸어."

밀어내지 말라고 애원하며, 떨고 있는 그녀를 너른 품으로 안아준 사람이었다. 그런 그의 몸 역시 떨고 있었다. 그 등을 하다 역시 감싸주고 싶었다. 나도 그렇다고, 나도 사랑하니까 놓지 말아달라고, 속삭이고 싶었다.

"그런데도 못할 것 같아. 나 못해. 오빠가 그러지 말라고 해도 나 그 사람 손 못 잡겠어. 내가, 내가 어떻게 그래."

별장이 불타고 있다는 여 씨의 말을 듣고 별장으로 달려갔을 때, 그는 이미 평소에 아끼던 기름 램프를 불타는 집 안으로 던지고 그 안으로 들어서고 있었다. 와장창 깨진 램프에 불은 더 크게 점화되었다. 뜨거운 열기가 단숨에 집을 삼키고 활활 타오르기 시작했다. 별장. 그 안에는 그가 아끼는 모든 것이 들어 있었다. 오빠, 뭐 해! 하다는 충격 먹은 얼굴로 소리쳤고 그는 그녀를 뒤돌아보며 슬프게 말했다.

"기억해, 하다야. 네 안에 있는 내 그림, 앞으로 네 거야."

별장이 무섭게 타오르고 있었다. 불길이 아가리를 벌리고 달려드는 짐승처럼 그를 당장에라도 덮칠 것 같았다.

"이 불이, 내 마지막 불씨야."

그는 해사하게 웃었다. 동시에 울고 있었다. 오랜 투병으로 지친 그의 눈빛이 슬프면서도 개운했고 단호했다. 지금 뭐 하는 거냐고, 당장 그곳에서 나오라고 소리쳤지만 그는 꿈쩍도 하지 않았다.

"난 우리 어머니처럼 몸이 바짝 말라 죽을 때까지 침대에서 지내는 짓 할 수 없어. 죽기 전의 어머니의 그 공허한 눈빛. 난 아직도 잊히지 않거든. 그 병이 나한테도 있다는 걸 알 때부터 생각해 왔어. 난 절대, 그렇게 죽지 않겠다고."

처음으로 보는 준수의 단호한 모습에 하다는 겁이 났다. 무서운 불길도 잊고 그에게 뛰어가 옷깃을 잡았다. 온 몸이 뜨거워져 왔지만 눈앞에 있는 이 사람이 사라질지도 모른다는 공포가 더 컸다. 하다는 울면서 외쳤다.

"오빠가 죽으면 나는! 나 이제 오빠밖에 없는 거 알잖아. 알면서 왜 그래! 죽지 마. 죽더라도 이렇게 죽지 마. 제발, 오빠."
"하다야, 이런 못난 모습 보여서 미안해. 하지만 나 보내줘. 보내줘, 하다야. 이번 한 번만…… 내 뜻대로 하게 해줘."

그가 울었다. 울면서 웃었다.

"네가 하고 싶은 거 하면서 당차게 살아. 내 몫까지 웃으면서 살아. 웃으면, 죽을 것같이 아파도 좀 낫더라."

하다의 어깨를 잡은 그는 그녀를 집밖으로 밀쳐냈다. 마당으로 떨어진 그녀가 신음을 내뱉으며 일어났을 때는 이미 그가 문을 굳게 닫은 후였다. 하다는 눈을 크게 치뜬 채 불에 휩싸인 별장이 활활 타오르는 것을 보았다. 달려가 문을 잡았지만 뜨겁게 달궈진 문고리에 비명을 지르며 뒤로 물러났다.

오빠! 오빠……!

문을 쾅쾅 두드렸다. 벽에선 유리창이 부서지면서 파편이 흩어졌다. 거센 불길을 보고 달려온 이웃 주민들이 그런 하다를 뒤로 끌어냈다. 비명을 지르며 몸부림쳤다. 오빠를 구해달라고 소리쳤다. 오빠가 안에 있다고, 저 안에 있다고 울면서 애원했다. 그들이 할 수 있는 건 아무것도 없었다. 어른들이 힘을 모아 마당 수돗물에서 가져온 호스를 열어 물을 뿌렸다. 하지만 불길은 좀처럼 잦아들지 않았다. 하다는 주저앉아 울었다. 저 멀리서 소방차 소리가 들려왔다.

그림을 보는 하다의 몸이 달달 떨려왔다. 아직도 생생한 그 광경에 눈물이 쉴 새 없이 흘러나왔다. 격한 격양이 울음소리가 되어 입 밖으로 새어나왔다.

"내가…… 내가 어떻게 그 사람 얼굴을 봐! 그 손……. 오빠의 그 손⋯⋯. 무슨 수를 써서라도 손을 놓치지 말았어야 했는데, 내가 막았어야 했는데⋯⋯! 결국엔 놓쳤는데! 오빠를 막지 못했는데! 내 앞에서 꼭 그랬어야만 했어? 내 앞에서⋯⋯?"

입에서 나오는 것이 울음소리인지 호흡에 찬 소리인지 구분가지 않았다.

"오빠⋯⋯. 오빠⋯⋯."

하다는 기어가다시피 걸어가 그림으로 손을 뻗었다. 바닥으로 떨어진 캔버스를 품에 안고 엉엉 울어댔다. 할머니가 돌아가셨을 때처럼, 들어가지도 못한 준수의 장례식 때처럼, 어린아이처럼.

"오빠⋯⋯. 오빠⋯⋯. 죽지 마아⋯⋯. 죽지 마⋯⋯."

불타는 집 앞에서 외쳤을 때처럼, 불길 안으로 들어가는 그에게 애원했던 것처럼, 그런데도 차마 다가가지 못했던 것처럼 그렇게, 하다는 그림을 품에 안고 목 놓아 울어댔다.

구준수는, 그날 그렇게 죽었다. 오랜 투병 끝에 자신의 죽음을 감지한 그 사람은 사신이 자신의 목숨을 거두어 갈 때까지 기다리지 않았다. 자신의 마지막 열정인 별장에 불을 지르고, 평소와 같은 예쁜 웃음을 그녀에게 남기고 그렇게 불 속으로 사라졌다. 하루아침에 불길에 소멸했다던 시카고처럼, 그와 모든 그의 그림들은 그렇게 흔적도 없이 사라져 버렸다. 그러나 다시 태어난 윈디 시티처럼 그가 돌아오는 일은 없었다. 그곳이 정말 행복하다는 듯이.

어떻게든 그걸 막아야 했다고 자책하는 소녀는, 그녀 안에 남은 그의 유물을 껴안고 한참 동안 울어댔다.

❖

늦은 밤 학교 작업실, 담조는 작업 테이블에 앉아 벽에 핀셋으로 고정해 둔 하다의 사진을 바라보았다. 지난여름 해변에서 맥주를 마실 때 몰래 찍은 그녀의 사진이었다. 입가에 은은한 미소를 띤 그녀는 드넓은 호수의 수평선을 보고 있었다. 나른한 시선이 아름다웠다. 바람에 은은하게 나부끼는 머리카락에서 그 당시의 시원하고 부드러웠던 바람이 고스란히 느껴졌다.

이때 당시 그는 셔터를 누를 수밖에 없다고 생각했다. 자연에 취해 온몸으로 바람을 느끼고 있는 그녀의 모습을 오래토록 간직하고 싶다는 생각밖에 들지 않았다. 셔터 소리에 깜짝 놀란 그녀가 방금 자신을 찍은 거냐고 물어봤을 때, 능청스럽게 외모에 자신 있는 거냐며 놀리듯 넘어갔지만 속으로는 쑥스러움에 뺨을 붉히는 그녀가 사랑스러웠다. 그것이 사랑의 시작이었음을, 그때 당시의 그는 미처 알지 못했다. 욕심이었을지도 모른다. 이 사진으로 만족했어야 했는데, 더 이상 사진으로 만족하지 못하고 그녀를 소유하려 했기에, 자신의 것이 아닌 것을 탐냈기에 벌을 받고 있는 것일지도 몰랐다.

그토록 많은 오류를 범했음에도 똑같은 일을 저지르고야 마는 자신을 보면서 한낱 인간에 불과하다는 걸 깨닫는다.

그때도 그랬다. 중학교 시절, 여느 때처럼 친구와 운동장에서 열심히 축구를 하고 친구를 따라 그의 집에 갔을 때였다. 그날따라 날이 너무 더워서 체력이 바닥난 친구와 그는 방 안 침대에서 뒤엉켜 긴 낮잠에 빠져 들었다. 눈을 떴을 땐 이미 날이 저물고 난 후였다. 친구는 여전히 코를 골며 자고 있었고 방은 초저녁의 어둠에 빠져들어 있었다. 살짝 열린 문틈으로 환한 거실의 빛이 보였다. 눈을 비비며 문을 열려는 순간 친구의 부모님의 대화 소리가 들렸다.

"불쌍하죠, 담조."

손길을 멈췄다.

"아줌마들 사이에 퍼진 이상한 소문 같은 건 아니고?"
"아니래요. 형이랑 배다르게 태어나서 부모님 사랑을 거의 못 받고 자랐나 봐요. 이름 대면 다 아는 집안이라던데, 평판을 생각해서 그런지 친할머니가 손자 취급도 안 한다고 하고……. 담조가 평소에 우리를 얼마나 따라요. 자기 집 어른들한테 사랑을 못 받으니 우리한테라도 받고 싶었던 거겠죠."
"하긴 보통 친구 부모님을 대하는 거랑은 조금 달랐지. 관심을 받으려고 하는 것처럼."
"어머, 시간 좀 봐. 밥 먹어야 하는데 이 녀석들이 아직도 자네."

퍼뜩 놀라 재빨리 침대로 돌아가 잠든 척을 했다. '늦잠꾸러기들 어서 일어나' 하고 외치는 친구의 어머니 목소리를 들으며 아무것도 모르는 척 친구와 함께 이부자리에서 일어났다. 밥을 먹는 둥 마는 둥 식사를 끝내고 오늘은 일찍 들어가야 한다며 평소처럼 씩씩하게 인사를 한 뒤 집을 나왔다.

집으로 가면서 엄청 울었던 것 같다. 꼴에 사내자식이라고 입술은 악 다물고 눈물만 줄줄 흘렸다. 자신조차 제대로 몰랐던 감정을, 치부를 친구의 부모님에게 간파 당한 순간 그는 완전히 발가벗겨진 기분이었다. 남에게 정을 구걸한 자신이 수치스럽고, 창피하고, 그럼에도 불쌍하다고 한 그들의 말을 부정할 수가 없어서 우는 것 외에는 아무것도 할 수 없었다. 자신이 동경하던 가족에게 동정 받았다는 사실이 그는 그들의 가족이 아니란 걸 절실히 깨닫게 했다. 가슴 깊이 조심스럽게 묻어놓았던 상처가 쌓이고 쌓여서 더 이상 묻지 못해 고름이 터졌다. 다시는 다른 사람에게 외로움을 의존하는 일 따위는 만들지 않으리라. 다시는 들키지 않으리라. 울면서 다짐하고 또 다짐했다.

그 뒤로 그 집에 가지 않았다. 친구를 피해 다녔다. 같이 축구를 하자는 친구에게 공부를 핑계로 거절했다. 집에 가자고 해도 바쁘다며 도망갔다. 그렇게 서서히 그들은 멀어졌다. 고작 열세 살에, 그는 남으로부터 자신을 쳐내는 방법을 터득하고 있었다.

그녀의 사진을 보면서 깨닫는다. 욕심내지 않는 것에 익숙하다고 생각했는데, 자기기만이었다. 그의 것이 아닌 것에 그는 욕심을 내지 말아야 했다. 노력하면 그들의 가족이 될 수 있을지도 모를 거라 착각했던 어린 시절의 안이함은 이제 젊은 혈기의 안이함이 되어버렸다. 그녀와 함께라면, 바깥에서 구경해야만 하는 유리창 너머 진열대의 예쁜 크리스마스트리가 아닌, 그 트리가 될 수 있을 거라 믿었었다.

작업 테이블 위에 놓은 휴대폰이 진동했다. 담조는 발갛게 돋

은 눈으로 그것을 내려다보았다. 작업실 바깥이라는 하다의 문자
였다. 자리를 박차고 일어나 휘장을 걷고 복도로 나갔다. 엘리베
이터로 향하는 발길이 빨라지다가, 멈췄다. 그녀가 엘리베이터
옆에 기대 서 있었다.

"왔어요?"

시선을 느낀 그녀가 고개를 들며 웃었다. 그 웃음에 심장이 뛰
기 시작했다. 그녀의 눈이 불거져 있었다. 운걸까. 많이 운 것 같
다. 그녀에게 다가가려는 찰나 그녀가 벽에 기대 있는 몸을 일으
켰다.

"밖으로 나가요, 우리."

자정을 넘어 새벽 세 시를 달리는 시각, 도심의 거리는 텅 비어
있었다. 버려진 도시처럼 황망히 사람도, 차도 없었다. 오직 불
빛만 덩그러니 남아 있었다.

아무도 없는 큰길, 그 중앙에 그려진 하얀 선 위를 하다는 두
팔을 벌려 걸어보았다. 담조는 잠자코 그 뒤를 따랐다. 단단한
땅을 걷고 있는데도 그녀의 뒷모습은 어쩐지 절벽 위의 좁은 다
리를 걷는 것처럼 불안했다. 작은 어깨가 몹시도 처연하고…… 슬
프고…… 위태롭고…….

"담조 씨."

하다는 걸음을 멈추고 그를 돌아보았다. 은은히 미소 짓는 얼
굴이 금방이라도 깨질 것처럼 연약했다. 가로등 빛만 가득한 차
도 위, 머리 위에는 검푸른 하늘이 있었고, 그 하늘 아래에는 그
어느 때보다 연약해 보이는 여자와 그 여자를 바라보는 남자가
서 있었다.

"다 알고 있었지."

그것은 물음이 아니었다. 담조는 말문이 막혔다. 눈빛이 감정을 감추지 못하고 속수무책으로 떨렸다.

"내가 누군지……. 내가 어떤 삶을 살아왔는지……. 어째서 준수 오빠와 비슷한 그림을 가졌는지……."

"그건……."

"알아. 의도적으로 알아낸 거 아니란 거."

하다가 바닥을 향해 있던 시선을 들어올렸다. 까만 눈 속에는 이 세상의 아픈 모든 걸 품고 있었다. 가로등 빛, 밤하늘, 텅 빈 도시, 그리고 그녀를 보는 남자의 얼굴까지도.

"있지, 나는 처음부터 알고 있었어. 당신이 누구고, 당신이 왜 여기에 왔는지. 당신이 구준수의 동생이고, 이곳에는 형의 대한 향수를 쫓아왔다는 것……. 준수 오빠가 버릇처럼 하던 말이었잖아. 윈디 시티에 가고 싶다."

하다는 못 박혀 서 있는 담조를 향해 서글프게 웃었다.

"나에 대해 맘대로 알아봤다는 거에 대해 책망할 생각 없어. 나도 지금까지 모르는 척해서 미안해. 믿을지는 모르겠지만 의도한 적은 단 한 번도 없었어. 그냥, 그렇게 되었을 뿐이야."

그녀는 떨리는 목소리를 감추듯 입술을 꾹 깨물었다. 그리고 다시 열었다.

"……이렇게 끝이 나더라도 담조 씨 모르게 끝났으면 했어. 그런데…… 그건 이제 무리겠지."

그는 그녀가 뱉으려는 그 다음 말이 무서웠다. 당장에라도 그녀에게 달려가 그 입을 막아버리고 싶었다. 무슨 말을 할지 알 것 같아서 당장에라도 그 입술을 막고 그러지 말라고 소리치고 싶었다. 그런데 몸이 꼼짝도 하지 않았다. 석상처럼 꿈쩍도, 하지 않았다.

"헤어지자."

하다가 웃으면서 말했다.

그 미소가 너무 슬퍼서, 쓰라리고 쓰려서 담조는 목이 메어왔다.

"그게…… 네가 내린 결론이야?"

하다는 미소를 지우지 않은 채 고개를 끄덕였다.

"우리 이만 헤어져, 담조 씨."

하다는 눈을 감으며 하늘을 향해 얼굴을 들었다. 눈물이 뺨을 타고 흘러내렸다.

"개운하다……."

9.

"누구 맘대로."

담조가 읊조렸다.

"누구 맘대로 헤어져."

하다는 고개를 돌려 그를 쳐다보았다. 바람이 불어와 그녀의 옷깃을, 머리카락을, 느리게 흔들었다. 밤하늘을 닮은 검푸른 머리카락 사이로 그녀의 눈빛은 많은 감정을 품고 있었다. 고통, 안타까움, 미안함……. 사랑, 그것까지도.

분명 가로등 불빛으로 가득한 텅 빈 도시인데, 담조는 주변이 갈대밭으로 가득 차오르는 착각이 들었다.

지독한 데자뷰.

그는 꿈에서 보았던 갈대밭에 그녀와 함께 서 있었다.

"있지, 난 담조 씨랑 달리 처음부터 우리가 될 수 없는 이유를 알고 있었어. 우리가 안 되는 이유, 말해줄까?"

애달프게 내려뜬 그녀의 눈이 울고 있었다.

"나, 준수 오빠가 죽은 날 그 자리에 있었어. 근데 막지 않았어. 불 속으로 들어가는 준수 오빠를, 막지 못했어. 그 손……내가 결국 놓아버렸어. 그런 나를 난 용서할 수 없고, 그래서 담조 씨 앞에 서 있기 싫어."

그녀가 슬프게 웃었다.

"꿈에서 깰 시간이야."

담조는 눈을 떴다. 온몸이 땀으로 흥건했다. 거칠게 숨을 몰아쉬면서 초점 없는 눈으로 허공만 쳐다봤다.

꿈.

그건, 꿈이 아니었다.

지끈거리는 머리를 감싸 쥐었다. 그녀의 슬픈 미소가 고장 난 영사기처럼 반복적으로 오버랩되었다.

여름이 막 지난 후였다, 그날은. 준수가 별장에 불을 질러 자살한 당시, 담조는 뉴욕에서 시험은 뒷전으로 미루고 형에게 보여줬던 사진을 정리하고 있었다. 마냥 행복하게. 형과의 대화를 떠올리면서.

가장 먼저 그에게 전화를 준 건 아버지란 사람도, 어머니란 사람도 아닌, 마을 주민이라고 밝힌 어린 여자였다.

[빨리…… 와요. 별장이, 불탔어요.]

놀란 듯, 숨넘어가듯 헐떡거리며 흐느끼던 목소리를 듣자마자 이건 장난 전화가 아니라고 직감한 건, 절박하게 그를 찾는 음성 때문이었다.

너였구나……. 너였어……. 너의, 목소리였어.

언제부터 넌, 나를 알고 있었을까.

담조는 창틀에 기대어 높은 빌딩들로 가득한 도시를 내다보았다. 그녀가 서 있던 도로는 이미 차들이 점령하고 난 후였다. 그건 꿈이 아니었다. 그녀의 마지막 말이 머릿속에서 아른거렸다. 울면서 웃고 있던 그녀의 모습도. 숨이 거칠어졌다. 가슴이 거칠게 상하운동을 하였다.

"으아아아아악!"

창문에 두 손을 댄 채, 당장에라도 밖으로 뛰어내릴 것처럼 소리를 질렀다. 유리에 가로막힌 비명은 집 안에 울려 퍼졌다. 유리창에 손을 대고 당장에라도 밖으로 뛰어내릴 사람처럼 어깨가 굽어졌다.

"아아아아악!"

유리에 이마를 기댔다. 희뿌연 김이 서렸다. 이 알 수 없는 답답함을, 분노를, 가슴을 째고 꺼내어 짓밟아 버리고 싶었다.

"아아아! 아아……!"

쿵, 유리를 손으로 내려쳤다. 손이 미끄러지면서 희뿌연 김 위로 몇 개의 줄이 그어졌다. 그 사이로 비춰진 그의 망가진 얼굴은 울고 있었다.

모든 것이, 원점이었다. 그녀를 모르던 구담조로, 그를 모르던 반하다로. 비록 그때와 완벽히 똑같지 않더라도 잊어버려야만 했다. 잊어버린 척 연기해야 했다. 한 번 쓰인 도화지가 지운다고 똑같지 않더라도 그 위에 덧칠을 해야만 했다. 유일한 세상이었던 형이 죽었을 때도 살아지던 인생이었다. 흉포한 지우개질에 갈가리 찢기고 더럽게 얼룩진 도화지지만, 지금 흘려보내는 시간처럼 살아가겠지. 살아가질, 것이다.

일상은 별다름 없이 흘러갔다. 똑같지 않지만 비슷한 패턴과 비슷한 속도에 맞춰진 하루하루였다.

어느새 숨 한 자락 불면 뿌옇게 입김이 서리는 계절이 되었다. 두꺼운 코트는 더 두꺼워졌고 눈과 함께 12월이 시작되었다. 마지막 크리틱을 마치고 2층에서 3층으로 가다가 하다는 위층에서 내려오던 조지와 맞닥뜨렸다. 몇 달 만에 보는 얼굴인 만큼, 그가 너무 반가워서 환한 웃음이 오랜만에 그녀의 얼굴에 번져 나갔다.

「오랜만이에요, 조지.」

다행히 그도 바쁘지 않은지 걸음을 멈추고 반갑게 대화를 이어나갔다.

「크리틱 끝났어?」

「네, 오늘 한 게 마지막이었어요.」

「개운하겠네. 방학 때 뭘 할 건지 계획은 세워두었고?」

「아마 룸메이트 따라서 애리조나에 갈 것 같아요.」

「정말? 어느 도시?」

「투산이요. 가본 적 있어요?」

「아니, 피닉스에 간 적은 있어도 투산은 안 가봤어.」

「룸메이트도 작은 도시라 하더라고요.」

하다는 점점 예민해지는 자신을 감추려 억지로 입가를 당겼다. 그의 밑에서 사진을 배운 건 겨우 한 달하고도 반. 유익한 강의였지만 그의 배움보다도 먼저 떠오르는 건 그 사이사이 담조의 곁에서 보낸 시간들이었다. 조지의 얼굴을 보고 있는 이 순간에도 이렇게 감각을 예민하게 곤두세우고 혹여나 그의 입에서 구담조 이름 석 자가 나올까 기다리고 있었다.

방학을 잘 보내라는 인사와 함께 그러나 자연스럽게 조지의 발이 떨어졌다. 하다도 그 인사에 화답하며 발걸음을 떼었다. 결국 그의 소식에 대한 건 아무것도 얻을 수 없었다. 팽팽하게 당겨졌던 의식이 느슨해졌을 때, 얼마 안 가 조지가 그녀를 다시 불렀다.

「하다.」

하다는 뒤를 돌아보았다.

「이 순간만 견디면 모든 건 결국 과거가 될 거야.」

연륜이 깃든 그의 미소가 가벼운 듯 묵직하게 가슴께를 누르며 심장을 관통했다. 그 말만 남기고 조지는 자리를 떠났다. 하다도 천천히 뒤돌며 다시 걷기 시작했다. 눈빛이 멍해졌다. 다 잘될까. 정말로 모든 것이, 이 아픔이, 고통이 괜찮아질까. 언젠간 사라질까.

3층 회화과로 올라온 그녀는 사물함 위로 페인팅 갑판이 늘어서 있는 복도에 들어섰다. 캔버스들을 집으로 가져가기 위해서였다. 학생들은 방학이 시작될 때마다 쓰던 갑판을 비워야 했고,

이미 갑판은 듬성듬성 비어 있었다.

계단형 사다리를 오른 하다는 페인팅을 차례대로 꺼내 사물함 옆에 차곡차곡 기대어 놓았다. 이 무거운 캔버스들을 하나씩 집으로 운반해야 할 걸 생각하면 눈앞이 캄캄했다.

자신의 몸보다 더 큰 캔버스를 끙끙대며 내리던 하다는 복도 반대편에서 들리는 대화 소리에 무의식적으로 고개를 돌렸다. 복도 끝에 수아가 담조와 함께 서 있었다. 피해야겠다고 자각할 틈도 없이 그가 눈길을 돌리면서 눈이 마주쳤다. 당황스러움에 하다는 우두망찰 굳어버렸다. 그런 그녀를 가만히 보던 그는 이내 다시 시선을 돌려 수아와 대화를 이어나갔다. 미리 빌려왔는지 그들이 쓰는 사다리 옆에는 카트가 놓여 있었다. 수아의 부탁으로 캔버스를 함께 옮기기 위해 이곳까지 온 것 같았다. 그는 수아 대신 사다리를 올라 갑판에서 캔버스를 꺼내 그녀에게 건넸다. 친한 선배라던 석진 없이, 단둘이서.

별거 아닌 그 모습에도 가슴이 송곳으로 찌르는 것처럼 아팠다. 하다는 도망치듯 다시 하던 일로 돌아와 캔버스를 끌어내리는 데에 집중했다. 아니, 하는 척했다. 눈은 손으로 붙잡은 캔버스를 향해 있는데, 온몸의 신경은 그가 있는 곳으로 향해 있었다. 그런 중에 캔버스 하나가 갑판의 끝에 걸려 내려오질 않아 짜증이 났다. 가슴이 터질 듯 답답해서 눈을 질끈 감고 신경질적으로 잡아당긴 그 순간, 밑으로 쿵 떨어진 캔버스가 사다리 손잡이에 걸려 휘청거렸다. 대형 캔버스의 무게에 계단식 사다리가 흔들리더니 천천히 옆으로 기울었다.

"어어……!"

하다는 반사적으로 사다리의 손잡이를 붙잡았다. 쇠붙이가 바닥에 부딪치는 굉음이 복도를 울렸다. 다행히 발이 먼저 닿았던 하다는 뒷걸음을 치다가 엉덩방아를 찧었다. 사다리는 그녀의 발 바로 앞에 쓰러졌다. 하마터면 사다리 밑에 깔리는 큰 사고가 날 뻔했던 상황에 등골이 서늘해졌다. 바닥을 짚고 있는 팔과 다리가 바들바들 떨렸다.

그녀는 숨을 몰아쉬며 고개를 들었다. 그와 눈이 마주쳤다. 당장에라도 달려올 것 같은 자세와 달리 그는 꿈쩍도 하지 않고 있었다. 거리 때문인지 희뿌연 시야 때문인지 그의 표정이 뚜렷하지 않았다. 한동안 맞닿아 있던 그들의 눈길은 그가 먼저 고개를 돌리는 것으로 끝이 났다. 그의 눈치를 보며 좌불안석이던 수아는 카트를 밀며 앞서 걸어가는 그를 따랐다. 둘의 모습이 이내 귀퉁이 너머로 사라졌다. 그 모습을 멀거니 바라보고 있는 하다에게 소리를 듣고 교실에서 나온 유럽계 학생이 다가왔다.

「괜찮아?」

「응.」

그의 손을 잡고 일어난 하다는 떨리는 손으로 옷을 털었다. 덩치 큰 친절한 남학생은 사다리를 세워주고 남은 캔버스들까지 전부 내려주었다.

「고마워.」

「크기가 꽤 크네. 다른 사람한테 부탁하지 그랬어.」

하다는 쓴 웃음을 지었다. 학생이 다시 교실 안으로 들어가고, 하다는 캔버스 사물함에 기대며 자신이 챙겨야 할 캔버스의 개수를 세어보았다. 이상하게 다섯 개 이상 셀 수가 없었다. 손가락을 이용해도 소용없었다. 머리는 숫자가 아니라 끝끝내 그녀에게 오지 않던 그의 모습을 세고 있었다. 그의 차가운 뒷모습만 계속해서 떠올랐다.

"하나, 둘—."

숫자를 세는 손바닥 위로 눈물이 후드득 떨어졌다. 그와 진짜로 끝났다는 게 실감나기 시작했다. 앞으로 그가 그녀에게 먼저 다가오는 일은 없을 것이다. 이기적이란 걸 알면서도 그녀를 도와주러 오지 않았던 그가 원망스러웠다. 서운했다. 지나가면서라도 괜찮으냐고, 다치진 않았냐고 안부를 물어주지 않은 그가 밉고, 또 미웠다.

하다는 얼굴을 감싸고 주저앉았다. 아냐, 이건, 미운 게 아냐. 당장에라도 저 귀퉁이에서 그가 걸어오길 바랐다. 걸어와서, 방금 전 그 학생이 아니라 그가 사다리를 세워주고 그녀의 손을 잡아 그녀를 일으켜 주길 바랐다. 이기적이게도……. 이 마음이 그에게 잔인하다는 걸 알면서도…….

가슴을 움켜잡고 계속 눈물을 토해냈다. 울음이 막바지에 이르러 신음을 삼키던 하다는 더 이상 눈물이 나지 않는다는 걸 깨닫고 소매로 눈가를 닦아냈다. 숨을 훅 몰아쉰 다음 자리에서 일어나 캔버스를 하나씩 옆구리에 꼈다. 샤바나를 따라 애리조나로 여행 가기로 한 게 이틀도 남지 않았다. 그 안에 모든 걸 정리해야 했다.

이 감정은 시카고의 우중충한 날씨 때문이리라. 하늘이 먹구름으로 가득하니까 마음에도 먹구름이 생긴 것이리라. 선인장이 가득한 황무지로 가면 모든 게 나아지지 않을까. 그곳에서 따뜻한 햇볕을 쬐고 햇볕만큼이나 따스한 사람들의 미소를 보면 괜찮아지지 않을까. 그렇게 속으로 빌어보았다. 결국 모든 건, 과거가 될 테니까. 지금까지 살아왔던 것처럼, 살아가면 되는 거니까.

중간에 샤바나의 도움으로 캔버스를 모두 옮긴 하다는 거실 카우치에 누워 선잠에 빠져들었다. 샤바나는 담요를 꺼내 그녀를 덮어준 후 그녀를 깨우지 않게 라디오 소리를 줄이고 헤드셋을 꼈다.

요즘 제대로 잠을 이루지 못한 하다였다. 거실 한쪽 벽에 캔버스를 놓고 작업을 하고 있는데 탁자에 있던 하다의 휴대폰이 울렸다. 하다의 눈꺼풀이 힘겹게 올라갔다.

「여보세요?」

졸음이 가득한 목소리로 전화를 받은 뒤 다른 팔로 눈을 덮은 채 대답을 기다렸다. 한참 동안이나 아무 소리가 없어서 슬슬 짜증이 나려는 찰나, 휴대폰 너머에서 상대방의 픽, 바람 빠진 비웃는 소리가 들렸다.

[내가 제대로 전화했네.]

잠이 싹 달아났다. 전혀 예상치 못한 이의 목소리였다.

"이수아?"

하다는 몸을 일으켜 바로 앉았다. 뭔가를 눈치 챈 샤바나는 헤드셋을 벗으며 그녀를 돌아보았다.

[너 나와.]

"뭐?"

[나오라고! 나 지금 너 집 앞이야. 여기서 처음 마주쳤을 때 네

가 H&M 위에 산다고 네 입으로 말했잖아!]

황당해져서 그 일방적인 말을 듣고만 있다가 시간을 살폈다. 밤 11시가 넘은 시간이었다.

"……너 술 마셨어?"

[그래, 마셨다. 어쩔 건데! 꼽냐? 내려올 거야 말 거야?]

불분명한 발음으로 쏘아붙이던 그녀는 곧 겁쟁이를 비웃듯이 키득키득 웃기 시작했다.

[왜, 무섭냐?]

그 무례한 웃음소리를 들으며 하다는 점점 차가운 분노에 휩싸였다. 유치하다고 넘겨 버리면 될 말을, 오늘은 쉽사리 넘길 수가 없었다. 항상 조용히 넘어가니 내가 그렇게 우스워? 이런 짓을 할 정도로?

끓어오르는 화를 간신히 억누르고 하다는 딱딱하게 말했다.

"너 많이 취했다. 추운 날씨에 얼어 죽고 싶으면 네 집 앞에 가서 방정 떨어. 여긴 네가 민폐 끼칠 만한 곳 아냐."

[민폐? 민폐는 너지! 어디서 굴러먹다가 나타나선……!]

"난 할 말 없어. 경찰 부르기 전에 가."

[그래, 불―!]

하다는 전화를 끊고 휴대폰을 탁자에 던지듯 놓은 뒤 도로 드러누웠다. 그 모습을 지켜보던 샤바나가 입을 열었다.

「무슨 일이야? 누구 전화데?」

「있어. 무례하고 자기밖에 모르는 이기적인 애.」

다시 눈을 감으려는데 전화가 다시 울렸다.

[빨리 내려오라고!]

아예 휴대폰에서 배터리를 분리한 하다는 욕설을 내뱉었다. 억누르고 있는 분노가 한계점을 넘어가고 있었다.

「괜찮아?」

「아니.」

하다는 거칠게 머리를 쓸어 넘겼다. 그녀가 남에게 피해주지 않고 조용히 살려는 이유는, 만만하게 보이기 위해서가 아니라 현실과 적당히 타협하며 좋아하는 일을 하기 위해서였다. 엄마와 같은, 동생과 같은, 준수와 같은 일을 다시는 겪지 않기 위해 그녀가 선택한 길이었다. 그러나 세상만사가 가만히 있다고 자신에게 피해가 오지 않는 건 아니었다. 모든 것에는 인과관계가 존재했다. 그걸 알고 있음에도, 이런 일이 그녀에게 오지 않길 바랐었다. 그럼에도 불구하고, 항상 이런 일은 계속 일어났다.

"무례한 것도 유분수지. 가만히 받아주니까 누굴 호구로 아나."

더 이상 참을 수가 없었다. 언젠가 이수아와 이런 날이 오지 않을까 짐작은 하고 있었다. 피하고 싶었을 뿐이었다. 자신이 구담조를 좋아했다는 이유만으로 이수아는 그녀에게 뭐라 할 자격이 없었고 이수아에게 그녀가 이런 취급을 받을 이유 또한 없었다.

정말이지 오랜만에, 생각할 겨를도 없을 만큼 제대로 화가 난 하다는 잠옷 바지를 벗어 청바지로 갈아입은 다음 겨울 코트를 꺼내 입었다.

「나 잠깐 다녀올게.」

「어딜?」

「바로 집 앞이야. 누가 찾아와서.」

샤바나의 얼굴에 걱정이 스쳐 지나갔다.

「내가 같이 안 가도 돼?」

「무슨 일 생기면 전화할게.」

엘리베이터에서 내린 하다는 큰 보폭의 걸음으로 이중으로 되어 있는 문으로 다가갔다. 유리 너머 인터폰 옆에 기대어 있는 수아가 보였다.

"이수아!"

분노 서린 목소리에 수아가 어깨를 옆으로 비틀며 고개를 들었다. 픽 웃는 모습이 생각보다 멀쩡했다.

"진짜 내려왔네?"

"내려오기 싫다는 사람 기어코 내려오게 만든 건 너야."

"와……. 너 그런 표정도 지을 줄 아는구나? 담조 오빠도 아니?"

심기를 자꾸 건드리는 발언에 하다의 얼굴에 짙은 혐오와 불쾌함이 강하게 실렸다.

"난, 너한테 그런 말 들을 이유 없어. 그 사람이랑 헤어졌고, 무슨 일이 있는지는 모르겠지만 괜한 분풀이는 다른 데 가서―."

"그래, 헤어졌잖아……!"

갑자기 고개를 치켜들며 수아가 소리 질렀다. 그녀와 눈이 마주친 하다는 일그러진 표정과 달리 눈가에 아스라이 매달려 있는 그녀의 눈물을 보고 말을 잃었다.

"헤어졌다며……! 헤어졌다면서 왜 둘 다 서로한테 질척거리느냐 말이야! 왜 그런 눈으로 서로를 쳐다보냐고!"

하다는 단번에 오늘 낮에 있었던 일을 떠올렸다. 사다리에서 떨어진 그녀와 그런 그녀를 바라보는 그. 더 이상 그가 다가오지 않는다는 먹먹함과 억장이 무너질 것 같은 감정에 휩쓸려, 그 옆에 있던 수아가 어땠을지 미처 생각하지 못했었다.

"네가…… 네가 뭔데 끼어들어!"

악쓰는 소리와 달리 원망 서린 눈빛은 아프게 흔들렸다. 하다는 핏기가 가신 채로 그녀를 쳐다보기만 했다.

"내가 먼저 좋아했단 말이야. 내가 먼저 좋아했다구! 만난 지 얼마 안 된 네가, 오빠에 대해 알면 얼마나 안다고……! 왜 내가! 너 때문에 거절을 당해야 하냐고!"

중심을 잃고 벽에 기댄 수아는 흐느끼면서 그대로 차가운 바닥에 주저앉았다. 한판 뜨자는 말과 달리 혼자 고래고래 소리 지르다가 무너져 내리는 그녀를 보면서 하다는 말문을 잃었다.

"거절당할 거…… 알고 있었어. 오빠가 날 여동생으로만, 친한 형의 사촌 동생으로만 본다는 것도, 그래서 나한테 잘해준다는 것도, 그게 아니었다면 여타 다른 여자애들보다 더 잘난 거 없다는 것도, 다 알고 있었다고. 그런데…… 왜 하필 너야?"

충분히 불쾌한 말임에도 하다는 화가 나지 않았다. 왜 하필 자신일까. 그녀 스스로에게 수십 번도 물어본 질문이었다.

"거절당한 후에 오빠 앞에서 울면서 애원했어. 적어도 전처럼 지낼 수는 없는 거냐고. 안아달라고, 남자가 아니라 오빠란 감정이라도 좋으니까 평소처럼 안아서 달래 달라고 했을 뿐인데…… 안 된대……. 네가 생각나서 더 이상 안 된대. 그게 말이 돼?"

하다는 심장이 얼어붙은 것만 같았다. 지금 자신이 제대로 들은 건지, 들은 게 맞는다면 그게 정말 사실인지 의심이 갔다.

"어떻게 널 좋아할 수 있냐고! 날 놔두고! 내가 옆에서 바라만 본 시간이 얼만데……!"

"닥쳐!"

수아와 맞먹을 정도로 하다가 버럭 소리를 질렀다. 수아는 놀란 눈이 되어 하다를 쳐다보았다.

"너야말로……! 아무것도 모르면 조용히 닥치고 있어! 네가 먼저 좋아했다고? 그 말에 책임질 수 있어?"

이어 수아의 눈에 또다시 눈물이 차오르기 시작했다. 이렇게 격노한 반하다는 처음 봤을 뿐더러 오늘 벌어진 모든 설움이 북받쳐 오른 탓이었다. 그 눈물에도 하다는 주저 없이 계속해서 소리쳤다.

"먼저 좋아했다는 이유로 이런 행패가 용서가 돼? 나한테 이럴 수 있는 자격이 생긴다고 생각해? 그럼 난……! 아무것도 말하지 않고 끝내려는 나는……!"

누군가가 정신을 낚아채 가져가 버린 것 같았다. 소용돌이 같은 감정에 휩쓸려 수아의 어깨를 잡고 항의를 하듯 거세게 흔들었다. 빈 깡통처럼 맥없이 흔들리던 수아가 갑자기 입을 막고 그녀를 밀치더니 고개를 숙이고 속을 게워내기 시작했다. 하다는 반사적으로 그녀로부터 한 발짝 물러났다. 먹은 게 얼마 없는지 맹물에 가까운 토사물을 쏟아내던 수아는 건물 옆에 쌓여 있는 눈 위로 풀썩 드러누웠다. 하다가 수아의 검은 패딩을 붙잡으며 소리쳤다.

"야! 여기가 어디라고 드러누워! 안 일어나? 일어나라고!"

"물 마시고 싶어……."

"이 근처에 편의점 없어! 빨리 안 일어나? 경찰 부르기 전에 빨리 일어나!"

달아오른 몸의 열기를 식히는 게 좋은 건지, 수아는 꼼짝도 않고 젖은 머리카락이 달라붙은 얼굴로 키득키득 웃었다.

"반하다…… 소리칠 줄도 아네. 옛날엔 걸어 다니는 귀신이었던 주제에. 아주 한 번 더 쳐들어오면 총 쏘겠다, 너?"

하다는 흔들던 손길을 멈추고 한결 누그러진 목소리로 말했다.

"총이 없으니까 경찰을 부르겠다는 거잖아."

"나 말은 멀쩡하게 하고 있어도, 후……. 몸은 안 그래. 꿈쩍도, 못 하겠어."

"택시 태워줄게. 집에 가."

"이 시간에 택시가 보이니, 넌?"

수아의 말대로 자정이 넘은 시각에 도심 내에서 택시를 찾기란 힘들었고, 이 시간에 몸도 가누지 못하는 여자애를 혼자 택시를 태워 보낼 수도 없었다.

"어우, 정말! 그럼 어떻게 하라고!"

대꾸가 없었다. 벌써 반쯤 눈을 감은 수아는 이대로 꿈나라로 직행할 듯했다. 이 추위에 술 먹은 사람을 바깥에 두면 백퍼센트 얼어 죽을 것이다. 하다는 결국 패딩 주머니에서 휴대폰을 꺼내 들었다. 샤바나에게 전화를 걸려다가, 술에 취해 길거리에 드러누운 수아의 모습을 그대로 사진에 담았다.

"내일 어디 필름 끊겼다고 입 싹 닦기만 해봐."

5분여 정도 흐른 후, 카디건 앞섶을 팔로 감싸고 종종걸음으로 바깥으로 나온 샤바나는 눈을 동그랗게 떴다.

「이게 무슨 일이야? 죽은 거 아니지?」

「미안, 아는 앤데 아무래도 우리 집에서 재워야 할 것 같아. 한쪽 팔 좀 잡아줄래?」

그 말을 귀신같이 알아듣고 수아가 제대로 들지도 못하는 손을 퍼덕였다.

「너희 집? 너희 집 가기 싫어!」

샤바나가 한쪽 눈썹을 올렸다.

「하다. 만약 얘가 술 취한 자기를 납치했다고 경찰에 신고하면 우리 상황이 난감해져.」

역시 미국인다운 사고방식이랄까. 하다는 고개를 가로저었다.

「괜찮아. 그런 사기 칠 배짱도 없는 애야.」

키가 작은 샤바나 쪽으로 중심이 쏠린 채로, 수아는 그들에게 질질 끌려 아파트로 입성했다. 현관에서 벗긴 축축하게 젖은 그녀의 코트와 부츠를 샤바나가 정리하는 사이, 하다는 수아의 양 옆구리를 잡아 그녀를 질질 끌어 거실 중앙에 뉘였다.

「카펫 바닥이라 몸이 결리진 않겠지.」

「하지만 거실이라 추울 텐데.」

서로를 힐끗 쳐다보던 샤바나와 하다는 다시 힘을 긁어모아 그녀를 카우치 위에 눕혔다. 카우치가 워낙 작아서 그녀의 한쪽 다리가 바닥으로 쓸려 떨어졌다. 샤바나는 더는 건드리기도 싫다는 듯 그 다리를 그대로 내버려둔 채 담요를 덮어준 후 하다를 돌아보았다.

「친구야?」

하다는 담담한 말투로 대답했다.

「친구이고 싶었던 애.」

온몸의 힘이 빠져나간 것같이 피곤이 가득 몰려왔다. 오늘은 아무래도 푹 잘 수 있을 것 같았다.

「우리도 이만 자자.」

다음 날 새벽, 여명이 서서히 들어오는 어둠 속에서 하다는 거실에서 들려오는 작은 말소리에 눈을 떴다.

"쉭, 쉭, 저리 가."

한국말. 하다는 헛웃음을 흘렸다. 어젯밤 누구 덕분에 한 노동으로 잠에 푹 빠져서인지 몸이 개운했다. 고맙다고 해야 하는 건지, 욕을 해줘야 하는 건지. 그녀가 거실로 나가자 다 마른 코트를 어깨에 걸치고 부츠를 챙겨 신고 있는 수아가 보였다. 그녀는 다리 주변에서 맴도는 스노이를 상대로 어쩔 줄을 몰라 하고 있었다.

"도망가는 거야?"

흠칫 놀란 수아가 하다를 돌아보았다. 창피함에 입술을 잘근거리다가 변명하려는 듯 입을 여는 걸 하다는 스노이를 안아 올리며 말을 가로챘다.

"필름 끊긴 척하지 마. 증거 사진 찍어놨어."

"야!"

하다는 두 번 말할 필요도 없다는 듯 힐난 섞인 표정으로 그녀를 쳐다보았다. 딸꾹 소리와 함께 입을 다문 수아는 투덜거리듯 종알거렸다.

"나, 날 뭐로 보고. 고맙다는 인사 정도는 하고 가려고 했어."

"퍽이나."

"너 어제 이후로 조금 캐릭터가 시니컬해진 거 알아?"

하다는 피식 웃었다.

"기억난다는 소리네."

수아는 말문이 막힌 듯 입을 꾹 다물었다. 항상 생각하는 거지만, 곱게만 자란 이수아가 반하다를 말재간으로 이길 가능성은 없었다. 변명의 여지가 없는지 멋쩍게 눈동자를 굴리던 그녀는 새침하게 고개를 돌렸다.

"고마워."

"천만에."

하다는 스노이를 샤바나가 자고 있는 방 안에 풀어주었다. 둘 사이에 정적이 흘렀다. 이 어색함이 싫은 표정이 역력한 수아가 떠나기 위해 문고리를 잡는 순간 하다의 말이 그녀를 붙잡았다.

"할 말 더 없어?"

"뭐가?"

"미안하다는 말."

이번엔 다른 분위기의 침묵이 흘렀다. 미간을 뭉갠 수아는 뒤돌아서 그녀를 쳐다보았다. 의외로 말투가 단호했다.

"싫어."

"왜?"

아까부터 하다는 단답형으로 여유롭게 말을 받아치고 있었다. 그것이 수아는 분했다. 평소 소심하고 고분하던 성격은 어디 가고 저리 날만 잔뜩 세웠는지. 수아가 대답거리를 찾지 못했다는 걸 알아챈 하다는 말을 이었다.

"내가 뭘 그렇게 잘못했는데? 네가 오랫동안 좋아한 사람을 내가 똑같이 좋아해서? 그 사람이 네가 아니라 날 좋아해서? 내가 가로챈 것 같아? 말은 똑바로 해야지. 가로챈 게 아니라, 네가 그 사람을 붙잡지 못한 거야."

무미건조한 얼굴로 독설을 내뱉는 반하다의 모습은 수아에게 많이 낯설었다. 반박도 못할 정도로 몰아붙여진 그녀는 짓밟히는 자존심에 몸을 바들바들 떨었다.

"……아직도, 오빠를 좋아해?"

하다는 그녀를 가만히 쳐다보다가 답했다.

"사랑해."

이번에도 단답형. 그러나 그 의미는 강했다.

"그런데…… 왜?"

"너한테 답할 이유는 없지. 우리 둘 사이의 문제거든."

수아에게 잔인한 말이란 걸 알면서도 하다는 멈추지 않았다.

"너 이러고 있는 건 담조 씨가 알고 있니?"

수아의 얼굴이 붉으락푸르락 해지면서 어깨가 가늘게 떨렸다. 자존심이 무척 상했을 것이다. 그러나 거세게 쏘아붙일 거라는 예상과 달리, 의외의 말이 그녀의 입에서 튀어나왔다.

"어제 내가 한 말 다 들었잖아. 내가 거절당한 이유까지도 다. 그런데 어떻게 가만히 있을 수 있어? 사랑한다며. 사랑하는데, 오빠 맘 알면서도 오빠가 보고 싶지 않아?"

수아가 원망스럽게 쏘아붙이는 그 말이, 하다에겐 '난 보고 싶은데, 보고 싶어 미치겠는데'라는 간절한 외침으로 들렸다. 사랑하는 사람에 대한 애정이 넘쳐흐르는 그녀를 하다는 겉으로는 건조한 표정으로, 속으로는 아프게 쳐다보았다. 자기감정을 솔직하게 표현할 수 있는 그녀에게 반하다는 잔정 없는 냉정한 인간일 뿐일 것이다. 사랑한다면서 아무것도 하지 않는 이 미련한 여자를 왜 좋아하는 거냐고 그 사람을 원망, 또 원망할 것이다. 수아가 말을 이었다.

"어제 나한테 소리 질렀지? 내가 뭘 알겠냐고. 이거 말해줄게. 너야말로 모르잖아, 구담조라는 사람에 대해서. 너만 힘든 것 같지? 이 세상에서 너만 초라한 것 같지? 이기적인 건 너야. 적어도 오빠는 너랑 함께하는 길을 바라보고 있었는데, 넌 피하기만 급급했어. 알아?"

수아의 말들이 비수가 되어 하다의 가슴에 박혔다.

"어디 한 번 후회해 봐. 나중에 실컷, 후회해."

문고리를 잡은 수아는 문을 박차듯 집을 떠났다. 한마디도 반박하지 못하고 듣고만 있던 하다는 벽에 기대 천천히 주저앉았다. 멍하니 어슴푸레한 빛이 새어 들어오는 창을 바라보았다. 잘 나가다가 막판에 말싸움에서 졌다는 사실보다 수아의 독설이 틀린 게 하나 없다는 것이, 그럼에도 불구하고 자신이 할 수 있는 게 없다는 것이 더 가슴 아팠다. 그 상처를 감추려는 듯이 창밖에선 새하얀 눈이 내리고 있었다. 하다는 이내 눈을 감았다. 눈이 다 내리면 이 상처가 덮어질까. 그를 보고픈 마음이 없어질까. 잊을 수 있을까. 눈이 다 녹으면, 그때는.

겨울방학이 시작된 지 얼마 되지 않았는데도 학교는 벌써 텅비어 있었다. 학생 카드를 찍고 콜럼버스 빌딩 안으로 들어간 하다는 경비원과 눈인사를 한 뒤 계단을 올랐다. 유학생들이 많아 겨울방학이 다른 학교에 비해 유난히 긴 그녀의 학교는 1월 말에야 새 학기를 시작할 예정이었고, 이 기간 동안 고향에 돌아가지 않는 학생들은 주로 돌아갈 곳이 없거나, 남은 학점을 채우기 위해 계절학기를 들어야 하거나, 비행기 값을 아끼기 위해 남는 경우가 대부분이었다.

사물함을 연 하다는 미리 준비한 상자에 유화 재료들을 차곡차곡 담아 샤바나에게서 빌린 휴대용 카트에 담았다. 사물함을 닫고 개인 자물쇠까지 빠짐없이 챙긴 다음, 이 무거운 걸 들고 계단을 내려갈 자신이 없어서 엘리베이터로 향했다. 장신의 성인 남자가 누워도 될 정도로 넓은 화물전용 엘리베이터는 묵직한 소리를 내며 3층에 도착했다. 엘리베이터에 올라 1층 버튼을 누른 하다는 가만히 기계가 멈추기를 기다렸다. 숫자 3이 2가 되었을 때, 엘리베이터가 열렸다. 누군가 밖에 서 있었다. 모르는 사람이겠거니 아무렇지 않게 고개를 들었다가 담조와 눈이 마주쳤다. 가슴이 덜컹 내려앉았다. 사진과의 잡동사니들을 치우고 있는 건지 그의 두 팔 사이에도 상자가 하나 들려 있었다.

마른침을 삼키며 숨을 들이켠 하다는 아무렇지 않은 척 시선을 비켜 내려떴다. 그런 그녀를 가만히 보던 그는 엘리베이터에 올라 지하 1층을 눌렀다.

너비가 2미터나 되는 문은 숨이 막힐 정도로 느리게 닫혔다.

콜럼버스에 화물 전용 엘리베이터밖에 없는 것이 원망스러울 지경이었다. 빨간 숫자가 적힌 전광판만 올려다보던 하다는 엘리베이터가 멈추길 기다리려다가 충동적으로 입을 열었다.

"수아한테 좀 잘하지 그래요."

그게 무슨 뜻이냐는 눈초리로 그가 그녀를 돌아보았다.

"어젯밤, 아니 오늘 새벽에 우리 집에 찾아와선 온갖 주정 다 부리고 갔어요."

"뭐……?"

"그쪽이랑 무슨 일이 있는 건지 내가 상관할 바 아니지만 가만히 있는 나한테까지 피해 주지 말라는 거예요."

하다는 최대한 대수롭지 않은 표정으로 앞만 쳐다보며 카트의 손잡이를 만지작거렸다.

"수아가 생각보다 더 오랜 시간 동안 구담조 씨를 좋아했던 것 같은데……. 수아, 좋은 애예요. 잠시 동안이었지만 고등학교 때 같은 학교, 같은 반이어서 잘 알아요. 질투가 좀 많아서 그렇지 성격이 꼬인 애도 아니고. 진심으로 구담조 씨를 걱정하고 생각하고 있던 것 같던데 좀 잘해주지 그래요."

엘리베이터가 멈추고 문이 스르륵 열렸다.

"그럼 난 이만 가볼……."

담조가 카트를 밀고 가려는 하다의 손을 낚아채 그녀를 엘리베이터에서 끌고 나왔다. 들고 있던 상자는 하다의 카트에 던지듯 놓은 후였다. 그녀가 놀라서 그를 쳐다보는 사이 그는 엘리베이터 앞에 카트를 내버려둔 채로 그 옆에 있는 비상구 문을 열고 그녀를 끌고 들어갔다. 순식간에 벌어진 일이라 뭐라 저항할 기회도 없었다. 거칠게 벽에 밀쳐진 하다는 금세 그의 두 팔 사이에 갇혀 버렸다. 그는 한계에 다다른 사람처럼 열이 받은 얼굴로 낮게 으르렁거렸다.

"내가…… 가만히 있으니까 호구로 보여?"

사방이 가로막힌 비상계단 안에 팽팽한 긴장감이 흘렀다. 방학이 시작되어 학생들은 거의 없는 상태였고 오래된 건물이라 비상구 안에 감시카메라도 없어 경비원이 들어올 일도 전무했다.

"내가 수아한테 눈길을 주면 네 마음이 좀 가벼워지나? 네가 사다리에서 떨어졌을 때, 나를 보는 네 표정이 어땠는지 알기나 해?"

하다는 굳어진 얼굴로 그를 응시했다. 그의 입을 통해서 확인하는 것이 두려워서 그를 제지하고 싶었지만 그를 쳐다보는 것 외에는 아무것도 할 수 없었다.

"모든 걸 다 잃어버린 얼굴이었어. 수아를 보라는 그딴 말을 지껄일 거면……! 그런 표정 따위 짓지 말았어야지, 나를 하나도 잊지 못한 얼굴로 쳐다보지 말았어야지!"

그가 안타까움과 분노가 섞인 눈빛으로 그녀에게 바짝 다가갔다.

"사다리에서 떨어진 널, 내가 어떤 마음으로 다가가지 않았는데! 그 순간이 아직도 이렇게 생생하고 섬뜩한데! 내 품 안에서 그렇게 좋아했으면서, 그 얼굴로 나한테 사랑한다고 했으면서, 어떻게 그 입으로 나보고 이수아를 보라고……! 네가, 네가 어떻게……!"

그가 당장이라도 폭발할 듯 소리쳤다. 하다는 고통에 몸부림치는 그를 보기 힘들어 차라리 눈을 감아버렸다. 그러나 그가 그녀의 어깨를 거세게 쥐어 잡아 그걸 막아섰다.

"내 눈 똑바로 봐."

하다는 입술을 깨물었다.

"이게 네가 선택한 길이고, 네가 내린 결론이 여기 있어."

서서히 붉어지는 그의 눈처럼 그녀의 눈에도 눈물이 차올랐다.

"보여……?"

그가 단어에 힘을 주며 말했다.

"보여, 반하다?"

결국 넘쳐흐른 눈물은 뺨을 타고 내려 그녀의 입술을 적셨다.

"너만큼은, 형이 아니라 날 선택해 주길 바랐어. 네가 어떤 사람이든, 어떤 일을 했든, 형과 네가 무슨 사이든, 형을 막든 막지 못했든, 그럼에도 불구하고 형이 아니라 날……. 그런데 역시 너도 똑같아."

받은 상처가 곪고 곪아 이내 메말라 버린 그의 마음이 쩍 갈라지는 소리가 들리는 것 같았다. 그것이 너무 가슴 아파서 하다는 자신이 무슨 짓을 저질렀는지, 그에게 어떤 상처를 줬는지 깨달았다. 힘든 건 그녀뿐만이 아니었다. 그 당연한 사실을 이제야 받아들인 하다는 가슴이 찢기는 기분이었다.

"담조 씨……."

"만지지 마!"

울면서 옷깃을 붙잡는 그녀를 담조는 거세게 뿌리치며 뒤로 물러났다.

"날 위해서라는 말 하지 마. 결국 넌 내가 아니라, 네가 편할 수 있는 길을 먼저 생각한 거니까."

상처 받은 짐승처럼 떨고 있는 그를 보고 있는 이 순간, 그들의 어린 시절의 한 장면이 그녀의 머릿속에 떠올랐다. 그때 하다는 어렸지만 동네 어른들이 하는 말들로 구준수와 구담조가 평범한 형제가 아닌 것을 어림짐작 눈치채고 있었다. 강한 햇빛이 어깨를 무겁게 짓누르는 어느 여름날, 형 앞에서는 싱그럽게 웃는 사람이 부모님 앞에서 표정이 싸늘하게 굳어지는 걸 그녀는 목격했다. 받은 상처를 감추기 위해 이를 드러내고 그들이 떠난 후엔 어깨를 떨던 그의 모습이 떠올랐다. 끓어오르는 분노를 온 힘을 다해 눌러 내리는, 그래서 더 가슴 아파 보였던 그의 모습이, 부모에게서 받은 작은 상자를 바닥에 팽개치면서 뒤돌아서던 그 처연한 어깨가……

그때처럼, 슬픔과 분노가 뒤섞여 안타까운 눈빛을 보내던 그가 끝내 뒤돌아섰다. 쾅, 문을 닫는 소리와 함께 그가 비상계단을 나가고 난 후, 하다는 벽에 기대 주륵 주저앉았다. 저절로 굽혀진 무릎 위에 팔을 기대 얼굴을 가렸다.

「이봐요, 학생. 무슨 일 있어요?」

지나가던 여자 흑인 경비원이 뭔가 수상했는지 문을 열고 들여다보았다. 하다는 여전히 얼굴을 가린 채 고개를 가로저었다.

「어디 아파요? 아까 나간 남자가 무슨 짓이라도 했나요?」

경비원이 다가오려 하자, 괜찮다는 듯 손을 들어 막아섰다.

「괜찮아요. 잠깐만……. 나 혼자 있을 수 있을까요?」

「밖에 있는 카트 당신 거죠? 누가 가져가기 전에 제대로 챙겨

뒤요.」

여전히 얼굴을 가린 하다가 고개를 끄덕이고, 미심쩍게 쳐다보던 경비원은 이내 문을 열고 나갔다.

비상계단에 정적이 찾아왔다. 이번엔 샤바나를 따라 애리조나에 가지만, 그 전까진 하다도 겨울마다 혼자 학교에 남는 학생들 중 한 명이었다. 만약 그와 계속 만나고 있었더라면, 한국에 돌아갈 생각이 없는 그들은 함께 이곳에 남아 겨울 계획을 세우고 있었을 것이다. 서로에게 비밀을 꽁꽁 감춘 채 그렇게 지내고 있었겠지.

손을 내린 하다는 감정을 진정시키려 한숨 비슷하게 긴 호흡을 했다. 등을 꼿꼿이 펴고 벽을 짚어 자리에서 일어났다. 다리가 후들거렸지만 고개를 세워 다시 한 번 호흡을 한 뒤 문을 열어 비상계단을 나갔다. 이 정도는 아무것도 아니었다. 지난 세월 겪은 것에 비하면, 별것 아닌 폭풍이었다. 가족에게 애정을 갈구 하는 것도, 현실과 타협하며 살아가는 것도, 모든 것이 쉬웠던 적 있었나. 이것 또한 바람처럼 흘려보내면 그만이었다. 쉽지 않더라도, 그래야만 했다. 멍멍한 머릿속처럼 그의 마지막 말이 마음속에 메아리쳤다.

잠에서 깬 하다는 가만히 빛이 완전히 차단되어서 깜깜한 천장을 올려다보았다. 푸른색 두꺼운 벨벳 천으로 되어 있는 커튼은 지금이 낮인지 밤인지 구분할 수 없게 만들고 있었다. 언뜻 꿈을 꾸고 있는 건 아닐까 하는 착각이 들었지만 낯선 침대와 방 안 풍경, 그리고 옆에서 곤히 자고 있는 샤바나의 모습이 현실이라는 걸 자각하게 했다.

결국 몸을 뒤로 비틀어 커튼을 조금 걷어냈다. 무섭도록 환한 빛이 방 안으로 쏟아졌다. 보이는 건 푸른 하늘과 선인장이 가득한 황무지. 시카고에서 볼 수 없는 광경에 다시금 자신이 애리조나에 있다는 것을 실감했다.

「일어났어?」

옆에서 나른한 한숨과 함께 샤바나가 눈을 떴다. 푸른 눈동자에 여전히 졸음이 짙게 번져 있었다.

「미안. 내가 깨웠어?」

「아냐, 이제 슬슬 일어나야지.」

샤바나는 마치 스노이를 연상케 하는 커다란 하품을 하며 기지개를 쭉 피다가 다시 폭신한 베개에 뺨을 뉘였다.

「우음……. 근데 역시 더 자야 할까 봐.」

그 모습을 보자 잠의 유혹이 강하게 느껴졌다. 하다는 꾸물꾸물 다시 이불 밑으로 들어가서 나른한 한숨을 쉬었다.

「너 때문이야, 샤바나.」

「괜찮아. 방학은 늦잠 자라고 있는 거야.」

졸린 목소리로 샤바나가 웅얼거리는 것도 잠시, 노크 소리와 함께 한 손에 토스트를 든 샤바나의 남동생 제이가 방 안에 들어와 쩌렁쩌렁 소리쳤다.

「일어나, 레이디스! 밥 먹어야지.」

그는 샤바나와 하다의 몸 위로 두 팔을 벌리더니 그대로 엎어졌다. 깜짝 놀란 그들이 무섭다고 짜증을 내자 그는 얄밉게 키득거리며 방을 나가 버렸다.

하다와 샤바나는 '끄응' 소리 내며 자리에서 일어났다. 이곳에서 보내는 겨울방학은 평화로운 나날이었다. 서부영화의 배경이기도 한 애리조나는 여름엔 뜨겁지만 겨울엔 따뜻한 곳이었다. 샤바나의 가족들은 떠나갔던 딸이 다시 찾아온 것처럼 진심으로 반갑게 하다를 맞이했다. 비록 샤바나가 아버지와 그의 여자친구 일로 괴로워했지만 평소 안부 전화와 손수 쓴 편지를 보내면서 가족들을 아끼는 모습을 보아왔던 하다는, 따뜻한 성품을 가진 샤바나의 원천을 발견한 기분이었다.

아침을 먹고 난 후, 하다는 나대하게 침대에 누워 강아지의 귓가의 부드러운 털을 쓰다듬었다. 샤바나의 가족에게는 스노이 말고도 수컷 슈나우저가 두 마리 더 있었고, 그중 보보라는 이름을 가진 이 아이는 스노이보다 더 하얗고 투명한 털을 지니고 있었다. 강아지의 까만 눈동자를 들여다보다가 고개를 돌려 창문을 통해 애리조나의 푸른 하늘을 바라보았다.

그의 기억으로 가득한 시카고를 벗어나 이곳 낯선 환경의 애리조나에 지내면서, 하다는 비로소 마음 밑에서부터 우러나오는 평안을 되찾아 심신을 안정시킬 수 있었다. 이곳에는 추위도, 삭막함도 없었다. 건조한 사막의 기운과 적당히 따스한 햇볕 그리고 유쾌하고 친절한 사람들만이 있을 뿐이었다. 물론 뿌리를 잃은 그녀에게 외로움이란 건 필연적인 것이기에, 가끔씩 그가 사무치게 그립고 이곳에서도 그녀는 결국 방문자일 뿐이라는 사실을 지울 수 없었지만, 그래도 잠깐이나마 자신이 기댈 곳이 있다는 것에 만족했다. 이 모든 것은 예정되어 있던 것이었다. 지금 이 짧은 일탈처럼, 동생과 할머니와 준수와 엄마와 친부와의 모든 일들을 등지고 고향을 떠나는 순간 맞닥뜨릴 수밖에 없는, 그녀 스스로 책임져야 하는 외로움이었다.

지금쯤 그는 시카고에 없을 것이다. 친구와 공동으로 작업하는 갤러리 준비 때문에 뉴욕으로 갔다는 소식을, 며칠 전 성은이의 이메일을 통해 전해 들었다. 그와의 인연은 언제나 바람 같았다. 스치듯 스치지 않는 인연의 끈. 묶일 듯 묶이지 않고 바람을 따라 흘러가 버리는, 처음부터 아무것도 아니었던 걸 특별한 것이라 그녀 혼자 오해해 버린, 그저 그런 착각. 그것을 따라가며 잡으려 했던 그녀는 결국 바보같이 가슴 밑바닥에 감춰놓았던 자신의 외로움만 자각해 버렸다.

「눈 보러 가지 않을래?」

창문 너머 보이는 선인장에 걸쳐져 있던 시야 안으로, 그림자로 짙어진 샤바나의 얼굴이 들어왔다. 하다는 눈을 느릿하게 깜박이다가 보보를 껴안으며 상체를 일으켰다. 무슨 뜻이냐는 듯 쳐다보자 샤바나는 차고가 있는 뒷마당을 가리켰다.

「제이가 눈썰매 타러 가재.」

「애리조나에서 그게 가능해?」

애리조나는 겨울에도 날씨가 따뜻한 황무지였다.

「투산에선 힘든데, 차 타고 북쪽으로 조금만 가면 타는 곳이 있어.」

대충 코트를 걸쳐 입고 샤바나를 따라 뒷마당으로 갔다. 제이가 여자친구 코리와 함께 썰매를 트럭에 싣고 있었다.

「안녕, 샤바나. 또 보네.」

「어, 안녕.」

코리의 인사에 샤바나가 떨떠름하게 대답했다. 선글라스를 낀 아버지 베일이 마당으로 나와 그들과 얘기 나누는 동안 샤바나는 하다에게 귓속말을 했다.

「코리는 부르지 말라고 제이한테 그렇게 말했는데도 데리고 온 것 봐.」

「제이가 곧 있으면 입대하잖아. 어쩔 수 없지 뭐.」

작년 가족들 앞에서 대학에 가지 않고 군인이 되겠다고 밝힌 제이는 다음 달에 입대를 앞두고 있었다.

「그래도 그렇지. 당분간은 가족끼리 지내자고 했는데도 쟤는! 그렇게 당했으면서도 정신 못 차렸나 봐.」

제이와 코리 앞에서 티는 안 내지만 샤바나는 코리를 무척 안 좋게 생각했다. 제이보다 두 살 어린 코리는 적지 않은 나이임에도 불구하고 제이가 주는 사랑을 우습게 생각했다. 실제로 제이를 놔두고 다른 학생과 대놓고 몇 번이나 데이트를 즐겼다 했다.

아버지 제임스가 운전대를 잡고 앞자리에 제이와 코리가, 뒷좌석엔 샤바나와 하다 그리고 스노이가 앉았다. 가끔씩 샤바나와 얘기를 나누거나 준비해 놓은 감자 칩을 먹으면서 지나가는 풍경을 구경했다. 넓은 황야의 도로를 달리던 차는 어느새 높은 산을 타고 있었다. 카메라를 미리 챙겨놨던 하다는 간간이 사진을 찍고, 베일의 배려로 한적한 곳에 내려 산의 절경을 찍기도 했다.

산을 올라오길 한참, 차들이 도로변에 주르륵 주차되어 있는 게 보였다. 베일이 빈 곳에 주차를 하고, 차에서 내린 하다는 샤바나의 가족들이 스키장용 방수 재킷과 신발로 갈아입는 걸 지켜보았다. 아쉽게도 마땅한 것이 없는 그녀는 입고 있는 얇은 캐시미어 혼방 코트로 만족해야 했다.

스노이에게 목줄을 걸고, 그들은 눈이 소복하게 쌓인 산 안으로 들어갔다. 이미 사람들이 오고갔는지 발자국이 많았다. 한국에서 흔히 보는 개조된 눈썰매장을 상상했던 하다는 도착한 곳이 아무것도 건드리지 않은 자연 그대로의 숲이라는 것에 놀랐다. 까마득한 높이의 나무들이 솟아 있는 숲 속에 즐거운 비명이 메아리처럼 들려오고 있었다.

「눈썰매를 어디서 타는 거야?」

「여기서 밑으로 내려가서. 숲에 있는 언덕 찾아서 아무 데서나 타면 돼.」

말 그대로 산에서 타는 자연 눈썰매였다. 앞장서서 썰매를 질질 끌고 가던 제이가 맘에 드는 언덕을 찾았는지 그들을 향해 손을 흔들었다. 제이와 코리가 신나게 언덕을 오르고 스노이를 안은 샤바나가 차례를 기다리는 동안, 하다는 하나밖에 없는 코트가 젖을까 봐 그들이 썰매 타는 걸 구경하면서 사진이나 찍겠다고 했다. 조금 떨어져 있는 언덕에선 어린아이들을 데리고 나들이를 나온 가족들이 이미 소리를 지르며 타고 있었다.

「정말 안 탈 거야? 재밌는데.」

이미 한 번 타고 내려온 베일이 썰매를 딸에게 건넨 뒤 하다에게 물었다.

「저는 눈을 보는 게 더 좋아요.」

「나중에 찍은 사진 보내줄 수 있겠니?」

「물론이죠.」

「하다! 이것 봐봐!」

샤바나가 언덕 위에서 스노이를 품에 안고 팔을 붕붕 흔들고 있었다. 추위를 타는 건지 겁을 먹은 건지 스노이는 어쩐지 잔뜩 굳어 보였다. 스노이를 먼저 썰매의 앞에 앉힌 샤바나가 엉덩이를 붙이자마자 썰매는 무섭게 언덕을 타고 내려오기 시작했다. 그 모습이 너무 웃겨서 하다는 박장대소를 터뜨렸다. 누구의 것인지 모를 깔깔거리는 호쾌한 웃음소리가 숲 안에 퍼져 나갔다. 밑에 도착하자마자 그 반동으로 눈 속으로 푹 빠진 스노이가 화들짝 놀라서 토끼처럼 겅중겅중 뛰어댔다.

「스노이가 무서워서 죽으려 그래!」

배를 붙잡은 제이가 소리쳤다. 샤바나도 웃음을 터뜨리며 추워서 바들바들 떨고 있는 스노이를 안아 올렸다.

「오, 미안해, 스노이! 내가 나쁜 엄마야.」

「그래, 나쁜 엄마.」

「시끄러, 제이.」

쿡쿡 웃으면서 하다는 찍은 사진을 살폈다. 호쾌하게 웃고 있는 샤바나와 겁을 잔뜩 먹은 스노이가 썰매를 타고 있는 모습이 그대로 담겨 있었다. 그 사진을 보여주자 베일은 껄껄 웃었다.

「이 사진 꼭 보내주렴.」

「그럼요.」

그들이 키득거리고 있을 때 스노이를 나무에 묶어둔 샤바나가 하다에게 뛰어왔다.

「하다, 이번엔 너도 타.」

「하지만 나 옷차림이 별로인데. 신발도 밑창이 다 닳아 있는 상태라…….」

「정말 재밌다구. 이때가 아니면 언제 타봐.」

「그래, 하다. 카메라는 내가 들고 있을게.」

베일이 옆에서 거들었다. 결국 하다는 샤바나에게 이끌려 언덕을 올랐다. 보이는 것과 달리 언덕의 체감 높이는 꽤 높았다. 올라가면서 미끄러질 때마다 샤바나가 뒤에서 그녀를 붙잡았다.

「자, 내 뒤에 앉아.」

「잠깐, 나 휴대폰 좀 안주머니에 넣고.」

「빨리…… 으악!」

먼저 앉아 있던 샤바나는 중심을 잃고 그대로 먼저 내려가 버렸다. 그 속도가 너무 빨라서 멀리 쓸려 나가 눈 위에서 두어 번 굴렀다. 가족들이 박장대소를 터뜨렸다. 하다도 커다랗게 웃음을 터뜨리며 배를 붙잡았다.

「뒤에 앉으라면서 먼저 가버리면 어떡해!」

「실수야!」

본인도 웃긴지 샤바나도 웃느라 헐떡거리고 있었다.

샤바나가 썰매를 들고 다시 올라온 후에야 하다는 썰매를 탈 수 있었다. 빠른 속도에 샤바나의 어깨를 붙잡고 크게 비명을 내질렀다. 중간에 썰매를 놓쳐서 샤바나와 함께 언덕을 데굴데굴 굴러 눈에 처박혔다. 깔깔 웃음을 터뜨렸다. 철없던 시절로 돌아간 기분에, 가슴 밑바닥에서부터 진심어린 웃음소리가 올라왔다.

「……기분 좋다.」

「정말?」

하다는 샤바나가 내미는 손을 잡고 몸을 일으켰다. 다시 한 번 타러 가자는 샤바나의 재촉에 고개를 끄덕이면서 속주머니에 휴대폰이 무사히 있는지 확인했다. 도로 집어넣으려다가 전화가 왔었다는 걸 발견했다. 음성메시지도 와 있었다.

「하다, 안 와?」

「잠깐만!」

메시지 듣기를 누른 하다는 휴대폰을 귀에 대었다. 성은에게서 온 메시지였다.

[하다야…….]

망설이는 성은의 목소리가 수화기 너머 들려왔다.

[전화를 안 받네. 음…… 그게……. 이 말을 전해야 할까 말아야 할까 고민을 많이 했는데…… 나도 알고 있는 일이니까 너도 알고 있는 게 좋을 것 같아서.]

성은의 목소리는 불안했고, 그 전이되는 마음에 하다는 몸이 서서히 굳어졌다.

[담조 오빠……. 지금 뉴욕에 없을지도 몰라. 친할머니가 돌아가셨대. 한국으로 당장 들어오라고 집안 어른들이 그랬다나 봐. 나도 들은 얘기라 정확히는 모르는데 집안을 물려받을 사람이 오빠밖에 없는 데다가 상속 문제가 얽혀 있어서 상황이 좀 복잡하대. 다음 학기까지 돌아올 수 있을지 불투명하다고……. 오빠랑 너 사이…… 내가 끼어들 일은 아니지만, 오빠가 한국에 들어가기 전에 전화라도 해봐.]

하다는 굳어진 얼굴로 멍하니 서 있다가 문득 고개를 들었다.

온통 하얀 세상이었다.

[앞으로 못 볼지도 모르잖아…….]

투명한 듯 새하얀 겨울의 하늘. 그 안으로 그림처럼 높이 솟아올라 뻗어 있는 침엽수의 잔가지들. 다리 아래 펼쳐진 땅 위의 눈. 방금 들은 이야기가 실감나지 않아서, 하늘과 땅의 경계가 느껴지지 않았다. 그녀가 서 있는 곳이 저 하늘 같고 저 하늘이 그녀가 서 있는 곳 같았다. 친할머니라면, 분명 그분이겠지. 그에게 구담조라는 이름을 준, 평생 족쇄가 되어 그의 발목을 잡은 그 슬픈 이름을 준 사람.

이 겨울이 끝나고 그를 못 볼지도 모른다는 사실보다 지금 그는 무슨 기분으로 어디에 있을지가, 가장 먼저 가슴을 사로잡았다. 구준수가 죽은 후 단 한 번도 한국에 돌아가지 않은 그였다. 모든 것을 버리려고 이 땅에 혈혈단신으로 온 사람이었다. 집안의 족쇄에 묶여 끌려가는 기분일까. 그가 상처받고 아파하고 있을 때 방관만 하던 어른들이 이제 와서 그를 묶으려기엔 너무 많은 시간이 흘러 있었다. 그도 알고 있을 것이다.

그럼에도 가슴이 이토록 떨리는 이유는 그가 외로운 사람인 것을 잘 알기 때문이었다. 혈육의 마지막 부탁을 끝끝내 저버릴 만큼 모진 사람이 아님을 그녀는 잘 알고 있었다.

이토록 마음이 불안한데 세상은 여전히 평화롭게 돌아가고 있었다. 그와 헤어질 때 그랬던 것처럼. 사람들은 즐겁게 눈썰매를 타고 경쾌한 웃음을 터뜨리고 있었다. 즐거운 웃음이 산속에 울려 퍼지고 있었다.

하다는 한참 동안 그 경관을 구경하듯 멍하니 서 있다가 휴대폰을 들었다. 장갑을 낀 손가락이 한 번호를 찾아 한참이나 망설이더니, 마침내 통화 버튼을 눌렀다.

[여보세요?]

상대방은 전화를 바로 받았다, 하다는 아무 말도 할 수 없었다. 그런 그녀를 이해하듯 상대방은 참을성 있게 다음 말을 기다렸다.

"……나야."

[알고 있어. 반하다, 너잖아.]

그렇게 운을 뗀 수아는 다시 천천히 입을 열었다.

[전화 올 줄 알고 있었어.]

"어떻게?"

[최성은한테 오빠 소식을 전한 게 나니까. 우리가 서로 안부를 물을 만큼 친한 사이는 아니잖아?]

하다는 대답을 하지 않았다. 별 할 말이 없는 수아도 입을 다물었다. 그렇게 짧고도 긴 묵언의 시간이 흘렀다. 아이러니하게도 하다는 수아가 지금 무슨 생각을 하고 있을지 알 것 같았다. 이 짧은 시간 동안 수많은 갈등을 헤집으며 망설이고 있을 것이다. 과연 자신이 지금 잘하는 것인지. 갑자기 나타나 첫사랑을 가로채어간 여자애에게 이런 호의를 베풀어야 하는 것인지. 그리고 수아도 반하다의 마음을 거울처럼 들여다보고 있을 거란 걸, 하다는 확신했다.

[담조 오빠, 한국에 핸드폰이 따로 없어서 미국폰 로밍해서 가져갈 거야. 뉴욕 전시를 이제 와서 물릴 수는 없으니까, 일정에 맞출 수 있게 수시로 연락을 해야 하거든.]

"······그렇구나."

[아직 한국으로 안 갔을 거야. 가기 전에 시카고에 들른다고 했으니까. 만날지 안 말날지는 너한테 달려 있겠지.]

"아마, 만나지는 못할 거야."

하다가 초연히 대답했다. 수아는 잠시 말이 없었고 하다는 느리게 눈을 깜박였다. 눈앞에는 하얀 눈만이 가득했다. 토옥 내쉬는 그녀의 숨소리에 맞춰 하얀 입김이 그 위를 뒤덮을 즈음, 하다는 그녀에게 물었다.

"넌, 괜찮아?"

[······그걸 몰라서 물어?]

수아의 목소리는 표독스러웠지만 의외로 침착했다.

[오빠한테 거절당하고 너한테 찾아간 날, 다 포기하기로 마음먹었어. 그런 망부석한테 마음 주기엔 내 청춘도, 내 미모도, 내 순정도 전부 아까우니까. 다시는 이런 사람 때문에 안 울 거고, 너한테 동정 받지도 않을 거야.]

"동정 안 해."

하다는 잔잔히 웃었다.

"고마워, 이수아. 전에 시카고에서 너랑 재회했을 때 말은 안 했지만, 사실 널 다시 만나서 많이 반가웠어. 넌 오글거린다고 할 수 있는데, 넌 내가 떠나보낸 과거의 사람이니까. 내 과거를 다시 맞닥뜨린 것 같아서 순간 거부감이 든 건 사실이지만, 널 내치려고 했던 건 아니야."

[그래, 나도 네가 나랑 친구가 되고 싶었다는 건 몰랐으니까.]

허를 찔린 기분에 하다는 입을 다물었다. 수아가 술에 취해 집에 왔을 때 자신이 샤바나에게 한 말이었다.

"그때 듣고 있었구나."

[뭐, 엿들은 게 아니라 들린 거였어.]

어색한 기분에 '큼' 헛기침을 한 수아는 대수롭지 않다는 듯 말을 이었다.

[고마워 할 필요는 없어. 네가 말한 대로, 우린 그런 사이가 못 되니까.]

"그래."

둘 사이에 침묵이 이어졌다. 전화를 끊을 타이밍과 어떻게 끊어야 할지 둘 다 알 수가 없었다. 이 상황이 답답해진 수아가 입을 열었다.

[내가 먼저 끊을게. 방학 잘 보내.]

전화는 그렇게 끊겼다. 하다는 휴대폰을 주머니에 넣으며 하늘을 쳐다보았다. 겨울의 하늘은 여전히 깨끗하고 투명했다. 눈을 감으면서 자신에게 소식을 알리면서 많이 아팠을 수아의 마음을 떠올렸다. 그리고 눈을 뜨면서, 하얀 하늘에 그의 얼굴을 그려보았다. 수아가 그녀에게 내던진 폭탄 같은 소식은 아슬아슬하게 그녀의 손끝에 걸쳐 있었다. 그것을 떨어뜨릴지, 품 안으로 감싸 안을지, 분명한 사실은, 이제 그녀의 몫이었다.

투산은 거리에 밤이 내려앉으면 아무것도 보이지 않을 만큼 어두컴컴했다. 자동차가 유일한 교통수단인 이곳에서 앞을 내다볼 수 있는 건 자동차의 헤드라이트뿐이고 밤하늘을 수놓고 있는 별들뿐이었다.

하다는 샤바나를 따라 그녀의 이모와 이모부가 주최하는 저녁 만찬에 그녀의 가족들과 함께 가는 중이었다. 제이와 샤바나와 엄마 루시가 노래를 크게 틀어놓고 따라 부르는 동안, 그녀는 아직까지 푸른 기운이 남아 있는 애리조나의 어둠을 응시했다. 무릎 위에 늘어뜨린 손안에는 휴대폰을 여전히 잡고 있었다. 그에겐 끝끝내 전화를 하지 못했다.

「기분 괜찮니?」

샤바나와 달리 초록색 눈동자를 지닌 루시가 하다에게 넌지시 물었다.

「아, 그럼요. 하늘이 너무 예뻐서 감상하고 있었어요.」

「그치? 애리조나 하늘은 언제 봐도 예쁜 것 같아. 한국은 어때?」

「글쎄요……. 서울은 구석구석 도시 같지 않은 곳이 없어요. 건물들이 빽빽하게 있고 다른 도시들처럼 예쁜 하늘 보기가 참 힘들었거든요. 반면 제가 살던 시골은 정말 아름다웠어요. 그곳에 넓은 갈대밭이 있는데, 거기에 서서 석양을 보면…… 정말 내일 아침을 꿈꾸게 돼요.」

「우와, 방금 말 시 같았어.」

「하다 완전 시인이야. 몰랐어?」

샤바나가 씨익 웃으며 루시에게 말했다. 샤바나가 어렸을 때 베일과 이혼한 루시는, 샤바나의 말에 따르면 누가 딸이고 엄마인지 구분이 안 갈 정도로 철이 없고 호쾌한 성격이었다. 그러나 하다의 생각은 조금 달랐다. 전에 루시가 잠깐 시카고에 놀러왔을 때, 샤바나가 잠시 집을 비운 사이 하다는 루시와 깊은 대화를 나눈 적이 있었다.

「참 신기한 일이야. 같은 하늘인데도 어디서 보는지에 따라 느낌이 다른 게 말이야.」

운전대를 잡은 채 중얼거리는 루시를 보며 하다는 그때 나눈 대화를 떠올렸다. 루시는 마냥 철이 없는 어른 같이 보여도, 의외로 생각이 깊은 사람이었다. 샤바나가 집을 잠시 비운 사이, 루시는 자신의 빨래를 개면서 딸에게도 털어놓은 적 없다는 이혼의 이유를 하다에게 털어놓았다.

「사람 일이 그래. 분명 내가 아는 사람인데도 어느 곳에서, 어느 시간에, 누구와 함께 보느냐에 따라 그 사람의 이미지가 달라지는 경우가 있거든. 베일이 그랬어. 결혼하고 나서 내가 알던 모습과 완전히 다른 사람으로 변하더라고. 자기 자식들한테는 끔찍한 사람이지만, 아내에겐 자기중심적이고 가부장적인 면이 있거든. 집에 오면 밥상이 차려져 있기를 원했고, 내가 일을 하지 않기를 원했어. 불만이 있으면 그때마다 나한테 크게 소리를 질렀고. 내 아버지가 그래. 아버지와 결혼 후 평생 아버지한테 억압받으면서 산 엄마를 보고 살아왔기 때문에 난 베일이 아버지와 똑같은 사람이라는 사실을 참을 수가 없었어.」

하다는 진심으로 놀랐다. 베일이 가끔씩 시카고로 출장을 올 때마다 샤바나와 함께 그를 볼 기회가 많았는데 그런 면은 전혀 본 적이 없기 때문이었다. 루시는 그런 하다의 반응을 예상했다는 듯 잔잔히 웃으면서 갠 양말을 상자 안에 넣었다.

「상상이 안 가지? 이혼한 후에 사람이 많이 바뀌어서 그래. 샤
바나에겐 미안하지만, 그래서 난 이혼한 걸 후회하지 않아. 그
걸 계기로 베일도, 나도 성장했고, 더 나은 사람이 되었다고 믿
어.」

가벼운 어투와 달리 그 내용은 결코 가볍지 않았다. 하다는
루시의 미소에 마주 웃었지만 마음 한편이 무거웠다.

「뭐, 그때 결혼에 대한 환상이 와장창 깨져서 다시는 결혼하고
싶지 않지만. 아무튼, 베일이라도 좋은 사람을 만나서 다행이
야. 샤바나도, 언젠가는 날 이해하게 되리라 믿어.」

그렇게 말하며 웃는 루시는 분명 어른의 모습이었다.
하다는 창틀에 머리를 기대며, 어느새 저녁 만찬에 초대된 사
람들에 대해 티격태격하고 있는 샤바나와 루시를 물끄러미 응시
했다. 철없는 엄마라도, 곁에 엄마라는 사람이 있다는 것에 부러
워하는 자신을 어쩔 수 없이 발견하고야 만다. 자신이 한심하다
고 여겼던, 사랑에 못난 엄마가 혹시 지금 살아 있었다면, 곁에
있었다면, 구담조와 일에 그 누구보다도 현명한 답을 줬을 거란
생각을 하는 이유는, 엄마가 사랑에서만큼은 약자였기 때문일지
도 모른다.
「저녁 만찬에 초대되어서 낸시가 혹시 불쾌하게 여기진 않을

까? 생각해 봐. 아무리 내가 베일이랑 오래전에 이혼하고 내가 너희 엄마니까 권리가 있다지만, 같은 여자로서 남자친구의 전 와이프의 여동생의 저녁 만찬까지 초대되면 기분이 이상할 거 아 냐.」

「몇 번이나 말했잖아, 엄마. 괜찮다고 했다니까. 그 사람이 애 도 아니고.」

「말조심, 샤바나.」

샤바나는 눈동자를 굴렸다.

「아무튼, 싫었으면 싫다고 했겠지. 그리고 그렇게 따지면, 아무 리 애들 엄마라지만 남자친구랑 오래전에 이혼한 여자의 여동생 이 가족 만찬에 남자친구만 달랑 초대하는 게 더 웃기지. 오히려 낸시를 함께 저녁 만찬에 초대함으로써 애들 아빠의 여자친구로 인정해 주겠다는 뜻을 간접적으로 전하는 거잖아.」

「그건 샤바나의 말이 맞아, 엄마.」

조수석에 앉아 있는 제이가 간식으로 챙겨온 식빵 모서리를 우물거리며 응수했다. 모녀가 언쟁을 벌이는 심각한 분위기에서 그는 홀로 가벼웠다.

「게다가 엄마가 초대한 것도 아니고 리디아 이모가 초대한 건데 뭘 걱정해. 둘이서 정신없이 싸워대니까 하다가 말문이 막혀 하 고 있잖아.」

그는 하다가 앉아 있는 뒷좌석을 힐긋 눈으로 가리켰다. 갑자 기 집중된 이목에 하다는 당황스러운 미소를 지으며 자기는 상관 없다는 듯 두 손을 흔들었다. 루시는 무안 반, 즐거움 반이 섞인 표정으로 유쾌하게 웃음을 터뜨렸다.

「하다야, 미안. 근데 우리 싸운 거 아냐. 음······. 뭐랄까······. 내 동생이 갑자기 벌인 일에 내가 당황해서 전전긍긍하는 정도?」

「엄마가 전전긍긍할 필요 없다니까? 만일 이 일 때문에 아빠랑 낸시 사이에 무슨 일이 생기면 그건 엄마한테 상의도 없이 일을 벌인 리디아 이모 탓이라고.」

단호하게 상황을 정리한 샤바나는 백미러를 통해 하다에게 미안한 눈길을 보내며 한숨을 내쉬었다.

「콩가루 집안에 얽혀들게 해서 미안.」

「전혀. 미안해할 필요 없어.」

하다는 그녀에게 위로의 미소를 보냈다. 콩가루 집안이라. 글쎄, 그녀가 보기엔 충분히 따뜻하고 행복한 집안이었다.

끝없이 이어진 도로를 달리던 차가 어느 순간 우측으로 방향을 튼 뒤 한 길목을 따라 쭉 내려가기 시작했다. 그 길의 옆으로 창살이 박힌 하얀 담벼락이 늘어서고, 그 너머로 하얀 대리석으로 지어진 대저택이 보였다. 대여섯 대의 차를 주차하고도 남는 넓은 마당에는 아기 천사가 뿔 나팔을 불고 있는 분수대가 있었다. 그 앞에 주차를 한 뒤 차에서 내린 하다는 요즘엔 박물관에서나 볼 법한, 고대 그리스 양식의 기둥이 박힌 저택을 얼떨떨하게 바라보았다.

「······드라마에서만 보던 집이 진짜로 있구나.」

「이모랑 이모부가 좀 잘살거든. 취향이 고상하지? 자식 대신 집을 꾸미는 재미로 사는 사람들인데······.」

샤바나가 귓속말을 하려는 듯 고개를 숙이자 하다도 따라 고개를 숙였다.

「그래서인지 조금 속물이야. 그만큼 단순하기도 하고. 집이 엄청나다고 칭찬해 줘. 그럼 널 안목 있는 사람이라며 좋아할 거야.」

샤바나의 이모부, 조쉬 클랜스는 문 앞에서 그들을 반겼다. 파티의 주최자답게 그들과 일일이 악수를 하고 집 안으로 에스코트한 뒤 겨울 코트들을 손님용 벽장에 걸어주었다. 하다는 샤바나의 조언대로 집에 대한 과장된 칭찬으로 그의 환심을 산 뒤, 샤바나의 옆에 꼭 붙어 다녔다. 시간이 조금 흐르자 다른 가족들도 속속 도착했다.

저택에는 클랜스 부부가 소장하고 있는 회화작품들이 꽤 있었다. 클랜스 부부가 만찬 준비로 바쁘게 움직이는 동안, 샤바나의 외할아버지이자 루시의 아버지인 스티브가 가이드를 자처하며 하다에게 저택 투어를 시켜주었다.

「이 그림은 조쉬랑 낸시가 그리스에 갔을 때 산 건데…….」

스티브는 마치 자기 그림을 자랑하는 양 그림의 출처와 가격을 밝힐 때마다 뿌듯해 보였다. 이 얘기를 몇 번이나 들었던 샤바나는 지루함을 감추지 못했고, 하다는 예의상 웃으며 이야기에 귀를 기울이는 척했지만 마음은 온통 수아와 나눴던 대화에 쏠려 있었다. 사실 클랜스 부부가 소장하고 있는 그림들은 너무 고상해서 학교에서 현대미술을 공부하고 있는 그들에겐 고리타분하게 느껴지기도 했다.

투어가 길어질수록 스티브의 장황한 설명이 점점 귀에서 멀어졌다. 오른손에 들고 있는 휴대폰의 무게는 더욱 커졌다. 당장에라도 그에게 전화를 걸고 싶었지만 비상계단에서 슬프고 처량하게 소리치던 그의 모습이 떠올라 망설여졌다. 그의 번호도 그대로인데, 여전히 그녀는 그에게 다가가는 걸 두려워하고 있었다. 바보 같게도.

그런 그녀의 눈에 고풍스러운 디자인의 전화기가 들어온 건, 어쩌면 필사적으로 그에게 전화를 할 만한 구실을 찾고 있었기 때문인지도 모른다. 하다는 걸음을 멈췄다. 그들은 막 꽃무늬의 가죽 소파와 은은한 램프가 설치된 응접실을 지나가던 참이었다.

「저 전화기, 작동되는 건가요?」

처음 듣는 질문에 스티브의 얼굴에 화색이 돌았다.

「그럼 당연하지.」

「전화 한 통 써도 될까요? 휴대폰의 배터리가 다 돼서…….」

「그럼, 그럼. 그들은 전화 한 통 가지고 뭐라 그럴 사람이 아니란다.」

경직된 얼굴로 전화기 앞에 선 하다에게 샤바나가 다가왔다.

「누구한테 전화하려고?」

「조한테.」

오랜만에 듣는 그의 이름에, 샤바나는 지금이라도 그만둬야 하는 건지 묻고 있는 하다의 눈을 쳐다보았다. 시카고에 있는 내내 자신을 혹사시키면서 그와의 이별을 힘들어하던 그녀였고, 이곳에 와선 단 한 번도 그에 대해 말을 꺼내지 않은 그녀였다. 그 짧은 시간 동안, 수많은 질문과 대답들이 그들의 시선을 타고 흘렀다. 불안하게 흔들리는 하다의 눈동자 속에서 샤바나는 어쩌면 그녀를 말릴 수 없다는 걸 깨달았는지도 몰랐다.

「나가 있을게. 전화하고 와.」

샤바나는 마지막으로 그녀의 손을 꽉 잡아준 뒤, 외할아버지와 함께 응접실을 나갔다. 그녀가 등 뒤로 문을 닫으면서 응접실 안에 하다 혼자만이 남았다.

묵직한 수화기를 귓가로 가져갔다. 너무 많이 들여다봐서 이젠 외워 버린 그의 번호를 하나씩 걸 때마다 전화기의 동그란 체인이 차륵 소리를 내며 돌아갔다. 이 행동이 얍삽하다는 것을 그녀는 잘 알고 있었다. 자신의 번호로 걸면 그가 받지 않을지도 모른다는 두려움. 어떻게든 그의 목소리를 듣고 싶은 이기심. 그는 지금 괜찮을까, 잘 견디고 있을까 하는 걱정과 된다면, 아직 가능하다면, 자신이 그의 위로가 되길 바라는 소망.

[여보세요.]

몇 번의 신호음에 이어 들려오는 그의 목소리에, 어쩔 수 없는 마음이 고스란히 눈물이 되어 눈가에 맺혔다. 떨리는 입술이 벌어졌다가 다시 파르르 떨리며 다물어졌다.

[여보세요.]

그의 목소리는 낮게 가라앉아 있었다. 자다 일어나서 잠긴 목소리가 아닌, 피로와 우울이 짙게 깔린 음성에 하다는 수화기를 두 손으로 꽉 쥐어 잡았다.

[혹시…….]

그의 목소리가 희미하게 흔들렸다.

[반하다……?]

결국 눈물이 넘쳐 흘러내렸다. 눈을 질끈 내리감고 울음소리가 새어나가지 않도록 입을 막았다.

[……하다야?]

하다는 여전히 대답하지 않았다. 어깨가 가늘게 떨렸다. 수화기 저편에서도 말이 없었다. 서로의 숨소리만 전파를 타고 흘렀다. 그가 다시 입을 열었다.

[잘…… 지내?]

응, 난 잘 지내.

[보고 싶어.]

나도.

[보고, 싶어.]

나도.

[나 말이야…….]

그가 말끝을 흐렸다.

[시카고로 돌아가면, 전화해도 될까.]

하다는 고개를 끄덕였다. 전해지지 않을 걸 알면서도 고개를 끄덕, 흔들었다. 보고 싶다. 그의 목소리를 듣고 있는 지금, 그 어느 때보다 그가 가까이 느껴졌다. 그가, 보고 싶었다.

"응……."

결국 흐느끼듯 그녀의 말이 울음소리처럼 새어나갔다. 잠시 말이 없던 그는 대답했다.

[조금만, 기다려 줘.]

금방 갈게. 못다 한 그 말을 하다는 알아들을 수 있었다. 통화가 끊기고, 하다는 시선을 들어 창밖을 보았다. 얼굴이 비치는 까만 어둠 속으로 하얀 눈이 내리는 착각이 들었다. 지금 한국에서 내리고 있을, 모든 것을 감싸 안을 백년설 같은 눈이 이곳 황무지에 내리길 바랐다. 그것이 다 녹을 즈음엔, 그 아래에 켜켜이 쌓였던 상처들이 아물길 바랐다. 그 위에는 다른 새싹이 피어오르겠지. 새싹은 꽃을 피우고 열매를 맺겠지. 그렇게 자신도 그의 손을 다시 잡고, 나아가고 싶었다. 바보같이, 이제야.

10.

[네 할머니, 돌아가셨다.]

그것이 전부였다. 아버지는 더 말하지 않았고, 퍽퍽하게 갈라
진 그 목소리를 듣고 있던 담조는 이윽고 알겠다는 말과 함께 전
화를 끊었다.

5년 동안 항거하듯 거부하던 귀국행이 그 전화로 인해 빠르게
진행되었다. 조모상으로 고향에 돌아가게 되었다고 친구와 갤러
리 측에 전달하고 그들과 스케줄을 조정한 다음, 석진에게 미안
하지만 지금 바로 시카고로 갈 테니 공항에서 픽업할 수 있게 옷
가지와 검은 양복을 캐리어에 담아 바로 준비해 달라고 부탁했
다. 공항에 앉아 인천공항 직행 티켓을 보고 있을 때, 그녀에게
서 전화가 왔다.

"반하다……?"

목소리는 들리지 않았다. 모르는 번호였지만, 그녀라는 걸 알 수 있었다. 준수가 죽었다는 소식을 전하며 울던 소녀는, 수년이 흐른 후 또다시 그에게 전화를 걸어 조용히 울고 있었다.

보고 싶어.

보고 싶다.

눈부신 한국의 겨울 햇살에 눈을 찡그린 담조는 손을 펼쳐 눈 위로 그림자를 만들었다. 머리 위로 비행기가 이륙하는 소리가 울려 퍼졌다. 겨울이면 어두컴컴하고 삭막해지는 시카고와 달리 한국은 겨울에도 해가 창창했다.

미국에서 남모르게 태어나, 준수의 친어머니가 죽은 후 재원의 부름에 따라 어머니 하영과 함께 한국으로 돌아왔다. 사춘기가 시작될 무렵에는 어른들에게 등 떠밀리듯 미국으로 다시 보내졌고 오직 여름에만 한국에 돌아올 수 있었다. 한국의 겨울은 유년시절에 친아버지라 밝히던 재원을 보는 것만큼이나 낯설었다.

공항에서 차를 렌트한 그는 곧장 재원이 알려준 병원으로 향했다. 장례식은 성대하고 화려했다. 신성희 의료원장의 인맥을 확인해 주듯 문상객은 넘쳐났고 주변의 다른 장례식장들이 초라해질 정도로 그녀의 장례식장에는 거대한 조화들이 늘어서 있었다. 담조는 화장실에 잠시 들러 검은 정장으로 갈아입은 다음, 손을 씻고 거울 속 남자를 들여다보았다. 창백했다.

"담조 씨……."

마지막으로 학교에서 재회한 날, 흐느끼며 그를 부르던 그녀의 부름이 귓가를 떠나지 않았다. 수화기 저편에서 아무 말도 하지 못하고 울고만 있던 그녀의 모습이 머릿속에 처연히 그려졌다. 당장이라도 모든 걸 때려치우고 이곳을 벗어나고 싶었다. 눈만 감으면 그의 모든 오감이 그녀가 있는 곳으로 달려가고 있었다. 눈을 뜬 담조는 그런 마음과 상관없이, 젖은 손으로 머리카락을 뒤로 넘기며 화장실을 나왔다.

그의 옆을 지나가는 사람들의 수만큼, 딱 그만큼의 눈빛들을 담조는 빈소를 향하며 받아냈다. 줄곧 부정해 왔지만, 그는 누군지 알아채지 않는 게 더 힘들 정도로 재원을 많이 닮아 있었다. 첫째 아들이 스스로 요절한 건 성신재단에 조금만 관심 있으면 누구나 다 아는 사실이었다. 박혀 있는 돌을 빼낸 굴러들어 온 돌. 소문의 둘째 아들을 보는 시선 중엔 당연히 호기심만 있는 것이 아니었다.

주변 상황을 먼저 읽어내듯, 그는 문가에 서서 주위를 둘러보다가 한곳에 시선을 고정했다. 재원이 두 번째로 맞아들인 아내, 그의 친어머니 김하영과 눈이 마주쳤다.

"왔구나."

몇 년 만에 아들을 본 그녀는 그 이상의 말을 잇지 못했다. 입을 벌리다가, 이내 붉어지는 눈시울을 가리며 뒤돌아 고개를 떨구었다. 한없이 약해보이는 하영의 등을 담조는 복잡한 심경으로 마주했다. 슬프지만, 슬프지 않았다. 안쓰럽지만…… 안쓰럽지 않았다. 그럼에도 가슴이 이토록 무거워지는 건, 핏줄이라는 그 못나고 질긴 이름 때문이었다.

"따라오렴."

감정을 다잡은 듯 심호흡하며 고개를 든 하영은 담담하고 침착하게 아들의 복잡한 눈빛을 마주했다. 그녀가 그를 안내한 곳은 빈소 한편에 마련된 유족들의 방이었다. 그 안에서 그녀는 그에게 상주의 완장을 건넸다. 그걸 내려다보는 그의 미간에 어쩔 수 없는 주름이 잡혔다.

"……할 수 없어요."

뭐라 반박하려던 그녀는 이내 파르르 입술을 떨며 다물었다. 시선을 내리까는 그녀의 눈빛이 애처로웠다.

"준수가, 없잖니."

담조는 눈을 내리감았다.

"형의 일을 대신한다고 생각하렴. 그럼 너도 편하지 않겠니."

그는 아무 말 하지 않았다. 그저 시선을 돌려 아무것도 없는 흰 벽만 쳐다보았다. 그것이 무언의 허락임을 알고 하영은 그의 팔에 완장을 채워주었다.

그가 분향실에 들어서자, 상주 자리에 서 있던 재원이 놀란 듯 그를 쳐다보았다. 올 것이라 기대하지 않았던 눈치였다. 부자는 서로의 안색을 살피듯 바라보다가 재원이 먼저 참담한 표정으로 시선을 돌렸다. 담조는 별다른 말 없이 그의 옆으로 걸어가 자리를 잡았다. 바닥에 고정되어 있던 시선을 들어 영정을 보았다.

영정 속 신성희 의료원장은 그의 기억 속에 남아 있는 깐깐한 모습 그대로였다. 이제야 저분이 돌아가셨다는 게 실감이 났다. 눈물은 나지 않았다. 그의 잘못 아닌 태생의 문제로 올가미를 만들어 그를 옥죈 사람이었다. 저 사람이 마지막에 어떻게 숨을 거뒀는지 진심으로 궁금하지 않았고 그 죽음을 위해 울 생각도 없었다. 자신이 실로 냉혈한이구나 싶어서 쓴웃음이 났다. 그래도 핏줄인데, 친할머니인데, 누군가 그를 손가락질을 하더라도 소용없는 건 소용없는 일이었다. 울고 싶어도 건조하기만 한 자신의 눈시울을, 그는 탓할 수 없었다.

담조는 눈을 감았다. '조금만 기다려'라고 그가 말했을 때, 한참 동안이나 말이 없던 그녀는 '응……' 하고 작게 속삭였다. 이곳 장례식장에 서 있는 이 순간, 지금까지 가슴께를 짓누르던 마음의 짐들이 덧없게 느껴졌다. 화려하게 핀 꽃에 둘러싸인 영정. 조문을 하러 오는 많은 사람들. 사람들의 입에 오르고 내리는 성신재단의 가치. 죽으면, 소용없는 것들인데. 서로 사랑하기만도 바쁜 시간에 그들은, 사람들은, 다른 감정들로 복잡하게 싸우고만 있었구나.

완장을 차고 그가 사람들의 인사를 받는 순간부터 어쩌면 그는 성신재단의 일부로 받아들여진 걸지도 모른다. 사람들의 눈빛이 그것을 말해주고 있었다. 호기심 어린 시선부터 아니꼬운 시선까지, 어렸을 때부터 겪어온 익숙하지만 절대 익숙해지지 않는 이 시선들은 서른이 되어가는 이 순간까지도 변함이 없었다.

분명 불쾌한 일이었지만 그는 이 순간 아무런 감흥이 들지 않았다. 그에겐 벅찬 일이고 쓸데없는 일이었다. 오직 한 얼굴만이 떠올랐다. 머릿속으로는 딴 생각을 하며 조문객이 절을 하면 따라 절을 했다. 밤하늘 밑에서 슬피 미소 짓던 그녀의 얼굴만 떠올렸다. 그것이 그가 할 수 있는 최선이었다. 그거라도 하지 않으면, 간신히 이성을 유지하는 무언가가 뚝 끊겨 버릴 것 같았다. 그것이 육체의 한계인지 정신의 한계인지 알 수 없었지만 그는 담담한 표정 아래로 그 누구보다 필사적이었다.

밤이 되고 새벽이 되어서야 조문객이 뜸해졌다. 향이 소리 없이 피어오르는 분향실에는 재원과 하영, 담조만이 앉아 있었다. 시차 적응이 되지 않은 데다가 비행기에서 내리자마자 이곳으로 향했던 담조는 정신력으로 간신히 버티고 있었다. 눈 밑에 켜켜이 쌓인 피로를 하영은 안쓰럽게 쳐다보았다.

"담조야, 피곤할 텐데 우선 잠이라도……."

"식이 끝나면……."

담조가 조용히 입을 열었다.

"다시 떠나겠습니다."

하영은 굳어졌다. 새하얘진 얼굴로 말을 잇지 못했다. 담조는 그녀가 집안 어른들의 눈을 피해 재원이 미국에 마련해 준 곳에서 낳은 자식이었다. 재원과 결혼하고 한국으로 온 이후엔 중학교에 입학할 때까지 곁에서 키웠지만 살이 썩는 것 같은 고통을 감내하며 담조를 홀로 미국으로 보내야 했다. 담조를 볼 수 있는 시간은 여름이 유일했다. 하지만 그것도 며칠뿐이었다. 준수에게만 맘을 여는 담조는 한국에 도착하자마자 성산리로 내려가기 급급했다. 어쩔 수 없는 상황으로 그가 서울에 있는 본가에 들를 때면 뛰는 듯이 기뻤지만 시어머니의 눈치에 기뻐하는 티를 낼 수도 없었다. 그걸 잘 알고 있다는 듯, 아들은 항상 본가에 도착하고 몇 시간도 지나지 않아 이만 가보겠다고 했다. 자고 가렴, 그 한마디가 가시처럼 목구멍에 걸렸지만 내뱉지 못했었다. 이제 속 시원히 말할 수 있는 지금, 이젠 아들이 그 말을 거부하고 있었다.

"자고…… 가렴."

하영의 두 눈이 서서히 붉어지면서 결국 눈물을 토해냈다. 담조는 피로가 깊이 쌓인 눈으로 그 눈물을 지켜보다가 이내 고개를 떨구었다. 아무 대답 하지 않았다. 너무 늦었다는 걸, 두 모자는 잘 알고 있었다. 이곳은 그에게 고향이 아니었고, 돌아갈 집이 아니었으며, 연민이 남아 있는 곳도 아니었다. 이미 오래전부터 그들에게서 독립해 버린 그는 이제 그들의 도움도, 손길도 필요하지 않은 나이가 되어 있었다. 노력 끝에 이루어지는 화해와 상봉, 그것은 서로에게 쌓인 정과 기억 혹은 유대감마저 없는 그들에겐 드라마나 영화에 나오는 그 순간들만큼이나 비현실적이었다.

"가겠습니다."

재원은 아무 말 하지 않았다. 지금까지 그의 이기심으로 희생된 둘째 아들의 지난 세월, 그것의 대가는 그가 그 결정을 말리지 않는 것이었다.

영결식을 하기 전, 담조는 완장을 내려놓고 병원 장례식장을 나왔다. 며칠간 제대로 잠을 자지 못해서 땅과 하늘이 구분이 가지 않을 만큼 머릿속이 멍했다. 택시를 잡고 반사적으로 어느 장소를 지껄였다. 창밖에 스쳐 지나가는 우울한 잿빛 도시를 바라보다가 선잠에 빠져들었다.

도착했다는 택시 기사의 말에 부스스 일어났다. 바깥을 살펴보니 버스터미널이었다. 택시비를 치르고 나와 눈이 소복하게 쌓인 길거리 위에 발을 내디뎠다. 형이 죽기 전까지, 이 버스터미널은 여름마다 형을 만나기 위해 거쳐야 하는 곳이었다. 항상 땡볕 아래에 있는 모습만 보다가 눈에 뒤덮인 모습은 처음 보았다.

터미널이라 쓰인 큰 글자판을 올려다보다가 이내 안으로 들어가 서천행 버스표 한 장을 샀다. 일찍 버스에 올라 곯아떨어지면서, 그제야 병원에 렌트카를 두고 왔다는 생각이 스쳐 지나갔다. 무섭게 잠이 들었다. 한참 후, 담조는 누군가가 흔드는 손길에 눈을 떴다. 중년의 나이보다 조금 더 들어 보이는 운전기사가 걱정 서린 눈길로 그를 보고 있었다. 주변을 돌아보니 다른 좌석들은 텅 비어 있었다.

"죽은 줄 알고 깜짝 놀랐어, 젊은이."

"죄송합니다."

"죄송할 것까진 없고. 요즘 사는 게 힘들지? 그래도 힘내. 어느 시대를 살아도 힘든 건 다 똑같아."

그 말에 피식 웃음이 났다. 운전기사에게 고맙다는 말을 한 뒤 담조는 버스에서 내렸다. 시린 겨울 내음이 바람이 되어 얼굴을 덮쳤다.

서천은 많이 바뀐 듯 바뀌지 않은 모습이었다. 적어도 버스터미널 주변은 그랬다. 새로운 건물들과 가게들이 보였지만 도로 자체는 기억 속 그대로였다. 다만 모든 것이 흰 눈으로 덮여 있을 뿐이다. 앞서 누군가가 밟고 지나간 듯 발자국만 찍혀 있었다. 코트 깃을 세운 담조는 가방을 추스른 뒤 택시를 잡아 그의 별장으로 향했다.

한참을 달리자 창밖으로 너른 갈대밭이 보이기 시작했다. 여름 날 푸른 갈대밭이 아닌, 시린 하늘 밑 갈색으로 변색되어 눈빛 안개에 뒤덮인 그곳은 밭이라기 보단 아무것도 없는 초원과도 같았다. 자주 놀던 들판에 우뚝 선 나무. 앙상한 가지만 남은 그

나무가 보이자 눈에 시린 것이 서려왔다. 여름의 바람이 아닌, 겨울의 것이 가슴 한편을 후욱 뚫었다.

허무했다. 이렇게 죽을 사람이었는데 자신은 왜 그 양반을 무서워했던 걸까. 죽으면 그만인 그 모든 것들을, 그분은 왜 포기하지 못하고 잘못된 혈연, 그 하나를 견디지 못하셨던 걸까. 그걸 알아서 형은 죽었던 걸까. 자신이 지키려 했던, 꿈을 포기하면서까지 지키려 했던 집안의 기대와 미래, 뒤틀렸지만 하나밖에 없는 가족 그 모든 것들이 다가오는 죽음 앞에서 한없이 작아진다는 걸 깨달았던 걸까. 그래서 사자(死者)가 그를 낚아채기 전에 먼저 스스로를 화형시킨 걸까. 그리도 화려하고, 쓸쓸하게.

택시는 계속해서 앞으로 나아갔다. 마을을 지나 둔덕길을 오를 때 별장의 터가 보이기 시작했다. 가슴이 뻐근해졌다. 둔덕길을 오르면서 보여야 하는 별장이 이젠 보이지 않는다.

택시에서 내린 담조는 한때 별장이었던 곳을 우두커니 서서 바라보다가, 허리춤까지 오는 마당 문을 열고 안으로 들어섰다. 별장이 불에 타 무너진 후 이곳에 온 건 두 번째였다. 형이 사망했다는 소식을 듣고 난 후, 곧바로 비행기 스케줄을 잡았지만 가는 데 하루가 걸리는 거리였다. 스케줄 때문에 간발의 차로 형의 삼일장을 놓치고 간신히 도착한 영결식에서 담조는 통곡을 하며 우는 가족들을 볼 수 있었다. 영정 사진에 박혀 있는 형의 얼굴이 낯설었다. 따뜻하게 미소 짓고 있는 형의 얼굴이 검은 두 줄 안에 있는 것이 믿기지 않았다.

구준수는 그의 어머니와 똑같은 지병을 앓고 있었다. 종양이 발견된 건 그가 이십대에 들어선 지 몇 년이 채 되지 않았을 즈음. 의사 활동을 최대한 늦추고 중요한 학회가 아니라면 대부분의 시간을 성산리 별장에서 보냈다. 해가 갈수록 그가 성산리에서 지내는 시간이 늘어났고 그 시간이 늘어날수록 별장 안에는 그가 그린 그림들이 쌓여갔다. 그의 얼굴은 병환의 색이 짙어졌다. 본인이 의사였기 때문에 나빠지는 몸의 반응을 그 누구보다도 잘 알고 있었을지도 모른다.

시신이 불에 타버렸기 때문에 그는 재가 되어 서울에 있는 안치소에 배치되었다. 그 직후, 이곳을 찾은 담조는 불의 크기를 보여주듯 황폐하게 망가져 버린 별장을 보고 형과의 작별을 실감했다. 그리고 까맣게 재만 남은 곳에서 유일하게 타지 않은 그림 하나를 건져냈다. 별이 쏟아지는 밤하늘의 그림. 형의 그림. 지금은, 반하다의 그림. 이젠 그것이 그가 그린 것인지 그녀가 그린 것인지 알 수 없었다. 본인들만 알겠지.

담조는 향 하나를 불에 지펴 땅에 꽂았다. 회색 연기가 추운 바람 속에서 힘겹게 피어오르다가 휩쓸려갔다. 흔들리는 코트 깃에 얼굴을 묻고 바람 속에서도 꺼지지 않는 향의 불빛을 지켜보았다.

형은 죽기 전 자신의 명의로 되어 있던 성신재단의 지분과 지금까지 모아둔 돈 그리고 이 별장의 땅을 배다른 동생인 그의 앞으로 돌렸다. 누가 이따위 것들을 달라고 했냐고, 재만 남아버린 이곳에서 담조는 소리쳤더랬다. 재가 되어버린 형이 다시 돌아올 일 없다는 걸 알면서도 필요 없으니까 돌아오라고, 울면서 소리쳤더랬다. 간신히 제대로 생각할 수 있었을 즈음엔, 형이 남긴 모든 것을 챙기고 비행기에 몸을 싣고 있었다. 도망치듯 한국을 떠나고 있었다. 다시 이곳을 밟지 않겠다는 다짐과 함께.

향이 작은 재가 되어 바람에 흩어질 즈음, 담조는 몸을 일으켰다.

자신의 행보가 모순적이라는 건 잘 알고 있었다. 형의 죽음을 그리도 슬퍼했으면서 형의 돈으로 하고 싶은 것을 마음껏 누리면서 먹고 사는 이 모습이 한심하다는 것도.

터만 남아버린 별장 주변을 마지막으로 빙 돌아본 후 대문을 나왔다. 겨울이지만 마지막으로 갈대밭을 보고 가겠다는 생각으로 별장 언덕 밑에 있는 오솔길을 타고 올라갔다. 이 오솔길을 타고 내려가면 넓은 들판이 나오는데 그곳에서 옆으로 꺾으면 바로 갈대밭으로 갈 수 있었다. 형이 말해주지 않았다면 몰랐을, 마을 사람들만 아는 지름길이었다.

별장에서 일했던 가정부의 말로는 이곳으로 종종, 아니 좀 자주 놀러오던 소녀가 이 지역 출신이라고 했다. 소녀라면, 그래, 어렴풋이 기억났다. 여름에만 이곳에 올 수 있었기 때문에 자주 본 건 아니지만 몇 번 마주쳤던 것 같다. 뒤뜰 풀밭에 누워 낮잠을 자고 있을 때였던가. 그가 끼고 있던 이어폰을 함부로 빼던 소녀. 그 애가 필시 반하다였을 것이다. 그 뒤로는 제대로 마주한 적이 없어서 그냥 지나가던 동네 꼬마라고 여겼었다. 형이랑 왕래를 자주 하던 사이일 줄은 몰랐다. 그때는 관심도 없던 그 소녀가 지금 이토록 크게 가슴 한편에 자리 잡을 줄 누가 알았을까. 담조는 씁쓸히 웃었다.

"한번 떠오르니까 계속 생각나네, 반하다."

지금 생각하면 못내 아쉬웠다. 만약 그 이어폰 일 후에도 별장에서 종종 마주쳐 이야기를 나누었다면 어땠을까. 지금처럼 그는 그녀에게 빠졌을까. 그녀에게서 사랑스러움을 느꼈을까. 형과 그녀의 관계를 질투했었을까. 그녀를 그때 처음 만난 거라면…….

담조는 걸음을 멈췄다. 그녀를 떠올리며 걷는 이 길이 강한 데 자뷰가 되어 찾아왔다. 넓게 펼쳐진 풀밭. 저기를 가로질러 다음 오솔길만 넘어가면 갈대밭에 갈 수 있었다. 문득 이 길의 끝에 누군가가 있었다는 생각이 들었다. 그는 자신의 한쪽 손을 내려다보았다. 지금은 갖고 있지 않지만, 옛날 이 길을 내려갈 때마다 그는 항상 카메라를 쥐고 있었다. 기억 한 자락이 떠올랐다.

그때는 햇볕이 쨍한 여름이었다. 옷이 모자라서 형의 옷을 입고 내려가는 중이었고 여느 때처럼 손에는 카메라가 들려 있었다. 조리개를 확인하다가 이상한 소리에 고개를 들었었다. 들판에 서럽게 울고 있는 여자아이가 있었다. 검은 상복을 입고 풀밭에 아무렇게나 앉아서 눈물을 뚝뚝 흘리는 모습이 처연했었다.

어떻게 해야 할지 몰랐었다. 여자 아이의 몸에 비해 너무 큰 상복은 도리어 마른 그녀의 몸을 부각시키고 있었다. 그냥 지나가야 하나 고민하고 있을 때 눈이 마주쳤다. 공허하게 뜬 큰 눈동자. 그 안에는 슬픔, 분노, 원망 모든 것이 있었다. 여러 가지의 감정이 한데 섞인 그 눈빛을 마주한 순간 그는 자신이 이 아이를 지나칠 수 없다는 걸 예감했다.

위로를 해야 할까. 그런데 어떻게 해야 하는 거지. 자기표현의 매체라고는 사진밖에 없던 그가 남을 제대로 위로 해줄 수 있을 리가 없었다. 형이 자신에게 해주었던 것을 떠올렸다. 처음 본가에 가서 온몸을 떨고 있었을 때 자신을 안아줬던 형. 형의 품은 그 세상의 어느 것보다 큰 위로였으며 희망이었다. 어색한 걸음으로 그녀에게 다가갔다. 흔들리는 눈동자로 자신을 올려다보는 소녀의 몸은 생각보다 더 많이 여렸고 작았다. 다른 걸 생각할 틈이 없었다. 그저 팔을 벌려 소녀를 안아주었다.

"반하다……."

어깨를 파르르 떨던 소녀가 울었다. 품 안에서 펑펑 울고 있었다. 계속 위로했다.

"너였어……."

그래, 이 자리에 있던 것은 바로 너였다. 너의 눈빛이 익숙하던 이유도, 다리 위에서 울고 있던 너를 혼자 둘 수 없었던 이유도, 너에게만은 따뜻한 사람이 될 수 있었던 이유도…….

모두 다, 너로 인해 시작된 일이었어.

풀밭 위에 서서 멍하니 과거의 흔적을 훑던 담조는 인기척에 천천히 옆을 돌아보았다. 그곳에, 반하다가 서 있었다.

공항 내 안내방송이 머리 위에서 울려 퍼졌다. 스륵 자동으로 열리는 입국 문을 지나자 울타리 뒤에서 손님들을 기다리는 사람들이 보였다. 하다는 왠지 모르게 미어지는 가슴을 애써 외면하며 서둘러 그곳을 지났다.

몇 년 만에 찾은 인천공항은 낯설었다. 그 사이에 공항철도가 개장되어 있었고 새로운 빌딩이 건축되어 관광객을 맞이할 준비를 하고 있었다. 노선도를 확인한 하다는 고속버스가 아닌 공항철도에 몸을 실었다. 가는 길이 처음이었지만 사람 무리를 따라 가니 지하철 출입문을 찾는 건 쉬웠다.

한국에 오래 머물 생각이 없었으므로 그녀가 가지고 있는 건 작은 캐리어가 전부였다. 한 시간가량 공항철도를 타고 서울의 중심지에 도착한 하다는 환승하는 사람들 무리에 끌려가듯 지하철 바깥으로 나왔다. 시카고의 널찍한 도로와 한적함에만 익숙해져 있다가 서울 도심 속 거리에 우뚝 서니 모든 것이 복잡하고 혼란스러웠다.

숙소에 도착하기도 전에 그녀가 가장 먼저 찾은 곳은 은행이었다. 은행원이 내미는 통장 속 정리된 돈을 보면서 하다는 애써 마음을 다잡았다. 초조히 벽에 걸린 시계를 확인한 후 은행원에게 인사한 뒤 그곳을 나왔다.

간신히 숙소에 도착해 체크인을 한 하다는 짐을 내려놓은 뒤 허름한 침대에 앉았다. 이 나라에는, 더 이상 그녀를 반길 가족도, 맘 편히 짐을 풀 수 있는 곳도 없다는 것을 실감했다. 조국에 왔는데 고향집이 아닌 호텔을 잡아야 하는 이 신세가 '진짜 혼자구나'라는 것을 깨닫게 했다. 하다는 크게 숨을 들이 내쉬었다. 이미 각오하던 거였는데, 온몸이 긴장으로 떨리고 있었다. 침대에 누워 차가운 이불이 따뜻해지길 기다리다가 무거운 눈꺼풀을 내리감았다. 비행기를 타고 열 세 시간가량을 뜬 눈으로 지새웠기 때문에 잠에 빠지는 건 순식간이었다.

[보고 싶어.]

캄캄해진 어둠 속에서, 수화기 너머로 들려왔던 그의 목소리가 무심결에 떠오르다가 스르륵 사라졌다.

다음 날 멍한 정신을 다잡고 일어난 하다는 약속 시간까지 몇 시간이나 남은 시간을 확인했다. 덕분에 여유롭게 침대에 앉아 창밖을 볼 수 있었다. 대학로로 유명한 거리는 어제보다 훨씬 한 적해져 있었다. 그녀는 그 거리를 구경하는 대신 건물이 맞닿은 하늘의 지평선에 시선을 걸쳐두고 있었다. 말 그대로, 멍을 때리고 앉아 있었다.

한참 후 나갈 준비를 하기 위해 몸을 일으켰다. 샤워를 하고, 가장 아끼는 여름옷을 입었다. 평소에 잘 건드리지 않는 화장품 파우치를 열어, 그래도 여자라고 갖고 있었던 몇 개 안 되는 화장품들을 꺼냈다. 아이라인을 그리고 섀도우를 바르고 눈썹을 한껏 올린 다음 마스카라를 칠했다. 언제 샀는지 기억도 잘 안나는 콤팩트도 꺼내 볼에 살짝 분도 발랐다. 평소에 즐겨 쓰는 단조로운 귀걸이를 빼고 큐빅이 박혀 있는 나름 화려한 귀걸이도 걸었다.

담조를 만날 때도 잘 하지 않던 화장이었다. 화장기 없는 얼굴이 더 좋다는 그의 말 때문도 있었지만 애초에 화장을 하는 걸 좋아하지 않기도 했다. 오랜만에 그린 아이라인이 참 서툴렀지만 나름 손재주가 있어서 그리 나쁘진 않았다. 그래, 이 정도면 된 거겠지. 그렇게 만족했다.

통장을 열어 금액을 다시 확인하고 하다는 작은 핸드백을 들고 호텔을 나왔다. 휴대폰으로 미리 찾아두었던 장소의 지도를 펼쳤다. 엇갈리는 상황을 방지하기 위해서 약속 장소 근처로 호텔을 잡은 그녀였다.

그녀가 도착한 카페는 테이블마다 칸막이와 커튼이 쳐 있어서 프라이버시가 보장되는 곳이었다. 테이블 밑으로 손님들의 다리는 보이지만 얼굴은 볼 수 없었다. 한 무리의 여고생들의 웃음소리가 어느 칸막이 너머로 들려왔다. 딱 봐도 연인으로 보이는 두 사람이 앉아 있는 모습도 커튼 밑으로 보였다.

직원의 안내를 따라 복도로 걸어가면서 하다는 긴장으로 뻣뻣하게 굳어가는 목을 최대한 가다듬으려 노력했다. 직원은 한 테이블 앞에 멈춰 섰다. 커튼으로 가려진 테이블 밑으로 사람의 다리가 보였다. 직원이 올려주는 커튼 밑으로 몸을 숙여 안으로 들어갔다. 맞은편에 앉아 있는 이의 얼굴은 아직 쳐다보지 않았다. 자리에 앉아 옷을 가다듬은 다음, 시선을 들어올렸다.

"오랜만이야, 누나."

우습게도 그 한마디에 울컥, 심장을 타고 목으로 치미드는 감정에 눈시울이 붉어졌다. 가다듬고 가다듬었던 감정이 속수무책으로 무너졌다. 금방이라도 울음을 터뜨릴 것 같았다.

"……그래, 오랜만이네."

간신히 입술을 당기며 웃은 하다는 지금 만든 이 미소가 어색하지 않기를 진심으로 바랐다.

동생은 기억 속의 모습보다 훨씬, 상상한 것보다 더 많이 커 있었다. 어릴 적 모습이 남아 있었지만, 사람 많은 곳에서 옆을 지나갔다면 바로 못 알아봤을 것이다. 같은 시골에서 자랐다는 게 믿겨지지 않을 만큼 단정히 친 머리는 세련됐고 안경을 쓰고 있는 두 눈동자는 날카로울 만큼 또렷하고 선명해서, 그 눈빛이 결코 가볍지 않았다. 무엇보다 그 남자를, 많이 닮아 있었다.

"잘 지냈니?"

"나야, 뭐……."

동생은 시선을 살짝 떨어뜨리며 쓴웃음을 지었다. 테이블 위에 올린 한쪽 손을 반복적으로 쥐었다 펴는 모습이 무슨 말을 해야 할지 모르는 마음을 고스란히 드러냈다.

"누나는?"

"나도…… 그럭저럭."

어색하게 안부를 묻고 난 후 그들은 침묵에 빠졌다. 그 사이 카페의 직원이 그가 미리 주문해 놨던 음료를 놓고 갔다.

"그래서, 할 말이 뭐야?"

입을 먼저 연 건 하일이었다. 바로 본론으로 들어가는 동생의 모습에 하다는 가슴이 아팠다. 이 만남을 주선한 건 그녀 본인이었음에도.

"……이번 한 번만 만나주면 다시는 연락하지 않겠다는 말이, 효과가 있을 줄은 몰랐네."

하다는 힘들게 입을 열었다. 안경 너머 동생의 차분하고 냉정한 눈동자를 보면서, 이미 한 번 본 영화를 다시 보는 것만큼이나 뚜렷하게 이 만남의 결말을 알 것 같았다.

하다는 테이블에 놓인 딸기 주스를 보았다. 어릴 적 그들은 가끔씩 딸기 서리를 하곤 했다. 그들이 자란 할머니 집의 아랫동네에는 딸기를 키우는 할아버지가 계셨다. 딸기를 조금만 달라고 하면 서슴없이 주실 만큼 마음이 따뜻한 분이었는데도 그들은 굳이 할아버지의 시선을 피해 밭에 숨어들어 탐스럽게 익은 딸기를 따 입에 한껏 넣곤 했다. 허락받고 먹는 딸기보다 들킬세라 바짝 허리를 굽혀서 키득거리며 몰래 따먹는 딸기가 더 달콤하다는 것을, 둘은 알고 있었다. 달콤하고도 무지했던 그때 시절을, 동생은 기억하고 이걸 주문한 걸까. 이제 두 번 다시 만나지 않을, 딸기를 좋아하던 누나를 위해 이걸 주문한 거라면⋯⋯고마워해야 하는 걸까, 슬퍼해야 하는 걸까.

동생은 그녀에게 마음을 추스를 시간을 주듯 아무 말이 없었다. 할 말이 없는 걸지도 몰랐다. 하다는 차분히 숨을 내쉰 뒤 입을 열었다.

"네 아버지한테 전해줘. 나 지금까지 쓰던 계좌 닫았다고. 그러니까, 이제부터 나한테 돈 넣어줄 필요 없다고."

시선을 내리깐 채 속사포처럼 말을 내뱉었다.

"나 내년이면 대학 졸업해. 그 남자한테 받은 돈으로 유학하는 데 썼고 내가 하고 싶은 것 하면서 지냈어. 네가 어떻게 생각할지 모르지만 나, 그 정도 쓸 자격은 있다고 생각했어. 네가 욕해도 상관없어. 난 이 일에 대해 후회하지 않고, 또—."

"누나는⋯⋯."

하일이 하다의 말을 가로막았다.

"나한테서 뻔뻔하다는 말을 듣고 싶은 거야?"

하다의 몸이 경직됐다. 전혀 예상치 못한 정곡을 찌르는 말에 하다는 우두망찰해진 눈빛으로 시선을 들어올렸다. 동생은 표정 변화 하나 없는 얼굴로 그녀를 바라보고 있었다.

"뻔뻔하지 않아."

"⋯⋯."

"누나, 뻔뻔하지 않다고."

반하일, 아니 유찬세는 미지근하게 식은 커피를 살짝 마신 뒤 다시 내려놓았다.

"그 돈 받아서 누나가 편하게 살았을 거라고 생각하지 않아. 아니, 절대 그렇게 살지 못했을 거야. 그렇지 않았다면 한 달에 두세 번 꼴로 나한테 몇 년간 그렇게 꾸준히 전화할 순 없겠지."

하다는 대답할 수가 없었다.

"빨리 본론으로 들어가서 얘기할 거 다 얘기하고, 우리 끝내자, 누나. 누나도 끝내려고 여기 온 거잖아, 안 그래? 미련 떨치려고."

가슴이 아팠지만 부정을 할 수 없었다. 냉정하던 동생의 눈빛이 처음으로 따뜻하게, 서글프게 휘어졌다.

"그거 도와주려고 여기 나온 거야. 누나가 아버지를 미워하는 만큼 나도 아버지가 많이 미워. 머리가 크면 클수록 내가 어떤 자식인지, 우리 엄마는 어떤 사람이었는지, 아버지란 사람이 지금의 내 새어머니에게도, 우리의 친엄마에게도 얼마나 잔인한 사람이었는지 알면 알수록 괴로웠어. 할머니 임종도 못 보게 한 그 인간이 죽일 만큼 미웠고 누나마저도 볼 수 없어서 미칠 것 같았어. 그런데 말이야."

냉정하게 말을 읊어가던 그의 표정이 일순 공허해졌다.

"유찬세라는 이름을 빼면 이제 나에게 남는 건 아무것도 없어. 반하일이 아니라 유찬세라는 이름이 더 익숙해. 평생 아버지를 이해 못 하고 미워해도 지금 갖고 있는 내 환경, 내가 받은 교육, 누리고 있는 권리 모든 것이 그 사람한테서 온 거야. 분하지만,

그게 사실이야."

"하일아……."

허공에 모호하게 걸쳐 있던 그의 시선이 그녀를 향했다. 그의 눈빛은 진심으로 그 이름을 낯설어하고 있었다.

"나 아버지의 회사 물려받을 거야. 물려받아서 모든 걸 내 이름으로 바꿔 버릴 거야. 그게 내가 할 수 있는 가장 큰 복수라고 생각해. 보란 듯이 아버지와 정반대로 똑바로 자라서 그 사람이 소유하고 있는 모든 걸 가져올 거야."

반하일, 아니 유찬세는 시선을 내려 하다의 손목을 보았다. 투박한 남자 시계를 걸친 가녀린 팔목. 그는 외할머니가 돌아가셨다는 사실을, 당시 고등학생이었던 하다가 본가로 찾아온 날 알게 되었다. 누나가 찾아왔다는 소식을 듣고 부리나케 학교에서 달려온 날, 신발과 책가방을 아무렇지 않게 거실에 내동댕이치며 집에 들어선 날, 그는 아버지의 앞에서 손목을 긋는 누나를 발견했다. 누나의 가녀린 팔에서 검붉은 피가 뚝뚝 떨어지는데도 표정 하나 바꾸지 않는 아버지를 보면서 하일은, 찬세는, 반하다의 동생은 아무것도 할 수 없었다. 세상을 다 잃은 표정으로, 분노밖에 남지 않은 얼굴로 펑펑 울고 있는 누나를 그는 자리에 못 박혀 서서 지켜볼 수밖에 없었다. 그는 겁쟁이였다.

"이제 누나 삶을 살아. 나 같은 거 찾지 말고."

하다의 눈에서 눈물이 흘러내렸다. 두 눈을 손으로 가리며 울고 있는 누나를 찬세는 내버려 두었다. 하다도 그런 동생을 내버려 두었다. 이것이 마지막임을, 그들은 잘 알고 있었다.

"……먼저 일어날게."

눈가가 벌게진 채로 하다는 핸드백을 챙기며 자리에서 일어났다. 동생은 아무 말도 하지 않았다. 커튼을 들어 올리고 밖으로 나가기 전 하다는 말했다.

"할머니랑 엄마 제사는 내가 모실 거야."

"그래."

"그리고⋯⋯."

하다는 마지막으로 동생의 얼굴을 보았다. 어느덧 성인이 된 동생은 그녀의 뒤치다꺼리가 필요하지 않은 남자가 되어 있었다.

"아무것도 아냐."

하다는 그대로 칸막이를 나왔다. 커튼 뒤로 사라지는 동생의 얼굴을 보고 싶은 마음을 꾹 누른 채 한 걸음 두 걸음 신중하게 발을 밟으며 카페 밖으로 나왔다.

지상에 눈이 내리고 있었다. 펑펑 쏟아지는 함박눈이 아니라 금방이라도 사라질 듯 가냘픈 눈이었다. 한참 동안 거리에 서서 눈이 내리는 하늘을 바라보다가, 홀린 듯 어딘가로 걷기 시작했다.

"서천 1장이요."

가장 가까운 시내터미널에서 버스에 올라타 시내 전경을 살폈다. 유리창에 비친 자신의 모습을 보고 나서야 자신이 울고 있다는 걸 깨달았다. 그곳으로 가면 펑펑 쏟아지는 눈을 볼 수 있지 않을까. 시멘트 바닥에 닿자마자 사라지는 그런 안타까운 눈이 아니라, 두고두고 햇볕이 들 때까지 오래토록 자리에 남는 그런 함박눈을 보고 싶었다. 그래야 그녀 자신이 사라지지 않을 것 같았다. 이상했다. 그토록 만나고 싶던 동생을 만나고 건강한 모습을 봐서 속이 후련한데, 그 마음이 마치 거짓말인 것처럼 동시에 너무 아팠다. 그 사람을 닮아가는 동생의 모습이 그랬고, 그 사람과 똑같이 표정이 없어져 버린 동생이 그랬고, 은연중에 다시는 만나지 말자고 말하는 동생과의 대화가 그랬다. 왜 우리는, 이토록 아파해야 하나. 아파해야 했었나.

잘 살아. 그 말을 하고 싶었다. 자리를 떠나기 전 마지막으로 동생에게 누나로서 부탁 아닌 부탁을 하려고 했었다. 그런데 그 말을 삼킨 이유는 그 말을 함으로써 동생이 지금까지 힘겹게 버렸을 삶을 그녀의 잣대로 쉽게 넘겨짚고 싶지 않았기 때문이다.

"넌…… 정말 그게 행복하니?"

차마 동생에게 묻지 못했던 말을 눈 사이로 구슬프게 흐려지는 밤하늘을 보면서 조심스럽게 속삭였다. 그 흐릿함 사이로 떠오르는 '그'의 얼굴을 향해, 자신을 보며 느꼈던 감정이 이러했냐고 속삭였다. 나는 이런데 지금 당신은, 괜찮으냐고.

5년 만에 온 서천은 눈에 뒤덮여 있었다. 서울보다 굵기가 세 배나 큰 눈이 내리는 중이었다. 동네가 많이 바뀌었지만 하다는 손쉽게 가는 방향을 찾아 택시를 잡았다. 자신이 마지막으로 한국에서 택시를 탔을 때보다 두 배나 가까이 높아진 기본요금에 비로소 흘러 버린 세월이 피부에 와 닿았다.

가장 먼저 할머니의 집으로 향했다. 길과 주변 경관들이 많이 바뀌어 있었다. 도로가 신식으로 포장되어 있었고 사라진 많은 밭 위에는 새로 지은 주택과 빌라들이 있었다. 어느 정도 집에 가까이 왔을 때 택시 기사에게 차를 세워 달라고 했다.

그녀가 자란 집의 대문은 두꺼운 나무로 만들어져 있었다. 찬찬히 나뭇결을 어루만지다가 작게 심호흡을 한 뒤 문을 열었다. 먼지와 잡초가 무성할 거라는 예상과 달리 집은 기억 속 깨끗하고 정갈한 모습 그대로였다. 외국으로 떠나기 전 그녀의 손을 붙잡고 언제든 돌아오라고 했던 여 씨가 생각났다. 집은 자신이 잘 돌보겠으니, 언제든지 힘들면 돌아오라고. 눈물이 핑 돌았다. 언제나 고마운 그분은 그 약속을 여태 지켜주고 계셨던 거다.

사색에 잠겨 마당을 걷다가 부엌으로 들어갔다. 쓰던 식기들과 가스레인지는 시카고로 떠나기 전 필요한 이웃들에게 전부 주고 갔었기 때문에 부엌에는 그녀의 나이보다 더 오래된 아궁이와 버너가 전부였다. 할머니와 살았을 적에도 아궁이가 있는 집은 주변에 거의 없었다. 할머니도 보일러가 고장 났을 때가 아니면 아궁이를 잘 쓰지 않으셨다. 아마 이 마을에서 아궁이가 있는 집은 이제 이곳이 유일할 것이다.

부엌을 나와 이번엔 집 안으로 들어섰다. 집은 넓은 거실과 방 하나가 전부였다. 오랜 세월을 품은 이 집은 그녀가 간직한 유년의 아픔과 추억을 아우르고 있었다. 조금만 시선을 돌려도 어린 시절의 자신과 동생이 놀던 모습이 떠올랐고 그 옆으로 조금만 고개를 돌리면 그곳에는 엄마와 할머니가 있었다. 방 안에 들어서자 묵직한 감정이 가슴을 억눌렀다. 벽에는 할머니의 독사진이 걸려 있었다. 시카고에 가져갔던 할머니의 사진과 똑같은 것이었지만, 이 집 안에서 이 사진을 보는 것은 그 깊이가 남달랐다.

"할머니⋯⋯. 오랜만에 와서 미안해. 거기 있을 동안만큼은 여기 생각하고 싶지 않아서, 그래서 돌아올 수가 없었어."

할머니의 인자한 얼굴을 보며 공중에 속삭였다. 할머니의 독

사진 옆에는 엄마가 살아 있을 적 할머니와 동생과 함께 찍은 빛바랜 사진이 걸려 있었다. 보고 있으면 속이 메스꺼워질 만큼 가슴이 아파 시카고로 가져가지 못했던 사진이었다. 사진 속 그 누구도 더 이상 자신의 옆에 있지 않다는 것이 너무 괴롭고 서럽고 외로워서 차마 건들지도, 보지도 못했었다. 지금이라면 가져갈 수 있을 것 같았다.

동생이 그녀의 옆에 있기엔 세월이 너무 많이 흘렀다는 것을 알고 있다. 각자의 삶이 있다는 것도 알고 있다. 할머니도 그녀를 혼자 두고 가는 게 괴로우셨을 것이다. 다만 엄마가 내렸던 결정만큼은 여전히 이해할 수 없었다. 자식들을 뒤에 두고 갈 만큼 그렇게 힘이 들었나. 그 사람을 볼 수 없는 게 목숨을 끊을 만큼 괴로웠나. 그건 집착이었나, 사랑이었나. 끊임없는 의문뿐이지만 단 하나 확실한 건, 옆에 엄마가 없는 현실을 이제는 조금 받아들일 수 있을 것 같았다. 아무리 힘들어도 엄마와 같은 결정은 내리지 않을 거라 마음먹고 또 마음먹고, 엄마처럼은 살지 않을 거라 다짐하고 또 다짐하고, 그럼에도 같은 사람에게 또다시 사랑에 빠져 버린 자신을 보면서 엄마의 상황을 이해해 보려 했다.

원망스럽기만 했던 엄마를 이해하려 하는 자신을 발견한 순간 아이러니하게도 '엄마'라는 단어가 주는 아픈 기억에서 벗어날 수 있었다.

하다는 가족사진을 집어 가방에 챙겨 넣은 후 방을 나왔다. 녹슨 이음새로 삐걱거리는 문을 등 뒤로 닫고 다시 마당에 섰다. 하얀 입김이 새어 나오는 걸 느끼면서 날이 많이 저물었다는 것도 느꼈다. 이제 어디를 갈까, 멍하니 생각을 하다가 자연스럽게 방향을 틀어 뒷문으로 향했다. 택시를 타고 오면서 언뜻 봤던 갈대밭을 다시 한 번 제대로 보고 싶었다. 준수의 별장은, 이곳에서 하룻밤 묵었다가 내일 아침 동이 트면 가볼 생각이었다.

뽀드득, 발밑에서 밟히는 눈을 보며 오솔길을 걸었다. 이곳이 낯선 사람에겐 눈에 뒤덮인 이 길을 찾는 게 힘들겠지만 그녀에겐 손쉬운 일이었다. 몇 년을 거쳐 돌아와도 아무것도 바뀌지 않은 유일한 곳. 무리라는 건 알지만 이 길만큼은 평생 변하지 않기를 바란다.

그는 지금 무얼 하고 있을까. 장례식장에 있을까. 친할머니를 잘 보내드리고 있을까. 가족들과 이야기를 나누고 있을까. 자신이 한국에 있다는 걸, 하다는 그에게 알리지 않았다. 갑작스럽게 결정된 한국행이었다. 애리조나에 있는 마지막 날, 과거에 미련스럽게 묶여 있는 자신을 떨쳐내기 위해 동생에게 마지막으로 전화를 걸었고, 알겠다는 동생의 말을 듣자마자 한국행 비행기를 끊었다. 한국에 온 이유가 비단 동생뿐만은 아니었다. 마냥 그의 연락을 기다리고만 있는 것이 무서웠다. 만약 그가 돌아오지 않으면, 그대로 가족의 뜻을 받아들여 한국에 남아 있게 되면 과연 그녀는, 그 결정을 받아들일 수 있을까.

그럼에도 지금 그에게 찾아가길 망설이는 건 그의 결정을 존중하고 싶기 때문이었다. 아니, 사실은 존중이라는 단어 뒤에 숨어 그가 내린 결정을 알기를 두려워하고 있었다. 보고 싶다. 그가 보고 싶다.

눈에 젖어가는 신발 코만큼 눈시울이 시큰해질 즈음, 하다는 문득 느껴지는 인기척에 고개를 들었다. 숨이 멎었다.

"아……."

하다는 우두커니 그를 바라보았다. 탄성 외엔 말이 나오지 않았다. 뛰어가면 한달음에 닿을 수 있는 거리에 그가 서 있었다. 까칠하고 수척해진 얼굴로 그 역시 그녀를 바라보고 있었다.

꿈일까.

그의 얼굴을 너무 많이 떠올려서 머리가 고장이 난 건가. 그래서 환영을 보여주는 건가. 그런 오만가지 생각이 들 즈음, 그가 먼저 걸음을 떼었다. 그녀에게 오고 있단 걸 모를 수 없을 만큼 그는 직선으로 그녀에게 걸어와 바로 눈앞에 섰다. 항상 그랬다. 먼저 다가오는 몫은 그에게 있었다. 그걸 새삼 깨달은 하다는 눈시울이 붉어졌다. 울고 싶은 걸 참기 위해 코트 자락 안에서 양손을 주먹 쥐었다.

그는 눈앞에 있는 그녀가 정말 반하다인지를 확인하려는 듯 그녀의 얼굴을 살피고 있었다. 그녀의 것처럼 젖은 그의 눈동자가 사시나무처럼 흔들렸다. 그녀는 가까이에서 전해져 오는 그의 따뜻한 체취에 꿈이 아니라는 걸 깨달았다. 그도 그랬으리라. 격양을 삼키는 그의 목울대가 크게 움직였다.

"꿈…… 아니지?"

깊이 가라앉아 있는 그의 목소리를 듣는 순간 눈앞이 흐릿해졌다. 하다는 고개를 끄덕였다. 눈물이 떨어질까 봐 눈을 감지 못했다. 그럼에도 결국 차오른 눈물은 뺨을 타고 흘러내렸다. 그가 손을 뻗어 엄지로 그 눈물을 닦았다.

"왜 울어……."

"우는 거 아니야."

"거짓말."

젖은 목소리로 그녀를 추궁하면서 그는 희미하게 웃었다. 그녀도 웃었다. 그는 그녀를 강하게 끌어안고 싶었지만 아무것도 하지 못했고 그녀는 그의 가슴에 기대고 싶었지만 할 수 없었다. 눈물을 닦았던 그의 손이 다시 멀어지자 하다는 슬퍼졌다.

"여긴…… 웬일이야?"

서울에 있을 줄 알았는데. 떨림을 간신히 가라앉히고 묻는 그녀에게 담조는 흐릿하게 웃었다.

"형 보러."

"아……."

"나야 말로 묻고 싶은 말인데. 한국에 언제 온 거야? 왜 나한테 말 안 했어?"

"갑작스럽게 정해진 거였어. 동생을 만나게 돼서……. 그러다가 고향 생각이 나서 할머니 집도 볼 겸 내려왔어."

"별장에는, 안 가봐도 돼?"

"내일 낮에 가려고."

"그렇구나."

"응."

그들은 한동안 입을 다물었다. 겨울바람이 무척 센데도 그들은 추위를 느낄 겨를이 없었다. 바람 소리보다 마음의 웅성거림이 더 컸다. 할 말이 너무 많았었는데 서로에게 서로가 너무 커서, 얼굴을 마주한 것만으로도 머릿속이 텅 비어버려서 서로의 존재감을 확인하는 것도 그들에겐 벅찼다. 하다는 용기를 내어 입을 뗐다.

"저쪽에서 오는 걸 보니 별장에서 오는 길인가 보네. 어디 가던 중이었어?"

"갈대밭에."

아ー. 하다는 탄성을 냈다.

"나도, 거기 가려던 중이었는데."

담조는 말없이 옆으로 비켜서며 고개를 까닥였다. 하다는 시카고 해변에서 있었던 기억 한 자락이 떠올라 어쩔 수 없는 미소를 지었다. 그녀가 발을 떼자 그가 그녀의 보폭에 맞춰 함께 걷기 시작했다. 두 사람의 발자국이 하나가 되어 그들의 뒤를 따랐다.

서로의 존재를 다시 각인시키기에 충분한 짧고도 긴 시간을 걸은 후, 그들은 갈대밭 앞에 섰다. 겨울의 갈대밭은 여름의 푸른 모습과는 많이 달랐다. 담조는 가슴이 뛰었다. 처음 두 눈으로 목격하는 겨울의 장엄함이 이곳 자신의 향수가 담겨 있는 갈대밭에 그대로 녹아내려 있었다. 멀어져 가는 해질녘의 붉은 태양이 하얗게 변한 갈대들을 감싸는 동안, 담조는 말없이 격양을 삼켰다.

이 경관을 사진에 담고 싶었지만 그러지 않았다. 이 장엄함이 피사체로만 남게 되는 것이 싫었다. 찍는다 한들 자신의 감정이 카메라에 전부 담기지 않을 것이란 것을, 그는 잘 알고 있었다.

이 경관을 겨울마다 바라봤던 형은, 무슨 생각을 하고 있었을까. 다가오는 죽음을 느끼면서 아름답게 꺼져 가는 저 황혼을 바라보며 웃었을까, 울었을까. 아니면, 웃으면서 울고 있었을까.

담조는 옆에 있는 그녀의 손을 잡았다. 하다는 그를 올려다보다가 아무 말 없이 앞으로 고개를 돌렸다. 그는 울고 있었다. 그녀는 아무 말도 꺼내지 않았다. 그가 바스러져라 움켜쥐고 있는 손이 아파왔지만, 가슴이 더 아팠기에 내버려 두었다. 겨울밤의 푸른 기운이 붉은 석양을 몰아가고 있었다. 더욱 세게, 세차게. 점점 사라지는 붉은 빛이 안타까웠지만 안타깝지 않았다. 내일이면 또다시 이슬을 머금은 꽃잎처럼 붉게 피어오르리라는 걸 알기 때문이었다. 저 태양처럼 타올랐던 사람은 영원히 돌아오지 않았지만 저 태양은 언제나 돌아올 것이다. 내일이 오리라는 것을 믿어 의심치 않는 것. 살아 있다는 건 그런 것이었다. 그것을 잊지 말아야 했다. 그들은 그렇게, 붉은 하늘이 타들어갈 때까지 먼 곳을 바라보고만 있었다.

타닥, 타닥, 마른 장작을 휘감은 불씨가 점점 커지더니 불이 타올랐다. 두꺼운 이불을 몸에 두른 하다는 그가 아궁이에 불을 떼는 모습을 옆에서 지켜보았다.

"불 잘 지피네."

"옛날에 형이랑 캠프파이어하면서 자주 놀았거든."

점점 따뜻하게 휘감아오는 온기를 느끼면서 하다는 타오르는 불을 지켜보았다. 마땅히 묵을 곳이 없는 그들은 자연스럽게 할머니의 집으로 돌아왔다. 이미 시간이 너무 늦어 버스도 끊긴 상태였다.

할머니의 집은 오랫동안 사용하지 않았기 때문에 전기는 물론 가스까지 전부 끊긴 상태였다. 시카고로 떠날 때 거실에서 쓰던 화목난로까지 팔고 떠났기 때문에 얼음장 같은 집 안 바닥을 데울 수 있는 건 장식이나 다름없는 아궁이가 전부였다.

담조와 함께 할머니 집으로 돌아가기 전, 하다는 기억을 더듬어 여 씨네 집에 들렀다. 여 씨는 오랫동안 떠났던 딸이 돌아온 것처럼 그녀를 반가워했다. 눈물을 머금은 채 이제 돌아온 거냐고 묻는 여 씨에게 하다는 아직이라고 말할 수밖에 없다는 게 안타깝고 미안했다. 여 씨는 그녀의 옆에 서 있는 사람이 누군지 눈치를 챈 것 같았지만 아무 것도 묻지 않았다. 그게 고마웠다. 여 씨는 괜찮다는 그들을 끌고 들어와 저녁을 대접했다. 할머니의 집에 하룻밤 머무를 예정이라고 하자 마른장작과 호일에 싼 고구마까지 그들 손에 잔뜩 들려주었다. 그럴 필요가 없는데도, 아들 내외가 여 씨네 잠시 머무르고 있는 터라 그들이 묵을 수 있는 자리가 없다는 것에 여 씨는 많이 미안해했다.

"따뜻하다……."

담요 안으로 얼굴을 파묻으며 중얼거리는 그녀를 돌아보다가 담조는 다시 아궁이로 시선을 내렸다. 장례식에 있어야 할 사람이, 애리조나에 있어야 할 사람이 왜 여기 있는지, 왜 하필 이곳에 있는지, 결코 돌아오고 싶지 않았던 이곳에 왜 둘 다 여기에 있는 것인지, 그들은 서로 묻지 않았다. 아무 말 하지 않아도 알 것 같은 이 시간이 편안했다.

참 이상했다. 싸우던 당시 그토록 중요했던 서로의 의문과 답변들이, 그래서 서로를 갉아먹고 재촉했던 그것들이 지금은 한없이 덧없게 느껴졌다. 그저 곁에 있을 수 있다는 것만으로도 마음의 안정을 찾기엔 충분했다.

불은 내버려둬도 더 이상 꺼지지 않을 만큼 커졌다. 장작 몇 개를 더 넣고 '다 됐다' 하고 담조가 몸을 일으키자 하다도 따라 일어났다.

"이제 이 동네에서 아궁이가 있는 집은 여기밖에 없을 거야."

"그러게. 나도 아궁이를 직접 만져보는 건 어렸을 때 이후로 처음이야."

하다는 주위를 둘러보았다.

"여기는 내가 태어났을 때부터 지금까지 바뀐 게 하나도 없어. 세상에서 여기만 시간이 정지한 것 같아."

하다는 아이러니하다는 듯 웃었다. 그 모습을 지켜보던 담조가 입을 열었다.

"나, 너 원망 안 해."

다시 한 번 시간이 정지했다. 처음엔 무슨 말을 들었는지 되새기는 시간이 필요했고 그 다음엔 그 말의 뜻을 이해하는 데 시간이 걸렸다. 멍하니 그를 쳐다보았다.

담조는 그런 그녀에게 손을 뻗어 이마에 흐트러진 머리카락을 귀 뒤로 넘겨주었다. 이상하게 그 사소한 몸짓 하나로 하다는 눈물이 날 것 같았다.

"형이 왜 그렇게 가야만 했는지, 왜 하필이면 네 앞에서 그 불속으로 들어가야 했는지, 어째서 나를 보지도 않고 그날 그렇게 가야만 했는지, 지금은…… 나약했던 형이 원망스러울 뿐이야. 우리 둘에게 그토록 따뜻했으면서 어째서 끝까지 우리와 함께하지 않고 떠나 버리는 걸 선택했는지 이해는 안가지만, 노력하는 중이야. 형과 난, 성격이 많이 다르니까."

담담하게 웃는 그의 얼굴을 하다는 어찌할 수 없는 마음으로 찬찬히 살폈다. 그녀는 알고 있었다. 그는 부정하지만 구준수와 구담조는 본질이 많이 닮아 있다는 걸. 아이러니하게도 이 세상을 떠난 구준수는 이 세상에 남고 싶지 않던 두 사람이 유일하게 세상에 머물 수 있는 유일한 힘이었고, 그들은 그를 무척이나 사랑했기에 그가 죽고 난 후에도 이 세상을 살아갈 방법을 결국엔 터득했다.

"오늘 이곳에 다시 와서 잿더미가 된 별장을 보면서…… 처음엔 맘대로 죽어버린 형에게 화가 났다가 그 다음엔 내 자신에게 화가 났어. 나에게 살아갈 희망이 되어준 사람에게, 난 왜 살아갈 버팀목이 되어주지 못했던 걸까. 5년이나 지났지만 아직도 똑같은 고민을 해."

하다는 손을 뻗어 겨울바람에 차가워진 그의 뺨을 만졌다.

"알아……. 나도 알아……."

울음 섞인 목소리로 중얼거리며 하다가 가슴 아프게 고개를 끄덕였다. 그녀의 손을 잡으며 담조는 눈을 감고 온기를 느꼈다.

"그런 생각을 하면서 걷고 있는데 하다 네가 보였어. 그 순간 가장 절실히 필요한 사람이…… 내 눈앞에 있었어. 형처럼 다시는 보지 못할 것 같았던 네가, 내 눈앞에 나타난 거야."

그가 그녀의 작은 어깨에 머리를 기대왔다.

"알았던 것 같아. 여기 오면 널 볼 수 있을 거라는 걸."

하다는 두 손을 그의 등 뒤로 둘렀다. 몸에 걸쳐 있던 담요가 바닥으로 떨어졌지만 춥지 않았다. 더 이상, 춥지 않았다. 그녀는 천천히 고개를 들어 그의 입에 입술을 맞추었다. 담조의 눈에서 눈물이 떨어졌다. 누가 먼저랄 것 없이 더욱 파고들 곳을 찾아 있는 힘껏 서로를 껴안았다. 하다는 그의 품 안에서 소리 없이 울었다. 지금 이 순간 서로의 눈앞에 서로가 있는 것만으로도, 그들은 충분했다.

"담조야, 하다 못 봤어?"

비교적 햇볕이 부드럽고 그늘이 시원한 날이었다. 마당에서 실컷 낮잠을 잔 후 손님방에서 카메라를 손질하고 있던 담조에게 준수가 물었다.

"뭐라고?"

"하다."

"그게 뭐야, 강아지 이름이야?"

준수는 어이없다는 표정으로 동생을 쳐다보다가 가슴 앞으로 팔짱을 끼며 문가에 어깨를 기댔다. 어딘가 걱정스러운 표정이었다.

"이상하다. 오늘 오기로 했는데."

"아까 마당에서 자고 있는데 이상한 여자애가 내 이어폰을 빼 들긴 하더라고."

준수가 몸을 일으켰다.

"그걸 왜 지금 이야기해."

"그냥 집에 몰래 들어온 동네 앤 줄 알았어."

어깨를 으쓱인 담조는 카메라 손질에 다시 집중했다. 준수는 동생을 신중한 눈길로 지켜보았다. 하고 싶은 말이라도 있는지 입술이 근질거린다는 얼굴이었다.

"너 정말 작년 여름에 있었던 일 기억 안 나?"

"무슨 일."

입을 열던 준수는 다시 다물더니 고심하는 표정을 지었다.

"작년 가을쯤에 어떤 마을 여자애를 만났거든."

"갑자기 왜 또 다른 소리야."

준수는 무시하고 말을 이었다.

"이 집에 살고 있는 분께 신세를 졌다면서 산에서 딴 밤을 이만큼이나 가져온 거야."

준수는 과장하듯 두 팔로 동그랗게 원을 그렸다. 담조는 피식 웃었다. 밤을 그만큼 가져오는 게 가능하냐며.

"진짜라니까."

"무슨 신세를 형한테 졌기에 그런 선물을 가져왔대."

"그런데 그 신세가 나한테 진 게 아닌가 보더라고."

"그럼 누군데? 이 집에 사는 사람이 형 말고 누가 있다고."

준수는 한심스럽다는 듯 질책하는 표정으로 동생을 쳐다보았다. 담조는 진심으로 모르는 눈치였다. 그는 한숨을 내쉬었다.

"있어, 멍청하고 둔한 남자."

그러면서 준수는 할 말을 다 했다는 듯 느긋한 걸음으로 방을 벗어났다. 그러다가 다시 방 안으로 들어오더니 동생을 향해 쯧쯧 혀를 차며 말했다.

"너 진짜 그러는 거 아냐."

"아, 그니까 뭐!"

준수는 고개만 절레절레 흔들며 방을 나갔다. '아, 소녀의 순정이 아깝다, 아까워'라고 중얼거리는 소리가 언뜻 들리더니 이어

벽 너머 큰소리로 외쳤다.

"나중에 후회나 하지 마라!"

담조는 눈을 떴다. 새벽 어스름이 창문으로 새어 들어오고 있었다. 눈을 깜박이자 눈가에 맺혀 있던 눈물이 눈꼬리를 타고 흘러내렸다. 오른편에는 귀를 기울여야 숨소리가 들릴 만큼 고요히 하다가 잠들어 있었다. 그녀의 어깨로 팔을 둘러 잡아당기자 그녀가 자연스럽게 그의 품 안으로 들어왔다.

"자……?"

대답은 없었다. 담조는 하다의 하얀 어깨를 어루만지며 그녀의 정수리로 코를 묻었다. 나체인 서로의 몸이 자연스럽게 더 밀착되었다. 허공을 바라보는 그의 눈시울이 점점 붉어졌다.

"미안해. 이제야 알아봐서."

꿈에 나왔던, 기억 속 형의 얼굴이 진해지다가 흐릿해졌다. 여름날 뜨거운 태양 아래 풀밭에서 펑펑 울고 있던 소녀. 이젠 기억나지도 않는 그 소녀의 얼굴이 지금 품 안에 있는 반하다의 얼굴 위로 겹쳐졌다. 잠들어 있던 그에게 다가와 이어폰을 빼들던 그녀. 그녀는 그때 무슨 말을 하고 싶었을까. 형은 그들을 무슨 마음으로 바라보고 있었을까.

그는 어찌할 수 없는 마음으로 하다의 이마에 입을 맞추었다. 눈을 감자 눈물이 흘러내리고, 그의 마음도 흘러내렸다. 슬프지만, 기뻤다. 이제라도 알아봐서.

그녀의 머리카락을 연거푸 훑어 내리다가 그녀의 입술에 짧게 입을 맞춘 뒤 그는 다시 눈을 감았다. 저 멀리서, 동이 트고 있었다.

정가네 슈퍼를 운영하고 있는 유 씨는 하품을 하면서 가게의 셔터를 올렸다. 이른 새벽부터 날을 준비하는 마을 어른들 때문에 그녀는 적어도 7시 전에는 가게 문을 여는 편이었다. 입김을 내뱉으며 두터운 투명 플라스틱 천막을 가게 앞에 전시해 놓은 물건들 앞으로 빙 두른 다음, 끈으로 바닥에 박아놓은 철심에 고정했다. 이제 난로를 켜놓아도 온기가 바깥으로 새는 염려는 없을 것이다. 두툼한 겨울 조끼를 입은 가슴 앞으로 팔짱을 끼고 자리에 앉는 찰나, 젊은 남녀 한 쌍이 가게 안으로 들어왔다.

"소주 한 병 주세요."

이십대 중반으로 보이는 아가씨가 사근하게 말했다.

"종이컵도 줘, 아가씨?"

"네."

여자는 유 씨가 검은 봉지에 물건을 넣을 동안 가게 안을 둘러보았다.

"가게가 생긴 지 얼마 안 됐나 봐요. 깨끗하네요."

"한 3년 됐지."

"아아."

"근데 그걸 어떻게 알았대?"

여자는 입가에 잔잔한 미소를 띠었다.

"저도 여기 살았었거든요."

"그래? 그렇게 안 보이는데."

유 씨는 소주와 종이컵 낱개를 챙겨 넣은 봉지를 그녀에게 건
네며 그들을 훑어 내렸다. 얼굴이 매끈하고 옷맵시를 보아선 이
동네 사람 출신이라 짐작도 하지 못했다. 하다는 말없이 웃으며
물건을 받은 뒤 값을 치렀다.

하다와 담조는 손을 잡고 별장을 향해 길을 올랐다. 서서히 동
이 트면서 겨울의 새벽은 아침을 맞이하고 있었다. 짙은 회색의
파란빛이라고, 옛날 준수는 하늘을 바라보며 그렇게 말했었다.

별장의 터가 남아 있는 곳에 도착한 그들은 맑은 공기를 크게
들이시며 숨을 골랐다. 하얀 입김이 눈앞에서 흩어졌다.

"나 왔어, 오빠."

하다가 말했다.

"우리, 왔어."

담조와 시선을 마주한 뒤 조용히 미소 지었다.

"우리가 함께 있는 거, 오빠는 처음 보지?"

담조는 소주를 담은 종이컵을 하다에게 건넨 뒤 남은 소주를
별장 터를 돌면서 조금씩 뿌렸다.

"형이 뭐라고 하는 거 아닌가 모르겠다."

"왜?"

"소주 맛없는데 왜 가져왔냐고."

하다와 담조는 키득 웃음을 흘렸다.

"미안, 준수 오빠. 여기 슈퍼마켓에서는 와인을 안 팔아서. 다
음에는 꼭 갖고 올게."

담조는 별장 터를 크게 한 바퀴 돌았다. 어제 저녁 향을 태우

며 앉아 있던 곳에 문득 걸음을 멈췄다.

"……울다가 웃으면 엉덩이에 뿔난다고 놀리지 마, 형."

한 바퀴를 다 돌고 나서 하다의 곁으로 온 담조는 주머니에서 종이뭉치를 꺼내들었다.

"그거 뭐야?"

"내가 시카고에서 찍은 사진들."

전부 흑백으로 된 풍경 사진들이었다. 그 안에는 빌딩들이 있었고, 바쁘게 걷고 있는 사람들도 있었으며, 미시간 호에 옹기종기 모여 있는 배들이, 해변에 앉아 웃고 있는 하다의 모습도, 있었다. 담조는 라이터를 꺼내 사진들을 겹쳐 모서리에 불을 지폈다. 조그만 한 불씨는 사진 속 이미지들을 잡아먹으며 서서히 몸집을 키웠고 이내 종이를 남김없이 태웠다. 재가 된 사진들이 바람을 타고 흩어졌다.

"윈디 시티야, 형."

바람을 타고 하늘을 나는 재를 바라보는 하다의 눈동자가 투명해졌다. 투명해지고 투명해져서, 하나의 감정이 되어 마음을 타고 흘러내렸다. 그가 그토록 가고 싶어 했던 윈디 시티. 저 바람을 타고 지금이라도 그가 갈 수 있으면 좋겠다고, 하다는 생각했다.

"지금 같이 있는 우리들 보고 형이 뭐라고 할까."

"글쎄. 결국엔 이렇게 됐느냐면서 놀렸을 것 같은데."

하다는 피식 웃으면서 눈물을 닦아냈다.

"이번에 애리조나에 갔을 때, 샤바나한테 미술을 가르쳐 준 멘토를 만나서 함께 식사를 했었어. 그분 생일이었거든. 큰 파티는 아니고 그분이 좋아하는 식당에서 그분의 남편과 여동생이랑 친구들 몇 명이서 소박하게 하는 생일파티, 뭐 그런 거였어."

예술가들의 작은 모임처럼 보이기도 했다. 따뜻한 미소가 아름다운 그들은 저마다 억양이 다 달랐지만 진심어린 마음으로 한곳에 모였다는 걸 알 수 있었다.

"그분 출신이 멕시코인데 남편이 미국인이라 결혼해서 지금 애리조나에서 함께 살고 있는 거래. 멕시코에 있던 가족들이랑은 어떻게 됐는지는 말을 안 하지만 이런 말을 하셨어."

샤바나의 멘토는 행복한 미소를 지으면서 자신의 남편의 손을 잡고 옆에 있는 여동생의 손을 잡은 다음 하다를 바라봤었다. 그때 왜 그런 말을 한 건지는 모르겠지만, 이런 말과 함께.

"가족은, 만들면 되는 거래."

하다는 담조를 올려다보았다.

"꼭 태어난 곳에서 함께 자란 사람들만이 가족이 아니라, 둥지를 떠나 새로운 곳에 정착해서 인연을 만들고 자신에게 이로운 사람들과 함께 집을 꾸리면…… 그것 또한 가족이래."

하다는 그 말을 듣는 순간, 눈물이 났다. 이유는 알 수 없었다. 속에서 끓어오르는 무언가가 넘쳐 눈을 통해 흘러나왔다. 입은 웃고 있는데 손등 위로 눈물이 투두둑, 떨어졌다. 울고 있는 자신도 의아해서 하다는 민망한 웃음을 흘리며 눈물을 닦아냈다. 그러나 눈물은 한동안 멈추지 않았다. 그런 그녀를 샤바나의 멘토는 다 이해한다는 듯 말없이 그녀의 손을 잡았었다. 그 한 움큼의 온기가, 너무 따뜻했다. 진심으로.

"굳이, 이 땅에서 얽매일 필요는 없어. 이 땅이 우릴 반기지 않는다면, 우리가 살 수 있는 곳을 찾으면 돼."

바람이 불어와 그들의 머리카락을 흔들었다. 겨울의 찬바람, 하지만 얼굴을 감싸 안는 그 부드러운 바람은 서로를 바라보는 그들의 시선에서 한참 동안 머물렀다. 연극의 끝을 알리는 커튼 뒤의 배우처럼, 가슴 안에서 또 다른 자신이 앞으로 나아가려는 그들에게 미소 지었다.

"……돌아가자, 윈디 시티로."

그가 그녀의 손을 잡으며 말했다. 하다는 그를 올려다보며 고개를 끄덕였다. 진심으로 환하게 미소 지었다.

"응, 가자."

투명하고 눈부신 겨울 여명에 하다는 눈을 가늘게 떴다. 지금 이 순간부터 모든 것이 다를 것이라는 기분이 들었다. 지난 세월 마음 한구석에 자리 잡고 있던 딱딱한 돌멩이 같은 것이 그녀의 조심스러운 발길질에 풍당, 과거의 품속으로 빠졌다. 그곳을 깨끗한 흙으로 메우고 자리에 앉아 따뜻한 차를 마시며 푸른 하늘을 올려다보았다. 청명한 하늘. 물론 비가 내리는 날도, 눈이 내리는 날도 있겠지. 태풍이 불어서 다시 땅 속을 헤칠 수도, 우박이 내려서 아프게 할 수도 있지만, 분명한 사실은 지금 새로운 싹이 트고 있다는 것이었다. 바로 이 자리에서부터.

11.

이번 시카고의 겨울은 덜 혹독했다. 작년처럼 갑자기 들이닥친 블리자드도 없었고 눈이 무릎까지 차오르지도 않았으며 기온이 영하 40도를 찍는 일도 없었다. 그저, 길었다. 3월의 중순이 다가옴에도 이어지는 추위에 하다는 자신의 인내심이 서서히 바닥을 드러내는 걸 느꼈다.

겨울에도 해가 비추는 한국 겨울과 달리, 시카고는 겨울만 되면 해를 보기가 힘들었다. 항상 먹구름이 낀 것처럼 우중충했다. 추위를 견딜 수는 있었지만 몇 달 동안 제대로 된 햇빛을 받지 않으니 몸이 피곤해지는 건 당연했다.

그 사이 3월에 열리는 BFA 졸업전시가 다가왔다. 우중충한 날씨에 비까지 내렸다. 그래, 눈이 내리지 않은 게 어디야. 그렇게 애써 자신을 위로해 보아도, 하다는 꽃이 피어나기 시작해야 하는 이 3월에 가을 원피스와 겨울 외투를 입고 있는 자신의 모습이 믿기지 않았다.

"그래도 햇볕을 쬐고 싶단 말이야. 시카고 겨울은 언제 겪어도 막막해. 작년에는 진짜 춥긴 했지만 날이 금방 풀렸던 걸로 기억하는데."

침대에 배를 깔고 누운 그녀는 부엌에서 와인따개를 찾고 있는 담조에게 푸념을 늘어놓았다. 오늘은 그녀의 졸업전시의 오프닝이 있었다. 식이 끝나고 하다의 친구들과 함께 저녁을 먹은 그들은 둘이서 따로 축하를 올리기 위해 그의 아파트에 왔다.

"글쎄, 작년에도 비슷하지 않았나? 시카고는 봄이 워낙 늦게 오니까."

한 손에 와인 병을 든 채로 담조가 빙긋 웃었다.

"하긴. 작년에는 너무 추워서 조금만 날씨가 풀려도 살 만했었어."

"응, 작년에는 너무 심했지. 학교가 며칠 쉴 정도였잖아."

오븐의 타이머가 '땡' 울렸다. 침대에서 내려온 하다는 말려 올라간 원피스 자락을 정리하며 부엌으로 갔다. 담조가 미리 만들어 놓았던 그라탕을 따뜻하게 데운 참이었다. 하다는 손에 오븐 장갑을 끼며 말을 이었다.

"'윈디 시티'라는 이름 듣기 참 예쁘잖아. 근데 그건 여름 얘기고, 겨울은 암흑 시티야."

"현실 속 고담 시티[10]지."

---

10) 배트맨이 수호하는 도시 이름. 1년 내내 우중충하고 어두운 도시로 유명하다.

치즈를 담은 접시를 와인 잔과 함께 식탁에 세팅하고 중간에는 그라탕을 올렸다. 한쪽에는 그녀가 오늘 그에게서 받은 리시안셔스와 안개꽃으로 만들어진 꽃다발이 놓여 있었다.

"졸업이 이제 코앞이네. 안 믿겨진다."

하다는 와인을 따는 그를 보며 중얼거렸다.

"졸업하고 1년 정도 지나면 믿기 시작할 거야. 싱숭생숭하진 않고?"

"전혀. 아직 졸업식을 안 해서 그런가……. 우리 학교는 졸업 전시가 학기 중간에 있으니까. 오히려 크리틱 준비할 거 생각하면 까마득해. 마지막이니까 잘 준비하고 싶은데……."

"오늘만큼은 걱정 덜어놔. 적어도 졸전은 끝났잖아."

담조가 위로 섞인 미소를 건네며 그녀의 잔에 와인을 따랐다. 하다는 그의 얼굴을 물끄러미 쳐다봤다. 그의 반듯한 이마부터 선이 굵은 눈썹과 쌍꺼풀이 없는 짙은 눈매. 여름에만 볼 수 있었던, 그래서 한없이 멀게만 느껴지던 이 얼굴이 이제 그녀의 앞에 있다는 게 이따금씩 믿기지 않았다. 그들은 왜 서로에게 끌렸을까. 가슴 한편에 자리 잡은 외로움을 서로 봤기 때문이었을까. 아니면 공통된 사람과의 아픈 추억을 서로에게서 발견했기 때문이었을까.

"내 얼굴에 뭐 묻었어?"

"그냥…… 작년에 담조 씨가 했던 졸전 생각하고 있었어."

괜히 쑥스러워져서 하다는 말을 돌렸다.

"정말 그것만?"

입매를 비스듬히 올리며 놀리는 그에게 하다는 똑같이 '글쎄에' 말을 늘어뜨리며 장난스럽게 응수했다.

그럼에도 불구하고 '함께하자'라는 결론을 내렸던 그들은 여전히, 현재, 함께 있었다. 어깨에 지고 있던 짐들을 모두 내려놓은 채 서로를 마주보려 노력했다.

"담조 씨 졸전 때 작품이 좋았던 건 사실이야. MFA는 확실히 학생 수가 적어서 그런지 전시 공간이 넓더라. 부러웠어."

작년에 석사를 졸업한 그는 현재 학교에서 기초 수업을 가르치는 강사로 일하고 있었다. 일주일에 한 번밖에 나가지 않는 초보 강사이지만, 차근차근 경력을 쌓아갈 것이라고 했다.

"너도 나중에 석사 할 거잖아."

"언젠가는 그래야겠지."

담조가 와인 잔을 그녀에게 내밀자 하다는 그 잔에 자신의 잔을 부딪쳤다.

"졸전 축하해."

"땡큐."

와인 한 모금을 삼킨 하다는 의자를 바짝 끌어당겨 앉아 그의 발등 위로 자신의 발을 얹었다. 그녀의 왼손이 테이블을 가로질러 그의 손을 잡았다. 작년 그에게서 받기를 거절했던 반지는, 그녀의 약지에 걸려 있었다. 담조는 그녀와 마주 잡은 손에 힘을 주며 따뜻한 눈길로 그녀의 얼굴을 찬찬히 살폈다.

"전부터 궁금했던 건데, 그 많은 미술 학교들 중에서 시카고로 온 이유가 뭐야? 나 때문이야, 형 때문이야?"

하다는 피식 웃었다.

"그런 질문이 어디 있어."

"왜 없어. 여기 있지."

하다는 눈을 가늘게 뜨며 그를 흘겼다. 덩치에 어울리지 않게 가끔씩 유치한 질문을 하는 그가 실은 싫지 않다.

"물가가 뉴욕보다 싸니까 온 거야."

"거짓말."

"거짓말 아닌데?"

정말이라는 듯 어깨를 으쓱이는 그녀에게 담조는 확신에 찬 어조로 말을 이었다.

"나 보고 싶어서 온 거잖아."

하다는 흔들림 하나 없는 얼굴로 그의 눈을 들여다보며 턱을 괴었다. 그 얼굴을 보는 눈빛이 오히려 흔들렸다. 천천히 눈을 깜박이던 하다는 상체를 들어 테이블 너머에 있는 그에게 입맞춤을 했다. 예상 못한 행동에 그녀의 속눈썹만 보던 그도 이내 눈을 감으면서 입맞춤은 깊어졌다. 서로의 따뜻함을 충분히 느낀 다음 살짝 상기된 눈빛으로 그가 눈을 떴다.

"이걸로 피하려 하지 말고. 말로 다시."

하다는 어림없다는 듯 의자에 다시 기대앉으며 씨익 웃었다.

"안 되지롱."

"어딜."

그가 그녀를 잡기 위해 몸을 일으켰다. 하다는 비명 같은 웃음소리를 지르며 거실 코너로 도망갔다. 커피 테이블을 가운데에 두고 신경전을 벌이다가 한쪽으로 잽싸게 도망가는 그녀를 따라 담조가 몸을 틀었다. 하다는 카우치에 놓여 있던 쿠션을 집어 그를 향해 휘둘렀다. 손쉽게 한 손으로 그걸 막은 그는 자신의 등 뒤로 쿠션을 던져 버리고 그녀의 허리를 휘감았다. 까르르, 청명한 하다의 웃음소리와 함께 그들의 몸이 카펫 위로 떨어졌다. 담조도 따라 키득키득 웃었다. 그녀의 다리 위에 앉아 '잘못했어, 안 했어? 빨리 말 안 해?' 하며 옆구리를 쿡쿡 찔렀다. 웃음 섞인 몸부림을 치며 하다는 항복을 외쳤다. 올 듯 말 듯 겨울과 밀당하는 봄의 날씨만큼이나 그들의 밀당은 한동안 끊이질 않았다.

예상과 다르게 하다는 졸전을 마친 후에도 정신없이 바빴다. 그동안 소홀했던 교양과목의 페이퍼가 두 개나 밀려 있었고 대학 생활의 마지막 크리틱을 성공적으로 마치겠다는 욕심 때문에 작업은 끝이 없었다.

그의 얼굴을 볼 수 있는 시간이 자연스럽게 줄어들었다. 그들은 적어도 그가 강의를 나가는 수요일에는 함께 점심을 먹기로 약속했다. 다행히 그녀가 듣는 수업도 같은 건물에 있어서 그를 만나는 데 큰 어려움은 없었다. 아침에 싸온 도시락을 함께 먹고 있던 어느 날, 성은이가 하다 옆에 슬며시 앉았다.

"뭐 먹어?"

"밥, 감자조림, 나물?"

"이거 네가 만든 거야?"

"아니, 담조 씨가."

성은의 눈이 동그래졌다.

"오빠가 도시락 싼 거야?"

"왜, 불만이냐?"

담조가 시큰둥하게 답변했다. 성은은 대충 어깨를 으쓱이고는 하다가 내미는 감자조림을 얌체같이 받아먹었다. 의외라는 듯 '맛있네' 하고 품평을 한 그녀는 입술을 오물거리며 말을 이었다.

"하다도 이제 곧 졸업인데 같이 동거할 생각 안 해봤어?"

"그건 차차 생각해 보려고. 아직 집 계약도 남아 있고."

스스럼없이 대답하는 하다를 보며 의외라는 눈빛을 보낸 성은은 괜스레 눈동자를 굴리며 큼큼 헛기침을 했다. 그녀의 두 검지가 바쁘게 서로를 만지작거렸다. 딱 봐도 할 말이 있어 보이는 행동에 담조는 너그러운 표정으로 입매를 비스듬히 올렸다.

"뭔데 또."

성은은 숨을 크게 삼켰다가 단번에 쏟아내듯 말을 뱉었다.

"나 결혼해."

하다의 고개가 퍼뜩 올라왔다. 입이 불에 달군 조개처럼 벌어졌다. 너무 놀라서 말도 안 나왔다. 성은은 부끄럽다는 듯이 머리카락을 손가락으로 돌리며 딴청을 피웠다.

"아니, 뭐……. 우리 오빠랑, 음, 어쩌다 보니 결혼하게 됐네."

"어쩌다 보니?"

"그냥, 사귄 지 1년 됐을 때 오빠가 처음으로 결혼 얘기를 꺼냈고, 나도 딱히 거부감은 안 들었거든. 그러다가 작년 여름에 같이 한국 들어갔을 때 서로 부모님께 소개드리고 결혼할 의사를 밝혔더니 일사천리로 진행되더라. 오빠가 나이가 좀 있잖아. 겨울 방학 때 정식으로 상견례도 올렸어."

"……너랑 띠동갑이랬나."

성은은 담조를 노려보았다.

"열 살."

'이거나 그거나'라는 듯 담조가 어깨를 으쓱이는 사이, 하다는 여전히 당황함이 가시지 않은 눈빛으로 성은을 보고 있었다.

"언제 결혼하는데?"

"졸업하자마자."

"몇 주 안 남았네! 왜 이제껏 말 안 했어?"

"청첩장 나오면 말하려고 그랬지. 원래 결혼은 식 들어가기 전까지는 모르는 거라잖아."

그러면서 성은은 준비해 두었던 청첩장 두 개를 내밀었다. 하나는 한국어로 적힌 하얀색 정식 청첩장이었고 다른 하나는 파티 초대장처럼 캐주얼한 청첩장이었다. 그녀와 예비신랑 가족들이 모두 한국에 있어서 한국에서 정식 결혼식을 올린 다음, 여름에 시카고에 돌아와서 친구들과 지인들을 불러 예비신랑이 사는 집의 안마당에서 결혼 축하파티를 올릴 거라고 했다. 담조와 하다는 아쉽게도 한국에서 열리는 결혼식은 가지 못하겠지만 파티에 꼭 가겠다고 했다. 고맙다며 부끄러운 듯 웃는 성은은 예비신부만의 행복함이 가득했다.

수업이 끝나고 오랜만의 함께 손을 잡고 그의 집으로 가는 길, 하다는 여전히 믿기지 않는 듯 성은의 청첩장을 손에서 놓지 못했다.

"……결혼이라니. 내 또래 중에서는 성은이 첫 타자야."

"샤바나 친구 중에서는 몇 명 있다며."

"내 말은 한국 친구들 중에서."

"하긴. 한국 나이로 스물다섯이면 꽤 어릴 때 결혼하는 편이지."

"예비신랑 나이가 많으니까 빨리 서둘러야 하긴 했지. 난 성은이가 좀 더 연애를 즐기고 결혼할 줄 알았는데 의외였어."

담조는 청첩장을 요리조리 살피는 그녀를 물끄러미 내려다보다가 앞으로 시선을 돌렸다. 5월이 점점 다가옴에 따라 낮은 점점 길어지고 있었고 구름이 조금 낀 편이었지만 날씨는 좋은 편이었다.

"시카고 겨울이 지겨우면…… 다른 곳으로 한번 가볼까?"

담조는 미시간 호 너머로 이어지는 하늘을 보며 지나가듯이 말을 꺼냈다. 그녀는 무슨 뜻이냐는 듯 그를 돌아보았다.

"다른 곳?"

"응, 뉴욕도 괜찮고 LA도 괜찮고……."

"저번에 내가 겨울이 지겹다고 해서 생각하고 있었던 거야?"

"응, 나쁘지만은 않은 것 같아서. 시카고에서 4년 정도 살았으면…… 꽤 오래 살았지."

"지금 하고 있는 강사 일은?"

"이미 강사직을 시작했으니까 다른 곳에서도 좀 더 강사직 알아보기는 수월할 거야. 지금부터 차근차근 알아보면 돼."

"담조 씨는 시카고 싫어?"

"아니, 싫지 않아. 네 말대로 여긴 겨울이 조금 길긴 하지. 지금 5월이 다 돼 가는데도 날씨가 서늘한 편이고."

"담조 씨가 시카고 떠나는 거면…… 나도 따라가는 건가?"

담조는 걸음을 멈추고 그녀를 내려다보았다.

"그럼, 안 가려고?"

"난 어디 살고?"

"나랑 같이 사는 거지."

하다는 눈을 깜박였다. 예상했던 것과 달리 그녀가 대답이 없자 담조는 입술이 바싹 타들어갔다.

"졸업하고 특별히 뭐 하고 싶은 거 있어?"

"OPT 비자 받고 작업하면서 알바도 하고…… 그러면서 대학원 준비하려고 했지."

"그건 다른 곳에서도 할 수 있잖아."

"응, 그렇긴 한데……."

"한데…… 뭐?"

말을 잇지 못하는 그녀의 반응에 그의 눈이 불안하게 흔들렸다.

"혹시 나랑 같이 사는 거 싫어?"

"아니, 그게 아니야, 담조 씨."

하다는 화들짝 놀라며 고개를 가로저었다. 긴장이 풀려 눈에 띄게 가라앉는 어깨가 그의 안도를 고스란히 드러냈다. 하다는 미안함에 그에게 팔짱을 끼며 봐달라는 듯 그를 올려다보았다.

"음…… 새로운 곳으로 가는 것도 나쁘진 않은데 서두르진 말자."

"왜? 시카고 지겨운 거 아니었어?"

"솔직히 지겹긴 한데, 그 이유 하나로 여기를 떠나기엔 뭔가 아쉬워서."

그녀는 그의 투박한 손을 만지작거렸다. 남자답게 크고 부드

러운 그 손은 그녀를 떠나지 않는 버팀목이자 믿음이었고 따뜻함
이었다.

"담조 씨랑 다시 재회한 곳인데…… 아쉽잖아."

종이에 스며든 물감이 옆으로 번져 나가듯 그의 가슴에도 따
뜻함이 번져 나갔다. 담조는 어찌할 수 없는 마음으로 손을 들어
그녀의 뺨을, 귀를 찬찬히 훑었다.

가끔 생각해 본다. 그녀가 이곳 시카고로 오지 않았더라면 어
떻게 되었을까. 시카고의 겨울바람만큼이나 건조하게, 아무렇지
않은 듯 살면서 졸업하고 강사 일을 하고 있었을까. 아니면 어른
들의 손길에 등 떠밀려, 형의 죽음을 상기하며 재단을 물려받아
칼날 위를 걸어가듯 아슬아슬하게 살고 있었을까. 둘 다 싫었다.
지금이 좋았다. 그랬기에, 그녀의 말뜻을 어렴풋이 이해할 것도
같았다.

"여기 와줘서 고마워."

그가 사랑하는 그녀는 그의 말에 볼을 발갛게 물들이며 시선
을 내렸다.

"담조 씨 때문에 시카고 온 거 아니었다니까……."

"상관없어."

사랑스러운 그녀를 품 안 가득히 껴안았다. 거리의 사람들의
시선 따위 상관없었다. 정말 상관없었다. 언제 맡아도 기분 좋은
그녀의 체취를 느끼면서 휘몰아치는 시카고의 바람을 느꼈다. 이
곳의 바람은 영원히 변하지 않겠지. 화재로 도시가 재로 변했을
때도, 그 위에 새로운 도시가 세워졌을 때도, 이곳에 그가 도착
했을 때도, 이어 그녀가 왔을 때도. 똑같이 이 자리에 바람이 불

고 있었겠지. 그런 흘러가는 바람이지만, 이 자리에서 떠나지 않는 바람은 결국, 머무는 바람이었던 것이다.

집으로 돌아온 하다는 담요를 덮고 카우치에 누워 있는 샤바나를 발견했다. 그녀의 배부터 가슴께에는 스노이가 얌전히 배를 깔고 누워 있었다.

「왔어?」

「일찍 왔네. 크리틱 준비는 잘 돼가?」

「그럭저럭.」

하다는 부엌에서 물 한 잔을 따라 마시다가 문득 샤바나와 함께 살고 있는 아파트를 둘러보았다. 노출 벽과 노출 천장이 컨셉인 아파트는 천장이 높고 길고, 창문이 두 개가 있는 한쪽 벽에는 시카고 스타일의 붉은 벽면이 고스란히 드러나 있어서 빈티지한 느낌이 있었다. 그런 인더스트릴한 느낌이 마음에 들어서 샤바나와 함께 계약서를 작성한 게 엊그제 같은데, 벌써 졸업에 맞춰 이 아파트의 계약도 끝나가고 있었다. 미처 다 채우지 못한 교양 과목을 계절학기로 들어야 하기 때문에 2개월 더 연장하긴 했지만, 그 후엔 집을 확실히 비워야 했다.

「샤바나, 졸업하면 어디 갈지 징했이?」

가만히 천장을 바라보며 이마에 손을 얹은 샤바나는 길게 한숨을 내쉬었다. 답을 듣지 않아도 그것 때문에 골머리를 앓고 있다는 게 고스란히 느껴졌다. 하다 같은 유학생들은 OPT 비자를 받아 일 년 동안 미국에 더 체류하거나 고향으로 돌아가는 게 대부분이었고, 미국 학생들도 그 범위가 국내로 한정되어 있을 뿐

고향에 돌아가거나, 시카고에 남아 있거나, 새로운 곳을 찾아 여행을 떠나거나 하는 상황은 별반 다르지 않았다.

「선택지는 많지.」

「그렇지.」

하다가 수긍했다. 잠시 말없이 생각에 빠져 있던 샤바나는 스노이를 껴안고 몸을 옆으로 돌려 누웠다. 하다는 물 컵을 든 채 그녀에게 다가가 양반다리를 하고 앉았다. 말하지 않아도 그들은 서로가 대화를 원한다는 걸 알고 있었다.

「애리조나에 돌아가거나 뉴욕으로 가거나, 둘 중 하나가 아닐까 싶어.」

「그럼 시카고를 떠나는 건 확실한 거네?」

「응, 그래도 섣불리 움직이진 않을 거야. 요즘 아버지 사업 상황이 좋지 않아서 졸업하고 나면 시카고에 있더라도 내가 월세랑 생활비 모든 걸 책임져야 해. 저축한 돈이 없으니까 뉴욕은 거기에 일자리를 구하면 가야지.」

「애리조나에 돌아가려는 건 왜? 미술계가 너무 좁아서 거기서 활동하고 싶지 않다며.」

「아빠는 여자친구랑 살고 있으니까 같이 지내진 못하지만, 할아버지 할머니 댁에서 머물면서 돈을 좀 모을까 하고. 어차피 뉴욕에 가려면 자금이 필요하니까.」

하다는 말없이 그녀를 쳐다보았다. 그 눈길에 샤바나는 입술을 잘근거리다가 이내 속내를 털었다.

「……그래, 그건 허울 좋은 변명이고, 사실은 엘리엇한테 연락이 왔어.」

하다는 컵을 내려놓았다. 그녀의 표정이 조금 엄해져 있었다.

「설마 답장한 거야? 어떻게 됐어?」

「6개월 정도 애리조나에 머물면서 걔랑 다시 한 번 관계를 시작하는 쪽으로 생각해 보고 있는 중이야.」

「걔도 곧 졸업이라며. 뉴욕으로 갈 생각은 없대?」

「자기는 애리조나에 남아서 사업할 거래.」

「뉴욕 가서 생활해 보자고 먼저 말 꺼낸 건 걔였잖아.」

「응, 그런데 사업 구상하고 있던 게 잘돼서 최근에 학교에서 보조금을 얻었나 봐. 애리조나에 남아서 사업 계속할 거래.」

「네가 원하는 건 뉴욕인 거고, 그렇지?」

샤바나는 대답하지 않았지만 하다는 듣지 않아도 그렇다는 걸알 수 있었다. 뉴욕에 가는 건 샤바나가 작년부터 세워둔 계획이었고 목표였다. 샤바나는 아직 엘리엇에게서 미련을 버리지 못한 듯했다. 아무리 노력해도 그와 더 이상 겹치지 않는 인연 때문에 괴로워했다. 하다는 거침없이 입을 열었다.

「그동안 내가 말은 안 했지만, 난 네가 그 애랑 계속 애매한 관계를 유지하는 게 싫어. 왜 항상 네가 의견을 굽혀야 해? 왜 항상 걔 결정에 네가 좌우지되어야 하는 건데.」

「나도 알아. 그러다 보니 전화하다가 또 싸웠어. 나보고 애리조나에 오지 말래. 자기 때문에 애리조나에 오는 거면 부담 되서싫대. 내 꿈이 뭔지 잘 알고 있으니까, 그 꿈 접고 자기 하나 믿고고향 돌아오는 거면 나를 책임져야 하는 것 같아서…… 싫대.」

「그럼 가지 마.」

화가 난 하다가 말했다.

「가고 싶어도 가지 마. 너도 답을 알고 있잖아.」

그녀는 친구에게 화가 난 것이 아니었다. 친구를 이런 상황에 밀어 넣은 그 못미더운 남자에게 화가 났다. 갓 입학한 풋풋한 새내기들처럼 그들은 더 이상 순수하지도, 안일하지도, 어리지도 않았다. 사랑하는 사람과 바라보는 방향이 다르면 그 관계도 힘들어진다는 걸 잘 알고 있었다. 게다가 장거리였다. 장거리 연애로부터 오는 외로움을 미술 작업으로 버틸 자신이 있는 샤바나와 다르게 그는 그 외로움을 버티지 못해 다른 여자의 품을 찾고 마는 성격이었다. 다른 여자와 사귀고 있는 주제에 샤바나가 애리조나에 갈 때면 항상 찾아와 밤을 함께 보내는 식의 상황이 몇 번이나 있었다.

「끊어야…… 맞는 거겠지.」

샤바나의 눈가에 눈물이 맺혔다. 하다는 고개를 끄덕이는 대신 그녀의 손을 잡았다. 미련이 섞인 사랑은 지독해서 답을 알고 있음에도 현실을 부정하게 만든다. 가슴이 옥죌 만큼 쓰라려도, 그 쓰라림을 극복하려면 머리가 생각하고 있는 그 길이 옳다는 걸 믿어야 했다.

「끊지 않고서는…… 앞으로 못 나갈 것 같아.」

「그래…….」

샤바나는 끝내 울음을 터뜨리고 말았다. 하다는 그런 친구의 어깨를 껴안아 주었다. 4년 내내 미련을 끊지 못하고 그 사람과 꿈 사이에서 망설이면서, 많은 희망고문을 당하고 많은 상처를 받은 그녀였다. 이 결정으로 인해 아파하는 친구가 안타까웠지만 지금이라도 이런 결정을 내려서 다행이라고, 하다는 진심으로 생각했다.

문득 담조가 시카고에 있어서 다행이라는 생각이 들었다. 그와 그녀가 같은 곳에 있는 것만으로도, 같은 길을 바라본다는 것만으로도 행운이라는 걸, 불행하게도 남의 불행을 보며 깨달았다. 그래서 이 순간이 그만큼 값지면서도 씁쓸해지는 걸 하다는 어찌 할 수 없었다.

"하다야, 도와줘."

성은의 전화를 받고서 하다는 곧장 담조와 함께 그녀의 집으로 향했다. 차를 타고 20분가량 떨어진 곳에 자리 잡은 성은 부부의 신혼집은 2층 하우스타입으로 뒤뜰에는 울타리가 쳐져 있었다.

"이거 생크림처럼 보일 때까지 저어줘."

"그 다음에 짤주머니에 넣으면 되지?"

한국에서 결혼식을 마치고 돌아온 성은 부부는 곧 있을 파티 준비에 여념이 없었다. 한국에 있던 여동생이 언니의 파티 준비를 도와주러 시카고까지 행차했지만 손이 모자라 하다와 담조를 부른 것이다. 담조와 하다가 성은의 요리를 도와줄 동안 뒤뜰에선 성은의 신랑과 그의 친구들이 테이블을 세팅하고 천막을 치고 있었다.

"오빠, 이거 반죽이 생각보다 어려운데."

"이리 나와봐."

하다와 성은보다 음식에 더 능숙한 담조는 집에서 미리 구워 온 애플파이를 옆으로 밀어놓고 소매를 걷었다. 식사용 음식은 케이터링 서비스로 주문을 해놓았기 때문에 후식과 케이크만 만들면 되었다. 능숙하게 케이크 반죽을 만드는 그를 옆에서 지켜보던 성은과 하다는 혀를 내누르며 옆에서 컵케이크의 아이싱을 만드는 것에 착수했다.

한참 후, 오븐을 열자 뜨거운 열기와 함께 고소한 냄새가 흘러나왔다.

"잘 구워졌다."

"도대체 몇 판째 빵을 굽는 건지 모르겠네. 내가 다시는 파티할 때 케이크 굽나 봐라. 그냥 사서 먹을 거야."

"잘 생각했어. 내가 생각해도 20인분 케이크를 굽는 건 오버였던 것 같다."

울상을 짓는 성은에게 담조가 핀잔을 주자 하다는 미리 만들어놓은 아이싱을 찍어 먹어보며 웃음을 흘렸다.

"그래도 재밌잖아. 제대로 만들 줄만 알면 시중에서 사는 것보단 이편이 훨씬 더 싸고."

나중엔 세팅을 마친 성은의 신랑도 그들을 도와 간신히 후식 준비까지 시간대로 완성할 수 있었다. 성은은 허겁지겁 앞치마를 벗고 치장을 하러 위층으로 올라갔다. 그녀의 신랑은 케이터링 서비스의 전화를 받고 뒤뜰로 다시 나갔다.

에메랄드 빛깔의 타일로 꾸며진 부엌에 홀로 남은 담조와 하다는 한숨을 돌리다가 서로를 보며 웃음을 터뜨렸다. 오븐에서는 마지막 컵케이크가 고소한 냄새를 풍기며 반죽을 부풀리고 있었다. 담조는 키친 카운터에 기댄 뒤 하다의 허리를 안아 당겼다. 하다도 편안하게 그의 품에 몸을 기대었다.

"정신없지만 이렇게 다 같이 베이킹 하는 건 처음이라 재밌었어."

"그래?"

담조는 옆에 잔뜩 쌓여 있는 케이크들을 돌아보았다. 그의 눈빛에는 '저 많은 것들을 결국 굽고야 말았다' 하는 회환과 감탄이 섞여 있었다.

"성은이 저 녀석이 한 건 재료 산 것밖에 없는 것 같은데."

하다는 키득키득 웃다가 옆으로 몸을 돌려 그의 얼굴을 두 손으로 잡았다.

"성은이 결혼선물이라 생각하면 되지."

"약속이 틀려. 저 녀석 분명히 애플파이 '하나'만 구워달라고 했었다고."

투덜거리는 그가 귀여워서 하다는 그의 뺨에 입을 맞췄다. 금세 입꼬리를 올리며 웃은 그는 다른 쪽도 해달라는 듯 고개를 돌려 검지로 다른 뺨을 톡톡 두드렸다. 하다는 그 바람대로 해주었다. 담조는 그녀를 자신 쪽으로 끌어안아 그녀의 이마에 자신의 이마를 기대어 그녀의 검은 눈동자를 들여다보았다. 딱히 무슨 말이 필요하진 않았다. 부엌을 가득 채운 달콤한 향기와 빵 냄새 속에서 서로의 눈빛만 바라보며, 서로 무슨 생각을 하는지 정확히 알 수는 없어도, 현재 서로에게 집중해 있다는 걸 알고 있는 이 순간을, 그들은 길게 호흡을 하듯 즐기고 있었다.

오븐이 울렸다. 마른 목을 축이듯 입맞춤을 하고 있던 그들은 입술을 떼고 눈을 떴다. 담조가 식힘 망에 뜨거운 컵케이크를 올리고 있을 때 뒷문이 열리면서 새신랑이 들어왔다.

"음식 세팅까지 다 끝났어요. 손님들도 곧 오신대요. 하다 씨랑 담조 씨도 이제 나오셔서 좀 쉬세요. 저희가 너무 부려먹은 것 같아서 미안하네요."

"아니에요. 재밌었어요."

"성은이는 아직 안 내려왔어요?"

"네. 아직 준비 중인 것 같아요."

새신랑은 2층에 올라가 보겠다며 거실 계단 쪽으로 사라졌다.

"성은이랑 진태 씨 잘 어울리는 것 같아. 그치?"

"음. 좋은 분인 것 같아. 나이도 있는데 우리들한테 존칭도 쓰고. 성은이가 너무 애 같을까 봐 걱정인데."

"에이, 그건 담조 씨가 몰라서 그래. 성은이도 어른 같을 때 있어."

"언제?"

하다는 어깨를 으쓱였다.

"있어, 가끔씩."

사람들이 하나둘씩 도착하고 곧 파티는 시작되었다. 하얀 칵테일 드레스를 입고 화관을 쓴 성은은 아름다웠다. 역시 캐주얼한 정장을 입은 신랑은 그녀를 에스코트를 하며 박수를 치는 사람들 사이를 지나갔다. 파란 하늘과 햇볕이 따스한 시카고의 여름과 어울리는 한 쌍이었다. 이미 결혼식을 한국에서 올렸기에 그들은 주례를 생략하고 초대객들에게 감사의 인사를 올렸다. 그 후엔 성은의 여동생이 언니에게 쓴 편지를 읽었다.

"하다야, 부케 네가 받을래?"

"내가?"

하다는 눈을 동그랗게 떴다. 옆에 있던 담조가 그녀를 흘긋 곁눈질했다. 주위 사람들이 한창 식사를 하며 왁자지껄 떠들고 있었다.

"아니, 난 괜찮은데……."

"왜, 받지그래."

담조가 지나가듯이 말을 던졌다. 성은이 눈을 빛내며 고개를 끄덕일 때, 그녀의 신랑이 다가왔다. 그는 그들이 들을 수 있을 만큼만 목소리를 낮추었다.

"부케 다른 분이 받아야 할 것 같은데."

"왜?"

"직장 동료 중 한 명이 한 달 뒤에 결혼식 올린대."

성은은 어쩌지 하는 표정을 지으며 하다를 돌아보았다. 하다는 괜찮다며 자기보단 예비신부가 받는 게 보기 더 나을 거라고 그녀의 등을 떠밀었다.

결국 부케는 신랑측의 손님이 받게 되었다. 하얀 부케를 받고 환하게 웃는 여자 손님을 보면서 담조는 복잡한 표정이었다. 하다는 그저 신나게 박수 치기 바빴다. 웃음과 맛있는 음식이 가득한 피로연이었다.

"샤바나는 이사 준비 잘 되어간대?"

차를 타고 돌아가는 길, 운전대를 잡고 있는 담조가 물었다. 하다는 고개를 끄덕였다.

"인터뷰 본 곳에서 아직 답은 안 왔는데, 안 되더라도 일단 뉴욕 가서 일자리 찾아볼 거래."

샤바나는 처음으로 먼저 엘리엇에게 그만하자는 말을 꺼냈다고 한다. 반응이 어떠냐고 하다가 지나가듯이 물어봤을 때, 그에게서도 별다른 연락이 안 온다고 했다. 허무해하는 것 같지만 그와 동시에 속이 후련해 보이는 그녀는 바쁘게 이삿짐을 꾸리며 지내고 있었다. 전에도 그런 식으로 연락을 하지 않았다가 다시 연락을 주고받는 걸 본 적이 있는 하다도 이번엔 샤바나가 정말 정리를 했다는 걸 느낄 수 있었다.

"요즘 수아는 어떻게 지낸대?"

어제 저녁 담조가 석진을 만났다는 걸 기억한 하다가 물었다. 작년에 휴학을 한 수아는 한국에서 지내고 있다고 했다. 다음 학기에 돌아올 예정이라고 어렴풋이 누군가에게 들었을 뿐 자세히 알고 있진 못했다.

"나도 잘 아는 건 아니지만, 석진이 형 말로는 잘 지낸대. 한국에 있는 대학교에서도 잠깐 수업 들었나 봐."

"아, 정말? 교환학생 같은 건가?"

"그것까진 나도 잘 모르고."

묵묵히 앞을 바라보던 담조는 지나가듯이 다시 입을 열었다.

"OPT 체류 기간이 1년이랬지?"

"응."

"그 사이에 대학원 진학 못 하면, 한국 돌아갈 거야?"

"글쎄……."

고민하듯 하다가 바로 대답 못하는 사이 그가 조수석 앞 서랍에서 봉투 하나를 꺼내 하다에게 건넸다.

"이게 뭐야? 뉴욕에 있는 아트 스쿨에서 온 거네."

"읽어봐."

하다는 봉투를 열어 종이를 꺼내 내용을 읽었다. 그것은 담조 앞으로 온 편지로, 학교 강사로 고용하겠다는 공식 레터였다. 하다가 놀란 눈으로 쳐다보자 담조는 말을 이었다.

"강사를 찾는다는 소식을 들어서 지원을 했었어. 면접을 보자고 연락이 와서 영상통화로 면접을 했고 이메일로 먼저 고용하겠다는 연락을 받았어. 편지는 며칠 전에 도착했고."

"그럼…… 뉴욕에 가야 하는 거야?"

"아직 답장 안 했어."

"그 말은, 담조 씨도 아직 결정 안 했다는 얘기야?"

"너랑 갈 수 있는 거 아니면 안 갈 거야."

"그게 뭐야. 담조 씨는 가고 싶은데 내가 안 가겠다고 하면 안 가겠다고? 그런 거 싫어."

"그 뜻이 아니야."

담조는 침착하게 하다의 손을 잡으며 그녀의 눈을 들여다보았다.

"네가 있는 곳에 내가 있고 싶어서 그래."

"……."

"너는 어떤데?"

하다는 얼떨떨하게 편지로 시선을 내렸다. 뉴욕이라니, 막연히 나중에 적어도 한 번은 살고 싶다는 생각을 했지만 이렇게 막상 눈앞에 닥치니 머리가 복잡했다.

"생각을 해봤는데, 어딜 가야 한다면 지금이 좋은 타이밍인 것 같아. 너 아파트 계약도 이제 끝나서 우리 집으로 이사 올 거잖아. 시카고에 오래 살 만큼 살기도 했고 나도 뉴욕에서 이번 개인전 하고 나면 시카고보단 그쪽에서 전시 경력 쌓고 싶어. 너도 대학원 가기 전에 더 큰 물에서 작가 생활하는 것도 나쁘지 않을 것 같고."

"뉴욕은 생활비랑 집세가 만만찮다고 들었는데……."

"일단 지금 사는 아파트 팔면 뉴욕 맨해튼은 무리여도 브루클린이나 뉴저지 같은 외곽 쪽에 구할 수 있을 거야. 큰 집은 아니겠지만 우리 스튜디오로도 쓸 수 있는 집으로."

담조는 편지를 만지작거리는 하다를 바라보다가 입을 열었다.

"혼인신고 할 때, 미국 시민이 아닌 배우자에게 영주권이 나오려면 6개월 정도 걸린대."

하다는 놀란 눈이 되어 그를 천천히 돌아보았다.

"혼인신고하자."

"……."

"이번 달에 혼인신고 하면, 너 OPT 기간 끝나기 전에 영주권 나와서 그 후에도 여기 머물 수 있어. 결혼식은…… 우리가 올리고 싶을 때 올리고, 아니면 아는 사람들 몇 명만 초대해서 조촐하게 올리는 것도 좋을 것 같아."

신호가 빨간불로 바뀌었다. 천천히 차를 세운 담조는 그녀와 눈을 마주했다.

"나랑 결혼하자, 하다야."

하다는 멍하니 그를 쳐다보았다.

"내가 없는 곳으로 네가 가는 거, 싫어. 네가 굳이 한국으로 돌아가고 싶으면 네 의사를 존중하겠지만, 여기에 있고 싶은데 비자 때문에 어쩔 수 없이 돌아가는 거면…… 여기 있어."

하다는 말없이 그를 바라보고만 있었다. 그녀를 바라보는 그의 눈빛이 천천히 불안함으로 흔들렸다. 뒤에서 경적 소리가 들렸다. 담조는 다시 시선을 돌려 운전대를 잡아 앞으로 나아갔다.

둘은 하다의 집에 도착할 때까지 말이 없었다. 차의 시동이 꺼지면서 주위는 완전한 침묵에 빠져 들었다. 담조는 초조한 눈빛으로 그녀를 돌아보았다. 그녀는 여전히 생각이 복잡한 듯 깊은 상념에 빠져 있었다.

"나 생각할 시간을 좀 줘."

차에서 내려 집으로 들어가는 하다의 뒷모습을 복잡한 눈으로 바라보다가, 그녀가 완전히 사라지자 얼굴을 무겁게 쓸어내렸다.

"너무 급했나."

집 안으로 들어온 하다는 신발을 벗고 거실을 둘러보았다. 이사 준비 때문에 샤바나의 물건으로 가득한 거실은 발 디딜 틈이 없었다. 그 사이 사이에는 그녀의 물건이 하나씩 자리 잡고 있었다. 중고로 싸게 샀던 커피테이블과 책상은 도로 중고로 팔면 되고, 접시랑 식기는 몇 개 없으니까 잘 싸서 가져갈 수도 있고…….

하다는 무의식적으로 한쪽 벽에 쌓아놓은 캔버스들로 다가가 개수를 세었다. 이걸 전부 가져가는 건 무리니까 틀에서 캔버스를 떼서 틀은 회화과 학생들에게 팔고 캔버스만 돌돌 말아서 가져가면 될 것 같다. 책꽂이 앞에 앉아 지금까지 모아둔 미술책들을 세어보았다. 미술책들은 두꺼워서 무게가 꽤 나가니까 운전해서 갈 거 아닌 이상 택배로 보내는 것도 나쁘지 않을 것 같다.

하다는 손에 들고 있던 책들을 내려놓았다.

"내가 왜, 이사 견적을 재고 있는 거지……."

끄응, 망연자실한 소리를 내며 손으로 얼굴을 덮고 몸을 앞으로 둥글게 웅크렸다. 마침 욕실에서 나온 샤바나가 그 달팽이 같은 모습을 발견했다.

「뭐 해, 하다?」

「……좌절 중.」

「왜, 뭐 때문에. 설마 나보다 더 좌절 중이겠어.」

물을 컵에 따라 마시던 샤바나는 거실에 가득한 짐들을 보라는 듯 손을 좌우로 펼쳤다. 며칠째 짐을 싸고 있어도 끝날 기미가 보이지 않아서 그녀의 눈에는 피로가 가득 쌓여 있었다.

「조가 같이 뉴욕 가는 거 어떠냐고 물었어.」

「뉴욕? 정말?」

샤바나는 컵을 깨질 듯 내려놓으며 소리쳤다. 그녀의 눈에 환희가 가득 찼다.

「아직 결정한 건 아니고.」

「아, 그래?」

그녀의 얼굴이 금세 실망에 가득 찼다.

「왜, 뉴욕 오는 거 좋잖아. 오면 나랑 밥 먹을 수 있고, 나랑 놀 수 있고, 나랑 스노이랑 산책할 수 있고.」

샤바나는 근처에 있던 스노이도 하다의 앞으로 데려와 앞발을 까닥거렸다.

「나랑 산다고 해도 반대하지 않을게.」

하다는 피식 웃으며 웅크렸던 몸을 일으켰다.

「말처럼 쉬운 게 아니니까 그렇지.」

「그래, 이사하는 게 힘들긴 하지. 이제 내 맘 이해돼? 그런데 왜 좌절 중인데.」

「어떻게 할지 결정도 안 내렸는데 내 물건들 보면서 나도 모르게 이사 견적을 내고 있잖아.」

「가고 싶어서 그러는 거지 뭐.」

「그렇다고 시카고를 떠나기엔 아쉬운데.」

「왜?」

하다는 얼굴이 조금 붉어졌다.

「……유치하다고 말하지 마.」

「알았으니까 말해봐.」

「추억이 많잖아. 여기서 너도 만났고. 조도 만났고.」

「뭐가 걱정이야. 어차피 뉴욕에서도 나랑 조가 같이 있을 건데.」

하다는 머리를 한 대 얻어맞은 기분이었다. 그녀가 멍하니 쳐다보고만 있자 샤바나는 '그렇잖아?' 하는 표정으로 어깨를 으쓱였다.

「……그렇네.」

「응, 그런데 뭐가 걱정이야.」

샤바나는 하다의 손을 잡았다.

「전에 네가 나한테 해준 말 기억나? 나 애리조나에서 어렸을 때부터 살았던 집을 아빠가 여자친구가 생기면서 다른 사람에게 양도했을 때, 네가 그랬었잖아. '고향(Home)'의 정의를 내리면 편

399

할 거라고. 고향이라는 건 꼭 장소일 필요는 없다고. 사람일 수도 있다고.」

하다의 손을 쓰다듬으며 샤바나는 재작년의 일을 회상했다.

「할머니가 죽고 나니 네가 살던 집이 더 이상 고향으로 느껴지지 않았다는 건, 그곳에 더 이상 할머니가 없기 때문이라고, 네가 말했었지. 그러던 중에 그 남자를 만났고 그 사람과 그 사람의 별장이 너한테 안식처처럼 느껴졌지만 그들마저 불타고 나자 더 이상 그곳에 살 이유를 찾지 못했다며. 집을 잃어버린 기분이어서…… 시카고로 올 때 망설임 같은 건 없었다고.

그 이야기를 듣고 나니까 나도 마음 정리를 할 수 있었어. 내가 형제들이랑 자란 집은 이제 더 이상 그곳에 없지만, 그곳에 대한 애착은 그대로지만, 형제들은 여전히 내게 있다는 생각을 하니까 마음이 놓이더라고. 데이빗과 제이가 모이는 곳이 이제 내 고향이라고.」

하다의 눈시울이 붉어졌다. 샤바나가 자신이 했던 말을 이렇게 자세히 기억하고 있을 줄은 몰랐다.

「이제 네 옆에는 조가 있잖아.」

샤바나는 잔잔히 웃으며 하다의 손을 잡았다.

「물론 연인 사이라는 게 언젠가 헤어질 수도 있는 사이지만 그 사람이 믿을 수 있는 사람이라면, 굳이 시카고가 아니더라도 그 사람이 있다는 사실만으로도 네 고향이 될 수 있을 거야.」

하다는 그녀의 안에서 복잡하게 얽혀 있던 감정의 실타래가 하나둘 풀리는 걸 느꼈다. 손을 뻗어 벗어두었던 코트를 집어 들고 현관으로 가 신발을 신었다.

「나 잠시 갔다 올게.」

「응, 잘 갔다 와.」

고개를 끄덕인 하다는 문을 닫고 부리나케 달리기 시작했다. 그가 있는 곳에 가서 그의 목을 끌어안고, 입을 맞춰야지. 그리고 얘기해야지. 그렇게 하자고. 그리고 귀에 속삭여야지. 백 번이고, 천 번이고, 계속해서.

엘리베이터에서 내려 빠른 걸음으로 로비를 걷던 하다는 친숙한 인영에 걸음을 멈췄다. 아파트 로비의 유리문 너머 벽에 기대어 서 있는 그가 보였다. 고개를 살짝 떨어뜨린 채 허공을 응시하는 그의 눈빛이 상념에 빠져 있었다. 하다는 재빨리 문을 열고 그의 이름을 외쳤다.

"담조 씨."

흠칫 상념에서 깨어난 담조는 뒤를 돌아보았다. 당황한 기색이 역력한 그의 얼굴에 하다는 왠지 울고 싶어졌다.

"왜, 여기 있어."

"……그냥, 갈 수가 없었어."

그가 답지 않게 쑥스러운 웃음을 지었다. 하다는 그에게 다가가 어찌할 수 없는 마음으로 그의 허리를 부둥켜안아 그의 가슴팍에 머리를 기대었다. 그의 심장박동 소리를 들으며 크게 숨을 들이 내쉬었다.

"사랑해, 담조 씨."

그의 목을 끌어안아 그의 입을 맞추었다.

"이게 내 대답이야."

떨리는 눈빛으로 그가 입을 열었다.

"확실히 말해줘."

하다는 활짝 웃었다.

"가자, 뉴욕."

"……."

"가서, 함께 살자."

담조의 입꼬리가 살며시 떨리더니 이내 그가 그녀의 어깨 위로 머리를 숙였다.

"……무르기 없기."

그의 품속에서 하다는 웃음을 터뜨렸다. 그제야 담조도 피식 웃으며 고개를 들어 그녀를 바라보았다. 서로를 바라보는 두 눈빛이 바다처럼 깊고 거울을 들여다보는 것처럼 투명했다. 앞으로 할 일이, 참 많았다.

가고 난 자리에 피어난 바람

"자, 이거."

오늘 찍은 사진들을 훑어보던 담조는 준수가 책상에 작은 상자를 올려놓자 고개를 들었다. 귀중품을 담는 검은 가죽 케이스를 보아 안에 든 내용물이 뭘까 생각했다.

"이거 뭔데?"

"선물."

"형이 주는 거?"

"아니."

상자로 손을 뻗던 담조는 동작을 멈췄다. 부드러웠던 눈매가 딱딱하게 굳어졌다.

"이거 어제 아버지가 주셨던 거 아니야? 내가 분명 어제 버렸는데."

"열어봐. 나랑 너한테 하나씩 주셨어. 세트로 맞추신 거래."

"가져가."

담조는 만지기는커녕 뻗었던 손을 도로 집어넣으며 다시 카메라로 시선을 내렸다. 준수는 답답한 표정으로 앞머리를 쓸어 넘겼다.

"안 열어볼 거야?"

"……."

"그러지 말고 열어보기라도 하지. 좋은 거야."

"아버지가 주신 거면 좋은 거 아닐 거야."

"담조야."

"좋은 거여도 싫어."

말투가 단호했다.

"좀생아."

담조의 어깨가 움찔거렸다. 준수는 다정하게 그의 어깨를 잡았다.

"우리 좀생이 동생아."

"그렇게 부르지 마."

담조는 준수의 손을 쳐냈다. 원망스러운 눈빛이 그를 향했다.

"형이 날 그렇게 부르면, 내가 뭐가 돼."

준수는 입을 다물었다가 장난스럽게 말을 이었다.

"난, 내가 죽기 전에 너랑 아빠가 화해를 했으면 좋겠는데."

"죽는다는 얘기 좀 하지 말고!"

발끈한 담조가 소리쳤다. 자리에서 일어나는 동생을 준수는 잠자코 올려다보았다.

"형 안 죽어! 안 죽는다고!"

"그렇게 항상 부정만 하면서 살 거야?"

담조는 말문이 막혀서 준수를 망연히 쳐다보았다. 속수무책으로 흔들리는 담조의 눈빛과 달리 준수의 눈은 초연했다.

"부정한다고 현실이 바뀐다면 벌써 천 번도 바뀌었어. 현실을 바꾸고 싶으면, 네가 처한 상황을 먼저 받아들이고 방법을 모색하는 게 순서야. 내가 그랬으니까."

"……."

"물론……. 받아들인다고 해도 바뀌지 않는 것도 분명 있어."

아무 말도 못 하고 그를 쳐다만 보는 동생을 두고 준수는 자리에서 일어났다.

"난 전달했어. 그거 어떻게 하든 네 마음이니까 알아서 해."

준수는 방을 나갔다. 형이 서 있던 빈자리를 지켜보다가 담조는 이윽고 욕을 읊조리며 자신의 머리를 헝클였다. 그의 짜증 서린 눈빛이 책상 위에 있는 상자로 향했다.

자리에서 일어나 외투를 걸쳤다. 사진이나 찍으러 나갈 생각이었다. 그대로 문으로 향하려던 그는 멈칫, 걸음을 멈췄다가 상자를 집어 외투 주머니에 쑤셔 넣었다.

뜰로 향하는 미닫이문을 벌컥 여는데 마침 집 안으로 들어오려던 소녀가 깜짝 놀란 얼굴로 그를 쳐다봤다. 지난번 잠자코 자고 있던 그를 건드리던 동네 애였던 것 같다. 형 집에는 왜 들어오느냐고 한마디 하려다가, 형 밑에서 그림을 그린다는 얘기를 어렴풋이 들었던 것이 기억났다.

소녀는 길을 막고 있는 그를 어찌하지 못하고 얼굴을 발갛게 물

들인 채 안절부절못했다. 담조는 비키라는 말도 없이 그녀를 지나
신발을 구겨 신었다. 마당을 가로질러 가면서 담벼락 밑에 도우미
아주머니가 버리려고 모아둔 쓰레기 더미를 발견했다. 주머니에
서 상자를 꺼내 그 위에 던지는데 뒤에서 질문이 날아왔다.

"멀쩡해 보이는 건데 왜 또 버려요?"

담조는 뒤를 돌아보았다. 소녀가 가만히 서서 그를 보고 있었
다. '또'라니. 어제 그가 버리는 모습을 봤던가.

"싫어하던 사람이 준 거라서."

굳이 대답할 필요는 없었지만 진심으로 궁금해하는 눈빛에 저
도 모르게 입을 열었다. 소녀는 더 이상 아무 말도 하지 않았다.
멀리서도 뚜렷하게 보이는 검은 눈동자가 하고 싶은 말이 더 있
는 듯 망설이고 있었다. 담조는 이윽고 뒤돌아 대문을 나섰다.
그해 여름, 그 뒤로 소녀를 보는 일은 없었다.

"이게 전부야?"

먼지가 쌓인 상자를 바닥에 내려놓으며 담조는 준수를 쳐다보
았다. 이번 해 여름도 어김없이 이곳을 찾은 그는 준수의 창고 정
리를 돕고 있었다. 날아다니는 먼지에 콜록거리는 준수는 눈앞에
서 손을 흔들며 고개를 끄덕였다.

"아마."

준수는 반듯한 성격과 달리 의외로 정리에 서툴렀다. 근 몇 년
간 한 번도 정리하질 않아서 창고는 어수선했고, 보다 못한 담조

가 결국 나섰다.

"내가 이번 여름에 안 왔으면 어쩔 뻔했어."

"잔소리하지 마. 저번 달에 하다랑 좀 정리했는데 여자애한테 무거운 거 같이 옮기자고 하기가 좀 그래서."

하다가 누구였더라 하고 생각하고 있던 담조는 이마에 맺힌 땀을 닦다가 준수의 손목을 흘긋 보았다. 알이 꽤 큰 시계가 남자치고 하얀 편인 준수의 손목에 걸려 있었다.

"웬 시계야? 못 보던 건데."

준수는 무슨 소리냐는 듯 그를 쳐다보았다.

"너도 있잖아."

"내가? 이게?"

"작년에 아버지가 선물로 주신 거잖아."

"뭘."

"너 왔을 때 내가……."

준수는 정말 모르겠냐는 듯 동생을 쳐다보다가 한숨을 내쉬며 고개를 돌려 버렸다.

"됐다."

받았는지 기억도 못 하는 걸 보아선 어디가 떨구고 잊어버린 게 분명했다.

창고 정리를 끝내고 담조가 잠깐 밖에 나간 사이, 대문이 천천히 열린 뒤 닫혔다. 하다는 살그머니 고양이 발걸음으로 마당을 가로질러 열려 있는 창고 문틈으로 빠끔 고개를 내밀었다.

"오빠, 그 사람 갔어?"

"응, 아이스크림 사러 밑에 슈퍼마켓 간 것 같아."

준수는 창고 문을 닫고 열쇠로 잠그다가 문득 밑으로 시선을 내렸다. 하다의 손목에 두꺼운 시계가 달려 있었다. 준수가 차고 있는 시계와 똑같은 것이었다. 준수의 시선을 눈치챈 하다는 등 뒤로 손을 감추었다.

"그…… 그 사람이 작년에 싫다고 버리고 가서. 버리기엔 아까워서 내가 주웠어."

어물쩍 거리던 하다는 조심스럽게 준수를 올려다보았다.

"돌려줘……?"

"아니야. 네가 갖고 있어."

피식 웃은 준수는 걱정 말라는 듯 하다의 머리를 가볍게 헝클인 다음, 그녀의 손목을 잡아 시계를 요리조리 살폈다. 가냘픈 손목보다 큰 시계는 몇 년 전 그녀 자신이 만든 자상을 가리고도 남았다.

"나중에 만약 물어보면 내 거라고 얘기해."

그 말에 하다가 배시시 웃었다. 준수는, 이렇게 해맑게 웃는 아이가 몇 년 전만 해도 우울한 낯빛이었다는 게 여전히 믿기지 않았다.

등 뒤에서 대문이 열리는 소리가 들렸다. 화들짝 놀란 하다는 '나 먼저 작업실에 가 있을게, 오빠' 하며 후다닥 집 안으로 들어갔다. 작년 여름 이후로 담조를 피하고 있는 그녀였다. 얼마 안 가 한 손에는 검은 봉지를, 다른 한 손에는 하드를 들고 있는 담조가 슬리퍼를 끌며 준수에게 다가왔다.

"무슨 말소리 들렸던 것 같은데."

준수는 대답 없이 눈을 가늘게 뜨고 담조를 쳐다보기만 했다.

"왜."

"후……. 아무것도 아냐."

"자, 여기. 밀크 맛 아이스크림."

"땡큐."

"다 끝난 거면 들어간다."

"뭐 하게?"

"낮잠 자려고."

대충 슬리퍼를 벗으며 대청마루 위에 올라간 담조는 새순으로 엮은 돗자리 위에 누웠다. 활짝 열린 문을 통해 시원한 바람이 거실 바닥을 부드럽게 훑고 지나갔다. 그의 눈이 서서히 바람 소리에 맞춰 잠겼다.

동생의 흉부가 고르게 움직이는 걸 보다가 준수는 고개를 들어 청명한 하늘을 보았다. 오늘 아침 병원에서 전해들은, 얼마 남지 않았다는 소식을 떠올렸다. 안타까움으로 붉게 충혈되는 담당 교수님의 눈빛도, 동정으로 가득하던 간호사의 눈빛도.

"둘이, 잘 어울릴 것 같은데."

담조에게 들리지 않을 정도로 작게 중얼거렸다. 너무 오랫동안 병을 앓아왔기 때문일까. 오늘 진단을 들으면서 별로 놀라지 않는 자신을 발견했다. 살 수 있다는 가능성을 이미 오래전에 포기했기 때문에, 삶에 대한 집착이나 미련 같은 건 없었다. 그저 미안했다. 그의 곁에서 웃어준 모든 사람들에게. 그리고 병에 찌든 자신의 몸뚱이보다 더 아끼는 담조와 하다를 위해 진심으로 빌었다. 바보같이, 자기 탓이라고 생각하면 안 될 텐데.

윈디 시티. 그는 그곳을 동경했다. 활활 타올라 한 줌의 재로 변했다가, 새롭게 다시 태어난 도시.

아아, 그곳에 가고 싶었다.

그는, 이 세상에서 가장 이기적인 사람이었다.

하다는 눈을 떴다. 나른하게 고개를 움직여 시간을 확인한 다음, 다시 배게 위로 얼굴을 푹 떨어뜨렸다. 옆으로 파고들자 자연스럽게 묵직한 남자 팔이 그녀의 어깨를 둘러왔다. 옆 창문에서 따스한 햇볕이 얇은 커튼을 뚫고 남자와 여자의 어깨 위에 내려앉았다.

"몇 시야?"

"10시."

"일어나야 하는데……."

담조는 하다의 어깨에 얹었던 손을 허리로 내려 그녀를 부둥켜안았다.

"일어나기 싫어."

"수업 나가야지."

"쨀래."

하다는 피식 웃으며 감고 있던 눈을 떴다. 이마 언저리에 있는 까슬한 그의 턱을 밀어내고 그의 얼굴을 두 손으로 잡아 밑으로 내렸다. 게으르게 미간을 찌푸리고 있던 그는 마지못한 듯 눈을 떠 그녀와 시선을 마주했다.

"일어나자. 아침 차려줄게."

"……오케이."

짧게 입술을 맞춘 그들은 부스스 자리에서 일어났다. 머리가 까치집이 된 담조는 욕실로 향하고 하다는 하품을 하며 부엌으로 향했다. 오늘은 담조가 일이 있고 그녀가 일이 없는 날이기 때문에 그녀가 아침을 차려야 했다.

휴대폰으로 음악을 틀고 요리를 시작했다. 양파 볶는 냄새가 부엌 안 가득히 퍼졌다. 창문을 통해 전해지는 화창한 날씨와 어울리는 하루의 좋은 시작이었다.

"오늘 갤러리 측에서 인터뷰 온다고 했었지?"

젖은 머리를 털며 담조가 정사각형 모양의 식탁에 앉으며 물었다. 하다는 그의 앞에 덮밥을 담은 접시를 놓은 뒤 따라 앉았다.

"응, 2시쯤에. 나 떨려. 어떡해, 자기야."

칭얼거리는 그녀의 말에 담조는 밥 한 숟갈을 입에 넣다가 다른 한 손으로 그녀의 뒤통수를 쓰다듬었다. 그 손길에 하다가 배시시 웃고 그도 피식 웃었다.

"아트페어에서 쓸 비디오라고?"

"응. 작품을 내는 작가들 인터뷰들을 모아서 아트 페어 중에 틀어놓을 거래."

"좋네. 주성 씨가 직접 찍어주시는 거면 멋있겠다."

하다는 고개를 끄덕이며 벌써 물기가 마르기 시작한 그의 머리를 옆으로 쓸어주었다.

뉴욕에 온 지 벌써 2년이 흘렀다. 이사를 할 때 탈도 많고 집을 구할 때 문제도 많았지만 우여곡절 끝에 뉴욕에 정착할 수 있었다. 담조도 대학교에서 수업을 두 개 정도 맡을 만큼 강사로서 안정을 찾았고, 하다는 아직 대학원은 가지 않았지만 작년부터 인연이 닿은 갤러리를 통해 꾸준히 아트페어와 전시를 치르고 있었다.

뉴욕은 시카고와 비슷한 듯 많이 다른 도시였다. 미국에서 가장 큰 대도시였고 자본이 몰리는 곳이었으며 미술 시장이 시카고보다 몇 배나 더 컸다. 매주 미술 전시 오프닝이 있고 그들처럼 젊은 작가들도 많았다. 물론 빛이 있으면 그림자가 있듯, 그 화려한 일면에는 힘든 면들도 많았다. 프리랜서로 살아가는 게 만만치 않아서 작년에는 금전적인 위기도 몇 번 있었다. 뉴욕의 물가가 시카고보다 몇 배는 더 비쌌고, 시카고에 있던 아파트를 팔았음에도 뉴욕 중심지에 집을 사기엔 턱없이 모자라서 중심지에서 많이 떨어진 외곽에 집을 구했다. 풍족하진 않아도 모자라지 않는 삶이었다.

"곧 있으면 준수 오빠 기일인데 뭐 할까?"

"아는 사람들 초대해서 작게 하우스 파티 할까?"

"그것도 괜찮고."

"둘이 따로 좋은 저녁 먹고 영화 보는 건?"

"그것도 클래식하고 괜찮네. 간만에 데이트 하는 기분 들겠다."

그들은 머리를 맞대고 키득키득 웃었다.

작년, 그들은 준수의 기일에 혼인신고를 했다. 준수의 기일이 올 때마다 슬퍼하는 대신 웃을 수 있도록 하늘에 있는 그가 그들을 바라볼 때 흐뭇하게 웃을 수 있도록 즐거운 일을 함께하기로 했다. 싸우고 싶은 일이 있어도 잠시 미루고 준수를 생각해서라도 이날만큼은 행복한 기억을 만들자고, 그들은 함께 약속했다.

"동생한테서 연락 온 건 아직 없고?"

"응. 아직. 그래도 괜찮아."

그녀는 약속을 지키지 못하는 누나였다. 다시는 연락하지 말자고 했지만, 혼인신고를 하고 나서 고민 끝에 동생 앞으로 편지를 썼다. 집안 측에서 그녀의 편지라는 걸 알면 동생이 읽기도 전에 없애버릴 것 같아서, 봉투에 주소지만 쓰고 발신인을 적지 않았다. 편지에 별다른 말을 적지는 않았다. 그저, 담조와 함께 주최하는 조촐한 결혼 파티의 초대장을 넣었다.

그 후로 며칠 뒤 파티 당일, 그들이 사는 브루클린의 집 앞으로 꽃바구니 하나가 도착했다. 수신자도 없고 그 흔한 짧은 쪽지 하나 없었지만, 그녀는 누가 보냈는지 알 것 같았다. 바구니 안에는 지금도 좋아하지만 그녀가 유년시절 유독 좋아했던 푸른 수국이 가득했다.

그녀는 믿고 싶었다. 언젠가 동생에게도 마음의 짐을 더는 날이 오게 될 것이라고. 그 차가운 눈빛을 벗고 가슴 속에 감춰진 따뜻한 마음을 누군가에게 드러낼 날이 올 것이라고. 그녀가 옛날의 그녀가 아니듯 동생도 옛날의 순수하게 웃던 시골 아이가 아니었다. 그걸 받아들이기로 했다. 그녀가 그녀만의 행복을 찾았듯 그도 언젠가 그만의 행복을 찾기를.

"왜, 따라 나오려고?"

하다가 자신을 따라 외투를 걸치자 담조가 물었다.

"응. 날씨 좋잖아. 산책할 겸 지하철 역 앞까지 데려다줄게."

그들은 팔짱을 끼며 집을 나섰다. 가는 길에 이웃과 마주치면 짧게 인사도 했다. 따스한 초여름 햇볕에 맞추어 살랑거리는 바람이 달콤했다. 그녀는 더 이상 여름이 싫지 않았다.

"아, 좋다."

눈을 감고 햇볕을 만끽하며 그녀가 중얼거리자 그가 그녀의 손을 깍지 껴왔다. 하다는 천천히 눈을 뜨며 미소 지었다.

"담조 씨."

"응?"

"나 행복해."

진심을 담은 그녀의 까만 눈동자는 그걸 내려다보는 하늘만큼이나 깊고 푸르렀다. 담조는 웃었다.

"나도."

앞으로 이렇게 살아가면 맞는 거겠지. 함께 손을 잡고, 산책을 하고, 일도 열심히 하면서, 좋아하는 일을 공유하면서, 이렇게 하루하루 소중하게 살아가면 되는 거겠지. 좋은 날만 있지 않겠지만, 이토록 행복한 이 순간을 기억하면서 힘을 내면 언젠가 행복은 반드시 찾아오겠지. 진정한 의미의 행복을 찾은 거라면 자신을 위해 살아간다는 건, 행복하다는 건, 절대 이기적인 게 아니었다. 서로가 서로에게 있다는 것에 감사하며 하루하루 힘차게 살아간다면…… 그곳이, 윈디 시티일 테니까.

〈END〉

작가 후기

나는 소설을 통해 단순히 두 청춘의 사랑만을 이야기하고 싶지 않았다. 주로 사랑 이야기를 써왔지만, 항상 그 안에 내 자신이 그 당시 경험을 통해 깨달은 삶의 이념이나 가치, 혹은 변화하는 사회관을 녹아내려고 노력했다. 원문에서 담조와 하다는 조국이 아닌 다른 나라를 자신의 터전으로 선택한다. 나는 그것에서 이 소설을 시작했다.

대다수의 사람들이 기본적으로 서류상 갖고 태어나는 혈연관계라는 것이 있다. 가족과 국적. 그것들이 충족이 되지 않을 때 벌어지는 일들을 상상해 보았다. 우리는 더 이상 가문의 영광을 위해 자결마저 할 수 있었던, 모두의 화목을 위해 개인의 희생이 당연했던 시대가 아닌, 모든 관계와 권리들을 자유 의지로 '선택'할 수 있는 시대를 살고 있다. 담조와 하다가 혈연을 거부하고 새 터전에서 자신만의 가족을 만들기로 한 것도 그 이유다. 그들이 혈연에게 버림 받았듯이, 그들은 그들을 버렸던 사람들을 거절할 권리가 있다. 국가가 그들을 원하지 않는다면, 그들 또한 다른 나라를 국적으로 선택할 권리가 있다고 난 믿는다. 소설의 결말이 행복하면서도 씁쓸한 이유가 바로 거기에 있다.

소설에 언급된 대부분의 장소들은 실제로 존재한다(물론 아닌 곳도 있다). 내가 직접 가봤던 장소들을 무대로 쓰는 것은 처음이다. 시카고에 있었던 시절을 생각하며 소설을 썼기 때문에 내 기억을 기록하는 것 같은 착각이 들기도 했다. 지면을 빌려 기억을 되살리는 데에 도움이 되어주신 모든 분들께 인사를 드리고 싶다.

나의 베스트 프렌드 S. S, 이 책을 접하게 될 기회가 생길지는 모르겠지만 너는 일생의 둘도 없는 나의 소중한 친구다. 너를 만난 건 우연과 필연을 넘어서 운명이라 믿는다. 항상 나의 든든한 지원군이 되어주는 사랑하는 내 가족, 이 소설을 쓰면서 소중함을 새삼 더 깨닫게 되었다. 당신들이 있는 곳이 나의 홈(Home)이다. 원고를 예정보다 한참 늦게 드려 곤란하셨을 편집부에게도 늦은 감사 인사를 올린다.

나와 인연을 맺은 모든 사람들이 자신의 행복을 위해 살기를……. 인생은 한 번뿐이니까.

조아라